ALISSA JOHNSON
Ein Erzfeind zum Verlieben

ALISSA JOHNSON

Ein Erzfeind zum Verlieben

Roman

Ins Deutsche übertragen
von Michaela Link

LYX
EGMONT

Die Originalausgabe erschien 2009 unter dem Titel
Tempting Fate bei Dorchester Publishing Co, Inc.

Deutschsprachige Erstausgabe Januar 2014 bei LYX
verlegt durch EGMONT Verlagsgesellschaften mbH,
Gertrudenstraße 30–36, 50667 Köln

By arrangement with Dorchester Publishing Co., Inc.
Dieses Werk wurde vermittelt durch Interpill Media GmbH, Hamburg

1. Auflage
Redaktion: Karin Will
Satz: Greiner & Reichel, Köln
Printed in Germany (670421)
ISBN 978-3-8025-8976-8

www.egmont-lyx.de

Für Ty Johnson und Brandon Hudson,
weil ihr ein Jahr lang fast alles gekocht habt,
was ich gegessen habe. Mampf. Hab euch lieb.

Prolog

1796

Kein Bote ist so unwillkommen wie der Überbringer einer Todesnachricht.

William Fletcher hätte das eigentlich wissen müssen. Schließlich hatte er bislang mehr als ein Dutzend solcher Botschaften überbracht.

Doch in Haldon Hall gab man ihm nicht das Gefühl, unwillkommen zu sein. Im Gegenteil, bei seiner Ankunft teilte die Gräfin ihm mit, der Graf sei ausgegangen – was beinahe unweigerlich immer der Fall war –, bot ihm einen Stuhl an, schenkte ihm Tee mit einem großzügigen Schuss Whisky ein und wandte höflich den Kopf ab, als seine junge Stimme vor Trauer brach.

Es war nicht nur der Tod eines Mistreiters, den er heute verkündete, sondern der Tod eines Freundes.

»Wollen Sie mit dem Jungen sprechen, oder soll ich es tun?«, fragte die Gräfin, die ans Fenster getreten war.

Er wusste, was oder vielmehr wen sie beobachtete – ihren Sohn, Whittaker Cole, Erben des Grafen von Thurston. Whit stellte gerade zusammen mit Alex Durmant – dem jüngst verwaisten Herzog von Rockeforte – Zinnsoldaten auf dem Rasen auf.

»Ich würde es vorziehen …« Er räusperte sich. »Das heißt, es wäre mir sehr lieb, wenn ich selbst mit Alex sprechen könnte, falls Sie es mir erlauben wollen.«

Über die Schulter warf sie ihm einen verärgerten Blick zu. »Sie gehören ebenso zur Familie wie ich, William.«

»Ich ... ich hätte schneller sein sollen. Ich hätte ...«

»Papperlapapp. Dem Herzog waren die Risiken der Arbeit für das Kriegsministerium bekannt, so wie sie jedem Rockeforte bekannt waren« – sie richtete ihre Aufmerksamkeit wieder auf die Kinder draußen – »und bekannt sein werden. Haben Sie die Absicht, seine letzten Wünsche zu erfüllen?«

»Ja. Ich habe mein Wort gegeben.«

»Wissen Sie, es ist lächerlich, wenn ein erwachsener Mann den Ehestifter spielt.« Sie durchquerte den Raum und setzte sich neben ihn.

»Das ist mir bewusst«, brummte er. »Und ich versichere Ihnen, ihm war es ebenfalls bewusst.«

Sie verzog die Lippen zu einem zärtlichen Lächeln. »Er war ein ausgemachter Spaßvogel. Es scheint passend, dass er mit einem Scherz auf den Lippen starb. Eine Kleinigkeit hat er jedoch außer Acht gelassen.«

»Und was wäre das?« Falls seine Stimme eine gewisse Hoffnung verriet, von einem äußerst lästigen Gelübde entbunden zu werden, so war dies nicht zu ändern.

»Zwei dieser Kinder haben eine Mutter ... die selbst klare Vorstellungen hat.«

William blieb eine Antwort erspart, als die Haustür aufschwang und draußen ein Streit zu hören war.

»Du hast sie kaputt gemacht, Kobold!«

»Nun, du hättest sie eben nicht einfach so im Gras herumliegen lassen dürfen, Kretin!«

»Sie lagen nicht einfach so herum. Sie waren in Stellung gebracht!«

»In Stellung wofür?«

»Für den Angriff, du ...!«

»Whittaker Vincent!«

Bei dem überraschend lauten Ausruf der Gräfin verstummten die Stimmen, und die Schritte der Streitenden entfernten sich durch die Eingangshalle.

Sie räusperte sich geziert, hob die Tasse an die Lippen und nippte an ihrem Tee.

»Wie ich schon sagte, ich habe meine eigenen Pläne.«

1

1813

Was die Ursprünge der langjährigen und erbitterten Fehde zwischen Miss Mirabelle Browning und Whittaker Cole, dem Grafen von Thurston anging, war man sich nicht ganz einig.

Die betreffende Dame war der Ansicht, der Streit habe seinen Anfang genommen, als der Gentleman – und sie verwendete diesen Ausdruck höchst allgemein – zum ersten Mal den Mund zu öffnen geruhte und sich dadurch als Esel offenbarte.

Der Gentleman – der sich nur ungern übertrumpfen ließ – hielt dagegen, die Abneigung sei schon auf den ersten Blick vorhanden gewesen, was eindeutig auf Schicksal hinweise. Und da die Vorsehung die Angelegenheit des himmlischen Vaters selbst sei, stelle jedwedes unziemliche Verhalten seiner Person Miss Browning gegenüber einen klaren Hinweis auf das Missfallen des Allmächtigen an der Dame dar, und er selbst sei lediglich ein Instrument des göttlichen Zornes.

Nach Meinung der Dame sprach diese Ansicht sehr dafür, dass der Gentleman ein Esel war.

Manche sagten, alles habe angefangen, als ein Streit der kleinen Mirabelle mit dem nur wenig älteren Whit dazu führte, dass er vor den Augen der reizenden Miss Wilheim kopfüber aus einem Ruderboot ins Wasser fiel, worauf Miss Wilheim prompt selbst ausrutschte und über Bord ging, wodurch diese kurze, aber stürmische Romanze ein abruptes Ende fand. Andere behaupteten, die ganze Angelegenheit habe begonnen, als der durchtriebene Whit Mirabelle während eines Musikabends einen großen Käfer hinten in das Kleid steckte, was dazu führte, dass das Mädchen aufsprang, schrie, wild um sich schlug und die umsitzenden Menschen ebenfalls in Gefahr brachte.

Wieder andere beteuerten, es sei ihnen wirklich gleichgültig, wann oder wie alles angefangen habe, und sie wünschten nur, es möge ein Ende nehmen. Alle waren sich jedoch einig, dass die beiden schlicht und ergreifend nicht miteinander auskamen.

Ihre Rivalität war so berüchtigt, dass ein Beobachter der beiden, die sich gerade auf dem Rasen hinter Haldon Hall, dem Sitz der Thurstons, über eine Laufmaschine hinweg zornig anstarrten, resigniert geseufzt und sich vernünftigerweise schleunigst durch einen Rückzug in Sicherheit gebracht hätte.

Zum Glück für die Gesellschaft jedoch, die gerade im Haus stattfand, standen Whit und Mirabelle allein da, jeder mit einer Hand auf der neumodischen, fahrbaren Erfindung. Und ganz wie zwei Kinder, die sich um ein Spielzeug zanken, waren beide gleichermaßen entschlossen, es für sich allein zu beanspruchen.

Als vernünftige und – unter normalen Umständen – wohlerzogene junge Dame war Mirabelle sich der Lächerlichkeit und Banalität der Situation vollkommen bewusst. Aufrichtig, wie sie war, konnte sie sich eingestehen, dass kaum etwas so gut zu ihrer gegenwärtigen Stimmung passte wie das Lächerliche und Banale.

Ein heftiger Streit war genau, was sie brauchte. Wie immer tat Whit ihr nur zu gern diesen Gefallen.

»Lass los, Kobold.«

Wie stets, wenn er sich wirklich ärgerte, biss Whit beim Sprechen die Zähne zusammen. Mirabelle wies ihn oft darauf hin, dass das daraus resultierende undeutliche Nuscheln die

Wirkung merklich schmälerte. Doch im Moment fühlte sie sich eher störrisch als zum Sticheln aufgelegt.

»Dafür sehe ich keinen Grund«, gab sie zurück und reckte das Kinn.

»Den würdest du wahrscheinlich selbst dann nicht sehen, wenn er auf deiner Nasenspitze säße.« Er zog an der Maschine, was nur dazu führte, dass sie diese umso störrischer festhielt. »Du weißt nicht mal, wie man damit umgeht.«

»Und ob ich das weiß. Man setzt sich dort zwischen die beiden Räder, hält sich an den Stangen fest und stößt sich mit den Füßen ab. Ich zeige es dir …«

»Nein. Du fährst nicht damit.«

Keine zehn Minuten zuvor hatte sie nicht einen Gedanken darauf verschwendet, das vermaledeite Ding zu fahren. Sie war nur neugierig gewesen. Aber während sie dort in der warmen Sonne gestanden und sich die Zeit damit vertrieben hatte, die Maschine bald in diese, bald in jene Richtung zu drehen, um herauszufinden, wie das alles zusammengesetzt war, war Whit um das Haus herumgekommen und hatte ihr verboten, ihr *verboten*, die Maschine zu besteigen.

Sie hatte ihn eingehend betrachtet, mit seinem windzerzausten hellbraunen Haar, den blitzenden eisblauen Augen und seinen aristokratischen Zügen, die sich in grimmige Falten gelegt hatten. Jeder Zoll seiner langen, hochgewachsenen Gestalt drückte Macht aus, begründet durch Reichtum, Titel und Ländereien und den schieren Zufall, als Mann geboren worden zu sein. Die gleiche Art von Macht, mit der ihr Onkel sie unter seiner Knute hielt.

Und sie beschloss, dass sie doch mit dem vermaledeiten Ding fahren würde.

»Du hast gesagt, es sei für die Gäste, Kretin«, hielt sie ihm entgegen.

»Du bist auf Haldon Hall kein Gast.«

Sie ließ los und trat zurück, völlig perplex über die sieben Wörter, die ihr mehr bedeuteten, als er ahnen konnte. »Ich … das ist das Netteste …«

»Du bist eine Heimsuchung«, stellte er klar und hob das Gefährt hoch. »Wie Hausschwamm.«

Sie sprang vor und packte den Sitz mit beiden Händen.

Es folgte ein kurzes Tauziehen. Whit war natürlich stärker, aber er konnte die Maschine ihrem festen Griff schwerlich entwinden, ohne sie dabei womöglich zu verletzen. Und obwohl Mirabelle ihn für einen fehlerbehafteten Menschen hielt – einen äußerst fehlerbehafteten –, wusste sie, dass er nicht das Risiko eingehen würde, einer Frau körperliches Leid zuzufügen. Dass er sich wahrscheinlich gerade über diesen speziellen Ehrenkodex ärgerte, gab ihr eine gewisse Befriedigung.

Sie hatte sich gerade damit abgefunden, dass sie ihm die Maschine nicht entreißen konnte, und erwog flüchtig, einfach so fest wie möglich daran zu ziehen und dann abrupt loszulassen, in der Hoffnung, dass er hart auf sein Hinterteil fallen würde. Doch als sich hinter Whit eine Tür öffnete und Mirabelle einen Blick auf bronzefarbene Seide und graues Haar erhaschte, entschied sie sich für etwas anderes.

Etwas Gemeines, Kindisches und entsetzlich Ungerechtes.

Etwas einfach Perfektes.

Sie ließ los, trat einen Schritt zurück und hob die Hände. »Das könnte ich unmöglich tun, Whit. Bitte, es ist bestimmt nicht sicher.«

»Was zum Teufel willst du …?«

»Whittaker Vincent! Ermutigst du etwa gerade Mira, mit dieser schauerlichen Maschine zu fahren?«

Beim Klang der Stimme seiner Mutter, die ihn – was nie etwas Gutes verhieß – mit seinen beiden Vornamen ansprach, erbleichte und errötete Whit, kniff die Augen zusammen und starrte Mirabelle zornig an.

»Das wirst du teuer bezahlen«, zischte er.

Durchaus wahrscheinlich, gestand sie sich ein. Aber das war es wert.

Whit drehte sich um und schenkte seiner Mutter ein Lächeln. Sie war eine kleine Frau mit ebenso blauen Augen wie ihre Kinder und dem rundlichen Gesicht, das sie von ihrem eigenen Vater geerbt hatte. Sittsam gekleidet, mit rosigen Wangen und sanfter Stimme, erinnerte sie an eine gütige Tante oder auch die jüngere Ausgabe ihrer lieben Großmama. Der Schein täuschte, was Lady Thurston schon vor langer Zeit weidlich auszunutzen gelernt hatte.

Whit schluckte. »Natürlich nicht. Ich habe …«

»Willst du damit andeuten, ich sei alt?«, fragte Lady Thurston.

»Ich …« Verwirrt und auf der Hut nahm Whit seine Zuflucht zu Schmeicheleien. »Du bist der Inbegriff der Jugend, Mutter.«

»Sehr hübsch ausgedrückt. Aber bist du dir sicher? Mein Gehör ist also nicht geschwächt? Meine Augen?«

Eine Pause entstand, als er die List durchschaute, und dann eine weitere, als er begriff, dass er wohl oder übel in die Falle gehen musste. Mirabelle hatte ihre liebe Not, nicht laut aufzulachen.

»Keineswegs, dessen bin ich mir sicher«, brachte er schließlich heraus.

»Ich bin erleichtert, das zu hören. Einen Moment lang dachte ich, du würdest mir womöglich sagen, ich hätte die Situation falsch eingeschätzt. Das kann nämlich vorkommen, wenn man alt wird und die Sinne stumpf werden. So etwas muss äußerst verstörend sein.«

»In der Tat«, murmelte Whit.

»Da wir dieses Missverständnis nun aufgeklärt haben, entschuldige dich bei Mira, Whit, und schaff dieses Ding fort. Ich dulde es nicht, dass sich einer meiner Gäste den Kopf aufschlägt.«

Mirabelle, die in diesem Moment mit Lady Thurston ungemein zufrieden war, steckte den Kopf hinter Whits Schulter hervor.

»Was ist, wenn Miss Willory eine Fahrt unternehmen möchte?«, erkundigte sie sich mit Unschuldsmiene.

Lady Thurston schien einen Moment lang darüber nachzusinnen. »Nein, Kopfverletzungen bluten heftig. Und meine Teppiche sind mir lieb und teuer.«

Mirabelle lachte und sah Lady Thurston nach, die in einem Wirbel bronzefarbener Röcke davonrauschte. »Ich warte, Whittaker Vincent.«

Whit fuhr zu ihr herum. »Worauf?«, blaffte er.

»Natürlich auf deine Entschuldigung.«

»Schön. Dann warte weiter.«

Sie lachte, wandte sich zum Gehen und malte sich zufrieden aus, wie er ihr zornig hinterherstarren würde, bis sie außer Sichtweite war.

Ein Ruck durchfuhr sie, als er sie am Arm packte und zu sich herumwirbelte.

»Oh, wir sind hier noch nicht ganz fertig, Kobold.«

Geh einfach. Lass es sein.

Whit wusste, dass dies das Beste war, aber obgleich die kleine Stimme der Vernunft ihn dazu drängte, verlangte die lautere und unendlich verlockendere Stimme des Stolzes nach Rache. Damit einher ging der süße und verführerische Gedanke, dass er diese Rache ebenso gut genießen könnte.

Mirabelle war an diesem Nachmittag nicht die Einzige auf Haldon Hall, die sich mit schlechter Laune herumschlug.

Whit hatte die vergangenen drei Tage auf einem seiner kleineren Güter verbracht und einen Streit geschlichtet, in dem es um zwei Pachtbauern, einen zerbrochenen Zaun, eine Milchkuh, einen unfähigen Aufseher und – wenn er sich nicht sehr täuschte – ein gewisses hübsches Schankmädchen ging, das mit dem Streit wahrscheinlich mehr zu tun hatte als der Zaun, die Kuh oder der Aufseher.

Während des ganzen Vorgangs hatte er sein Temperament gezügelt, und das hatte er erneut getan, als er in der vergangenen Nacht sehr spät nach Hause zurückgekehrt war, um zum wiederholten Male festzustellen, dass seine Schwester noch auf war und sich in ihrem Zimmer zu schaffen machte, ohne eine annehmbare Erklärung für ihr nächtliches Treiben zu liefern.

Auch hatte er eine bemerkenswerte Selbstbeherrschung an den Tag gelegt, als er früh am Morgen vom Lärm zweier Hausmädchen geweckt worden war, die sich aufgebracht wegen eines heruntergefallenen Tabletts gestritten hatten. Und als er in den Stall gegangen war, um festzustellen, dass sein Lieblingspferd lahmte. Und genauso, als seine zweite Wahl nach einem einstündigen Ritt ein Hufeisen verloren hatte, was einen langen Marsch von den Feldern zurück zu den Ställen notwendig gemacht hatte.

Er war gerade von dort zurückgekehrt, brummend, fluchend, entrüstet darüber, dass er das Mittagessen versäumt hatte, und betrachtete den Tag inzwischen durchaus nicht mehr als angenehm, als er Mirabelle aus der Ferne erblickt hatte.

Zuerst hatte er wie gewohnt reagiert – mit einem wohligen Aufwallen des Blutes, instinktiver Anspannung der Muskeln, einem langsamen und unwillkürlichen Lächeln. Ein lebhafter Streit war genau, was er brauchte.

Mirabelle war herrlich leicht zu ködern – sie ließ keine Bemerkung unerwidert und schreckte vor keiner Herausforderung zurück. Dies war wirklich die beste Eigenschaft des jungen Dings, und es gab kaum etwas, das er so genoss, wie sie zu quälen, bis sie zornig aufbrauste.

Nun gut, die Konsequenzen waren für ihn manchmal unangenehm, mitunter sogar katastrophal – man denke nur an die demütigende Episode mit seiner Mutter, die sich soeben ereignet hatte –, aber es hatte etwas ungemein Befriedigendes, zu beobachten, wie ihre Augen schmal wurden, ihr Gesicht sich rötete … und wie aus ihrem Mund die erstaunlichsten Worte kamen. Sie erheiterte ihn immer, selbst wenn er manchmal zu zornig – oder sogar gekränkt – war, um es zu genießen.

Es glich ein wenig dem Spiel mit dem Feuer, dachte er – höchst unklug, aber unwiderstehlich.

Langsam stellte er die Laufmaschine hin. Zum Teil, um in aller Ruhe über seinen Angriffsplan nachzudenken, zum Teil, um sein Gemüt zu beruhigen, und zum Teil einfach, um sich daran zu erfreuen, wie Mirabelle sich wand. Und sie wand sich tatsächlich, drehte den Arm umsonst hin und her, in dem vergeblichen Bemühen, sich aus seinem Griff zu befreien.

»Sollen wir den ganzen Tag hier herumstehen?«, fragte sie schließlich schnaubend und gab den Kampf auf.

»Das wäre eine Möglichkeit«, sagte er. »Ich habe mich noch nicht entschieden.«

»Du wirst dich gleich ebenso langweilen wie ich.«

»Oh, das bezweifle ich. Es gibt so viel Interessantes, worüber ich nachdenken kann.«

»Ah, er bemüht sich zu denken.« Sie nickte übertrieben verständnisvoll. »Das würde die Verzögerung erklären.«

»Rache ist eine Angelegenheit von großer Bedeutung. Sie erfordert eine gewisse Überlegung.«

»Sie erfordert Intelligenz und ein Mindestmaß an Einfallsreichtum.« Sie klopfte ungeduldig mit der Fußspitze auf den Boden. »Vielleicht möchtest du dich ja setzen?«

Er lächelte träge und ließ ihren Arm los. »Nicht nötig. Ich glaube, mir ist gerade genau das Richtige eingefallen.«

Theatralisch verdrehte sie die Augen, machte aber keine Anstalten zu gehen. »Nun, was denn? Willst du mich an den Haaren ziehen? Mich vor aller Welt beleidigen? Mir ein Reptil ins Kleid stecken?«

»Dein Kleid würde dadurch nur gewinnen, aber mir schwebt etwas anderes vor.«

»Nun, heraus damit. Ich brenne darauf, deinen schlauen Plan zu hören.«

»Das denke ich nicht.« Er lächelte bedrohlich. »Du wirst einfach abwarten müssen.«

Sie kräuselte die Stirn. »Wie meinst du das, ich werde warten müssen?«

»So, wie ich es sage. Du wirst warten müssen.«

»Das ist also deine Rache?«, fragte sie und ballte die Hände auf den Hüften zu Fäusten. »Ich soll darüber grübeln, welch abscheulichen Streich du mir womöglich spielen wirst.«

»Ein willkommener Nebeneffekt.«

Nachdenklich schürzte sie die Lippen. »Keine schlechte Strategie, zumindest wenn du in der Lage wärst, mehr als zwei Gedanken gleichzeitig im Kopf zu behalten. Bis zum Abendessen wirst du es vergessen haben.«

»Woher willst du wissen, dass ich meinen gerissenen Plan nicht schon vor dem Abendessen in die Tat umsetze?«

»Ich …« Sie öffnete den Mund und schloss ihn wieder.

»Hat es dir die Sprache verschlagen?«, fragte er. »Oder bist du vor Angst verstummt?«

Sie schnaubte geringschätzig und wirbelte auf dem Absatz

herum, um zu gehen. Hinter einer Wolke brach die Sonne hervor und tauchte sie für einen kurzen Moment in ein weiches, bernsteinfarbenes Licht. Das Mädchen wirkte auf einmal leuchtender – anders. Er blinzelte verdutzt. Warum zum Teufel sollte sie anders aussehen?

»Einen Moment noch.« Wieder hielt er sie am Arm fest.

Sie seufzte, ließ sich jedoch herumdrehen. »Was ist los, Kretin, hat ein dritter Gedanke die ersten beiden so schnell vertrieben? Es überrascht mich, dass du in so kurzer Zeit so viele gehabt hast. Wenn du sie vielleicht von jemandem für dich aufschreiben ließest …«

Er hörte nicht mehr zu, sondern sah sie an. Es war unzweifelhaft der Kobold: durchschnittliche Größe und Gestalt, dieselben braunen Haare und braunen Augen, schmale Nase, ovales Gesicht. Sie sah ziemlich unscheinbar aus, wie gewöhnlich, aber irgendetwas stimmte nicht – etwas war anders oder fehlte. Er schien nur nicht recht den Finger darauf legen zu können, was dieses Etwas war.

War es ihre Haut? War sie blasser, brauner, gelber? Wohl kaum, aber er konnte es nicht mit Bestimmtheit sagen, da er in der Vergangenheit selten auf ihre Haut geachtet hatte.

»Irgendetwas ist anders an dir«, murmelte er und sprach dabei mehr mit sich selbst, doch er sah, dass sie kurz blinzelte, bevor ihre Augen vor Überraschung und Skepsis groß wurden.

Also war tatsächlich etwas anders. Was zum Teufel war es? Ihr Haaransatz war so spitz und die Wangenknochen so hoch wie eh und je. Hatte sie immer schon dieses kleine Muttermal über der Lippe gehabt? Er konnte sich nicht erinnern, bezweifelte jedoch, dass es über Nacht gekommen war. Ihr Teint war freilich ein wenig kräftiger als noch vor einer Minute, aber das war es nicht, was ihn jetzt verwirrte.

»Kobold, es ist mir völlig unerklärlich. Ich bin offenbar nicht in der Lage, …«

Er neigte den Kopf in die andere Richtung und ignorierte ihre erzürnte Miene. Er kam einfach nicht darauf, was sich an dem Mädchen verändert hatte. Es hatte sich etwas verändert, das wusste er, und auch, dass es ihm aus irgendeinem Grund nicht gefiel. Die Veränderung bereitete ihm ein gewisses Unbehagen. Und daher schien es vollkommen natürlich, dass er sich straffte und fragte: »Warst du vielleicht krank?«

2

Mirabelles Ausflug um das Haus herum war weniger ein Spaziergang als vielmehr ein ausgedehnter Wutanfall.

Warst du vielleicht krank?, also wirklich.

Es wäre klüger gewesen, einfach die Hintertür zu benutzen, aber dann hätte sie an Whit vorbeigehen müssen. Und ein Abgang war erst dann richtig dramatisch, wenn man auf dem Absatz kehrtmachen und in die entgegengesetzte Richtung davonstürmen konnte, und genau das hatte sie getan, nachdem Whit seine überaus törichte Frage gestellt hatte.

Warst du vielleicht krank?

Sie trat gegen einen kleinen Stein und sah zu, wie er durch das Gras kullerte. Vielleicht … möglicherweise … hätte sie ihm gegenüber nicht ganz so eigensinnig sein sollen. Aber sie war den ganzen Tag schon übler Laune gewesen. Seit sie beim Frühstück diesen verwünschten Brief von ihrem Onkel erhalten hatte.

Zweimal im Jahr, in jedem vermaledeiten Jahr, war sie gezwungen, sich zum zwei Meilen weit entfernten Haus ihres Onkels auf eine seiner Jagdgesellschaften zu begeben. Und jedes Jahr sandte er im Vorfeld dieses Ereignisses ein Schreiben, um sie daran zu erinnern. Und in jedem einzelnen Jahr, wie sehr sie auch dagegen ankämpfte, befiel sie daraufhin ein leichtes Grauen, das sie die ganze Woche nicht mehr verließ.

Sie verachtete ihren Onkel, verabscheute seine Gesellschaften und hasste nahezu jeden der zügellosen, ausschweifenden und verkommenen Säufer, die dorthin kamen.

Viel lieber wäre sie hier in Haldon geblieben. Einen Moment lang blieb sie stehen, um das große steinerne Haus zu betrachten. Als sie es zum ersten Mal gesehen hatte, war sie noch ein Kind gewesen. Ein kleines Mädchen, das seine Eltern während einer Grippeepidemie verloren hatte und erst seit einem Monat bei seinem Onkel lebte. Verstört angesichts der Umwälzungen in ihrem Leben und in ihrem neuen Heim unerwünscht, hatte sie in Haldon schon bald sowohl eine Zuflucht als auch ein verzaubertes Schloss gesehen. Es war eine wilde Mischung aus Altem und Neuem. Hier gab es riesige Räume, enge Flure, gewundene Treppen und geheime Korridore, vergoldete Decken in einem Raum, Holzgebälk in einem anderen – ein seltsam liebenswertes Sammelsurium aus Geschmäckern und Lebensstilen der letzten acht Grafen. Man konnte sich in dem Gewirr der Gänge und Räume verlaufen, und gelegentlich geschah das auch. Wenn sie sich nur, dachte sie, verirren könnte, um nie wieder hinauszufinden.

Nun, sie konnte es nicht, rief sie sich ins Gedächtnis, und setzte ihren Weg fort.

Sie sollte für ihren Onkel die Gastgeberin spielen, und daran ließ sich nichts ändern. Außer dass sie sich natürlich auf das vorbereiten musste, was unweigerlich kommen würde. Sie hatte sich diesmal größte Mühe gegeben, sich davon ihren Aufenthalt in Haldon nicht verderben zu lassen – sie war sogar so weit gegangen, sich ein neues Kleid machen zu lassen.

Sie hatte kein neues Kleid mehr angezogen seit … es schien eine Ewigkeit her zu sein. Das bisschen Nadelgeld, das ihr Onkel ihr gab, erlaubte keine extravaganten Einkäufe. Es reichte kaum für das Nötigste.

Rückblickend hätte sie vielleicht ihre Ersparnisse nicht angreifen sollen, aber nach dem Eintreffen des Briefes war sie direkt auf ihr Zimmer gegangen und hatte ihr neues Kleid angezogen. Es war wirklich töricht, um wie viel besser sie sich darin gefühlt hatte … beinahe hübsch. Sie hatte fast damit gerechnet, dass jemand eine Bemerkung darüber machen würde.

Warst du vielleicht krank?

Sie fand den Stein wieder und trat so fest dagegen, dass ihr Zeh schmerzte.

Wirklich, Whit war ungefähr so scharfsichtig wie ein … nun, sie wusste es nicht genau. Etwas Blindes und Taubes. Zu dumm, dass er nicht obendrein auch noch stumm war.

Mirabelle blieb stehen, um tief durchzuatmen und sich zu beruhigen. Es war zwecklos, sich wegen einer kleinen Bemerkung derart aufzuregen. Vor allem, wenn besagte Bemerkung von Whit kam. Es war nicht annähernd die schlimmste Beleidigung, mit der er sie je bedacht hatte, und dass sie sich wegen einer so kleinen Kränkung so ärgerte, führte nur dazu, dass sie sich … nun, noch mehr ärgerte.

Sie drehte sich um und trat durch eine Nebentür ins Haus, machte sich auf den Weg zu ihrem Zimmer und versuchte, ihre verworrenen Gefühle zu ergründen. Es war nicht nur Ärger, begriff sie. Da waren auch Gekränktheit und Enttäuschung. Er hatte einfach nur dagestanden, mit diesem typischen, schiefen, unbekümmerten Grinsen, dessentwegen die Hälfte der vornehmen Welt in ihn verliebt war, und für einen Moment hatte sie tatsächlich geglaubt, er würde etwas Freundliches sagen. Aus Gründen, die sie lieber keiner genaueren Betrachtung unterzog, hatte sie sich sogar gewünscht, er würde etwas Freundliches sagen. Etwas wie: »Oh, Mirabelle …«

»Oh, Mirabelle, was für ein hübsches Kleid!«

Mirabelle wirbelte herum und sah Evie Cole hinter sich aus einem Raum treten. Evie war eine üppige junge Frau mit hellbraunem Haar und dunklen Augen, und man hätte ihre Erscheinung als reizend beschreiben können, wäre da nicht das leichte Hinken gewesen und die lange, dünne Narbe, die sich von der Schläfe bis zum Kinn zog, beides Spuren eines Kutschenunfalls in ihrer Kindheit.

Zwar war es außerhalb der Familie nicht bekannt, doch es war eben dieser Unfall, der Evie nach Haldon Hall geführt hatte. Ihr Vater – Whits Onkel – war in jener Nacht gestorben, und ihre Mutter – die dem Vernehmen nach ihrem Kind gegenüber ohnehin nicht sonderlich aufmerksam war –, hatte beschlossen, in Trauer zu versinken, anstatt sich um das Wohl ihrer Tochter zu kümmern. Evie zufolge hatte Mrs Cole Lady Thurstons Angebot, Evie auf Haldon großzuziehen, nur allzu bereitwillig angenommen.

Nach Jahren der Vernachlässigung war es kaum überraschend, dass Evie bei ihrer Ankunft ein sehr schüchternes Kind war. Es hatte Monate gedauert, sie aus ihrem Schneckenhaus zu locken. Als das endlich gelungen war, hatte Mirabelle zu ihrem Erstaunen kein sittsames und bescheidenes kleines Mädchen vorgefunden, sondern einen eigensinnigen Blaustrumpf. Evie hatte eine unglaubliche mathematische Begabung und außerdem das gegenwärtig noch geheime Ziel, die weibliche Bevölkerung der Welt – oder zumindest Englands – von der Unterdrückung durch die Unterart zu befreien, als die sie das männliche Geschlecht bezeichnete. Kurzum, sie war eine Radikale.

Außerdem war sie unbeirrbar loyal, von listiger Klugheit und seltsamerweise auch modebewusst. Es war kaum wahrscheinlich, dass Evie ein hübsches neues Kleid an einer Freundin übersehen hätte.

Unwillkürlich strahlte Mirabelle über das ganze Gesicht.

»Heißt das, dein Onkel hat sich endlich einmal großzügig gezeigt?«, erkundigte sich Evie und zupfte an dem lavendelfarbenen Ärmel.

»Wo denkst du hin«, sagte Mirabelle verächtlich. »Nicht einmal im Tod würde dieser Mann sein Geld loslassen.«

Evie sah sie fragend an, und Mirabelle nahm sie bei der Hand und führte sie in einen kleinen Salon am Ende des Flurs. »Komm, ich erkläre es dir, wenn Kate von ihrem Ausritt zurückkehrt. Läute unterdessen nach Tee und diesen köstlichen Keksen, die die Köchin backt. Ich weiß, es ist noch früh, aber ich bin vollkommen ausgehungert. Und nun, da du mir nicht entwischen kannst, bestehe ich darauf, dass du mir endlich alles über deine Reise nach Bath im vergangenen Monat erzählst.«

»Du hast immer Hunger«, murmelte Evie, nachdem sie an dem Klingelzug gezogen und das Hausmädchen, das darauf erschienen war, nach Erfrischungen geschickt hatte. »Und ich habe dir bereits gesagt, Bath war eben Bath. Eine stattliche Anzahl hässlicher Menschen in schönen Kleidern, die schmutziges Wasser tranken. Ich habe dir gewissenhaft geschrieben«, beendete sie ihren Bericht und nahm Platz.

»Du hast einen einzigen Brief geschickt, und sein gesamter Inhalt drehte sich um einen schrecklichen Musikabend bei den Watlingtons, den du besuchen musstest. Ich möchte die Höhepunkte hören.«

»Das *war* der Höhepunkt«, beharrte Evie. »Miss Mary Willory ist über den Saum ihres Rockes gestolpert und hat den Cellisten zu Fall gebracht, bevor ihr Kopf heftig auf der Rückenlehne seines Stuhles aufschlug, und um das einmal klarzustellen, ein Brief ist gewissenhafte Korrespondenz, soweit es mich betrifft.«

»Ich weiß«, lachte Mirabelle. »Es ist ein Glück, dass andere gern Briefe schreiben, sonst würde ich nie erfahren, was bei deinen Abenteuern geschieht.«

»Bei meinen Abenteuern geschieht gar nichts, deshalb schreibe ich auch so wenig. Es kostet mich eine halbe Woche meiner Zeit, genügend Material für eine Seite zu sammeln, und um ehrlich zu sein, ein Großteil davon ist Übertreibung – der Dramatik zuliebe, du verstehst.«

»Natürlich. Auch der Zwischenfall mit Miss Willory?«

Evie grinste boshaft. »Oh nein, mein Bericht über dieses Ereignis entsprach der Wahrheit bis zum letzten wundervollen Detail. Gott weiß, dass ich mir diese Szene so gut als möglich eingeprägt habe. Von dieser Erinnerung werde ich noch Jahre zehren.«

Mirabelle unterdrückte ein Lächeln, was ihr nicht recht gelang. »Wir machen uns wohl selbst kaum Ehre, wenn wir uns auf ihr Niveau der Schadenfreude herablassen. Außerdem hätte sie verletzt werden können.«

»Oh, aber das wurde sie ja«, erwiderte Evie fröhlich und ohne jede Reue. »Sie hatte auf der Stirn eine Beule von der Größe eines Hühnereis.« Die Erinnerung daran ließ sie sehnsüchtig lächeln. »Sie war herrlich – ganz schwarz und blau und rot an den Rändern.«

»Gott, das klingt schmerzhaft.«

»Das will ich hoffen. Und nach einigen Tagen nahm sie einen spektakulären Grünton an. Etwas Derartiges habe ich noch nie gesehen. Ich war in Versuchung, Miss Willory zur Schneiderin mitzunehmen, um mir zu diesem Anlass ein Kleid in genau diesem Farbton anfertigen zu lassen, aber ich hätte ihre Gesellschaft wohl nicht so lange ertragen.«

Die Tür ging auf, und das Erscheinen einer jungen Frau schnitt Mirabelle das Wort ab.

»Kate!«, riefen beide Mädchen aus, teils erfreut über ihr Kommen, teils entsetzt über ihren Zustand.

Lady Kate Cole war unter besseren Umständen eine Schönheit – groß genug, um die gegenwärtige hochtaillierte Mode ohne Weiteres tragen zu können, aber doch so schlank, dass sie gleichzeitig zart wirkte – und zugleich mit so vielen weiblichen Kurven gesegnet, dass die Augen und Gedanken der Männer sich erst gar nicht mit derlei Betrachtungen aufhielten. Die Natur hatte ihr zu ihrem Glück das hellblonde Haar und die sanften blauen Augen geschenkt, von der die feine Gesellschaft gegenwärtig schwärmte, außerdem hatte sie eine gerade Nase, ein reizendes kleines Kinn und einen perfekten Rosenknospenmund. Normalerweise war sie eine Augenweide. Im Moment jedoch hatte sich ihr Haar halb aus seinen Nadeln gelöst und hing ihr in feuchten Strähnen um den Hals. Ihr Kleid war zerrissen und vorne über und über mit Schlamm bespritzt.

»Oh, Kate«, seufzte Evie und stand auf, um die Hand ihrer Cousine zu ergreifen. »Was ist denn passiert?«

Kate blies sich eine widerspenstige Locke aus dem Gesicht. »Ich bin vom Pferd gefallen.«

Mirabelle und Evie gaben überraschte Laute von sich. Kates Missgeschicke waren nichts Ungewöhnliches, aber meist harmlos.

»Du bist was?«

»Bist du verletzt? Sollen wir nach einem Arzt schicken?«

»Weiß deine Mutter Bescheid?«

»Du solltest dich hinsetzen. Sofort.«

Kate ließ sich zu einem Stuhl führen und nahm mit einem verdrießlichen Seufzer Platz. »Ich bin zwar vom Pferd gefallen, aber völlig wohlauf, keine Sorge. Ich brauche weder einen Arzt noch meine Mutter. Hat jemand nach Tee geläutet, ich möchte unbedingt …«

»Ja, ja«, rief Mirabelle ungeduldig, »aber bist du auch ganz gewiss nicht verletzt? Von einem Pferd abgeworfen zu werden ist keine Kleinigkeit, Kate. Vielleicht sollten wir …«

Mirabelle brach ab, als sie sah, wie Kate schuldbewusst das Gesicht verzog.

»Daisy hat mich nicht abgeworfen«, gestand Kate widerstrebend. »Ich bin aus dem Sattel gefallen.«

Betretenes Schweigen entstand, dann zog Evie die Augenbrauen hoch und sagte: »Nun, ich muss zugeben, dass das etwas anderes ist.«

Kate nickte und bedeutete ihren Freundinnen, wieder Platz zu nehmen. »Ich war auf der Ostweide und hielt an, um mir eine kleine Blume anzusehen, die gerade mitten im Nirgendwo aufblühte, und noch dazu so früh. Ich dachte, wenn ich herausfinden könnte, was das für eine Blume ist, könnte ich ein paar davon hinten in dem ummauerten Garten pflanzen, wo so wenig Sonne hinkommt. Ihr wisst schon, wo außer stachligem Unkraut anscheinend nichts wächst, und …«

»Kate«, tadelte Mirabelle ihre Freundin sanft.

»Richtig, nun … ich habe mich vorgebeugt, um sie näher zu betrachten, und mein Kleid, oder vielleicht war es mein Absatz …« Sie hielt inne, um einen fragenden Blick auf ihre Füße zu werfen. »Jedenfalls bin ich an irgendetwas hängen geblieben, und dann lag ich auch schon mit dem Gesicht im Schlamm. Daisy stand ganz ruhig da.«

Evie und Mirabelle sahen sie mitfühlend an. Mirabelle konnte nicht umhin, sie noch einmal nach ihrem Befinden zu fragen.

»Ich fühle mich vollkommen wohl. Wirklich«, antwortete Kate. »Nichts hat Schaden genommen außer meinem Reitgewand, das sich ersetzen lässt, und meinem Stolz – der im Laufe der Jahre eine gesunde Hornhaut entwickelt hat und sich bis zum Abend zweifellos vollständig erholt haben wird. Oh, und die Blume. Ich bin auf sie gefallen.«

»Ein Jammer«, bemerkte Evie.

»Wie wahr. Jetzt werde ich nie erfahren, was für eine Blume es war.«

»Gewiss gibt es noch mehr davon«, meinte Mirabelle. »Du solltest dich umziehen, bevor du dich erkältest.«

»Oh nein, das ist nicht notwendig. Unter all dem Schlamm bin ich vollkommen trocken. Da wir gerade von Kleidern sprechen, du siehst heute ganz reizend aus, Mira. Ist das ein neues Kleid?«

»Ja.« Sie zupfte an den Röcken. »Mein Onkel hat heute Morgen seinen Brief geschickt. Ich dachte, das Kleid könnte mich vielleicht aufheitern.«

Kate beugte sich vor und nahm ihre Hand. »Du brauchst nicht hinzugehen, weißt du. Sag nur Mutter, dass du bleiben willst, sie wird sich darum kümmern.«

Mirabelle drückte ihrer Freundin die Hand. Ohne Zweifel würde Lady Thurston sich darum bemühen. Doch unglücklicherweise erhielt Mirabelles Vormund gemäß den Bedingungen im Testament ihrer Eltern jährlich die Summe von dreihundert Pfund, bis Mirabelle das Alter von siebenundzwanzig Jahren erreicht hatte, vorausgesetzt, sie verbrachte jedes Jahr mindestens sechs Wochen unter seinem Dach. Nach Mirabelles Vermutung war dies eine Vorsichtsmaßnahme, die sicherstellen sollte, dass man sie nicht einfach ins Armenhaus steckte. Ein wohlmeinender Gedanke, der mehr geschadet als genützt hatte.

»Ich weiß, aber mein Onkel würde es so schwer machen, und ich möchte nicht, dass euer Heim durch solche Streitereien vergiftet wird.«

»Wie lange dauert es noch, bis das Testament seine Gültigkeit verliert und du endgültig zu uns gehörst?«, fragte Evie.

»Nicht mehr lange, keine zwei Jahre mehr.«

Dieses Wissen hatte entscheidend dazu beigetragen, dass sie sich ein neues Kleid gekauft hatte. Nach ihrem siebenundzwanzigsten Geburtstag würde sie ihre dürftigen Ersparnisse von achtzig Pfund nicht länger brauchen. Ihre Eltern hatten augenscheinlich entschieden, dass, wenn es ihr bis zu diesem Alter nicht gelungen war, einen Ehemann zu finden, es unwahrscheinlich war, dass das je geschah, und dann würde ihr Erbe von fünftausend Pfund – gegenwärtig eine Mitgift – ihr gehören, und sie konnte darüber nach ihrem Belieben verfügen.

Es würde ihr sehr gefallen, dachte sie, ihr eigenes Haus zu haben – wo die Leute zur Abwechslung einmal sie besuchen würden.

Sie wurde aus ihren Überlegungen gerissen, als Thompson, der Butler, den Raum betrat.

»Der Herzog und die Herzogin von Rockeforte sind eingetroffen«, teilte er ihnen mit, bevor er klugerweise beiseitetrat. Die drei Frauen eilten zur Tür.

3

Der Herzog und die Herzogin – ihren engen Freunden besser bekannt als Alex und Sophie – waren in Mirabelles Augen das reizendste Paar in ganz England. Sie sah, wie die beiden aus der Kutsche stiegen – ein ausgesprochen gut aussehender Mann, der einer schönen und unübersehbar schwangeren jungen Frau beim Aussteigen half.

Mirabelle kannte Alex seit ihrer Kindheit. Seine Mutter war zeit ihres Lebens mit Lady Thurston befreundet gewesen, und als der junge Alex als Waise zurückgeblieben war, hatte Lady Thurston ihm ihr Haus und ihr Herz geöffnet und war ihm gewissermaßen eine zweite Mutter geworden. Er war so groß wie Whit, aber breitschultriger. Sein Haar hatte die Farbe von kräftigem Kaffee, und seine graugrünen Augen, die früher einmal so skeptisch geblickt hatten, waren jetzt voller Heiterkeit.

Mirabelle hatte Sophies Bekanntschaft erst vor weniger als zwei Jahren gemacht, aber schon nach wenigen Tagen waren sie beste Freundinnen geworden. Sophie war eine faszinierende Frau, die vor ihrer Heirat mit Alex jahrelang die Welt bereist und in dieser Zeit unzählige aufregende Abenteuer erlebt hatte. Ihr Haar war von einem dunklen Mahagoniton, und ihre strahlend blauen Augen blickten für gewöhnlich freundlich wie die ihres Mannes. Doch im Moment lag Gereiztheit darin.

»Taubheit in den Händen ist zwar gewiss unter Frauen in meinen Umständen ein weitverbreitetes Leiden«, sagte sie in unüberhörbar sarkastischem Tonfall, »aber ich bleibe auf wunderbare Weise davon verschont. Reich mir bitte meinen Ridikül.«

»Nein.«

Mirabelle mochte zwar die Sprache, in der Sophie antwortete, nicht verstehen, doch der Inhalt ließ sich leicht erraten. Flüche erkannte man am Tonfall.

Sophie brach ab, als sie ihre Freundinnen vor dem Haus erblickte. Was folgte, war nicht die in den feinen Kreisen übliche steife Begrüßungszeremonie. Es hatte nichts Förmliches an sich, wie die Frauen lachten, einander umarmten und aufgekratzt durcheinanderredeten. Sie verhielten sich, dachte Mirabelle, wie eine Familie – von Schwestern und Brüdern.

Die Neuankömmlinge wurden unter großem Aufheben ins Haus geleitet. Schachteln und Koffer mussten von der Kutsche in die Halle gebracht und ein Hausmädchen gerufen werden, das Mäntel und Hüte entgegennahm und im Salon für Erfrischungen sorgte.

»Alex würde seinen Tee sicher lieber mit Whit trinken«, warf Sophie ein, bevor Alex etwas sagen konnte.

»Das würde ich tatsächlich, aber nur wenn du versprichst, dich beim Tee zu setzen.« Alex lächelte seine Frau an und drückte ihr einen kurzen, sanften Kuss auf die Wange. Es war eine unbefangene Geste der Zuneigung, die er sich nach Mirabelles Vermutung mehrmals am Tag erlaubte, aber es lag so viel Verliebtheit darin, dass sie – wie schon ein- oder zweimal in der Vergangenheit – überlegte, wie es wohl wäre, diese Art von Liebe zu kennen. Schnell schob sie den Gedanken beiseite. Liebe war den Schönen, den Glücklichen und den unheilbar Romantischen vorbehalten. Sie war nicht im Entferntesten dafür qualifiziert.

Sophie schürzte die Lippen und sah ihren Mann an. »Tee nimmt man üblicherweise immer im Sitzen ein.«

»Sehr richtig, doch da du so selten etwas auf die übliche Weise tust …«

»Ich werde mich setzen«, unterbrach Sophie ihn zähneknirschend.

»Ausgezeichnet. Ist Whit im Studierzimmer?«, fragte Alex den Butler.

»Ja, Euer Gnaden.«

Sophie verdrehte die Augen, als sie Alex nachsah, ging dann in den Salon und setzte sich tatsächlich wie versprochen in einen dick gepolsterten Sessel.

»Möchtest du etwas essen?«, fragte Evie, während Kate Tee einschenkte.

Sophie stöhnte und presste sich eine Hand auf den Leib. »Ich kann nicht. Ich kann einfach nicht.«

Mirabelle war angesichts des gequälten Gesichtsausdrucks ihrer Freundin leicht alarmiert. »Ist dir nicht wohl? Stimmt etwas nicht?«

»Ich erfreue mich bester Gesundheit«, versicherte Sophie ihr. »Es ist nur so, dass ich in den letzten sechs Monaten mehr gegessen habe als in meinem ganzen Leben. Es ist Alex. Der Mann stopft mich unaufhörlich mit Essen voll, so als litte er an einer schrecklichen Krankheit. ›Nimm etwas Eintopf, Sophie. Noch ein paar Möhren, Sophie. Nur noch ein Häppchen Fisch, Sophie, noch ein Stück Toast, eine Scheibe …‹« Sie richtete sich in ihrem Sessel auf. »Sind das Zitronentörtchen?«

»Äh … ja.«

»Gott sei Dank.« Sophie schnappte sich eins, biss hinein und sprach mit vollem Mund weiter. »Wenn er mir solche Speisen aufnötigen würde, wäre ich weniger geneigt, mich zu beschweren, aber bei ihm sind es keine Desserts. Es sind Unmengen – geradezu Tonnen – von Brot und Fleisch und Gemüse. Heilige Muttergottes, das Gemüse. Der Mann ist so schrecklich besorgt. Habt ihr eine Ahnung, wie lange wir gebraucht haben, um hierherzukommen?«

Drei Köpfe wurden geschüttelt.

»Vier Tage«, teilte Sophie ihnen mit und nahm noch einen Bissen. »Vier endlose Tage, dabei leben wir keine vierzig Meilen von Haldon entfernt. Er hat unseren Fahrer alle zwei Stunden anhalten lassen, damit ich mich ausruhen konnte. Habt ihr je etwas so Albernes gehört? Und ich kann euch sagen, er war ein grässlicher Reisegefährte. Bei dem geringsten Anlass veranstaltete er einen großen Wirbel um mich und rief unserem Kutscher zu, er solle auf die Spurrillen in der Straße achten. Nicht, dass da irgendwelche Rillen gewesen wären, wohlgemerkt, oder dass wir so schnell gefahren wären, um sie zu spüren, wenn da welche gewesen wären. Der Mann hat schlicht den Verstand verloren.«

»Es überrascht mich, dass er dir überhaupt erlaubt hat zu kommen«, meinte Evie.

»Oh, zuerst war er dagegen. Es gab eine … Debatte.« Sophies Gesichtsausdruck wechselte von Gereiztheit zu Ärger, und sie legte den Rest des Törtchens auf den Teller zurück. »Gütiger Gott, wie ich rede. Er hat mich zum Zetern gebracht. So geht es nicht. Ich muss weg von ihm, zumindest für einige Stunden. Ich flehe euch an, helft mir.«

»Wie wäre es, wenn wir nach Benton fahren würden, um ein wenig einzukaufen?«, schlug Evie vor. »Mirabelle braucht eine Haube und Handschuhe zu ihrem neuen Kleid – außerdem einen passenden Ridikül, wenn einer zu finden ist.«

»Das alles brauche ich ganz gewiss nicht«, wandte Mirabelle lachend ein. Sie hob die Hand, bevor Evie protestieren konnte. »Aber ich bin nicht abgeneigt, etwas Kleines zu kaufen. Etwas Kleines, Hübsches und Nutzloses.« Sie ergriff ein Törtchen und biss hinein. »Mir ist danach, mich etwas zu verwöhnen.«

»Ausnahmsweise einmal«, bemerkte Evie.

»Alex wird uns begleiten wollen«, wandte Sophie ein.

»Nun, wir werden einfach eine Ausrede finden müssen, um uns von ihm zu trennen«, sagte Evie. »Nimm ihn zwischendurch beiseite und sag ihm, du müsstest einige Kleidungsstücke von peinlich weiblicher Natur kaufen.«

»Oh, dann wird er darauf bestehen, sich mir anzuschließen.«

»Nun, dann sag ihm, *ich* müsse einige Kleidungsstücke von peinlich weiblicher Natur erwerben.«

»Damit, denke ich, sollte es gelingen«, stimmte Sophie lächelnd zu, und Kate und Mirabelle lachten. »Brauchst du sie denn wirklich?«

Evie zuckte nur die Achseln. »Man kann nie zu viel Unterwäsche haben, also ist es keine richtige Lüge.«

Sie lachten immer noch, als Whit den Kopf ins Zimmer steckte. »Meine Damen … Kobold … Alex und ich wollen nach …«

»Benton«, unterbrach Kate ihn und warf einen verstohlenen Blick in Sophies Richtung. »Sophie hat Interesse an Mrs Gages Kuchen bekundet. Du hast doch nichts dagegen, oder, Whit?«

Whit betrachtete stirnrunzelnd die Speisen, die die Diener hereingebracht hatten. Er öffnete den Mund, aber Sophie – verschlagenes, kluges Mädchen, das sie war – schnitt jede Widerrede ab, indem sie die Hand hob und sanft über ihren ausladenden Bauch strich.

»Ich möchte ja niemandem zur Last fallen«, sagte sie mit sanfter Stimme und engelsgleichem Lächeln. »Aber ich habe einfach schrecklichen Appetit auf etwas …« Sie ließ den Blick über die Teller im Raum gleiten. »Schokolade. Hier scheint es keine zu geben.«

»Du fällst niemandem zur Last«, erwiderte Whit. Wie alle Männer, die nur wenig Erfahrung mit werdenden Müttern haben, war er sehr darauf bedacht, ihr ins Gesicht oder über die Schulter zu schauen, überallhin, nur nicht auf die unübersehbare Wölbung unter ihrem Kleid. »Wenn du Mrs Gages Kuchen möchtest, sollst du ihn haben. Alex und ich werden in die Stadt reiten …«

»Oh, aber ich weiß nicht genau, welche Sorte ich möchte, und ich würde liebend gern etwas Zeit mit meinen Freundinnen verbringen und einkaufen, bevor all die …« Sie wedelte schwach mit der Hand. »Bevor all die Gesellschaft mit ihrer Aufregung und ihrem Lärm beginnt. Aber wenn es dir zu viel Mühe macht, können wir zu Fuß gehen.«

»*Zu Fuß gehen?*«

»Aber gewiss doch.« Sie machte Anstalten, sich aus ihrem Sessel zu hieven, mit der ganzen Kraft und Anmut einer Frau, die in ihrem Totenbett liegt. »Es sind nur drei Meilen, und ich bin ja nicht krank.«

Im Nu war Whit im Zimmer und drückte sie sanft zurück in den Sessel. Mirabelle konnte gerade noch ihr Gelächter unterdrücken. Oh, was war Sophie doch für ein verschlagenes Geschöpf, dachte sie. Schon unverhohlene Schwäche weckte in einem Mann wie Whit den Beschützerinstinkt, stille Tapferkeit war sein Untergang.

»Setz dich, Sophie, bitte. Du brauchst nicht zu Fuß zu gehen, um Himmels willen. Alex und ich werden euch in die Stadt bringen.«

»Nun, wenn du sicher bist …«

»Natürlich. Natürlich bin ich mir sicher. Du sollst allen Kuchen bekommen, den du möchtest.«

»Die Kutsche ist gleich bereit, meine Damen«, bemerkte Whit etwas später. »Wir müssen nur noch den Kobold zu den Pferden spannen.«

Mirabelle warf ihm ein spöttisches Lächeln zu und stieg hinter Kate ein, die nun saubere Kleider trug. »Sei versichert, Kretin, wenn ich mich plötzlich als Pferd wiederfände, würde ich als Erstes dir einen Tritt verpassen, und zwar an …«

»Wir sind jetzt bereit zum Aufbruch!«, unterbrach Sophie sie fröhlich, stieg in die Kutsche und setzte sich neben Mirabelle, wobei sie auch für Kate und Evie Platz machte.

»… den Kopf«, rief Mirabelle ihm nach, bevor sie sich mit gerunzelter Stirn an Sophie wandte. »Was dachtest du denn, das ich sagen würde?«

»Ähm … etwas anderes. Etwas …« Kate wedelte mit der Hand und deutete auf ihre untere Körperhälfte.

In Mirabelles Gesicht dämmerte Begreifen und zugleich ein entzücktes Grinsen. »Oh! Oh, das ist sehr gut!« Sie steckte den Kopf wieder aus dem Fenster, um ihre frühere Drohung zu korrigieren, stellte aber fest, dass Whit bereits fort war. »Zu spät.«

In ganz Benton gab es nur ein einziges Bekleidungsgeschäft, aber da dieses Geschäft von Madame Duvalle betrieben wurde, genügte es vollkommen. Sie war eine Londoner Damenschneiderin, die im vergangenen Jahrzehnt einige Bedeutung erlangt hatte, und war teils wegen der Wankelmütigkeit der feinen Gesellschaft aus der Mode gekommen, teils wegen ihrer mangelnden Bereitschaft, ihre Arbeit durch die Wünsche törichter junger Mädchen zu kompromittieren – doch Lady Thurston zufolge sprach das nur zu ihren Gunsten.

Sie hatte den kurzen Umzug nach Benton auf Lady Thurstons Drängen hin auf sich genommen, und das Geschäft ging gut, da sie die Coles und ihre regelmäßigen Gäste sowie den Landadel der näheren Umgebung belieferte.

Madame Duvalle hatte auch die ungewöhnliche Eigenschaft, eine gebürtige Französin zu sein, da sie aus Paris kam und dort in ihrer Kunst unterwiesen worden war. Und für die Mädchen war es vollkommen klar: Was Madame Duvalle schuf, war Kunst.

Der Laden lag wie die anderen vornehmen Geschäfte im Herzen der Stadt. Eine junge Frau begrüßte sie mit freundlichem Lächeln an der Tür und verschwand dann im Hinterzimmer, um Madame diskret davon in Kenntnis zu setzen, dass ihre angesehensten Kundinnen eingetroffen seien. Bevor Mirabelle Gelegenheit hatte, einen Blick auf die neuen Stoffe zu werfen, rauschte eine große und ziemlich rundliche Frau durch die Tür, durch die die junge Frau zuvor entschwunden war. Unvermittelt blieb sie stehen, stieß einen gewaltigen Seufzer aus und griff sich ans Herz.

»Mes chéries!«

Es war ein Auftritt, an den die jungen Frauen sich schon längst gewöhnt hatten, aber da er ebenso aufrichtig wie theatralisch war, erwiderten sie die Begrüßung mit einem Lächeln.

»Sie sehen reizend aus, mes belles«, gurrte Madame Duvalle. »Ich weiß wirklich nicht, warum ich mir mit ihren Kleidern solche Mühe machen sollte. Bei ihnen würde selbst ein drapiertes Laken wie ein Meisterwerk aus Nadel und Faden wirken. Aber ich bin überaus entzückt, Sie alle zu sehen … bis auf Sie«, ließ sie Mirabelle mit einem Naserümpfen und einem Augenzwinkern wissen. »Sie sind zu starrsinnig.«

Mirabelle lachte und konnte nicht widerstehen – sie beugte sich vor und küsste Madame auf die Wange. »Sie haben mich überzeugt, das lavendelfarbene Kleid statt des braunen zu wählen«, rief sie ihr ins Gedächtnis.

»Ja, aber ich wollte, dass Sie das elfenbeinfarbene bekommen.«

Und sie hatte selbst das elfenbeinfarbene haben wollen, erinnerte sich Mirabelle, aber es war zu teuer gewesen und sehr viel unpraktischer als das dunklere, lavendelfarbene, auf dem Flecken nicht so auffallen würden.

»Ich bin zum zweiten Mal in zwei Wochen hier, um etwas zu kaufen, das muss doch zählen.«

»Oui, gewiss zählt es.« Sie bedachte Mirabelle mit einem hoffnungsvollen Lächeln. »Das elfenbeinfarbene diesmal?«

»Ich fürchte, es ist etwas Kleineres. Wir brauchen Unterwäsche.«

»Ah.« Madame Duvalle blickte zu einigen Neuankömmlingen hinüber, die den Laden betreten hatten. »Sie kennen ja den Weg. Ich gebe Ihnen Zeit, um sich umzuschauen, während ich mich um diese Damen kümmere, ja?«

Anders als die Stoffballen und die Konfektionsware wurden Stücke von intimerer Natur in einem separaten, fensterlosen Raum ausgestellt.

»Weißt du schon, was du möchtest?«, fragte Kate Evie, während die Frauen sich die ausgestellten Stücke ansahen.

»Nein, doch ich gebe zu, dass ich hiervon ganz angetan bin.«

Mirabelle, die ein Modekupfer studiert hatte, blickte auf, um zu sehen, dass Evie auf ein … ein Etwas zeigte, das an einer Schneiderpuppe ausgestellt war. Hellblauer Satin, der für ein Kleid viel zu schlicht geschnitten war, schmiegte sich um die Puppe, statt locker herabzufallen.

»Oh, um Himmels willen«, lachte Mirabelle. »Was ist der Sinn eines solchen Kleidungsstücks?«

»Ich weiß es nicht«, sagten Kate und Evie.

»Sich himmlisch zu fühlen«, war Sophies Antwort. Drei Köpfe wirbelten unverzüglich zu ihr herum. Sie zuckte die Achseln, und ihre Wangen färbten sich leicht rosig. »Vielleicht muss man verheiratet sein, um seine Schönheit zu würdigen.«

»Oder man muss etwas Hübsches und Nutzloses suchen«,

fügte Evie mit einem vielsagenden Blick in Mirabelles Richtung hinzu.

»Das ist absurd, Evie«, lachte Mirabelle. »Wir wissen nicht einmal, was es ist.«

»Sophie offenbar schon.«

»Eigentlich nicht«, gestand Sophie. »Ich finde es einfach nur schön. Vielleicht ist es ein Unterkleid.«

»Es ist zu lang«, wandte Mirabelle ein. »Es würde fast bis zu den Knöcheln reichen. Und es ist das falsche Material.«

Unterkleider wurden aus robustem Stoff gemacht, der häufiges Waschen überstand. Der Stoff vor ihr sah aus, als würde er sich schon bei einem Regenguss auflösen. Sie strich mit einem Finger darüber. Und verliebte sich sofort in das Kleid.

»Meine Güte«, hauchte sie. »Habt ihr jemals etwas so Weiches gefühlt?«

»Ah, ich sehe, Sie haben mein kleines Experiment gefunden.«

Beim Klang von Madame Duvalles Stimme zog Mirabelle schuldbewusst die Hand zurück. »Ich bitte um Verzeihung, ich hätte nicht …«

»Pfft! Wenn ich nicht wollte, dass man es bewundert, hätte ich es nicht ausgestellt. Was halten Sie davon?«

»Es ist göttlich«, flüsterte Mirabelle, und vier Augenpaare blinzelten sie erstaunt an. »Nun, das ist es doch«, verteidigte sie sich. »Es fühlt sich an wie … wie Wasser. Wozu ist es gedacht?«

»Es ist ein Unterkleid.«

»Aber …«

»Aber es ist sehr unpraktisch, ja. Wie mir jede vermögende Frau mitgeteilt hat.« Sie schnaubte ärgerlich. »Ist es nicht seltsam, dass nicht einmal die sorglosesten Frauen sich auf diese Weise verwöhnen wollen?«

»Weil sie es nicht vorführen können, sodass andere es sehen und sie darum beneiden könnten«, murmelte Evie.

»Genau das ist es, mein kluges Mädchen.«

»Eine Frau mit einem Ehemann könnte das durchaus«, warf Sophie nachdenklich ein.

»Das ist wahr«, lachte Madame Duvalle. »Aber dieses Stück ist nicht für Sie, jeune mère. Es ist für Miss Browning.«

Mirabelle hätte nicht verblüffter sein können, wenn man ihr die Besitzurkunde für den Laden angeboten hätte. Wahrscheinlich bemerkte sie deshalb nicht, wie Madame Duvalle mit Kate einen verständnisvollen Blick wechselte.

»Für mich? Aber das könnte ich nicht. Ich könnte unmöglich. Ich …« Ihre Stimme verlor sich. »Könnte nicht« fasste ihre Lage ihrem Gefühl nach recht gut zusammen. Sie konnte es sich nicht leisten, konnte es nicht tragen. Konnte alles Mögliche nicht.

Ihre Einwände stießen auf taube Ohren. »Ich bestehe darauf. Ich möchte, dass meine Schöpfung gewürdigt wird und nicht in diesem Raum verstaubt.« Madame Duvalle zog das Kleid von der Schneiderpuppe. »Ich verlange drei Schilling und werde es ohne Aufpreis ändern, ja?«

Drei Schilling? Das war ein lächerlich niedriger Preis.

»Drei Schilling? Das ist absurd. Allein das Material …«

»Es kostet Sie drei Schilling, Sie stures Mädchen, und außerdem noch Klatsch. Ich möchte alles über die Gäste hören.« Sie hielt Mirabelle den Stoff an und kniff die Augen zusammen. »Wir haben Glück. Es sind wohl keine Änderungen nötig.«

»Ein hoher Preis«, mischte Evie sich ein, ehe Mirabelle weitere Einwände erheben konnte. »Aber sie nimmt es. Welchen Klatsch möchten Sie denn zuerst hören?«

Überstimmt, überlistet und gar nicht so sehr daran interessiert, ihren Willen durchzusetzen, wenn sie ehrlich war, griff

Mirabelle in ihren Ridikül und nahm die drei Schilling heraus. »Ich werde gut darauf achtgeben«, versprach sie. »Vielen Dank.«

»Natürlich werden Sie das.« Madame Duvalle ging in den vorderen Teil des Ladens, der – zu Mirabelles ungeheurer Erleichterung – wieder leer war. »Also, erzählen Sie mir, was Sie von diesem Mr Hunter halten, der zu Besuch gekommen ist.«

Kate zuckte die Achseln. »Er hat geschäftlich mit Whit zu tun. Wir haben ihn noch nicht kennengelernt.«

»Ich bin ihm in London begegnet«, berichtete Sophie. »Er scheint recht nett zu sein.«

»Ja, ein sehr netter Mann«, sagte Madame Duvalle, während sie das Unterkleid auf einen Tisch legte und in Seidenpapier einschlug. »Das sagen auch die Londoner Schauspielerinnen und Opernsängerinnen über ihn, wie ich höre – ein überaus freundlicher Gentleman.«

»Ach du lieber Gott!« Mirabelle und Kate machten missbilligende Gesichter, Sophie und Evie wirkten erheitert, und Madame Duvalle deutete beide Reaktionen bereitwillig als Ermutigung.

»Seine Eroberungen sind ziemlich legendär, aber es heißt, dass er nicht mit den Unschuldigen oder den Verheirateten anbandelt, wozu sich so viele junge Männer veranlasst fühlen, und das spricht doch für ihn, nicht wahr?«

Evie stieß ein spöttisches Lachen aus. »Dann ist also nichts dagegen einzuwenden, dass er reihenweise Frauen verführt, solange sie Schauspielerinnen und Kurtisanen sind?«

Madame Duvalle zuckte auf sehr französische Art die Achseln und legte das Unterkleid in eine Schachtel. »Man kann schließlich nicht erwarten, dass er wie ein Mönch lebt.«

»Warum nicht?«, begehrte Evie auf. »Von Frauen wird erwartet, dass sie wie Nonnen leben. Es ist höchst ungerecht.«

»C'est vrais, ma petite, aber so war es immer für Frauen, nicht wahr? Wenn das Leben gerecht wäre, würde ich für immer jung und schön bleiben und hätte einen reizenden jungen Mann, der mich von früh bis spät bedient, und all meine Kunden würden mir so viel Vergnügen bereiten wie Sie vier.«

»Ich denke, Madame Duvalle«, meldete Sophie sich zu Wort, »es wäre uns gegenüber höchst ungerecht, wenn Sie für immer jung und schön blieben.«

Madame Duvalle lächelte durchtrieben. »Seien Sie nicht töricht. Ich würde Ihnen meinen jungen Mann doch ausleihen.«

4

Mirabelle fühlte sich ein wenig unbehaglich bei der Vorstellung, mit einer Schachtel, die ein so unkonventionelles Wäschestück enthielt, durch Benton zu schlendern. Von daher hielt sie es für das Beste, ihre Erwerbung zur Kutsche zu bringen, während die anderen zum Buchhändler vorgingen.

Wenn sie allerdings gewusst hätte, dass sie auf dem Gehsteig Whit über den Weg laufen würde, hätte sie die Schachtel klaglos quer durch die ganze Stadt getragen. Schließlich gab es verschiedene Grade des Unbehagens.

»Whit, hallo. Ist heute nicht ein schöner Tag? Die anderen sind zum Buchhändler gegangen. Wo ist Alex?«

Sie redete zu viel. Sie wusste, dass sie zu viel redete, konnte sich aber anscheinend nicht bremsen. Es war erstaunlich, dass sie überhaupt etwas herausbrachte, während sich in ihrem Kopf ein völlig anderes – und völlig unfreiwilliges – Gespräch abspielte.

Whit, hallo. Ich habe ein blaues Unterkleid in dieser Schachtel. Ich glaube, es ist aus einer Art Satin. Ist es nicht zauberhaft?

Sie spähte über seine Schulter zur Kutsche hinüber und fragte sich, ob sie sich wohl unauffällig an ihm vorbeischleichen könnte. Vermutlich nicht. Gewiss nicht, wenn er sie wie jetzt auf einmal aufmerksam musterte.

Sie spürte, wie ihr die Hitze aus der Brust den Hals hinauf und in die Wangen stieg. Sie errötete. Fünfundzwanzig Jahre alt, und sie errötete. Es war lächerlich. Und gefährlich. Whit beobachtete sie amüsiert und neugierig, und seine blauen Augen verengten sich mit beängstigendem Interesse.

»Alex ist in Mavers Wirtshaus. Was versteckst du da, Kobold?«

»Was?« Das Wort kam zu laut heraus, aber, gütiger Gott, wie konnte er das denn wissen? Hatte er sie gesehen? Mirabelle schaute zurück zum Laden der Schneiderin. Nein, in den Fenstern spiegelte sich das nachmittägliche Sonnenlicht, man konnte nur hineinsehen, wenn man unmittelbar davorstand, und irgendjemand hätte es doch gewiss erwähnt, wenn der Graf von Thurston sich die Nase an der Scheibe platt gedrückt hätte.

Sie räusperte sich nervös. »Ich habe nicht die geringste Ahnung, wovon du redest, Whit.«

Diesmal sprach sie zu leise. Verflixt, sie machte es sich nur noch schwerer.

»Du machst es dir nur noch schwerer«, sagte er und lächelte über ihre finstere Miene. »Du bist so nervös, dass man meinen könnte, du würdest gleich weglaufen.«

Die Idee hatte etwas für sich. Ihr ganzer Körper war angespannt und bereit zur Flucht. Bewusst entspannte sie sich. Aber nicht zu sehr. Sie hielt sich gern alle Möglichkeiten offen.

»Ich bin ein wenig erhitzt«, meinte sie schwach. Das erklärte zwar keineswegs ihre Anspannung, aber es war noch das Beste, was sie unter diesen Umständen zuwege brachte.

Ihr Bestes genügte Whit offenbar nicht, denn er ignorierte ihre letzte Bemerkung vollkommen. »Erfindest du Ausreden für die anderen Damen?«

Sie blinzelte, als er nicht auf ihre Äußerung einging. »Äh … nein«, stotterte sie, aufrichtig verwirrt. »Ich habe es dir gesagt, sie sind beim Buchhändler. Kate wollte sehen, ob ein bestimmtes Buch von Wollstonecraft vorrätig ist.«

Whit schnaubte und beugte sich zur Seite, um an ihr vorbei die Straße hinunterzuspähen. Sie hörte, wie er etwas von »Schund« und »ein Machtwort sprechen« murmelte und nutzte die Gelegenheit, das Thema zu wechseln.

»Sie sind ziemlich grässlich, das ist wahr, aber ich finde nichts dabei, wenn Kate sie liest.«

»Ihr wird davon noch das Gehirn verfaulen.«

»Oh, das bezweifele ich. Selbst wenn das möglich wäre, was ich keine Minute lang glaube, so hätten die Folgen sich inzwischen bemerkbar gemacht. Sie liest solche Bücher doch schon seit Jahren.«

»Vielleicht haben wir den Schaden, den sie angerichtet haben, noch nicht bemerkt.«

»Als da wäre …«

Whit zuckte die Achseln. »Sie ist einundzwanzig«, erwiderte er abwesend. »Sie sollte bereits verheiratet sein.« Er machte Anstalten, um sie herumzugehen.

Nun, das ging zu weit, entschied sie. Sie trat ihm in den Weg.

»Du kannst doch nicht so töricht sein, diese Bücher für die Ehelosigkeit deiner Schwester verantwortlich zu machen.«

Er starrte sie kurz an, und sein Blick bohrte sich in den ihren. »Eigentlich habe ich eine gänzlich andere Theorie, wer oder was dafür verantwortlich ist.«

Das tat ziemlich weh. Nach so vielen Jahren gegenseitiger Beleidigungen hätte das nicht so sein sollen, aber so war es. Die Heftigkeit ihrer Gefühle und die Erkenntnis, dass seine unfreundlichen Bemerkungen sie heute stärker getroffen hatten als je zuvor, überraschte sie ein wenig. Ihre Kehle war wie zugeschnürt, doch dann erzürnte sie zu ihrer gewaltigen Erleichterung der Gedanke, dass dieser kaltherzige Mensch sie so vollkommen aus der Fassung gebracht hatte. Dass er sie verdächtigte, dem Glück seiner Schwester im Wege zu stehen, war unvorstellbar, unerträglich und einfach … unglaublich dumm.

»Wenn du wirklich bezweifelst, dass mir das Glück deiner Schwester überaus am Herzen liegt, dann bist du ein größerer Narr, als ich es mir je hätte vorstellen können. Und wenn du außerdem denkst, deine Schwester hätte nicht den Mut, mich und meine Sorge um sie zum Teufel zu schicken, wenn es ihr beliebt, dann bist du ein treuloser Bruder und obendrein ein Narr. Überdies …«

Im Handumdrehen hatte er ihr die Schachtel abgenommen.

Eben hatte sie noch ihre Tirade ausgekostet und sie mit spitzen kleinen Fingerstichen auf seine Brust unterstrichen, und jetzt stand er schon mehrere Schritte entfernt, hielt ihre Schachtel in der Hand, rieb sich abwesend die Brust und grinste wie der Narr, als den sie ihn gerade beschimpft hatte.

»Gott, es ist so ein Spaß, dich zu ärgern«, lachte er. »Und es ist so erfreulich einfach. Du glaubst aber auch fast alles, was?«

Ganz kurz durchzuckte Mirabelle Erleichterung darüber, dass er seine frühere Anschuldigung nicht ernst gemeint hatte, aber diese Empfindung wurde fast sofort von Entrüstung darüber verdrängt, dass er sie als leichtgläubig bezeichnet hatte, und diese wiederum von dem Grauen, das sie bei dem Gedanken an ihr blaues Unterkleid erfüllte. Gedankenverloren spielten Whits Finger mit der Schnur, die die Schachtel verschlossen hielt, und Mirabelles Gefühle wandelten sich einmal mehr und gerieten diesmal einer Panik gefährlich nahe. Sie holte mehrmals tief Luft, um sich zu beruhigen, doch mit geringem Erfolg.

»Was ist in dieser Schachtel, dass du so schreckhaft bist?«, fragte Whit und spielte mit dem Knoten.

Sie war beschämt, hätte sich aber lieber sämtlichen bekannten Foltermethoden unterworfen, als Whit zu sagen, was sich in der Schachtel befand. »Gütiger Himmel, Kretin, wie hast du deine Kinderfrau je überzeugt, dich Hosen tragen zu lassen?«

Whit zuckte unbekümmert die Achseln. Sie widerstand dem Drang, ihn zu ohrfeigen und verfluchte den blauen Satin. »Es hat seine Vorteile, wenn man so charmant ist. Man darf tragen, was immer man möchte.«

»Dies ist unter deiner Würde.«

Whit hob die Schachtel ans Ohr und schüttelte sie. »Ich kann mir eigentlich niemanden vorstellen, bei dem das nicht so wäre, aber meine Neugier ist stärker. Ich habe dich noch nie so schuldbewusst gesehen.« Nachdenklich runzelte er die Stirn und schüttelte die Schachtel abermals. »Also, was ist es, Kobold? Es ist weich … ziemlich leicht …«

»Ich bin von Eurem Scharfsinn überwältigt, Eure Lordschaft«, meinte Mirabelle gedehnt. »Es ist weich, es ist leicht, und ich komme gerade von der Schneiderin.«

Erneut schüttelte Whit die Schachtel.

»Von der Schneiderin, Whit. Es ist Stoff, es ist leicht, und es war mir … unangenehm. Muss ich es für dich buchstabieren?«

Dem Glitzern in seinen Augen nach bestand dafür nicht die geringste Notwendigkeit.

»Im Gegenteil, ich wollte nur sehen, ob du dich überwinden würdest, das Wort auszusprechen.«

Zornig funkelte sie ihn an.

»Du kannst es nicht, oder? Also schön, dann spiele ich den Schmutzfinken.« Er wackelte albern mit den Augenbrauen und flüsterte durchtrieben: »Die Unaussprechlichen.« Er ignorierte ihr Augenrollen und fuhr in normalem Tonfall fort: »Ein alberner Name für ein Kleidungsstück, oder zwei Kleidungsstücke, je nachdem. Warum macht man sich überhaupt die Mühe der Namenssuche, nur um zu beschließen, dass man nicht über sie sprechen darf? Und dann nennt man sie Unaussprechliche, als würde das irgendwie die Tatsache aufheben, dass man über sie gesprochen hat.«

»Ja, das ist wirklich rätselhaft. Dürfte ich jetzt meine Schachtel wiederhaben?«

»Natürlich nicht. Diese Beute ist zu groß, als dass ich sie dir ohne Gegenleistung überließe.«

»Ich habe bereits für den Inhalt bezahlt.«

»Mich hast du aber nicht bezahlt.«

»Sie gehört dir nicht«, stieß sie zwischen zusammengebissenen Zähnen hervor.

»Nichtsdestoweniger habe ich jetzt die Schachtel, und für ihre Rückgabe verlange ich eine Entschädigung.«

»Ich kann mir nicht im Entferntesten vorstellen …«

»Nein? Wie beklagenswert einfallslos von dir. Mir fallen mindestens ein Dutzend verschiedene Arten der Bezahlung ein, von denen einige recht reizvoll sind.«

»Was willst du, Whit?«

Er klemmte sich die Schachtel fest unter den Arm. »Einen Gefallen«, antwortete er klar und deutlich. Mirabelle bemerkte, dass sein Ton und sein Gesichtsausdruck plötzlich ziemlich ernst geworden waren.

»Welcher Art ist dieser Gefallen?«, fragte sie argwöhnisch.

»Es ist etwas durchaus Angenehmes, wenn auch nicht Ehrenhaftes.« Er grinste sie an. »Deshalb bitte ich ja dich.«

»Ist es denn eine Bitte?«

»Eigentlich nicht. Ich will, dass du mir sagst, was Kate nachts tut.«

Der Schock war ihr wohl deutlich anzusehen, denn er fuhr fort: »Sieh mich nicht so an. Ich unterstelle nicht das, woran du offensichtlich denkst. Sie schreibt, und ich möchte wissen, was und an wen.«

Sie verschränkte die Arme vor der Brust. »Sprich weiter.«

Er zuckte die Achseln. »Da gibt es nicht viel zu erzählen. In den frühen Morgenstunden sehe ich manchmal einen Lichtschein unter ihrer Tür. Ich will wissen, was sie tut.«

Mirabelle hätte gern gewusst, warum er in den frühen Morgenstunden noch auf war, hielt es aber für das Beste, nicht zu fragen. Trotz Whits eben geäußerter Behauptung, sie sei einfallslos, konnte sie sich durchaus einige Gründe vorstellen, derentwegen er sich im Morgengrauen ins Haus stahl, und darüber mochte sie lieber nicht weiter nachdenken.

»Warum fragst du sie nicht einfach?«, fragte sie stattdessen.

»Das habe ich getan. Sie behauptet, sie könne in manchen Nächten nicht schlafen und beschäftige sich damit, Briefe zu schreiben.« Er runzelte geistesabwesend die Stirn. »Ich glaube ihr nicht.«

Ich auch nicht, dachte sie. »Kate ist keine Lügnerin.« Meistens jedenfalls nicht. »Und sie ist eine treue Brieffreundin.«

Whit schüttelte den Kopf. »Ich muss Gewissheit haben.«

»Du bittest mich, meine Freundin auszuspionieren, deine Schwester.«

»Ja.«

»Nur dass es eigentlich gar keine Bitte ist.«

»Nein.«

»Und wenn ich mich weigere?«

Ohne sie aus den Augen zu lassen, löste Whit den Knoten auf der Schachtel.

»Das würdest du nicht wagen«, stieß Mirabelle aus.

»Oh doch. Du weißt, dass ich zu meinem Wort stehe.«

»Ich weiß nichts dergleichen. Und das spielt auch keine Rolle. Nicht einmal ein Graf kann mitten auf der Straße die Unaussprechlichen einer Dame hervorziehen und unbehelligt davonkommen.«

»Du wärest überrascht, womit ein Graf davonkommen kann.«

»Wohl wahr«, grollte sie.

»Außerdem habe ich nicht die Absicht, deine Unterwäsche mitten auf dem Gehsteig herauszuziehen.« Er warf ihr ein boshaftes Lächeln zu. »Ich werde über diesen Bordstein stolpern und den Inhalt fallen lassen. Wir Coles sind ja für unsere Unbeholfenheit berüchtigt.«

»Niemand, der dich kennt, würde dir so eine fadenscheinige Ausrede abnehmen …«

»Ich bin ein Graf«, erinnerte er sie beiläufig. »Meine Ausreden brauchen nicht glaubhaft zu sein.«

»Das würdest du tun?«, fragte sie leise. »Du würdest mich auf diese Weise demütigen?«

Whit sah sie fest an. »Meine Schwester bedeutet mir viel.«.

Und du nicht. Verblüffend, wie laut unausgesprochene Worte sein konnten. Und wie sie einen erzürnen konnten. Der Mann war ein arroganter, selbstsüchtiger, verwöhnter Esel, und sie war drauf und dran, ihm zu sagen, er solle zur Hölle fahren und die Schachtel mitnehmen. Wenn die Schachtel nur die gewöhnliche strapazierfähige, praktische Unterwäsche enthalten hätte, hätte sie genau das getan. Aber sie enthielt dieses vermaledeite blaue Satinunterkleid. Unverheiratete, vornehm erzogene junge Frauen sollten eigentlich keine ausgefallene Unterwäsche besitzen. Im besten Fall würde Mirabelle zum Gespött werden, im schlimmsten wäre sie vollkommen ruiniert.

Kochend vor Wut ballte sie die Fäuste, biss die Zähne zusammen und funkelte ihr Gegenüber wütend an. »Na schön, du kaltherziger Esel. Ich tue es.«

Über Whits Gesicht huschte ein merkwürdiger Ausdruck, aber er war verschwunden, bevor Mirabelle ihn deuten konnte. Sie entschied, dass sie zu wütend war, um sich darum zu scheren.

»Bei deiner Ehre, Kobold.«

Sie schnaubte. »Meinst du die Ehre, sich einer Erpressung zu beugen, die Ehre, das Vertrauen einer Freundin zu verraten, oder die Ehre, die du mir abgesprochen hast?«

»Du sollst mir dein Wort geben, dass du tun wirst, worum ich gebeten habe.«

»Was du verlangt hast, meinst du.«

»Dein Wort.«

»Also gut, du hast mein Wort. Bist du jetzt zufrieden?«

Gewiss würde er das sein, das wusste sie. In Whits Welt war es unentschuldbar, sein Ehrenwort zu brechen – dort konnte sich jedermann feste Prinzipien leisten. Whit brach niemals sein Wort, dafür war er bekannt, und wenn sie ein bisschen weniger wütend auf ihn gewesen wäre, hätte sie zugegeben, dass sie ihn dafür achtete. Doch Mirabelles Erfahrung hatte sie etwas anderes gelehrt. Manchmal waren diese Prinzipien ein Luxus, den sich nur die Reichen und Mächtigen erlauben konnten. Je reicher und mächtiger, desto mehr Ehrenhaftigkeit konnten sie sich leisten. Der Rest der Welt hingegen machte das Beste aus dem, was das Schicksal ihm hinwarf.

In Mirabelles Fall verlangte es die Selbsterhaltung, dass ihr moralisches Empfinden bisweilen flexibel war. Lügen hieß sie nicht gut. Sie war sogar eine entschiedene Gegnerin der Unaufrichtigkeit, aber gleich Whit, der zu Erpressung bereit war, konnte sie manch schändliche Tat nicht vermeiden.

Sie hatte nicht die Absicht, Kates Vertrauen zu missbrauchen, aber sie würde auch nicht zulassen, dass ihre Unterwäsche auf die Straße fiel.

Whit, der offensichtlich spürte, dass etwas nicht stimmte, sah sie noch einen Moment lang an und kam dann augenscheinlich zu dem Schluss, dass er keine weitere Beteuerung erhalten würde, daher nickte er und überreichte ihr die Schachtel.

Rückblickend würde Mirabelle sich eingestehen müssen, dass Whit an dem, was als Nächstes geschah, keinerlei Schuld trug, jedenfalls nicht unmittelbar.

Sie hielt die Schachtel in beiden Händen, aber diese waren feucht geworden, und der Schweiß war durch den billigen Stoff ihrer Handschuhe gedrungen. Sie war zu begierig gewesen, den Knoten wieder zu binden, und es war eine äußerst heikle Angelegenheit, die Schachtel gleichzeitig zu halten und zu verschnüren. Hinterher sah sie ein, dass sie die Schachtel zuerst hätte abstellen müssen – denn auf einmal fiel diese langsam zu Boden.

Und es geschah wahrhaftig langsam. Mirabelle wusste, dass es eine Ewigkeit dauerte, denn ihr blieb genug Zeit, im Geiste jedes Schimpfwort wiederzugeben, das sie je gehört hatte; darunter einige, von denen sie sich bis zu diesem Moment gar nicht erinnerte, sie zu kennen. Seltsamerweise schien ihr Körper, während ihre Gedanken sich überschlugen, wie erstarrt. Sie konnte gerade noch nach der Schachtel haschen und einen kleinen Schrei ausstoßen, dann schlug der Schachtelboden auf dem Pflaster auf. Ganz kurz hob sich durch den Aufprall der Deckel und gab einen leuchtend blauen Farbtupfer preis, bevor er wieder herabsank und die Schachtel verschloss.

Süßer, barmherziger Himmel. Danke.

Das Blut rauschte ihr in den Ohren, und sie warf Whit einen verzweifelten Blick zu. Er betrachtete etwas auf der anderen Straßenseite. Er hatte es nicht gesehen.

Danke, danke, danke.

Verstohlen blickte sie sich um, ob jemand den Unfall mit angesehen hatte. Nachdem sie sich vergewissert hatte, dass ihr Ruf keinen Schaden genommen hatte, entschuldigte sie sich im Geiste für jedes garstige Wort, das ihr in den Sinn gekommen war. Dann verschnürte sie die Schachtel mit einem Dreifachknoten, ergriff sie mit beiden Händen und steuerte auf die Kutsche zu. Dort würde sie auf die anderen warten. Vom Einkaufen hatte sie wahrhaftig genug.

Whit konnte sich nicht daran erinnern, dass der Ritt von Benton nach Haldon jemals so lange gedauert hatte. Es war nicht so, dass die Pferde langsamer liefen als sonst, die Kutsche ein Rad verloren hätte oder dass ihnen sonst ein Missgeschick widerfahren wäre.

Er fühlte sich nur so verflixt unwohl.

Er blickte zur Kutsche hinüber, wie er es in der letzten Viertelstunde wohl ein Dutzend Mal getan hatte. Offenbar konnte er damit nicht aufhören. Offenbar war er zu nichts anderem in der Lage, als sich unablässig zu erinnern, wie sich der Deckel von Mirabelles Schachtel gehoben und ihm einen kurzen Blick auf etwas Blaues, Glänzendes und offensichtlich Duftiges gewährt hatte.

Er war entsetzt gewesen.

Er war fasziniert gewesen.

Er hatte so getan, als hätte er nichts gesehen. Im Nachhinein betrachtet war das vielleicht nicht die beste Reaktion – wie konnte er sie nach etwas fragen, geschweige denn mit etwas aufziehen, das er nicht gesehen hatte? Aber während der ersten Sekunden, nachdem sich der Deckel geöffnet hatte, war er sprachlos vor Verblüffung gewesen. Und seither wurde er unablässig und auf höchst unwillkommene Weise durch die Vorstellung des Kobolds in duftiger blauer Unterwäsche heimgesucht.

Unterwäsche, die ganz nach Satin aussah, wenn er es genau bedachte.

Wobei er nicht beabsichtigte, weiter darüber nachzudenken. Auf gar keinen Fall. Er würde gewiss nicht darüber nachsinnen, wie der Stoff sich wohl anfühlte … vermutlich wie die Haut, die er gewiss nur unzulänglich bedeckte – weich und kühl, bis seine Hände ihn wärmten. Ganz langsam würde er den Satin hochschieben, Stück für Stück, quälend langsam, und die glatte Haut darunter freilegen. Zuerst würde er nur die Hände gebrauchen und sie beide erregen, während sein Mund diesen reizenden Schönheitsfleck über ihrer Lippe fand. Wenn sie kurz davor war zu betteln und sich unter ihm wand, würde er … würde er …

Tod und Verdammnis.

Er rückte seine Haltung im Sattel zurecht; jetzt fühlte er sich in mehr als einer Hinsicht unbehaglich.

Das musste aufhören. *Er* musste aufhören. Er war kein fünfzehnjähriger Knabe, der schon beim kleinsten Blick auf die Unaussprechlichen einer Frau zu keuchen begann. Selbst wenn sie blau und weich und duftig waren.

Verflucht.

Erneut blickte er zur Kutsche und fragte sich, was Mirabelle im Schilde führte, dass sie etwas Derartiges kaufte.

Und er fragte sich, warum er nicht aufhören konnte, darüber nachzudenken.

5

Die Dinner in Haldon Hall standen schon seit Langem im Ruf, ungewöhnlich zwanglos zu sein. Es gab lebhafte Gespräche, und den Kindern war es bereits mit acht Jahren erlaubt worden, daran teilzunehmen. Dennoch waren es durchaus keine einfachen Mahlzeiten mit Freunden und Verwandten, sondern stets ein Ereignis – sechsgängige Festmähler, die sich oft über Stunden hinzogen, mit Leckerbissen wie Hummer und Kalbshirn, aber auch einfachen Leibgerichten wie Geflügelbraten und Brotpudding. Die Speisen wurden in einer gut ausgestatteten Küche zubereitet, von der unschätzbaren Mrs Lowell gekocht und perfekt gewürzt und dann geschwind nach oben gebracht, um von einer wahren Flotte von Dienern präsentiert und aufgetragen zu werden.

Von ihrem gewohnten Platz am Fuß des Tisches betrachtete Lady Thurston ihr Personal beifällig, ihre Gäste amüsiert und ihre Kinder liebevoll sowie – im Falle von Whit und Mirabelle – einigermaßen verärgert.

Was hatte sie sich nur dabei gedacht, überlegte sie, die beiden in Rufweite voneinander zu platzieren? Nicht, dass sie tatsächlich gerufen hätten, wohlgemerkt – sie waren so klug, sich nicht auf ein lautstarkes Wortgefecht einzulassen. Aber selbst vom anderen Ende des Tisches aus konnte sie sehen, wie angespannt Whits Gesicht beim Sprechen war, und sie konnte nicht umhin zu bemerken, dass Mirabelle die Salatgabel auf eine Weise hielt, die die Gräfin mit Besorgnis erfüllte.

Etwas musste geschehen, beschloss sie.

»Ich hatte gehofft, es würde nicht so weit kommen«, murmelte sie.

»Bitte um Verzeihung?« William Fletcher, seit seinen Tagen als Überbringer trauriger Kunde bezüglich des verstorbenen Herzogs von Rockeforte merklich gealtert (insbesondere was seinen Haaransatz anging), wandte seine Aufmerksamkeit widerstrebend von der wahrhaft superben Forelle auf seinem Teller ab, um dem Blick seiner Gastgeberin zu folgen. »Ah. Sie tun es schon wieder, nicht wahr?«

»Immer und ständig.« Sie beobachtete die beiden noch einen Moment lang. »Ich habe beschlossen, William, Ihr großzügiges Angebot anzunehmen. Gilt es noch?«

»Ja. Ja, natürlich tut es das«, antwortete er vorsichtig. Er kratzte sich an der Knollennase. »Aber wenn Ihnen die Idee nicht behagt, könnten wir ihnen etwas mehr Zeit geben …«

»Die beiden haben genug Zeit bekommen. Ich hätte schon vor Jahren zustimmen sollen, als Sie die Idee das erste Mal zur Sprache gebracht haben.« Sie stieß einen tiefen Seufzer aus. »Nur hatte ich doch gedacht, sie würden mittlerweile weiter sein. Ich hatte mir vorgestellt, die Dinge würden vielleicht … auf natürliche Weise ihren Abschluss finden.«

»Und das würden sie auch, irgendwann.«

»Irgendwann«, erklärte sie, »dauert entschieden zu lange. Noch heute Abend werde ich mit Whittaker sprechen.«

Nachdem ihre Gäste sich verabschiedet hatten, ging Lady Thurston zu Whits Studierzimmer. Es war fast Mitternacht, aber sie wusste, er würde nicht in seinem Schlafgemach sein. Bis es so weit war, würden noch Stunden vergehen. Ihr verstorbener Gemahl hatte in seinem ganzen Leben weniger Zeit in diesem Studierzimmer verbracht als ihr Sohn in einer Woche. Manchmal war sie sich nicht sicher, welcher es besser machte.

Da sie schon vor langer Zeit gelernt hatte, welche Vorteile es ihr bot, ihre Kinder zu überraschen, klopfte sie erst gar nicht an.

»Störe ich?«, fragte sie, während sie den Raum durchschritt und vor dem Schreibtisch Platz nahm. »Oh, lass gut sein, es kümmert mich nicht. Ich möchte mit dir sprechen, Whittaker.«

Whit fuhr ein wenig zusammen, dann seufzte er und legte die Schreibfeder beiseite. »Mutter, ich liebe dich. Ich bewundere dich. Ich werde vor jedem, der es hören will, ohne Umschweife zugeben, dass es mir eine Ehre und ein Privileg ist, dein Sohn zu sein. Ich würde mein Leben für dich geben. Aber so wahr mir Gott helfe, wenn du gekommen bist, um mich über meine Pflicht zu belehren, einen Erben zu zeugen, werde ich dich aufs Festland verfrachten, und zwar noch in dieser Nacht. Jetzt sofort.«

»Das war das Netteste, was du je zu mir gesagt hast«, erwiderte sie mit einem Schniefen, sichtlich ungerührt von seiner Drohung. »Ich meine den ersten Teil, und daher werde ich dir den letzten vergeben, der, wie ich weiß, eine leere Drohung ist, da du mit den Mädchen niemals allein fertig werden könntest.«

»Ich bin durchaus in der Lage …«

»Und ich liebe dich ebenfalls«, fuhr sie fort, als hätte er gar nichts gesagt. »Das weißt du doch, oder? Ich mache mir manchmal Sorgen, dass ich es nicht oft genug sage, oder zu oft, so als wäre es eine Belanglosigkeit.«

Whit kam hinter dem Schreibtisch hervor und drückte ihr einen zärtlichen Kuss auf die Wange. »In beiden Punkten brauchst du dir keinerlei Sorgen zu machen.«

Sie seufzte glücklich. »Ausgezeichnet. Jetzt setz dich wieder. Ich habe etwas Wichtiges mit dir zu besprechen.«

»Mutter …«

»Wäre es meiner Sache dienlich, wenn ich das Thema eines Erben täglich ansprechen würde?«

»Nein.«

»Das dachte ich mir. Nun ja. Aber deswegen bin ich nicht hier.«

»Weshalb dann? Auch wenn du mir natürlich willkommen bist.«

»Es freut mich, das zu hören. Jetzt setz dich endlich.« Sie zog die Hand zurück und gab ihm ungeduldig einen Wink.

Whit, ganz der gehorsame, wenn auch etwas bedrängte Sohn, kehrte zu seinem Platz zurück und sah sie fragend an. Sie kam gleich zur Sache.

»Es ist an der Zeit, dass du deine Differenzen mit Mirabelle beilegst.«

Whit war sofort auf der Hut. »Hat sie etwas zu dir gesagt?«

Das sah dem Kobold gar nicht ähnlich, dachte er. Sie hatte sich bei seiner Mutter noch nie über ihre Streitereien beklagt. Zwar kündigte sie es regelmäßig an, aber sie hatte die Drohung noch nie in die Tat umgesetzt.

»Nein«, erwiderte Lady Thurston, und ihre Augen wurden schmal. »Hätte sie das tun sollen?«

Whit hielt es für das Beste, nicht darauf zu antworten. »Deine Bitte überrascht mich, das ist alles.«

Sie sah ihn lange an, bevor sie antwortete. »Es ist keine Bitte, Whittaker«, erklärte sie kühl. »Mir zuliebe vertragt ihr euch, wenn ich zugegen bin, aber ich bin keine Närrin. Die ganze vornehme Gesellschaft weiß über euer feindseliges Verhältnis Bescheid.«

Whit zog die Brauen zusammen. »Man sollte meinen, die Leute hätten interessantere Dinge zu erörtern.« Mittlerweile jedenfalls, fügte er im Stillen hinzu. Die Feindschaft zwischen Mirabelle und ihm war seit Langem bekannt.

»Abgesehen von Armut, Unterdrückung und Ungerechtigkeit gibt es nichts, was so unbedeutend wäre, dass die gute Gesellschaft es nicht bemerken würde«, entgegnete Lady Thurston trocken, »und die unübersehbare Abneigung eines Grafen gegenüber einer unverheirateten jungen Dame ist stets Stoff für Klatsch. Ich habe euch beide euren kleinen Zankereien überlassen, weil es dir guttut, von Zeit zu Zeit die Beherrschung zu verlieren, und weil Mirabelle nicht ungebührlich darunter zu leiden scheint, aber …«

»Was meinst du mit ungebührlich?«, warf Whit ein. »Ich habe niemals …«

»Die Hand gegen sie erhoben? Sie öffentlich gedemütigt, seit sie erwachsen ist? Ja, das weiß ich.«

»Dasselbe kann man von ihr wohl kaum behaupten«, sagte er in Erinnerung an mehrere Verletzungen, die er durch ihre Hand erlitten hatte.

Sie deutete ein Nicken an. »Das ist mir bewusst. Es ist ein weiterer Grund, warum ich gezögert habe einzugreifen. In deinem leidenschaftlichen Bestreben, das Gegenteil deines Vaters zu werden, wirst du mitunter etwas selbstgerecht. Ich bewundere dich wirklich, Whit, aber es ist nicht gesund, den kriecherischen Respekt und die Bewunderung jedes menschlichen Wesens zu haben, das deinen Weg kreuzt. Mirabelle tut dir gut.«

»Sie hat mir die Nase gebrochen«, ließ er sie knurrend wissen.

»Tatsächlich?« Mit unverhohlenem Interesse richtete sie sich auf ihrem Stuhl auf. »Tatsächlich?«

»Zweimal.«

Lady Thurston dachte kurz darüber nach. »Möchtest du mir vielleicht erzählen, warum?«

Whit hätte beinahe das Gesicht verzogen. Beim ersten Mal, vor zehn Jahren, war es eine Billardkugel gewesen – als Vergeltung für eine höchst anzügliche Bemerkung seinerseits, als Mirabelle in ein Trinkgelage mit seinem Freund Alex geplatzt war. Das zweite Mal war ihre Rache für seinen Versuch gewesen, sie während einer Gesellschaft in der Bibliothek einzusperren.

Whit rutschte unbehaglich auf seinem Stuhl hin und her. »Ich muss zugeben, es gab gewisse mildernde Umstände.«

»Das dachte ich mir bereits. Du verlierst ihr gegenüber zuweilen die Beherrschung. Das tut dir gut.«

Whit reagierte mit einem Stirnrunzeln auf ihre Einschätzung. Er wollte in Gegenwart des Kobolds nicht die Kontrolle verlieren. Er wollte die Kontrolle überhaupt nicht verlieren. Er hatte sich Mühe gegeben, den Schaden wiedergutzumachen, der durch die Skandale seines Vaters entstanden war, und die finanziellen Schwierigkeiten zu überwinden, in denen der Mann die Familie zurückgelassen hatte. Whit hatte zu hart dafür gearbeitet, als dass er das alles durch aufbrausendes Gebaren hätte ruinieren wollen.

Der Grafentitel der Thurstons war einer der ältesten und am wenigsten angesehenen Adelstitel des Landes. Niemand wusste noch, warum die Familie der Coles ihn erhalten hatte, aber wer auch nur ein wenig nachforschte, fand schnell heraus, dass keine Generation je etwas getan hatte, um dem Namen der Familie zu Respektabilität zu verhelfen. Die Grafen von Thurston waren allesamt Betrüger, Schurken und Verschwender gewesen, wobei das Familienvermögen dramatisch geschwankt hatte, während der Ruf der Familie unverändert schlecht geblieben war. Whits verstorbener Vater hatte die Tradition mit großer Inbrunst fortgeführt – er hatte getrunken, gejagt, üppige Feste gegeben und war schließlich im Duell wegen einer anderen Frau als Lady Thurston umgekommen.

In den Augen der feinen Gesellschaft war der jüngste Graf von Thurston jedoch alles, was ein Peer des Reiches sein sollte: ehrenhaft, charmant, gut aussehend, loyal, vernünftig und, dank harter Arbeit und ein bisschen Glück, von ansehnlichem Reichtum. Whit nährte diese Vorstellung nach Kräften und spornte seine Schwester und seine Cousine an, das Gleiche zu tun. Es war seine feste Absicht, dass die künftigen Generationen der Familie auf ihren Namen stolz sein sollten.

Sein Vorsatz, ein perfekter Gentleman zu sein, geriet jedoch zeitweilig in Vergessenheit, wenn er sich in Gesellschaft von Mirabelle Browning befand. Er hatte immer gewusst, dass die Leute ihren kleinen Unstimmigkeiten Aufmerksamkeit geschenkt hatten, doch ihm war nicht klar gewesen, dass sie es noch immer taten. Ihre Fehde dauerte nun schon Jahre an, und er hatte Mirabelle nie aus dem Haus geworfen oder ihren guten Namen ruiniert (trotz seiner Drohungen), und sie hatte nie seine Ehre oder seinen Status als Gentleman verleumdet (zumindest nicht in der Öffentlichkeit). Die schlimmsten ihrer Meinungsverschiedenheiten fanden hinter geschlossenen Türen statt, und die kleineren öffentlichen Beleidigungen waren nicht dramatischer als die scharfen Bemerkungen, die manchmal innerhalb der feinen Gesellschaft fielen.

Aber wenn die Leute redeten, dann musste das aufhören.

»Bist du zu einer Entscheidung gekommen?«

Whit blinzelte, als er aus seinen Überlegungen gerissen wurde. »Bitte entschuldige, Mutter. Ich war in Gedanken.«

»Eine Entschuldigung ist nicht vonnöten. Ich freue mich, dass du ernsthaft über meine Worte nachdenkst.«

Whit nickte abwesend. »Ich werde mit dem … mit Miss Browning sprechen. Ich bin mir sicher, dass wir zu einer Einigung kommen können.«

»Ausgezeichnet«, erwiderte Lady Thurston. Sie stand auf, um den Raum zu verlassen, wurde aber an der Tür von Whits Frage aufgehalten.

»Warum bringst du das gerade jetzt zur Sprache?«

Sie drehte sich um, um ihm ihre volle Aufmerksamkeit zu schenken. Da Whit in Gegenwart einer stehenden Dame niemals gesessen hätte, stand er vom Schreibtisch auf, die Stirn nachdenklich in Falten gelegt, und spielte mit einem Federkiel. »Warum hast du all diese Jahre geschwiegen, nur um heute zu sprechen?«

»Sie hat heute ein neues Kleid getragen. Diese kleine, aber bedeutungsvolle Veränderung sowie einige andere lassen mich vermuten, dass sie endlich nach einem Ehemann Ausschau hält.«

Whit legte die Schreibfeder hin und starrte seine Mutter an. »Nach einem Ehemann? Der Kobold?«, brachte er hervor.

»Ja, nach einem Ehemann«, erwiderte Lady Thurston. »Sie ist schließlich eine Frau und nicht wohlhabend, und falls du es nicht bemerkt haben solltest, uns Frauen stehen nur wenige Möglichkeiten offen, wenn es darum geht, unser Auskommen zu sichern.«

»Ich dachte immer, sie würde Gouvernante oder irgendjemandes Gesellschafterin werden.«

Das stimmte nicht ganz. Um ehrlich zu sein, er hatte überhaupt nicht viel darüber nachgedacht. Er hatte einfach angenommen, dass Mirabelle unverheiratet bleiben und für immer in dem Londoner Stadthaus und Haldon Hall bleiben würde. Wenn er seinen Gedanken nachhing, hatte er sich manchmal vorgestellt, wie sie beide alt und grau im vorderen Salon am Feuer sitzen und mit ihren Stöcken aufeinander einschlagen würden.

»Nun, das wird sie nicht«, hörte er seine Mutter sagen, und es dauerte einen Moment, bis er begriff, dass sie von Mirabelles möglicher Laufbahn als Gouvernante sprach und nicht davon, wie gut sie mit dem Gehstock traf.

Weil ihm nichts weiter einfiel, begnügte er sich mit einem schlichten: »Bist du dir dessen sicher?«

»Nicht im Geringsten. Es ist nur eine Vermutung, aber für den Fall, dass sie zutrifft, werde ich nicht zulassen, dass eure feindselige Beziehung ihre Aussichten ruiniert. Es wird Zeit, dass sie eine eigene Familie und ein eigenes Zuhause bekommt.«

Sie hat doch hier ein Zuhause und eine Familie.

Der Gedanke kam zwar ungebeten, traf ihn aber darum nicht weniger unvermittelt, und seine Heftigkeit machte Whit für einen Moment sprachlos. Unbehaglich schob er ihn beiseite. »Ich werde ihr nicht im Weg stehen.«

»Natürlich nicht, mein Lieber.«

Whit nickte und sah seiner Mutter nach, als diese den Raum verließ. Ein neues Kleid. Das war die Veränderung, die er an diesem Morgen nicht hatte benennen können. Im Allgemeinen trug Mirabelle Kleider von eher trister Farbe, unbestimmtem Material und unauffälligem Schnitt. An diesem Morgen jedoch hatte sie etwas Leichtes, Fließendes getragen. War es purpurfarben gewesen? Er konnte sich nicht erinnern. Was immer es gewesen war, es war nicht ihr Stil.

Ebenso wenig wie der blaue Satin, den er in ihrer Schachtel gesehen hatte. Andererseits waren solche Unterkleider bei der Brautausstattung vielleicht die neueste Mode. Woher zum Teufel sollte er das wissen?

Er drehte die Feder zwischen den Fingern und runzelte die Stirn, ohne es zu merken.

Hielt sie wirklich Ausschau nach einem Mann?

Wahrscheinlich nicht, befand er. Mirabelle war jetzt schon seit Jahren auf dem Heiratsmarkt und hatte bisher nie auch nur das geringste Interesse daran gezeigt, sich einen Mann zu angeln. Ihre neue Garderobe musste einen anderen Anlass haben.

Whit grübelte eine Weile darüber nach, bevor er aufgab und beschloss, sie einfach zu fragen, sobald er sie von dem neuen Waffenstillstand in Kenntnis gesetzt hatte. Und da er eine gewisse Ahnung hatte, wo sie sich gegenwärtig aufhielt, befand er, dass er das ebenso gut jetzt gleich tun konnte.

Mirabelle unternahm den kurzen Gang von ihrem Zimmer zu dem von Kate in seliger Unwissenheit darüber, dass sie in einem anderen Teil des Hauses Gegenstand des Gesprächs war.

Nach dem Abendessen hatte sie beschlossen, dass es an der Zeit war, mit Kate über den lächerlichen Spionageauftrag zu reden. Mit diesem Vorsatz vergewisserte sie sich, dass unter der Tür ein Lichtschein zu sehen war, bevor sie leise anklopfte. Als Antwort vernahm sie ein dumpfes Poltern wie von einem umfallenden Stuhl, gefolgt von allerlei Lärm und Geschäftigkeit. Da es Kates Zimmer war, verwunderten Mirabelle die Geräusche umgefallener Möbelstücke nicht im Geringsten, aber der Rest war ein Rätsel.

»Kate?«, rief sie leise durch die Tür. »Kate, ist alles in Ordnung?«

Einen Moment lang herrschte im Zimmer absolute Stille, dann hörte sie das Geräusch von Schritten und ein Knarren, als die Tür entriegelt wurde. Als Kates Gesicht endlich sichtbar wurde, war es gerötet, verwirrt und ein klein wenig verärgert.

»Warum hast du nicht gesagt, dass du es bist?«

Mirabelle zog die Augenbrauen hoch. »Wen hast du denn sonst erwartet?«

»Ich weiß nicht«, antwortete Kate und steckte den Kopf aus dem Zimmer, um in den Flur zu spähen. »Whit vermutlich. Letzte Nacht kam er und ist hier herumgetrampelt. Und dann ist da noch sein neuer Freund, Mr Hunter. Es hat mir gar nicht gefallen, wie er mich beim Abendessen angesehen hat.«

Mirabelle konnte nicht widerstehen und blickte Kate über die Schulter. »Meinst du wirklich, ein Gast wäre so kühn, vor deiner Tür zu stehen?«

»Wahrscheinlich nicht. Ich … hast du ihn deutlich sehen können?«, fragte Kate und trat zurück. »Erschien er dir irgendwie … bekannt?«

Mirabelle dachte an den gut aussehenden dunkelhaarigen Mann, der ein gutes Stück von ihr entfernt am Tisch gesessen hatte. »Ja, ich habe ihn gesehen, und nein, er schien mir nicht bekannt.« Sie lächelte durchtrieben. »Obwohl er ziemlich daran interessiert zu sein schien, dich kennenzulernen.«

Kate schnaubte nur und spähte wieder um die Ecke. »Das Interesse beruht nicht auf Gegenseitigkeit.«

»Wirst du mich hereinlassen, Kate, oder sollen wir zwei Stühle herausholen und die gute Luft im Flur genießen, während wir die Kekse essen, die du aus der Küche stibitzt hast? Wir säßen fast im Freien.«

»Mmh. Was? Oh!« Kate lächelte schuldbewusst und trat einen Schritt zurück, dann schloss sie hinter Mirabelle die Tür ab. »Es tut mir leid, Mira. Ich bin ein wenig zerstreut.«

»Ja, das habe ich bemerkt.«

Mirabelle erfasste den vertrauten Raum mit einem Blick. Wie gewöhnlich befand er sich in ziemlicher Unordnung. Kleider, Handschuhe und Häubchen waren zwar säuberlich verstaut, doch der Schreibtisch war mit Papieren übersät, die sich in bedrohlich schiefen Stapeln auftürmten und aus Schubladen quollen. Das Bett war ungemacht, die hellblaue Steppdecke verdreht und zurückgezogen, als wäre Kate ins Bett gekrochen, hätte sich eine Zeit lang hin und her gewälzt und wäre dann wieder aufgestanden. Neben dem Bett und auf der Fensterbank lagen Bücher willkürlich aufgestapelt. Der Schreibtischstuhl war umgekippt, eine Haarbürste vom Toilettentisch gefallen, und aus einem unerklärlichen Grund stand auf dem Boden eine Teetasse.

»Wo ist Lizzy?«, fragte Mirabelle und schaute in den leeren Nebenraum, wo Kates und Evies Zofe für gewöhnlich schlief.

Kate schritt durch den Raum und stellte den Stuhl wieder hin. »Sie fühlte sich nicht recht wohl und hat darum gebeten, in Evies Zimmer schlafen zu dürfen, wo das Licht sie nicht stört.«

»Ist alles in Ordnung mit ihr?«, erkundigte sich Mirabelle. Sie hatte das Mädchen gern, obwohl die Zofe ständig Aufhebens um ihre Frisur und ihre Kleidung machte.

»Nur ein wenig Kopfschmerzen«, versicherte ihr Kate. »Ich habe ihr vorhin ein Pulver gebracht, und sie ist gleich eingeschlafen. Ich nehme an, bis zum Morgen wird sie wieder vollkommen hergestellt sein.«

Mirabelle nickte und schlenderte durch den Raum, um in den Papieren auf dem Schreibtisch zu stöbern. »Was ist das alles?«

»Noten«, antwortete Kate. »Ich komponiere.«

Das ergab gewiss Sinn, dachte sie. Obwohl …

»Das ist aber ziemlich viel. Arbeitest du an mehreren Stücken gleichzeitig?«

»Nein, eigentlich ist es immer dasselbe Stück.«

»Tatsächlich?« Sie betrachtete noch einmal die Papierstapel. »Fällt es dir schwer? Bist du deshalb so spät noch auf?«

»Nein, ich …« Kate zupfte an ihrem Morgenrock – eine verräterische Geste, die von Nervosität zeugte. »Es ist eine Symphonie.«

Mirabelle stand der Mund offen. »Eine Symphonie? Wirklich? Du hast die Möglichkeit schon früher erwähnt, aber …« Sie schaute auf die Papiere. Sie hatte immer Ehrfurcht vor Kates musikalischem Talent verspürt, war ein wenig erstaunt über den Zauber und die Schönheit gewesen, die ihre Freundin mit solcher Kunstfertigkeit zu erschaffen vermochte. Und jetzt eine Symphonie. Freude und Stolz wallten in ihr auf, auf die sogleich Aufregung und Entzücken folgten. Sie lachte und warf die Arme um ihre Freundin. »Oh, das ist ja wunderbar, Kate!«

»Meinst du? Es gehört sich eigentlich nicht für eine Dame …«

»Unsinn«, fuhr Mirabelle sie an und trat zurück. »Das ist blühender Unsinn, und das weißt du sehr gut. Du besitzt eine erstaunliche Gabe, Kate, und es ist nur richtig, dass du sie nach bestem Können nutzt. Die Vorstellung, dass eine Frau von deiner Kunstfertigkeit, von deinem Talent ihre Fähigkeiten verleugnen sollte, damit einige Kleingeister sich wohler fühlen, ist absurd, ich würde sogar so weit gehen zu sagen, es wäre Blasphemie. Warum sollte Gott dir eine solche Gabe schenken, wenn er nicht wünschte, dass du sie benutzt? Wenn Evie dich so sprechen hörte …«

»Gütiger Gott, Mira!«

»Ich … ich habe mich ein wenig in Rage geredet, nicht wahr?« Sie ließ die Hände, mit denen sie Kates Schultern gepackt hatte, sinken.

»Ein wenig«, stimmte Kate zu.

»Es tut mir leid.« Mirabelle setzte sich schwerfällig auf die Bettkante. »Es war ein langer Tag.«

Kate nahm neben ihr Platz. »Da du dich nur ereifert hast, um meine Arbeit zu verteidigen, werde ich es dir nicht übel nehmen. Woher hast du gewusst, dass ich noch spät auf sein würde? Ich kann mich nicht erinnern, es erwähnt zu haben.«

»Das hast du auch nicht«, gab Mirabelle zu, ohne zu zögern. »Whit hat darüber gesprochen, und – und dies ist Teil meines sehr langen Tages – ich habe mich bereit erklärt, dich auszuspionieren.«

»Wirklich?«, fragte Kate mehr fasziniert als gekränkt. »Tatsächlich? Wie ist es ihm gelungen, sich deiner Mitwirkung zu versichern?«

»Er hat mich erpresst.«

»Oh, das hat er nicht«, lachte Kate und stieß Mirabelle spielerisch an.

»Oh doch, und obendrein ziemlich wirkungsvoll. Er hat mich – bildlich gesprochen – in Benton in die Enge getrieben und gedroht, den Inhalt meiner Schachtel – das Unterkleid, das ich gerade bei Madame Duvalle gekauft hatte – mitten auf die Straße zu leeren.«

Kate machte vor Schreck und Aufregung große Augen. »Wusste er, was darin war?«

»Nur ganz allgemein.«

Aus Kates Kehle drang ein merkwürdiger, ziemlich verdächtiger Laut. »Er hat dich dazu erpresst, mich auszuspionieren, indem er gedroht hat, deine Unaussprechlichen herauszuholen?«

»Das ist nicht lustig, Kate.«

»Nein.« Wieder erklang der Laut, lauter diesmal und begleitet von einem geräuschvollen Atemzug. »Nein. Es tut mir leid, du hast recht.« Ein etwas stärkeres Prusten folgte. »Absolut recht.« Ihre Lippen zuckten heftig. »Nicht im Mindesten komisch.« Nach einem Schnauben, kurzem Schlucken und einem Geräusch, das Mirabelle an ein Schaf erinnerte, brach Kate in Gelächter aus.

Mirabelle verschränkte die Arme und wartete, bis der Sturm abgeflaut war.

Das dauerte eine Weile.

»Oh, es tut mir leid«, stieß Kate schließlich mit erstickter Stimme hervor. »Es tut mir schrecklich leid.«

Mirabelle spürte, wie ihre eigenen Lippen leicht zuckten. »Nein, das tut es nicht.«

»Du hast recht, es tut mir nicht leid. Zumindest – nicht sehr. Es ist nur so lächerlich.«

»Er hätte mich ruinieren können«, bemerkte Mirabelle.

»Das hätte er nicht getan. Du musst doch wissen, dass er es nicht getan hätte. Das sind nur harmlose Neckereien, wie das bei Brüdern so ist.«

Nachdenklich zupfte Mirabelle an der Steppdecke. »Aber er ist gar nicht mein Bruder, oder?«

6

Als Mirabelle Kates Zimmer verließ, fühlte sie sich etwas besser als zuvor. Nichts vermochte die Laune so schnell zu heben wie mitternächtliches Gelächter mit einer lieben Freundin.

Und nichts vermochte sie mit der gleichen Geschwindigkeit zu verderben wie der Anblick von Whit, dessen lange Gestalt in dem halbdunklen Flur lässig an der Wand lehnte.

»Genau der Kobold, den ich sehen wollte«, sagte er leise und richtete sich auf.

»Hast du auf mich gewartet?«

»Natürlich nicht«, antwortete er schnell und verriet ihr damit, dass er genau das getan hatte. »Aber da du nun einmal hier bist …«

Blitzschnell hatte er ihren Arm ergriffen und führte sie davon.

»Was soll das werden?«, flüsterte sie erschrocken und blickte den Flur in beide Richtungen entlang.

»Ich geleite dich zu meinem Studierzimmer.«

Sie blieb stehen. »Wir werden ganz gewiss nicht dorthin gehen …«

»Würdest du mein Zimmer vorziehen?«

»Bist du verrückt?«, keuchte sie und versuchte, ihm den Arm zu entwinden. »Du wirst mich ruinieren.«

»Also das Studierzimmer«, beschloss er und führte sie in gemächlichem Tempo weiter. »Mir scheint, dass du beständig fürchtest, ruiniert zu werden, und doch bleibt dein guter Name stets unversehrt.«

»Was ich nicht dir zu verdanken habe«, stieß sie hervor.

»Dir selbst ebenso wenig«, gab er ruhig zurück. »So wie du bei Nacht durch die Flure wanderst.«

»Ich bin ganz bestimmt nicht gewandert. Ich habe Kate besucht – deren Zimmer, wie ich dich erinnern möchte, nur drei Türen von meinem eigenen entfernt ist.«

»Unterwegs kann einer jungen Frau sehr viel zustoßen.«

»Könnte sie zum Beispiel von einem als Gentleman verkleideten Unhold verschleppt werden?«, fragte sie spitz.

»Nun, ja, genau daran habe ich gedacht. Wie komisch, dass du es erwähnst.«

»Zum Schreien komisch.« Sie gab ihre Befreiungsversuche auf. »Wenn du schon ein anmaßender Esel sein musst, Whit, könntest du das nicht zumindest etwas schneller tun?«

Als er seine Geschwindigkeit nicht erhöhte, ging sie auf die Zehenspitzen und zischte ihm ins Ohr: »Wenn wir entdeckt werden, wird deine Mutter darauf bestehen, dass du dich ehrenhaft verhältst und mir einen Antrag machst.«

Er beschleunigte seine Schritte deutlich, bis sie beinahe in Trab fielen. Sie war augenblicklich erleichtert, wenn auch über die offensichtliche Kränkung verärgert.

»Nicht, dass ich dich haben wollte«, schnaubte sie.

»Da wären wir.« Er zog sie in sein Studierzimmer, wo bereits – oder wahrscheinlich immer noch – mehrere Kerzen brannten. Dann verschloss und verriegelte er die Tür hinter ihnen.

»Jetzt sind wir in Sicherheit, denke ich«, sagte er und hörte auf zu flüstern.

»Still! Was, wenn dich jemand hört?«

»Es ist niemand in der Nähe, der uns hören könnte«, versicherte er ihr.

»Das kannst du doch gar nicht wissen. Bei Gesellschaften

schleichen die Leute immer in den Gängen herum.« Sie warf die Arme in die Luft. »So wie wir.«

Unbekümmert ging er zu dem großen Eichenschreibtisch und lehnte sich dagegen. »Ja, und da es mein Haus ist, weiß ich ganz genau, wo jeder Einzelne von ihnen herumschleicht.«

»Das ist absurd, du kannst unmöglich …«

»Mr Dooley liegt in der Orangerie und schläft seinen Rausch aus«, begann er und verschränkte die Arme vor der Brust. »Die einsame Mrs Dooley tröstet sich in den Armen von Mr Jaffrey. Mrs Jaffrey, die sich über ihren vagabundierenden Ehemann durchaus im Klaren ist, hat Rache an ihm genommen, indem sie sich in Lord Habbots Zimmer gestohlen hat. Lady Habbot weilt natürlich nicht im Haus, doch ihr Neffe, Mr West, ist eifrig damit beschäftigt, die willige Mary – Mrs Renwalds Zofe – zu unterhalten, während Mrs Renwald selbst im Stall mit Mr Bolerhacks Stallburschen beschäftigt ist. Mr Renwald, in seliger Unwissenheit über die Neigungen seiner Gemahlin, schläft tief und fest …«

»Ich bitte um Verzeihung.« Sie musste einfach fragen. »Hast du … hast du *Stallburschen* gesagt?«

»Das habe ich.« Er grinste sie frech an. »Das habe ich in der Tat.«

»Aber was … wie … ich …«

»Hättest du gern eine Erklärung, Kobold? Eine Beschreibung vielleicht?«

»Nein.« *Gütiger Himmel.* »Herzlichen Dank. Mir wäre es lieber, wenn du mir erklären würdest, warum du mich hierher verschleppt hast.«

»Gleich. Hast du mit Kate gesprochen?«

Mirabelle kam zu dem Schluss, dass sie es sich bei aller Verärgerung ebenso gut bequem machen konnte, und nahm auf einem kleinen Sofa vor dem Kamin Platz. Es wäre vielleicht vernünftiger gewesen, wenn sie den Stuhl vor dem Schreibtisch gewählt hätte, aber sie hatte das deutliche Gefühl, dass sie sich durch diese Position in die Rolle einer Untergebenen begeben hätte, und die Arroganz des Mannes war ohnehin schon unerträglich.

»Ich habe tatsächlich mit Kate gesprochen«, teilte sie ihm steif mit. »Du hast einen großen Wirbel um gar nichts veranstaltet. Sie komponiert.«

»Komponiert«, wiederholte er.

»Ja, ich nehme an, du hast schon davon gehört. Kleine Punkte auf Papier, die Musiknoten darstellen.«

»Ich habe eine gewisse Vorstellung.« Auf seiner Stirn bildete sich eine Falte. »Warum hat sie mich angelogen? Und warum hat sie sich wie ein Kind verhalten, das heimlich an die Süßigkeiten geht, als ich sie gefragt habe, was sie treibt? Ich habe schon verwilderte Katzen gesehen, die weniger ängstlich waren, Herrgott noch mal.«

»Dass du Kindern und kleinen Tieren Angst einjagst, ist wohl kaum ein Grund …«

»Du hast dein Wort gegeben, Mirabelle«, rief er ihr kühl ins Gedächtnis.

»Oh, na schön.« Sie lehnte sich in die Kissen zurück, um ihm besser ins Gesicht sehen zu können. »Sie arbeitet an einer Symphonie.«

»Und?«, hakte er nach, als sie nicht weitersprach.

»Und was?«, fragte sie. »Sie arbeitet an einer Symphonie und tut das nun schon geraume Zeit. Sie ist aufgeregt und nervös, und sie macht sich Sorgen. Es ist nicht ganz schicklich für eine junge Dame, in Musik etwas Bedeutsameres als ein Hobby zu sehen. Sie fürchtet, dass du es nicht gutheißen könntest.«

»Das ist absurd«, blaffte er. »Ich kann keine zwei Töne summen, ohne dass die Hunde zu bellen anfangen. Welches Recht hätte ich, meine Schwester darüber zu belehren, wie sie ihr Talent nutzen soll? Welches Recht hätte überhaupt jemand dazu, wenn ich es recht bedenke? Wenn ihr irgendjemand etwas gesagt hat, …«

»Du brauchst mich nicht anzuschreien, Whit. Ich widerspreche dir gar nicht.«

Er blinzelte. »Nicht? Nun …«

»Nein. Im Gegensatz zu dir habe ich eine sehr hübsche Singstimme«, eröffnete sie ihm. »Aber meine musikalische Begabung ist nichts, sogar weniger als nichts, verglichen mit der von Kate. Sie hat in ihrem Bemühen meine volle Unterstützung. Es wird für sie vermutlich nicht leicht sein. Das Ziel selbst ist ein erhabenes, und sobald sie es erreicht hat, wird sie sich einiger Kritik und Zensur ausgesetzt sehen.«

Nachdenklich sah er sie an. »Und du bist dir sicher, dass sie es erreichen wird?«

»Natürlich«, antwortete sie und erwiderte den herausfordernden Blick. »Du etwa nicht?«

»Absolut«, sagte er, ohne zu zögern. Mit dem Handrücken rieb er sich über das Kinn. »Nun, das ist interessant.«

»Vermutlich schon, allerdings nicht gerade schockierend, nicht wahr? Wenn man darüber nachdenkt, war es nur eine Frage der Zeit, bis Kate …«

»Ich habe nicht von Kate gesprochen – ich werde das morgen mit ihr klären –, sondern von uns. Wir sind uns in etwas einig.«

»Ich … das stimmt.« Es war wirklich ein wenig seltsam, wie ihr das mit einem Mal klar wurde. Unbehaglich erhob sie sich und strich sich die Röcke glatt. »Nun, es sind vermutlich schon merkwürdigere Dinge geschehen.«

»Nichts, was viel merkwürdiger wäre.«

Sie ließ die Hände sinken und verdrehte die Augen. »Gewiss hast du in ständiger Furcht vor diesem finsteren Tag gelebt, aber da er nun endlich gekommen ist, findest du vielleicht die Kraft, darüber hinwegzukommen und weiterzuleben.«

»Ich werde darüber nachdenken. Warum setzt du dich nicht wieder, Kobold. Wir sind hier noch nicht ganz fertig.«

»Ich stehe lieber, danke.« Das war gelogen, aber es schien ihr töricht, sich wieder hinzusetzen, nachdem sie gerade erst aufgestanden war. »Was willst du denn noch?«

»Es geht nicht darum, was ich will, sondern darum, was meine Mutter … wünscht.«

»Deine Mutter?« Die Kehle wurde ihr ein wenig eng.

»Sie hat mich gebeten, dass wir für eine Weile unsere Meinungsverschiedenheiten beilegen – und eine Art Waffenstillstand schließen.« Nachdenklich schürzte er die Lippen. »Vielleicht war sie heute Morgen verstimmter, als mir bewusst war.«

»Ich …« Sie erbleichte. Sie wusste, dass es so war, weil sie spürte, wie ihr jeder Tropfen ihres Blutes aus dem Gesicht wich, um sich in ihrem Magen zu sammeln, wo es umherschwappte und ihr leichte Übelkeit bereitete.

Man konnte als Kind unmöglich so oft in Haldon Hall gewesen sein, ohne von Zeit zu Zeit Lady Thurstons Missfallen erregt zu haben. Mangelndes Urteilsvermögen und schlechtes Benehmen gehören zu jeder Kindheit. Doch Mirabelle hatte sich sehr bemüht, Lady Thurstons Unwillen zu vermeiden – sicherlich sehr viel mehr, als die meisten Kinder es getan hätten –, und oh, wie sehr sie es hasste, wenn sie dabei versagte. Sie verdankte der Gräfin so viel, und ihre Freundlichkeit mit Sorge oder Verdruss zu vergelten, zeugte von unverzeihlicher Selbstsucht.

»Ist sie sehr böse auf mich?«, fragte sie mit einem erstickten Flüstern.

»Sie ist nicht …« Whit unterbrach sich mit einem Fluch und

trat vor, um ihren Arm zu ergreifen. »Setz dich. Du siehst aus, als würdest du gleich ohnmächtig werden.«

»Ich werde nicht ohnmächtig«, widersprach sie wenig überzeugend, ließ sich aber zum Sofa zurückführen. »Was hat sie gesagt, Whit?«

»Nichts, was eine solche Reaktion rechtfertigen würde«, erwiderte er, milderte seine barschen Worte jedoch ab, indem er ihr beruhigend den Arm tätschelte und ein großes Glas Brandy einschenkte, das er ihr in die Hand drückte. »Runter damit.«

Sie betrachtete die bernsteinfarbene Flüssigkeit und schnitt eine Grimasse. Alkohol würde ihrem Magen im Moment nicht gut bekommen. »Ich will das nicht. Ich möchte wissen, was deine Mutter …«

»Und ich werde es dir erzählen, sobald du etwas getrunken hast.« Er schob ihr das Glas hin. »Nur zu.«

Sie sah ihn finster an, leerte jedoch den Inhalt des Glases mit einem einzigen schnellen Schluck. Keuchend, hustend und prustend kam sie wieder zu Atem. »Grundgütiger!«

Whit lachte leise in sich hinein, nahm ihr das Glas ab und stellte es beiseite. »An Brandy wird im Allgemeinen nur genippt.«

»Nun, ich werde keinen zweiten trinken«, informierte sie ihn und holte tief Luft. »Also wirst du dich damit zufriedengeben müssen, wie ich ihn getrunken habe.«

»Na schön.« Er sah ihr forschend ins Gesicht. »Fühlst du dich wieder besser?«

»Nein.« Was der Wahrheit entsprach. »Mir hat überhaupt nichts gefehlt.« Was gelogen war.

»Hm«, war seine wenig beredte und – wie sie zugeben musste – diplomatische Antwort. Er richtete sich auf und blickte auf sie herab. »Ich vergesse manchmal, wie viel sie dir bedeutet.«

»Lady Thurston? Ich liebe sie von ganzem Herzen.«

»Das weiß ich. Aber ich vergesse es mitunter.« Er tätschelte ihr wieder den Arm. »Sie ist dir nicht im Mindesten böse. Oder mir. Sie … suchst du nach einem Ehemann?«

»Suche ich …?« Sie starrte ihn mit offenem Mund an und fragte sich, ob die Frage wirklich aus dem Nichts gekommen war oder ob der Brandy viel schneller wirkte, als sie gedacht hatte. »Wie bitte?«

»Das ist doch eine einfache Frage. Erwägst du eine Heirat?«

Da die Frage von Whit kam, sah sie ihn lange und forschend an, ohne zu antworten.

»Kobold?«

Sie hob einen Finger. »Einen Moment – ich versuche festzustellen, ob die Frage eine Beleidigung enthält.«

Er straffte die Schultern. »Ich versichere dir, wenn ich dich beleidige, dann wirst du es erkennen.«

»Es fehlt dir wirklich an Subtilität«, stimmte sie zu und ignorierte sein spöttisches Grinsen, um laut zu denken. »Dann war die Frage die Einleitung zu einer Beleidigung. Hast du vor, einen ungeeigneten Kandidaten für die Position vorzuschlagen? Jemanden wie …« Sie spitzte grübelnd die Lippen. »Jim zum Beispiel? Das ist grausam, weißt du. Er hat schon genug Probleme, auch ohne dass die Leute sich über ihn lustig machen.«

»Ich habe nicht die Absicht … wer zum Teufel ist Jim?«

»Jim Bunt«, half sie ihm auf die Sprünge. »Ein kleiner Mann, dem ein Bein fehlt. Er verbringt seine Tage vor Mavers Gasthaus, stets mit einer Flasche in der Hand. Du hast ihn bestimmt schon einmal gesehen.«

Er stieß verärgert die Luft aus. »Ja, ich habe ihn gesehen, obwohl ich mir kaum vorstellen kann, wie es kommt, dass du ihn beim Vornamen nennst …«

»Oh, Kate und Evie und ich bringen ihm oft etwas zu essen vorbei und …«

Mit einer knappen Handbewegung brachte er sie zum Schweigen. »Schon gut. Wenn du dir jetzt die Mühe machen würdest, die Frage zu beantworten. Bist du auf der Suche nach einem Ehemann?«

»Nein«, sagte sie klar und deutlich. »Das bin ich ganz gewiss nicht. Hat das etwas mit dem Wunsch deiner Mutter zu tun?«

Er beugte sich leicht vor und sah ihr prüfend ins Gesicht, so wie er es nur wenige Augenblicke zuvor getan hatte, doch diesmal stand in seinen blauen Augen keine Sorge, sondern ein unerklärlicher Zorn. Wie konnte er immer noch verärgert sein?, fragte sie sich. Sie hatte die Frage doch beantwortet, oder etwa nicht? Natürlich war Whit immer über sie verärgert – schon ihre Anwesenheit genügte, um seinen Zorn zu entfachen. Doch diesmal war es etwas anderes. Außerstande, den Finger darauf zu legen, beobachtete sie ihn ihrerseits fasziniert, bis das Feuer eingedämmt, wenn auch nicht ganz erloschen war.

Erneut richtete er sich auf und nickte kurz, als wäre er zu einer Entscheidung gekommen. »Mutter hat den Eindruck, dass du dich verheiraten willst und dass unsere Zwistigkeiten deine Bemühungen, einen geeigneten Herrn zu finden, behindern könnten.«

»Das ist absurd«, erwiderte sie verächtlich. »Sie weiß sehr gut, dass ich keinerlei Interesse daran habe, mich an einen Ehemann zu ketten.«

»Dich an einen Ehemann zu ketten?« Er zog sich einen Stuhl heran, um ihr gegenüber Platz zu nehmen, so nah, dass ihre Knie einander fast berührten, als er sich setzte. »Das ist eine recht düstere Sicht der Ehe, meinst du nicht?«

»Nein«, antwortete sie mit großer Ernsthaftigkeit. »Und ich bezweifle auch, dass du es anders siehst, wenn man bedenkt, dass du über dreißig und noch immer unvermählt bist.«

»Eine Frau zu nehmen ist etwas völlig anderes. Es ist eine

Verantwortung, die eine Menge Bedacht und Planung erfordert und …«

»Ich hatte ja keine Ahnung, dass du so ein Romantiker bist«, meinte sie gedehnt.

Er warf ihr einen harten Blick zu. »Meiner Frau, wenn ich denn eine nehme, wird es an nichts mangeln – auch nicht an Romantik.«

Sie seufzte, plötzlich müde und etwas benebelt von dem Brandy. »Ich weiß.« Sie tätschelte ihm freundlich das Knie. »Whit, eines Tages wirst du für ein glückliches Mädchen einen ausgezeichneten Ehemann abgeben.«

Whit veränderte seine Sitzposition. Er wollte sie nicht merken lassen, wie ihre kurze Berührung, ihre Nähe, plötzlich und überraschend seinen Gedankengang störte.

Sie lachte über seinen argwöhnischen Blick. »Keine Beleidigung. Ich meine es ernst. Du bist ein guter Fang, und zwar nicht nur wegen deines Reichtums und deines Titels, obwohl ich mir nicht vorstellen kann, dass das ein Nachteil wäre.«

»Würdest du morgen vor Zeugen zugeben, das gesagt zu haben?«

»Oh, eher würde ich die Folter der Verdammten auf mich nehmen.«

»Dachte ich mir. Du bist doch nur ein wenig betrunken, nicht wahr?«

Sie dachte darüber nach, aber da sie noch nie zuvor betrunken gewesen war, befand sie, dass sie es nicht mit Gewissheit sagen konnte. In der Vergangenheit hatte sie jedoch bisweilen ein oder zwei Gläser Champagner mehr getrunken, als vernünftig war, und hatte fast den Eindruck, dass sie sich nun genauso fühlte.

»Ich glaube, ich bin etwas beschwipst«, gab sie zu. »Das ist deine Schuld, weil du mir diesen Brandy aufgedrängt hast.«

»Ich hatte nicht damit gerechnet, dass du ihn mit einem Schluck hinunterstürzen würdest«, bemerkte er.

Sie zuckte die Achseln. »Die schnellste Art, das abscheuliche Zeug loszuwerden.«

»Es wurden schon fünfzig Pfund für eine Flasche von diesem abscheulichen Zeug geboten«, sagte er.

»Wirklich?« Erstaunt zuckte sie die Achseln. »Nun, über Geschmack lässt sich nicht streiten, oder?«

»Anscheinend nicht.«

»Ich selbst ziehe Champagner vor«, sagte sie ein wenig träumerisch und lehnte sich in die Kissen zurück.

»Ach ja?«, fragte er und lachte in sich hinein.

»Hmm. Die Bläschen sind sehr angenehm.«

»Das sind sie ... vielleicht sollten wir dieses Gespräch morgen früh fortsetzen.«

Wahrscheinlich, dachte sie, hätte sie über die Belustigung in seiner Stimme gekränkt sein sollen. Und das würde sie auch sein, beschloss sie – später. Wenn es ihr leichter fiel, sich auf die Angelegenheit zu konzentrieren. Für den Moment musste sie sich mit Lady Thurstons Bitte befassen.

»Ich halte es nicht für notwendig, dies zu verschieben«, sagte sie und bemühte sich, ihre Worte nüchtern klingen zu lassen. »Ich gebe zu, dass ich ein wenig betrunken bin, aber ich kann diesem Gespräch durchaus folgen. Deine Mutter hat uns gebeten, Waffenstillstand zu schließen, korrekt?«

»Ja«, erwiderte er, und sie beschloss, das Zucken seiner Mundwinkel zu ignorieren.

»Na schön. Für wie lange?«

»Bis ...« Er runzelte nachdenklich die Stirn. »Ich habe keine Ahnung. Wenn meine Mutter recht gehabt hätte, hätte ich vorgeschlagen, dass wir ihn aufrechterhalten, bis du verheiratet und zufriedenstellend versorgt bist.«

»Ah, dann wäre es also ein dauerhaftes Arrangement gewesen. Das wäre von uns beiden vielleicht ein wenig viel verlangt.«

»Da stimme ich dir zu. Ich schlage vor, dass wir es schrittweise angehen.« Er lehnte sich zurück und legte die Fingerspitzen vor der Brust gegeneinander. »Wir werden zunächst übereinkommen, für die Dauer dieser Gesellschaft und aller künftigen Ereignisse, bei denen meine Mutter zugegen ist – oder jemand, der meiner Mutter möglicherweise Bericht erstattet –, höflich zu bleiben. Sollten wir feststellen, dass die Aufgabe ohne allzu große Mühe zu bewältigen ist, können wir die Lage neu einschätzen und dann beschließen, ob wir ein dauerhaftes Arrangement daraus machen wollen.«

»Das klingt ungeheuer vernünftig.« Sie nickte gutmütig, dann legte sie den Kopf schief und musterte Whit. »Du hast eine Menge Verstand, nicht wahr, Whit? Sonst hättest du das Geschick deiner Familie nicht in so kurzer Zeit gewendet.«

»Das ist wahr«, stimmte er zu, und seine Lippen zuckten erneut. »Ich bin überaus klug und tüchtig. Und mein erstaunlicher Verstand sagt mir jetzt, dass es für dich höchste Zeit ist, zu Bett zu gehen und den Brandy auszukurieren – nicht, dass ich dich so nicht mögen würde«, fügte er hinzu.

»Was meinst du mit ›so‹?«

»Berauscht«, sagte er grinsend. »Und freundlich.«

Sie zog ein Gesicht. Sie war sich nicht ganz sicher, was für ein Gesicht das genau war, da sie um Nase und Lippen eine gewisse Taubheit verspürte, aber ganz gewiss war es so etwas wie ein finsterer Blick – wahrscheinlich sogar ein hochmütiges Funkeln. »Ich bin nicht freundlich … das heißt, ich bin nicht berauscht. Ich bin nur …«

»Beschwipst, ich weiß.« Er stand auf und ergriff ihre Hand. »Nun hoch mit dir.«

Sie ließ sich auf die Füße ziehen.

»Denkst du wirklich, wir können …« Sie brach ab, als ihr bewusst wurde, dass er ihr nicht zuhörte. Er sah sie nicht einmal an.

Nun, er schaute sie schon an, sogar sehr angestrengt. Doch sein Blick war eindeutig auf eine Stelle unterhalb von ihrem Gesicht gerichtet. Atemlosigkeit überkam sie, und ihre Haut schien zu kribbeln und warm zu werden, während er ihre Figur eingehend musterte. Aus seiner Miene sprach …

Wie nannte man das? Gereizte Verwirrung? Widerwilliges Interesse?

Sie fand die gereizten und widerwilligen Aspekte ein wenig beleidigend. Sie ließ seine Hand los.

»Stimmt etwas nicht?«, fragte sie und hoffte, kühl zu klingen.

»Ob etwas nicht stimmt?«, wiederholte er, ohne den Blick zu heben.

»Ja, ob etwas nicht stimmt«, bestätigte sie. Sie senkte den Kopf, um ihr Gewand besser sehen zu können, und fuhr mit den Fingern über den Halsausschnitt.

»Habe ich dort einen Fleck?« Oje, was, wenn sie sich mit Brandy bekleckert hatte, ohne es zu bemerken? »Das hättest du ruhig früher erwähnen können«, grollte sie.

Als er nicht antwortete, schaute sie auf und stellte fest, dass sein Blick auf die Stelle gerichtet war, wo ihre Hand auf der Brust lag. Er wirkte genauso konzentriert wie gerade eben – vollkommen reglos stand er da, die Stirn gerunzelt und die Zähne zusammengebissen. Aber er wirkte nicht mehr ganz so widerwillig. Und sie fühlte sich plötzlich noch atemloser.

»Whit«, fauchte sie, etwas erstaunt darüber, dass sie den nötigen Atem dafür hatte.

Er fuhr leicht zusammen und blickte ihr in die Augen. »Was? Ja. Nein. Wie bitte?«

»Was ist nur los mit dir?«

»Nicht das Geringste«, sagte er, dann blinzelte er, zögerte und fügte hinzu: »Ich prüfe, ob du schwankst.«

»Ob … oh.« Angesichts dieser logischen Erklärung fühlte sie sich töricht. Was sonst hätte er tun sollen? »Gut, das tue ich nicht. Schwanken, meine ich.« Unauffällig schob sie den rechten Fuß ein wenig zur Seite.

»Das sehe ich«, sagte er belustigt, und ihr fiel wieder ein, was sie ihn hatte fragen wollen.

»Meinst du wirklich, dass wir es schaffen können, die ganze Zeit über höflich zueinander zu sein?«

»Natürlich. Das ist doch kein Kunststück – jedenfalls nicht für mich. Du wirst eben deine schauspielerischen Fähigkeiten einsetzen müssen.« Er dachte ein wenig darüber nach. »Oder vielleicht sollten wir dir einfach weiter Brandy einflößen.«

Sie zog nur eine Augenbraue hoch, und er fluchte, woraufhin sie wiederum beide Augenbrauen hochzog.

»Erst beleidigst du eine Dame, dann fluchst du auch noch.« Sie schnalzte mit der Zunge. »Das ist wirklich ein ganz schlechter Anfang.«

»Wir werden morgen beginnen.«

Vielsagend – wenn auch etwas wackelig – blickte sie zur Uhr auf dem Kaminsims. Die Zeiger verrieten, dass es weit nach Mitternacht war.

»Wir werden«, knurrte er, »bei Sonnenaufgang beginnen.«

»Siehst du? Jede Menge Verstand.«

Whit begleitete Mirabelle zurück zu ihrem Zimmer und kehrte dann zu seinem eigenen zurück. Sie wäre wahrscheinlich in der Lage gewesen, sich selbst zurechtzufinden, dachte er, als er seine Tür öffnete, aber er wollte nicht, dass sie in der Dunkelheit umherstolperte. Noch nie zuvor hatte er sie so angeheitert erlebt – oder vielleicht passte »berauscht« besser, dachte er mit einem stillen Lachen.

Ganz gewiss hatte er es noch nie erlebt, dass sie ihn so lange angelächelt hatte. Sie hatte ein recht hübsches Lächeln, befand er, während er die Halsbinde abnahm und über einen Stuhl warf. Wenn sie lächelte, kräuselte sich ihre Nase ein wenig, und die Belustigung in ihren Zügen reichte bis zu ihren schokoladenfarbenen Augen.

Während er sein Hemd aufknöpfte, hielt er auf einmal inne. Sie hatte doch keine schokoladenfarbenen Augen, oder? Sicherlich nicht. Die Augen des Kobolds waren braun. Es war ein ganz normales Braun. Wie war er nur auf den Gedanken gekommen, sie könnten etwas anderes sein? Und was zum Teufel hatte er sich dabei gedacht, das Mädchen zu mustern, als wäre es ein Stück Musselin?

Verfluchter blauer Satin, schimpfte er innerlich. Genau daran hatte er gedacht.

»Ich habe zu viel gearbeitet«, befand er und entkleidete sich weiter.

»Wenn ich so kühn sein darf, Mylord – ja, das haben Sie.«

Whit warf seinem Kammerdiener über die Schulter ein Lächeln zu. Selbst im Halbschlaf sah der Mann in seinem Schlafrock und seinem schnell, aber tadellos frisierten Haar wie ein Bild der Mode aus. »Gehen Sie wieder zu Bett, Stidham.«

»Natürlich, Mylord. Erlauben Sie mir, Ihnen dabei behilflich ...«

»Wenn ich Hilfe beim Auskleiden brauchte, dürfen Sie sicher sein, dass ich so vorausschauend gewesen wäre, ein hübsches junges Ding zu finden, das sich der Aufgabe annimmt.«

Es war ohnehin seltsam, die Kleider von einem anderen Mann auswählen zu lassen, als wäre er ein Kind oder ein unfähiger Dummkopf. Unter keinen Umständen, von vollständiger körperlicher Behinderung einmal abgesehen, würde er besagtem Manne auch noch erlauben, ihn zu entkleiden. Eigentlich hätte er die ganze Angelegenheit lieber gern selbst erledigt, aber von einem Gentleman seines Standes wurde erwartet, dass er die Dienste eines Kammerdieners in Anspruch nahm. Außerdem mochte er Stidham recht gern.

»Gewiss gibt es eine ganze Schar hübscher junger Dinger im Haus, die es gar nicht erwarten können, Ihnen zu Willen zu sein«, sagte Stidham, ohne eine Miene zu verziehen. »Soll ich eines für Sie holen?«

»Großzügig von Ihnen, aber für heute Nacht werde ich passen.«

»Sehr wohl. Wenn Sie mich dann nicht mehr benötigen, wünsche ich Ihnen eine gute Nacht.«

»Gute Na…, Stidham?«

»Mylord?«

»Sie sind jetzt schon seit einigen Jahren bei mir auf Haldon Hall.«

»In der Tat.«

»Was …« Er zögerte und überlegte, ob es eine Möglichkeit gab, die Frage so zu formulieren, dass er sich nicht völlig zum Esel machte – und kam zu dem Schluss, dass es keine solche Möglichkeit gab. »Welche Farbe haben die Augen des Kobolds?«

»Miss Browning?« Falls Stidham die Frage überraschte oder erheiterte, so war er zu würdevoll, um es sich anmerken zu lassen. »Ich glaube, sie sind von einem sehr dunklen Braun, Mylord.«

»Von einem sehr dunklen Braun«, wiederholte er. »Wäre das eine andere Art, ›schokoladenfarben‹ zu sagen?«

»Vermutlich.«

In den frühen Morgenstunden, als alle anderen noch schliefen, standen in der dunkelsten Ecke der Bibliothek ein Mann und eine Frau und unterhielten sich hastig flüsternd.

»Ist es das?«, fragte der Mann und griff nach der kleinen, in braunes Papier gewickelten Schachtel, die die Frau in der Hand hielt.

»Ja.« Sie zog die Hand zurück und aus seiner Reichweite. »Ich verlange Ihr Wort, dass dies nicht zurückkehren wird, um meine Familie heimzusuchen.«

»Ich würde es Ihnen gern geben«, sagte er sanft. »Nichts täte ich lieber, aber Whit wird entscheiden müssen, was geschehen soll.«

Sie nickte und drückte ihm das Päckchen in die Hand.

»Sie haben großen Glauben in den Jungen«, murmelte er.

»Wenn man Vertrauen und Respekt hat, wird Glaube irrelevant.«

»Dann steht zu hoffen, dass unser Vertrauen nicht unangebracht ist.«

Mirabelle hatte nicht viel Erfahrung mit übermäßigem Alkoholgenuss, daher konnte sie es nicht gebührend würdigen, dass sie am nächsten Morgen frisch und munter erwachte, doch Wohlbefinden an einem schönen Frühlingstag wusste sie auf allgemeine Weise durchaus zu schätzen. Sie war zwar ein wenig benommen, aber das ließ sich mit einer Tasse heißer Schokolade und etwas frischer Luft leicht beheben.

Sie mied die Gäste im Frühstücksraum und zog es vor, ihre Tasse von der Küche zu einer kleinen Bank im Garten zu tragen. Gegenwärtig war ohnehin niemand auf, mit dem sie hätte sprechen wollen. Kate, Evie und Sophie lagen alle noch in ihren Betten. Die ersten beiden freiwillig und Letztere ohne Zweifel aufgrund eines überfürsorglichen Ehemannes. Es würde noch eine Stunde vergehen, vielleicht auch zwei, ehe eine der drei Frauen aus ihrem Zimmer auftauchen würde.

Als sie auf Zehenspitzen am Frühstücksraum vorbeigeschlichen war, hatte sie Lady Thurstons weiche Stimme zwischen denen der Gäste und Whits tieferer Stimme gehört, aber sie fühlte sich noch nicht bereit, einem von beiden gegenüberzutreten.

Angenehme Konversation mit einem Mann zu führen, vor dessen bloßen Anblick es ihr mehr als die Hälfte ihres Lebens gegraust hatte …

Nein … nein, das stimmte nicht ganz.

Nachdenklich nippte sie an ihrer heißen Schokolade. Es hatte ihr nie vor Whits Anblick gegraust. Sie konnte sich nicht entsinnen, dass sie irgendwann auch nur unglücklich gewesen war, ihn zu sehen. Unglücklich schien sie vielmehr immer dann zu sein, wenn sie mit ihm zusammen war – verärgert, gereizt, zornig, fuchsteufelswild und … und erfreut, wie ihr mit einem Mal klar wurde.

Stets war sie zumindest ein klein wenig erfreut in ihrem Ärger, ihrer Gereiztheit oder ihrem Zorn gewesen.

Sie stellte die Tasse unsanft auf ihr Knie und merkte es nicht einmal, dass über den Rand ein wenig Schokolade auf ihr Kleid schwappte.

Gütiger Gott, was war nur los mit ihr? Was für ein Mensch genoss es, geärgert zu werden – und andere zu ärgern?

Sie dachte eingehend darüber nach und befand, dass es ein Mensch war wie Whit.

Sie war schließlich nicht allein verantwortlich für ihre andauernde Rivalität, und sie war gewiss nicht die Einzige, der diese Rivalität Vergnügen bereitete. Er hatte ihre Streitigkeiten genauso oft vom Zaun gebrochen wie sie, und sie konnte sich recht lebhaft an mehr als eine Gelegenheit erinnern, bei der er sich ganz offensichtlich blendend amüsiert hatte, als sie mit Beleidigungen und Beschimpfungen aufeinander losgegangen waren.

Sie atmete tief aus und rieb sich über den Oberschenkel.

Sie waren alle beide verrückt. So einfach war das. Das zu vermeiden, würde zweifellos sehr viel schwieriger sein, aber Lady Thurston wünschte es. Sich der Gräfin zu widersetzen, wäre in Mirabelles Augen nicht nur verrückt, sondern schlichtweg dumm gewesen. Sie zog es vor, nicht beides an einem Tag zu sein.

Sie hörte Schritte auf dem Kiesweg, der zu ihrer Bank führte. Unwillkürlich verkrampfte sie sich und zwang sich, sich wieder zu entspannen. War es nicht seltsam, dass sie seine Schritte erkannte? Vielleicht nicht – sie kannte auch Sophies schnellen, leichten Schritt und den festen, ungleichmäßigen von Evie. Kate ging langsam und gemächlich, Lady Thurston energisch und …

Und es war töricht, dass sie über den Gang ihrer Freundinnen nachsann, um ihre plötzliche Nervosität einzudämmen. Sie war kein Backfisch, der bei der Aussicht, mit einem Mann zu sprechen, ganz nervös wurde – einem Mann, dem sie einmal einen ganzen Teller mit Rührei über den Kopf gekippt hatte. Bei dieser schönen Erinnerung lächelte Mirabelle und wartete.

Als Whit vor ihr stehen blieb, lächelte sie immer noch.

»Guten Morgen, Miss Browning«, begrüßte er sie.

Er sah geradezu hinreißend aus, dachte sie, mit den hinter dem Rücken verschränkten Händen und den blauen Augen, aus denen Ernst und Entschlossenheit sprachen.

»Guten Morgen«, erwiderte sie.

»Wie steht das werte Befinden?«

»Ähm … ausgezeichnet, danke. Und selbst?«

»Bestens, bestens.«

Entschlossenheit hin oder her, auf diese unerträglich gestelzte Konversation folgte ein langes und verlegenes Schweigen.

Sie scharrte mit dem Fuß im Kies.

Er wippte auf den Fersen auf und ab.

»Herrliches Wetter heute«, versuchte er es erneut.

»Ja. Ja, sehr.«

Whit wartete noch einen Moment. Dann zog er eine Augenbraue hoch und legte den Kopf schief. Da sie nicht recht wusste, was das bedeuten sollte, sah Mirabelle ihn einfach nur an, bis er es aufgab und verärgert ausatmete.

»Du musst etwas sagen, worauf ich eine Antwort geben kann, Kobold. ›Ja, sehr‹ reicht kaum aus, um ein Gespräch in Gang zu halten.«

»Oh, richtig! Richtig … äh …« Sie biss sich auf die Unterlippe und dachte angestrengt nach, um sich etwas angemessen Freundliches einfallen zu lassen. »Oh! Hast du Pläne für den heutigen Tag?«

Er nickte, doch sie hätte nicht sagen können, ob es eine Erwiderung auf ihre Frage oder eine Billigung derselben war. »Die habe ich. Mehrere der jungen Damen haben heute Morgen ihr Interesse bekundet, sich das Grundstück zeigen zu lassen, und ich habe eingewilligt, als ihr Führer zu fungieren.«

»Das war sehr freundlich von dir, Whit. Ich frage mich, welche der … Warum siehst du mich jetzt so finster an?«

»Ich halte es für sehr unpassend von dir, mich Whit zu nennen«, eröffnete er ihr.

»Dann also Whittaker?«, fragte sie mit zuckersüßem Lächeln. »Oder würdest du Whittaker Vincent vorziehen?«

»Du kommst einer Beleidigung bedenklich nahe. Nein, du wirst mich mit ›Mylord‹ anreden.«

Allein schon bei dem Gedanken schnaubte Mirabelle zweimal. »Das werde ich nicht.«

»Es ist nur angemessen. Ich habe dich mit Miss Browning angesprochen, also …«

»Dann lass es«, schlug sie vor. »Aus deinem Mund klingt es jedenfalls falsch. Warum sprechen wir einander nicht mit dem Vornamen an? Deine Mutter hat uns gebeten, dass wir uns wie Freunde verhalten, nicht wie Leute, die einander gerade erst kennengelernt haben. Und ich kann wohl kaum anfangen …«

»Du streitest, Kobold.«

»Nein, tu ich nicht. Ich …« Sie hörte einen Anflug von Zorn in ihrer Stimme und unterbrach sich, holte tief Luft, hielt inne und atmete wieder aus. Als sie erneut zu sprechen begann, war ihr Ton gemäßigt. »Du hast völlig recht, ich streite. Aber um der Sache willen muss ich dir mitteilen – ganz ruhig und sachlich natürlich …«

»Natürlich.«

»… dass ich mich dabei nicht wohlfühle und es daher unwahrscheinlich ist, dass ich dich mit ›Mylord‹ ansprechen werde. Da wir einander von frühester Kindheit an kennen, würde es, wie ich glaube, seltsam und gezwungen wirken.«

»Also schön, ich bin bereit, …«

»Ferner werde ich mich wohl kaum daran erinnern.«

»Du machst mir dies außerordentlich schwer …«

»Außerdem denke ich, es wäre das Beste, wenn du davon absehen könntest, mich ›Kobold‹ zu nennen.«

»Ich schwöre bei …«, begann er und unterbrach sich, als ihre Worte seine Frustration durchdrangen. »Habe ich dich ›Kobold‹ genannt? Heute Morgen, meine ich?«

»Mehr als nur einmal.«

»Ich … tatsächlich?« Er kniff die Augen zusammen und versuchte, sich zu erinnern. »Das war mir gar nicht bewusst.«

Mirabelle zuckte die Achseln. »Mir macht es nichts aus, aber deine Mutter könnte daran Anstoß nehmen.«

»Es macht dir nichts aus?«

»Nicht im Mindesten. Stört es dich, wenn ich dich ›Kretin‹ nenne?«

Er warf ihr einen Blick zu. »Ja.«

»Also schön. Ich werde dich nicht ›Mylord‹ nennen, aber ich werde davon absehen, dich als ›Kretin‹ zu bezeichnen.«

»Neben anderen beleidigenden Begriffen.«

»Neben anderen beleidigenden Begriffen«, stimmte sie zu. »Ich werde dich mit ›Whit‹ oder ›Whittaker‹ anreden. Du darfst mich ›Mira‹, ›Mirabelle‹ oder sogar ›Kobold‹ nennen, wenn du denkst, dass es deiner Mutter nichts ausmacht.«

»Ich glaube nicht, dass sie sich sehr daran stören wird.«

»Dann sind wir uns also einig?«, fragte sie und überlegte, ob es wohl zwischen zwei intelligenten Menschen je ein alberneres Gespräch gegeben hatte.

»Ich stimme zu, aber nur, damit das klar ist, ›Whittaker Vincent‹ kommt nicht infrage.«

»Ich werde es mir merken.«

Auf der anderen Seite des Rasens stand Lady Thurston im kühlen Schatten einer Weide und beobachtete das junge Paar mit wachsendem Verdruss. Selbst aus der Ferne konnte sie an ihrer steifen Körperhaltung erkennen, wie unbehaglich sie sich fühlten. Whit hatte den Kopf höflich geneigt, Mirabelles Rücken war kerzengerade. Sie konnte sich den aufreizend förmlichen Ton ihrer Konversation nur allzu gut vorstellen.

Herrliches Wetter heute. So ungewöhnlich für die Jahreszeit.

Ja, sehr.

Finster blickte sie zu den beiden hinüber, danach zu dem Mann, der neben ihr stand. »Nun, gütiger Himmel, es funktioniert überhaupt nicht. Ehe wir uns versehen, werden sie einander mit Lord Thurston und Miss Browning ansprechen.«

William musterte noch etwas länger, bevor er antwortete: »Es scheint sich in diese Richtung zu entwickeln.«

»Ich dachte, Sie hätten dergleichen schon einmal in die Wege geleitet.«

Angesichts des leisen Vorwurfs trat er unbehaglich von einem Bein aufs andere. »Ja, das habe ich, und, wie ich Sie erinnern möchte, mit einigem Erfolg.«

Sie nickte zu den beiden hin. »Und war das die Art, wie Ihr früherer Erfolg zustande kam?«

»Es handelt sich um vollkommen verschiedene Fälle.« Als sie ihn nur mit hochgezogenen Augenbrauen ansah, hustete er nervös. »Es gab, wie ich zugebe, ein oder zwei … äh, Komplikationen.«

»Komplikationen«, wiederholte sie und verengte die Augen.

»Nun, so etwas kommt vor«, verteidigte er sich. »Ich habe daraus gelernt und versucht, diesmal etwas weniger raffiniert vorzugehen, aber ich bin schließlich kein Wahrsager, nicht wahr?«

Sie atmete rasch aus und drückte sanft seinen Arm. »Nein, natürlich nicht. Bitte nehmen Sie meine Entschuldigung an. Ich bin ein wenig besorgt, das ist alles. Ende der Woche findet die Jagdgesellschaft von Mirabelles Onkel statt, und ich hatte gehofft, sie würde nicht dorthin gehen müssen.«

»Wenn alles gut geht, wird es die letzte dieser Gesellschaften sein, an der sie teilnehmen muss. Ist die Einladung eingetroffen?«

»Zur selben Zeit wie jedes Jahr«, bestätigte sie. »Der Mann ist ein Idiot. Ein abscheulicher, betrunkener Idiot.«

»Das will ich nicht abstreiten«, sagte er leise. »Aber Mirabelles Sicherheit ist gewährleistet, Mylady. So gut das im Moment möglich ist.«

»Ich weiß.« Sie drehte sich um und schenkte ihm ein dankbares Lächeln. »Ich werde Ihnen Ihre Güte niemals angemessen vergelten können. Sie haben mir ein unbezahlbares Geschenk gemacht.«

»Nun, nun.« Erneut hüstelte er und scharrte mit den Füßen. »Es ist nichts. Überhaupt nichts. Nur eine Gefälligkeit für einen alten Freund.«

»Es ist durchaus mehr als das. Ich stehe in Ihrer Schuld.«

»Nein, nein …«

»Doch nun zu der anderen Angelegenheit, über die wir gesprochen haben.« Sie drehte sich zu ihm um. »Whit mag zwar ein erwachsener Mann sein, aber er ist immer noch mein Sohn und wird es immer bleiben. Wenn ihm unter Ihrem Kommando etwas zustößt, werde ich jedes mir zur Verfügung stehende Mittel nutzen, um Sie leiden zu sehen. Und Sie dürfen gewiss sein, dass meine Methoden erheblich … gründlicher sind als alles, was Ihre klugen, aber einfallslosen Männer jemals ersonnen haben.«

Seine einzige Antwort bestand in einem Schlucken.

Zufrieden, sich verständlich gemacht zu haben, lächelte Lady Thurston und tätschelte ihm den Arm, bevor sie ging. »Wenn Sie hereinkommen, putzen Sie Ihre Stiefel ab, mein Lieber.«

Mirabelle rutschte auf der schmalen Bank beiseite, um Whit Platz zu machen. Nachdem sie die gewaltige Aufgabe bewältigt hatten, sich über ihre jeweilige Anrede zu einigen, waren sie hinsichtlich eines Gesprächsthemas erneut ratlos.

»Nun«, sagte er sinnloserweise und sah sich um, auf der Suche nach einer Eingebung.

»Nun«, erwiderte sie und fühlte sich unendlich dumm.

Normalerweise war sie recht geschickt darin, Konversation zu machen. Während der Londoner Saison war sie aus ebendiesem Grunde eine beliebte Tanzpartnerin. Doch nun war sie vollkommen außerstande, sich auf ein einziges Gesprächsthema zu besinnen. Oder, um genauer zu sein, vollkommen außerstande, sich auch nur auf ein Gesprächsthema zu besinnen, bei dem sie nicht beide binnen Minuten in Harnisch geraten würden.

Offen gestanden kam ihr als einziger Gedanke immer wieder in den Sinn, dass sie sich nicht erinnern konnte, jemals so nah neben Whit gesessen zu haben.

Körperlichen Kontakt zu vermeiden, gehörte zu ihrer Fehde. Wahrscheinlich war es weniger bewusste Abscheu gegen den Kontakt als Sorge um die eigene Sicherheit – hauptsächlich Whits Sicherheit. Aber heute Morgen berührten sich ihre

Knie und ihre Schultern, und durch ihr Kleid hindurch spürte sie seine Körperwärme. Er war ziemlich warm, stellte sie fest. Und ziemlich groß.

Warum es ihr jetzt Unbehagen bereitete, dass sie in friedlichem – wenn auch verlegenem – Schweigen beisammensaßen, war eine Frage, die sie sich lieber nicht beantworten mochte. Dass sie den kleinen Sprung bemerkte, den ihr Herz bei der Berührung tat, hieß noch lange nicht, dass sie sich das eingestehen musste.

Im Stillen suchte sie nach einer Bemerkung, irgendetwas, das sie von seiner Nähe ablenken würde.

»Whit, ich …«

»Hättest du Lust, dich heute Morgen der Führung anzuschließen?«, fragte er mit einem Mal.

Sie klappte den Mund zu; was auch immer sie hatte sagen wollen, war vergessen. Bis zu diesem Moment hätte sich Mirabelle – nicht einmal unter Androhung der Todesstrafe – an keine einzige Gelegenheit erinnern können, bei der Whit ohne unmittelbares Drängen seiner Mutter eine Einladung in ihre Richtung ausgesprochen hatte. Es sei denn natürlich, sie hätte die Male mitgerechnet, als er sie aufgefordert hatte, zum Teufel zu gehen, in welchem Fall sie zahlreiche Beispiele gehabt hätte …

»Mirabelle?«

»Oh, entschuldige. Ich war in Gedanken.«

»Das dachte ich mir.«

»Und ich glaube, ich würde nachher sehr gerne zu diesem Spaziergang mitkommen. Wohin gehen wir?«

»Um den See herum, wenn es den Damen recht ist.«

»Wirklich?«, fragte Mirabelle aufrichtig erfreut. »Das ist mein Lieblingsweg.«

»Tatsächlich?« Er musterte ihr Gesicht. »Aufrichtig, oder sind wir immer noch höflich?«

»Beides, nehme ich an. Meiner Meinung nach benehmen wir uns bemerkenswert gut. Und es ist tatsächlich mein Lieblingsweg. Ich mag vor allem die Kurve auf der anderen Seite im Osten, wo diese große, alte Eiche steht und das Schilf mir bis zur Hüfte reicht. Hast du gewusst, dass im Frühling hinter diesem Baum ein Entennest war?«

»Ja, aber mir war nicht klar, dass es sonst noch jemand kannte.« Ein wissendes Lächeln erhellte seine Züge. »Die dicksten Küken, die ich je gesehen habe.«

Unwillkürlich erwiderte Mirabelle sein Lächeln. »Sie waren riesig … Ich habe sie regelmäßig gefüttert.«

»Ja, ich auch.«

Entzückt über die Vorstellung, wie ein erwachsener Mann sich zu einem alten Baum schlich, um kleine Enten zu füttern, lachte Mirabelle laut auf.

Whit streckte behaglich die Beine aus. Sie hatte ein schönes Lachen, dachte er. Weich und tief, wie ein warmer Wind über dem Wasser. Er hatte es schon früher gehört, unzählige Male. Aber es hatte nie ihm gegolten. Nein, das stimmte nicht. Sie hatte öfter über ihn gelacht, als ihm lieb war. Noch nie zuvor hatte sie für ihn gelacht. Es war eine vollkommen andere Erfahrung und eine, die er überraschend angenehm fand.

Unendlich angenehmer als das Gekicher von Miss Willory und ihren Begleiterinnen, welches unglücklicherweise genau jetzt von der Hintertür erklang. Als die Gruppe sie entdeckte und zu ihnen herüberkam, spürte er, wie Mirabelle sich verkrampfte, und konnte ihr wegen ihrer Reaktion kaum einen Vorwurf machen.

Miss Willory mochte zwar nicht die anmaßendste und gemeinste junge Frau seiner Bekanntschaft sein, aber sie war zumindest eine Anwärterin auf diesen Posten. Und es machte die Sache nicht besser, dass sie sich oft in Gesellschaft von Miss

Fanny Sills und Miss Charlotte Sullivan befand, ihren größten Bewunderinnen und Nachahmerinnen. Und Miss Rebecca Heins … nun, Miss Heins schien durchaus ein süßes Geschöpf, aber die Gruppe als Ganzes war ein beunruhigender Anblick.

»Sind das die Damen, von denen du gesprochen hast?«, fragte Mirabelle, die die Gruppe immer noch beobachtete.

»Ja.«

»Verstehe«, sagte sie langsam. »Dieser Ausflug war nicht dein Gedanke, oder?«

»Oh, ich hatte eine Menge Gedanken bezüglich dieses Ausflugs«, versicherte er ihr. »Keinen davon würde ich in gemischter Gesellschaft aussprechen.«

Eine Pause entstand, dann sagte sie: »Deine Mutter hat dich gezwungen.«

»Ja.« Er rang sich ein Lächeln ab, als die kichernde Gruppe näher kam. »Ja, das hat sie.«

Mirabelle erhob sich und warf einen sehnsüchtigen Blick zum Haus hin. »Weißt du, ich habe ganz vergessen …«

»Wenn du jetzt gehst«, flüsterte Whit schnell und stand ebenfalls auf, »werden sie denken, sie hätten dich vertrieben, und tagelang damit prahlen.«

»Ich … verdammt!« Sie nahm die Schultern zurück, hob das Kinn und setzte eine angespannte Miene auf, die, wie er annahm, ein Lächeln darstellen sollte.

Nur mit Mühe konnte Whit einen Seufzer der Erleichterung unterdrücken. Mirabelle würde bleiben. Das hatte er angenommen … oder jedenfalls hatte er es gehofft. Also schön, er hatte zu allen Göttern gebetet, dass sie ihn nicht mit dieser Gruppe allein lassen würde.

Whit fühlte sich in Gegenwart unverheirateter Frauen der feinen Gesellschaft ausgesprochen unwohl. Titelhungrige und unverhohlen Ränke schmiedende junge Frauen mit ehrgeizigen Müttern jagten ihm schlichtweg Angst ein. Und wenn Miss Willory nicht als ein solches Geschöpf durchging, dachte er, dann niemand.

Eigentlich hätte sie schön sein müssen, dachte er, als Miss Willory und ihre Schar vor ihnen stehen blieben. Sie besaß alle Kennzeichen der Schönheit – das helle Haar und die hellen Augen, die elfenbeinfarbene Haut, das zarte Gesicht. Ihr Haar war perfekt frisiert, ihre modische Erscheinung vollendet gekleidet.

Und doch fand er sie nicht schön. Er fand sie nicht einmal hübsch, sondern einfach nur lästig.

»Da wären wir, Lord Thurston«, zwitscherte Miss Willory munter. »Ich hoffe doch, wir haben Sie nicht zu lange warten lassen, aber die arme Miss Heins – es ist uns einfach nicht gelungen, ihr Häubchen richtig zu arrangieren. Wir haben es schließlich aufgegeben.«

Miss Heins griff erschrocken nach ihrer Haube, die, soweit Whit das beurteilen konnte, vollkommen zufriedenstellend aussah. Er wollte diesbezüglich eine Bemerkung machen, aber Mirabelle kam ihm zuvor.

»Es ist eine reizende Haube, Miss Heins«, stellte sie mit einem strahlenden Lächeln in Richtung des errötenden Mädchens fest. »Haben Sie sie selbst mit den Bändern geschmückt?«

»Ich ... ja.«

Miss Willory zuckte zusammen und blinzelte Mirabelle an, als würde sie ihre Anwesenheit gerade erst bemerken.

»Oh, Miss Browning, werden Sie sich uns anschließen? Wie ... unerwartet.« Sie sandte ein übertrieben mitfühlendes Lächeln zu Whit hin und streckte die Hand aus, als wollte sie seinen Arm tätscheln.

Mit einer Bewegung, die zu geschmeidig war, um beleidigend zu sein, wich er der Berührung aus, indem er neben Mirabelle trat und ihr den Arm bot. Offenbar brachte dieser Waffenstillstand unerwartete Vorteile mit sich – nicht zuletzt die Abwehr von Miss Willorys Annäherungsversuchen.

»Ich habe darauf bestanden, dass Mirabelle sich unserer Gruppe anschließt.«

»Oh.« Miss Willory wusste für einen Moment nichts zu sagen, dann setzte sie eine schmachtende Miene auf. »Wie überaus lieb von Ihnen, Mylord. Sie müssen schrecklich aufgeregt sein, Miss Browning.«

Hätte er nicht ihren Arm gehalten, wäre Whit wahrscheinlich gar nicht aufgefallen, dass Mirabelle sich verkrampfte. Ihr Gesicht blieb ausdruckslos, und sie zuckte mit den Schultern.

»Ich habe diesen Weg stets sehr genossen«, erklärte sie. »Wohlgemerkt, den schönsten Anblick bietet er im Herbst, aber auch im Frühling gibt es viel zu bestaunen. Falls Sie im nächsten Jahr auf Haldon sein sollten, werden Sie vielleicht Gelegenheit haben, sich das Westufer anzusehen – heute werden wir nur den halben Weg gehen. Die Flora auf dieser Seite darf man keinesfalls versäumen … wenn es sich einrichten lässt.«

Nach dieser geschickten Erinnerung daran, dass Mirabelle sowohl regelmäßigen Zugang zu Haldon Hall hatte als auch mit seinem Herrn verkehrte, blieb Miss Willory nichts anderes übrig, als ihr falsches Lächeln festzuhalten und durch zusammengebissene Zähne zu antworten.

»Es ist gewiss entzückend.«

»Oh«, hauchte Mirabelle honigsüß und ergriff Whits Arm fester, »Sie machen sich keine Vorstellung.«

»Gehen wir?«, schlug Whit hastig vor.

Das Gespräch, das Whit und Mirabelle entlang des Weges führten, war steif und unbeholfen. Das Fehlen von Streitigkeiten war immer noch so neu, und es entstanden lange Phasen, in denen sie sich anschwiegen. Mirabelle wünschte sich von ganzem Herzen, die anderen hätten sich ebenfalls angeschwiegen, doch es gab zwar einen deutlichen Mangel an intelligenter Unterhaltung, aber keinerlei Mangel an belanglosem Geplapper.

»Wie hübsch alles ist!«, rief Miss Willory aus. »Ich schwöre, ich könnte auf diesem Weg leben!«

»Aber was ist mit den Zigeunern?«, keuchte Miss Stills auf, als bestünde tatsächlich Gefahr, dass Miss Willory all ihren weltlichen Gütern entsagte, um im Wald von Haldon zu hausen.

»Oder dem Einsiedler McAlistair«, fügte Miss Sullivan hinzu. »Oh, seht nur diese großen, runden Dinger!«

»Oh! Sie sind stachelig.«

»Oh! Was kann das nur sein? Lord …«

»Kastanien«, teilte Mirabelle ihnen mit, obwohl sie gewettet hätte, dass sie das sehr gut wussten.

»Seien Sie nicht töricht, Miss Browning«, fuhr Miss Willory sie an, sichtlich verärgert darüber, dass ihre Frage von jemand anderem als Seiner Lordschaft beantwortet wurde. »Ich weiß, wie eine Kastanie aussieht. Mein Onkel mag sie recht gern. Lord Thur…«

»Es ist die äußere Schale«, warf Mirabelle ein. Es war zweifellos kleinlich von ihr, dass sie eine solche Befriedigung darin fand, Miss Willory in die Quere zu kommen, aber sie konnte sich einfach nicht überwinden, sich darum zu scheren.

Miss Heins stieß mit dem Stiefel nach einer Kastanie. »Es sieht aus wie eine Kastanie.«

»Lord Thurston?«, fragte Miss Willory und ignorierte Miss Heins.

»Es ist eine Kastanie«, bestätigte er.

»Wie klug Sie doch sind!«, säuselte sie. »Sie müssen uns erzählen, wie …«

»Miss Browning wäre als Lehrerin eine bessere Wahl. Sie hat die einheimische Flora und Fauna recht gründlich studiert.«

»Es ist nur ein Steckenpferd«, sagte Mirabelle mit einem verblüfften Blick in Whits Richtung. Sie hatte gar nicht gewusst, dass er ihre Interessen kannte.

»Heißt das, Sie sind ein Blaustrumpf, Miss Browning?«, fragte Miss Willory in herablassendem Tonfall. »Eine große Botanikerin?«

»Wohl kaum, aber ich besitze einige flüchtige Kenntnisse. Der Baum, neben dem Sie stehen, ist zum Beispiel eine Traubeneiche, und die Ranke, die sich darum herumwindet, ist Toxicodendron radicans, eine Spezies, die aus Amerika eingeführt worden ist – besser bekannt als Giftsumach.«

»Oh!«

Tatsächlich war die Ranke eine harmlose, normale Efeuart, aber die Pflanze würde gewiss nichts gegen die Lüge einzuwenden haben. »Wollen wir weitergehen?«

Der Weg um den See folgte größtenteils dem Uferverlauf. Aber es gab einen kleinen Abschnitt, wo die Gruppe einen steilen Hügel hinauf- und zwischen Bäumen hindurchgehen musste. Der Weg wurde hier etwas schwieriger, Mirabelles Meinung nach jedoch durchaus lohnend. Die Höhe und die Entfernung vom See ermöglichten spektakuläre Ausblicke auf das Wasser. Es machte ihr nicht einmal etwas aus, stehen zu bleiben, als einige der anderen sich von dem Aufstieg erholen mussten.

»Es ist wunderschön«, murmelte Miss Heins leise, als sie den Gipfel des Hügels erreicht hatten.

»Es ist vor allem«, beklagte sich Miss Willory, »schlammig.«

Auf dem Hügel war es fast immer ein wenig feucht. Die steile Seite erhielt mehr Sonnenlicht und konnte daher trocknen, aber die dichtere Belaubung und die ebene Fläche führten hier oben häufig zu kleinen Schlammpfützen und hinter einer Biegung zu einem längeren verschlammten Abschnitt.

»Wir müssen ganz einfach umkehren.«

»So schlimm ist es gar nicht«, versicherte ihr Mirabelle. »Um die ärgsten Stellen kann man herumgehen.«

»Nun, ich bin mir sicher, dass es Ihnen nichts ausmacht, Miss Browning, nicht in diesem alten Ding. Wie ungemein klug von Ihnen, ein …« Sie wedelte mit der Hand, als würde sie nach dem richtigen Wort suchen. »… Kleid zu tragen, bei dem es nicht schlimm wäre, wenn es vom Saum bis zum Hals mit Schlamm bespritzt würde.«

»Dieses alte Ding« war Mirabelles bestes Tageskleid gewesen, bis sie das lavendelfarbene gekauft hatte. Sie öffnete den Mund, um eine vernichtende Antwort zu geben.

Doch Miss Willory plapperte weiter: »Meines ist von Madame Rousseau gemacht worden, müssen Sie wissen. Vermutlich haben Sie noch nicht von ihr gehört. Sie ist schrecklich wählerisch, was ihre Kundschaft angeht. Ich wage zu behaupten, dass sie recht ungehalten wäre, wenn der Saum eines ihrer Modelle mit Schlamm bedeckt würde. Und meine kleinen Halbstiefel …«

Whit trat vor und fiel ihr ins Wort. »Sie haben vollkommen recht, Miss Willory. Ein solch entzückendes Ensemble sollte nicht durch Schlammspritzer beleidigt werden. Sehen Sie dort rechts den Pfad, an dem wir gerade vorbeigekommen sind?« Er veranlasste sie, sich umzudrehen, damit sie den Hügel hinabschauen konnte. »Kaum zehn Meter von hier entfernt? Er führt zurück zum Haus. Ich bin mir sicher, dass Sie und Ihr überaus schönes Gewand sich dort wohler fühlen werden. Miss Browning und ich – und jeder, der sich uns anschließen möchte – werden auf diesem Weg weitergehen.«

Miss Willory geriet für einen Moment ins Stottern. »Sie sind sehr freundlich, Mylord, aber …«

»Ganz und gar nicht. Wir können doch nicht zulassen, dass dieser hübsche weiße Musselin ruiniert wird, oder?«

»Ich bin sicher, meine Zofe …«

»Nun, nun, es ist nicht nötig, so tapfer zu sein.« Er versetzte ihr einen etwas unsanften Stoß. »Also dann, gehen Sie nur.«

»Lord Thurston …«

»Miss Willory«, sagte Whit so kühl, dass Miss Willory blinzelte, »ich bestehe darauf.«

Daraufhin gab es nichts, was Miss Willory hätte tun können – wenn sie nicht betteln wollte –, um ihre Stellung in der Gruppe zu halten. Aber da niemand mit seinem Schmerz gern allein ist – vor allem, wenn es jemanden wie Miss Willory trifft –, gab sie sich alle Mühe, auch den anderen den Spaß zu verderben.

»Dann kommt mit, Charlotte und Fanny«, fauchte sie. »Eure Mütter werden euch den Kopf abreißen, wenn sie hören, dass ihr wie gewöhnliche Zigeunerinnen durch den Wald spaziert seid. Und Ihre abgetragenen Stiefel, Miss Heins, sind wahrscheinlich bereits durchweicht, sodass Sie sich ein kaltes Fieber zuziehen werden.« Sie wirbelte auf dem Absatz herum und marschierte den Hang hinunter, zögernd gefolgt von ihren Anhängerinnen.

»Beeil dich, Rebecca«, rief Miss Sullivan. »Wir werden nicht auf dich warten.«

»Ich …« Miss Heins schenkte Mirabelle und Whit ein verlegenes Lächeln. »Es war sehr freundlich von Ihnen, dass ich mich Ihnen heute Morgen anschließen durfte. Ich wünschte … nun … es war freundlich von Ihnen.«

»Bleiben Sie doch«, schlug Mirabelle leise vor. »Nach der Biegung wird dieser Weg noch etwas schöner als der andere. Die anderen brauchen das nicht zu wissen.«

»Das ist sehr nett von Ihnen, aber ich …«

»Es wäre nur dann nett«, bemerkte Whit, »wenn Ihre Gesellschaft nicht aufrichtig erwünscht wäre, und ich versichere Ihnen, das ist sie.«

»Oh … oh.« Miss Heins errötete leicht, was ihr gut zu Gesicht stand, und senkte den Kopf.

»Sagen Sie, dass Sie mitkommen werden«, bat Mirabelle.

Miss Heins warf einen Blick hinüber zu dem Pfad, wo die anderen, die Wort gehalten und nicht auf sie gewartet hatten, verschwunden waren. »Ja, vielleicht. Aber vielleicht fragen die anderen sich, was wohl aus mir geworden ist.«

Mirabelle bezweifelte aufrichtig, dass diese auch nur einen Gedanken daran verschwendeten, brachte es aber nicht übers Herz, das auszusprechen. »Warum laufen Sie nicht vor und geben ihnen Bescheid? Whit und ich warten hier.«

»Nun … gut.« Ein Lächeln stahl sich auf ihr Gesicht. »Ja, gut. Ich bin gleich wieder da.«

Mirabelle beobachtete, wie sie den Pfad hinunterhuschte.

»Sie ist wie ein Kätzchen, das sich verlaufen hat«, murmelte sie und verzog angesichts ihrer Worte das Gesicht. »Es sollte keine Beleidigung sein. Sie hat nur etwas so Liebenswertes und Hilfloses an sich.«

»Ja, nicht wahr?«, stimmt Whit zu. »Und das macht es umso unverzeihlicher, wenn jemand nach ihr tritt.«

»Ich frage mich, warum sie die Gesellschaft von Miss Willory und ihrer Clique sucht?«, überlegte Mirabelle laut und schlenderte zum Wegesrand, um über das Wasser zu schauen.

»Ich weiß es nicht. Ich befasse mich aus Prinzip nicht mit den Eigentümlichkeiten weiblicher Beziehungen. Vielleicht besteht eine Art Familienfreundschaft.«

»Nun, ihre Familie hätte es besser treffen können«, brummte sie und ging in ihrer Erregung ein wenig auf und ab. »Miss Willory sieht aus, als könnte sie kein Wässerchen trüben.«

»Nein«, pflichtete er ihr bei. »Aber es könnte bitter werden.«

Dies entlockte ihr ein Lachen, und sie entspannte sich. »Kann Wasser bitter werden?«

»Ich habe keine Ahnung«, gestand er. »Wollen wir das überprüfen? Du holst Wasser, ich halte Miss Willory fest.«

»Oh Himmel«, lachte sie. »Kannst du dir das vorstellen? Ob man uns wohl als Helden oder als Schurken feiern würde?«

»Als Wahnsinnige vermutlich.«

»Das könnte die Sache wert sein, nur um …«

Sie unterbrach sich, als sie spürte, wie ihr Absatz im Schlamm erst einsank und dann abglitt. Wäre sie nicht so abgelenkt gewesen, hätte sie vielleicht bemerkt, wie nahe sie dem Abgrund gekommen war. Dann hätte sie ihren Sturz gewiss besser abgefangen und darauf achtgegeben, wohin sie ihren Fuß setzte.

Denn sie trat ins Leere.

8

Auf einen Zuschauer wirkt ein Sturz von einem Hügel vermutlich sehr unvermittelt – eben steht jemand noch da und gleich darauf nicht mehr.

Doch für das bedauernswerte Individuum, das da gerade fällt, ist es ein Ereignis, das sich unendlich lange hinzieht – zumindest anfangs.

Mirabelle erinnerte sich während ihres Sturzes an die Schachtel, die sie am Vortag langsam zu Boden hatte fallen sehen, und sie hatte noch so viel Zeit, um zu überlegen, dass sie wirklich – wirklich und wahrhaftig – in der Lage sein sollte, nach einem Zweig oder einem Strauch zu greifen, bevor es zu spät war. Doch noch während sie die Finger ausstreckte, raste der lange Hügel an ihr vorbei.

Danach ging alles tatsächlich recht schnell.

Sie fiel, rollte weiter, sie stieß irgendwo an und glitt hinab. Himmel und Erde rasten in schwindelerregendem Wirbel an ihr vorbei. Gut fünfzig Meter unterhalb des höchsten Punktes blieb sie schlitternd liegen, noch immer ein ganzes Stück vom Ufer entfernt. Eine schreckliche Sekunde lang spürte sie Arme und Beine nicht und fürchtete schon, sie während des Sturzes irgendwo verloren zu haben.

Dann kam der Schmerz – größtenteils ein Stechen und Brennen, eher unangenehm, als dass es wirklich wehtat. Ihr Knöchel hingegen brannte, und sie fuhr hoch, um sich das Bein zu halten.

»Oooh, au! Au … au … au …!« Nach jedem Schmerzensschrei fügte Mirabelle im Geist die Liste von Schimpfwörtern hinzu, für die sie sich erst tags zuvor entschuldigt hatte.

Seinerseits fluchend kam Whit durch die Dornen hinuntergestürzt und ging neben ihr in die Hocke.

»Sieh mich an, Kobold. Sieh mich an. Weißt du, wo du bist?«

Voller Qual und verärgert über die unglaublich dumme Frage – war der Mann in den letzten fünf Minuten erblindet? –, schüttelte sie den Kopf und konzentrierte sich darauf, durch die zusammengebissenen Zähne einzuatmen.

Er nahm ihr Gesicht in beide Hände und brachte sie dazu, von ihrem pochenden Knöchel aufzuschauen und ihm in die besorgten Augen zu sehen. »Sag mir, wo du bist.«

Sie sah ihn wütend an. »Am Fuß des Hügels.«

»Gut.« Er zog eine Hand weg und hielt sie ihr vor das Gesicht. »Wie viele Finger halte ich hoch?«

Allmählich begriff sie und zwang sich, die leicht verschwommenen Finger zu zählen. »Zwei.«

Er warf einen kurzen Blick auf ihre Stirn, bevor er seine Aufmerksamkeit ihrem Bein zuwandte.

»Beweg deine Hände. Ich will sehen, was du dir getan hast.«

»Nein! Nicht anfassen!« Sie schlug nach ihm. Die Reaktion war instinktiv, von Schmerz und Furcht verursacht, und Whit begegnete ihr lediglich, indem er ihr beruhigend über den Arm strich.

»Vermutlich bloß eine Verstauchung. Der schlimmste Schmerz wird gleich vorüber sein. Aber nur um ganz sicherzugehen, sei ein tapferes kleines Mädchen und lass mich nachsehen.«

Mirabelle hörte auf, sich hin- und herzuwiegen – ihr war nicht einmal bewusst gewesen, dass sie es getan hatte – und blickte ihn aus verengten Augen an. »›Kleines Mädchen?‹«

»Ruhig. Du fühlst dich schon besser, nicht wahr?«

Das tat sie allerdings, und weil der einzige Grund für seine Beleidigung anscheinend darin bestand, dass er sie von ihrem Schmerz ablenken wollte, konnte sie ihm deswegen kaum böse sein. Außerdem wirkte er ein wenig blass, und auf seiner Stirn stand eine Sorgenfalte.

Gott, gewiss log er, was die Verstauchung betraf? War es möglich, dass sie sich ernsthaft verletzt hatte?

Sie schluckte und ließ ihren Knöchel los. »Du darfst ihn nicht bewegen, sonst … beweg ihn einfach nicht, Whit. Bitte.«

»Ich fürchte, das muss ich. Nur ein bisschen«, versicherte er ihr, als sie wieder die Hände hob und ihn wegschieben wollte. »Nur um mich davon zu überzeugen, dass nichts gebrochen ist.«

Er schnürte ihren Stiefel auf und zog ihn mit äußerster Vorsicht aus. Sanft betastete er ihren Knöchel mit den Fingerspitzen. Es tat kaum weh, stellte sie fest. Es fühlte sich sogar recht angenehm und tröstlich an. Bei den sanften Berührungen entspannte sie sich. Dann legte er ihr die Handfläche unter die Fußsohle und drückte ihr die Zehen nach oben und die Ferse nach unten.

»Ahh!«

Er zuckte zusammen und hörte sofort auf. »Es tut mir leid, Liebes. Es musste sein.«

Sie brachte kaum ein ersticktes Stöhnen und ein Nicken zustande.

Whit strich ihr eine Locke, die sich gelöst hatte, hinter das Ohr. »Jetzt ist alles gut. Es ist vorbei. Hol tief Luft. Gut so. Besser?«

Sie nickte und fand auch ihre Stimme wieder. »Ist er gebrochen? Mein Knöchel?«

»Nein, nur verstaucht. In wenigen Tagen wirst du wieder auf den Beinen sein – in höchstens einer Woche.«

Gerade rechtzeitig für die Gesellschaft ihres Onkels, dachte sie unglücklich. Manchmal schien das Leben ausgesprochen ungerecht. Vielleicht hatte sie deswegen sogar ein wenig gejammert, aber Whit lenkte sie ab, indem er aus dem Mantel schlüpfte und ihn ihr behutsam um die Schultern legte.

Verwirrt blinzelte sie ihn an. »Mir ist nicht kalt.«

»Du zitterst.«

Das stimmte, sie konnte es spüren. »Ich bin ein wenig aufgeregt, aber du brauchst nicht …«

»Und du hast dein halbes Kleid verloren.« Sanft zog er den Mantel zu.

»Was?« Entsetzt hielt sie den Mantel ein wenig von sich ab und spähte hinunter.

›Halbes Kleid‹, befand sie, war eine gewisse Übertreibung. Die linke Schulterpartie ihres Gewandes und des Unterkleides war vom Hals bis zum Oberarm eingerissen und klaffte auf, wobei Haut entblößt wurde, die für gewöhnlich bedeckt blieb. Aber sie war nicht wirklich unzüchtig – zumindest nicht gänzlich unzüchtig. Das Schnürleibchen ihres Kleides war schließlich unversehrt.

Solchermaßen erleichtert über die verhältnismäßige Schicklichkeit ihrer Bekleidung, schnappte sie jedoch angesichts des Zustandes ihrer Schulter und ihres Schlüsselbeins erschrocken und bestürzt nach Luft. Sie sah schrecklich aus – ihre Haut war mit Schnittwunden und Abschürfungen übersät. Aus einigen der tieferen Kratzer drang Blut. Instinktiv berührte sie mit einer Fingerspitze das rote, geschwollene Fleisch und holte angesichts des Schmerzes heftig Luft.

Whit zog ihre Hand weg. »Fass es nicht an.«

Sie sah ihn verwirrt an. »Ich blute.«

»Ja, das sehe ich.« Er zog ein Taschentuch hervor und schob es vorsichtig unter ihren schweren Mantel. »Es ist nicht tief, es wird heilen.«

»Blute ich noch an einer anderen Stelle?«

Mit einer federleichten Berührung strich er ihr über den spitzen Haaransatz, zu dem seine Augen zuvor gewandert waren. »Ein wenig, hier.«

»Oh.«

Whit hielt ihre Hand fest, bevor sie die Verletzung berührte. »Nicht.«

»Ich kann nicht anders.« Es war wirklich so. Eine frische Verletzung zwang einen förmlich, sie zu berühren. »Ist es schlimm?«

»Nein.« Er strich ihr tröstend übers Haar und entfernte diskret ein Blatt. »Nein, es ist nur eine leichte Wunde. Sie blutet fast gar nicht, wirklich.«

Sie spürte kaum, wie er ihr wieder übers Haar strich, und war von ihrem eigenen Unbehagen viel zu abgelenkt, als dass sie wahrgenommen hätte, dass seine Hand ein wenig zitterte.

»Bist du sicher?« Allmählich konnte sie zwar wieder klar denken – genug, um zu begreifen, dass ihr das Blut nicht in Strömen über die Stirn floss –, doch sie brauchte Bestätigung.

»Ja.« Er rieb ihr die unverletzte Schulter. »Es wird alles wieder gut. Wir werden dich …«

Er unterbrach sich, als eine leise Stimme nach ihnen rief.

»Lord Thurston? Miss Browning?«

»Hier unten!«, rief Whit und wartete, bis Miss Heins sie sehen konnte. »Miss Browning ist gestürzt und hat sich den Fuß verstaucht.«

»Ach du lieber Himmel!« Miss Heins klammerte sich an einen Baum und lugte zu ihnen hinunter. »Ach du lieber Himmel! Miss Browning, wie schrecklich für Sie. Kann ich irgendwie behilflich sein? Die anderen sind weitergegangen, fürchte ich, aber ich könnte versuchen, sie einzuholen und …«

»Ich bin sehr froh, dass Sie es sind, die zurückgekommen

ist«, rief Mirabelle und wünschte sofort, sie hätte es nicht getan, denn ihr geschundener Körper protestierte heftig.

»Nicht bewegen«, befahl Whit und drehte sich wieder zu Miss Heins um. »Wären Sie so freundlich, ins Haus zurückzukehren und einem der Stallburschen Bescheid zu geben, damit er ein Pferd für Miss Browning herbringt?«

»Ja, natürlich.«

»Und sagen Sie meiner Mutter, sie soll nach dem Arzt schicken …«

»Ich brauche keinen Arzt«, widersprach Mirabelle.

Whit warf ihr wegen der Unterbrechung nur einen gereizten Blick zu. »Sie soll nach dem Arzt schicken«, wiederholte er mit Nachdruck, »und aus der Küche etwas heißen Tee bringen lassen und eine kalte …«

»Um Himmels willen, Whit!«

»Ich sorge dafür, dass alles bereit ist«, versicherte ihnen Miss Heins. »Ich laufe, so schnell ich kann.«

»Es muss gar nichts vorbereitet werden«, wollte Mirabelle einwenden, doch Miss Heins hatte sich bereits auf den Weg gemacht. Verärgert wandte Mirabelle sich stattdessen Whit zu. »Jetzt wird das ganze Haus in Aufruhr geraten. Anfangs wird es heißen, ›Miss Browning ist von einem Hügel gestürzt und hat sich den Fuß verstaucht‹, und binnen einer Viertelstunde wird daraus ›Miss Browning liegt blutüberströmt am Fuße einer siebzig Meter hohen Klippe‹.«

»Bei jeder anständigen Gesellschaft sollte es mindestens ein wirkliches Drama geben.«

»Jedes wirkliche Drama sollte auf etwas beruhen, das ein wenig …« Sie machte eine fahrige Handbewegung.

»Dramatischer ist?«, warf er hilfreich ein.

»Interessanter«, erwiderte sie, in erster Linie, weil sie fand, dass sie ihre Sätze selbst zu Ende bringen sollte. »Vielleicht solltest du mit Miss Heins gehen, damit niemand hysterisch wird …«

»Auf keinen Fall.«

Er strich ihre Röcke zur Seite und schob ihr vorsichtig den einen Arm unter die Knie, den anderen unter den Rücken. Mit einer geschmeidigen Bewegung hob er sie hoch und drückte sie an sich.

Tief in Mirabelles Innerem war etwas darüber hocherfreut, doch in diese Empfindung mischten sich, sehr viel leichter zu erkennen, Schock und Verlegenheit.

»Was um alles in der Welt soll das werden?«, japste sie atemlos.

»Ich bringe dich wieder nach oben«, erwiderte er und trug sie so mühelos, dass sie verblüfft war. »Es gibt hier zu viele Dornen, als dass ein Pferd gefahrlos hinunterkäme.«

Instinktiv legte sie ihm die Arme um den Hals, als er den Aufstieg begann. Gott, war der Mann stark. Sie hatte keine Ahnung gehabt, dass in seinem schlanken Körper so viel Kraft steckte. Die Brust, gegen die sie gedrückt wurde, war fest und warm, und die Arme, die sie hielten, waren muskelbepackt. Ohne jede Anstrengung trug er sie hinauf und geriet noch nicht einmal außer Atem.

Er hatte so viel Kraft in sich, dachte sie, die über Reichtum und Titel hinausging. Wie hatte sie das bisher nur übersehen können?

Er rückte sie zurecht, drückte sie fester an sich, und seine große Hand legte sich leicht um ihr Knie. Und wieder jubelte etwas in ihr, diesmal lauter. Es war ganz ähnlich wie der Ruck, den sie in seinem Studierzimmer gespürt hatte, und ähnlich wie die Empfindung, als sie neben ihm auf der Bank gesessen hatte, und daher schob sie das Gefühl beiseite und versuchte, sich auf etwas gänzlich anderes zu konzentrieren. Zum Beispiel darauf, wie sie sich am besten aus ihrer gegenwärtigen Lage befreien konnte.

Sie zappelte ein wenig, um etwas Abstand zwischen sich und Whit zu bringen. Es war ein sinnloses Unterfangen, aber sie musste es zumindest versuchen.

»Dies ist ganz unnötig«, sagte sie. »Wenn du mich absetzt, kann ich ohne Weiteres humpeln.«

»Gewiss, aber warum solltest du?«

Ärgerlicherweise war diese Frage nur vernünftig, und dass sie keine vernünftige Antwort darauf hatte, machte die Sache nur umso ärgerlicher. »Weil … ich … es ist unschicklich.«

»Hör auf zu zappeln, bevor du uns beide verletzt«, warnte er, offensichtlich von ihrer Beweisführung ganz unbeeindruckt. »Unter den gegebenen Umständen wäre es nahezu beleidigend, mein Verhalten als ›unschicklich‹ zu beschreiben. Es ist nur ritterlich – geradezu heroisch.«

Angesichts der Vorstellung, wie sie und Whit den Hügel hinabrollten, hörte sie auf, sich zu wehren und prustete vor Lachen über seine alberne Behauptung. »Vielleicht bekommst du ja einen Orden.«

»Ich wäre schon mit der Bewunderung der Damen zufrieden.«

»Oh, Miss Willory wird entzückt sein, da bin ich mir sicher«, erwiderte sie honigsüß. »Zweifellos wird sie dir nicht von der Seite weichen und darauf bestehen, dass du die Geschichte deiner Heldentat immer und immer wieder erzählst und …«

»Das ist schlichtweg grausam«, unterbrach er sie peinlich berührt. »Als Fräulein in Nöten bist du schrecklich, weißt du das?«

Sie rümpfte die Nase. »Meiner Meinung nach verhalte ich mich bewundernswert stoisch.«

Er ging um eine Reihe großer Wurzeln herum. »Und meiner Meinung nach bist du, wenn du es ausdrücklich erwähnen musst, laut Definition überhaupt nicht mehr stoisch.«

Sie überlegte. »Du hast nicht ganz unrecht. Dann hat meine Reaktion eben von lobenswerter Zurückhaltung gezeugt. Ich denke, das ist eine gerechte Einschätzung, wenn man bedenkt, wie gern ich geflucht hätte« – sie wurde kurz gegen ihn gestoßen und biss die Zähne zusammen – »oder es immer noch täte.«

»Entschuldige, Kobold. Der Weg ist hier sehr uneben, aber du brauchst dich meinetwegen nicht zurückzuhalten. Ich habe dich schon früher fluchen hören wie die Kesselflicker.«

Sie wollte ihn beim Wort nehmen und öffnete den Mund … und schloss ihn wieder. »Es ist einfach nicht das Gleiche, wenn es von einem erwartet wird.«

Whit lachte und ging um einen jungen Baum herum. »Oh, ich weiß nicht. Von Männern wird erwartet, dass sie in Gesellschaft anderer Männer fluchen. Ich tue es regelmäßig und genieße es ungemein.«

Sie erreichten den Weg, doch statt sie hinunterzulassen, ging er weiter in Richtung Haus.

»Vielleicht ist es eine erworbene Fertigkeit.« Sie verdrehte den Hals, um den Weg zu überblicken. »Willst du mich nicht absetzen?«

»Das wäre sinnlos. Wir werden unterwegs auf den Stallburschen mit dem Pferd treffen.«

»Aber du musst doch müde sein«, beharrte sie. »Ich bin kein Kind mehr, Whit.«

»Nein, das bist du nicht«, erwiderte er sanft, und für eine flüchtige Sekunde wurde aus dem Gelächter und der Sorge in seinen Augen etwas anderes, das sie nicht recht zu deuten vermochte.

»Ich …« Sie wollte ihn fragen, was dieses Etwas war, aber es war verschwunden, bevor sie den Mut aufbringen konnte, die

Worte zu bilden. »Ich glaube, ich höre Hufgetrappel«, beendete sie ihren Satz lahm.

»Da kommt die Kavallerie. Wenn du möchtest, trage ich dich nach Hause. Das ist bestimmt bequemer, als wenn du dich mit deiner Verletzung auf dem Pferd durchrütteln lässt.«

»Es ist eine Viertelmeile, Whit. So weit kannst du mich nicht tragen.«

»Aber gewiss kann ich das.«

Bei ihrer Antwort nahm Mirabelle Rücksicht auf das, was Evie einmal »die angeborene Verletzlichkeit des männlichen Geschlechts« genannt hatte.

»Du kennst deine Grenzen sicherlich besser als ich«, sagte sie klugerweise. »Aber es wäre unhöflich, das Pferd nicht zu benutzen, nachdem Miss Heins sich die Mühe gemacht hat, es für uns zu holen.«

Nach einigen Minuten auf dem Pferd hätte Mirabelle Whits Angebot gern noch einmal in Erwägung gezogen. Sie fühlte sich im Sattel tatsächlich unwohl. Ganz gleich, wie langsam und vorsichtig Whit die Stute führte, ihr verletzter Knöchel prallte immer wieder schmerzhaft gegen das Tier. Gern hätte sie sich durch Geplauder abgelenkt, musste ihre diesbezüglichen Versuche jedoch aufgeben und die Zähne zusammenbeißen.

Beim Haus angekommen, war sie zu erschöpft, um Einwände zu erheben, als Whit sie vom Rücken der Stute hob und hineintrug. Einer der Diener, die – zusammen mit Lady Thurston – auf sie gewartet hatten, hätte diese Aufgabe übernehmen können, doch es schien sinnlos, darauf hinzuweisen.

»Welche Gästezimmer stehen leer?«, fragte Whit.

»Hier entlang.« Lady Thurston führte sie durch die Eingangshalle und gab währenddessen Anweisungen. »Wir werden etwas von Ihrem besonderen Tee benötigen, Mrs Hanson, und noch etwas Holz für das Feuer, Lizzy. Hilcox, wären Sie so freundlich festzustellen, ob meine Nichte und meine Tochter von ihrem Ausritt zurückgekehrt sind? Und ich glaube, man könnte den Herzog und die Herzogin von Rockeforte wecken. Der Mann kann sie schließlich nicht zwingen, ewig zu schlafen.«

Mirabelle quälte sich für Whit ein schwaches Lächeln ab. »Willst du mich nicht in mein Zimmer bringen?«

Ihr Zimmer lag, wie sie beide wussten, im Familienflügel am anderen Ende des Hauses – im ersten Stock.

»Ich werde dich hinbringen, nachdem der Arzt …«

»Ich brauche wirklich keinen Doktor, Whit«, unterbrach sie ihn. »Und es braucht mich auch niemand in mein Zimmer zu bringen. Ich habe nur einen Scherz gemacht.«

»Ganz gleich, ob du es brauchst oder ob du scherzt, du bekommst beides«, sagte er, und sie betraten das Gästezimmer.

Sie widersprach nicht. Dazu erhielt sie gar keine Gelegenheit, denn kaum hatte er sie sanft auf das Bett gelegt, da wurde er auch schon wieder von seiner Mutter, Mrs Hanson und mehreren umstehenden Dienstmädchen energisch zur Tür hinausgeschoben.

»Vielen Dank, Mylord. Ich glaube, ab hier werden wir recht gut allein fertig.«

»Dessen bin ich mir gewiss, Mrs Hanson, aber …«

»Während wir nach ihren Verletzungen sehen, ist Ihre Gegenwart unschicklich, Eure Lordschaft.«

»Ich habe sie bereits gesehen, Lizzy. Ich möchte einen Arzt …«

»Es ist nur ein verstauchter Knöchel.«

»Trotzdem …«

»Hinaus!« Letzteres kam von Lady Thurston. Sie unterstrich den Befehl mit einem Stoß, der ihn endgültig zur Tür hinausbeförderte.

Solchermaßen verbannt und darüber nicht sonderlich glücklich, stand Whit im Flur und starrte die Tür einen Moment lang zornig an, dann wandte er sich ab.

Er würde nicht wie ein liebeskranker Welpe vor dem Zimmer herumlaufen und auf jede kleine Neuigkeit warten, sondern sich in sein Studierzimmer begeben, wo er sich einen großen Brandy einschenken konnte.

Vielleicht auch zwei große Brandys.

Vielleicht ließ er das Einschenken ganz bleiben und trank gleich aus der Flasche. Was auch immer notwendig war, um die Erinnerung an Mirabelle auszulöschen, wie sie blutend am Fuße eines steilen Hügels lag.

Bei dem Gedanken daran krampfte sich ihm das Herz zusammen; die gleiche Panik hatte er empfunden, als sie vom Weg verschwunden war. Die Erleichterung darüber, sie bei Bewusstsein und verhältnismäßig unversehrt am Fuße des Hügels gefunden zu haben, war beinahe überwältigend gewesen. Genau wie das Verlangen, sie in die Arme zu schließen, zu wiegen, zu liebkosen und zu streicheln, bis die Schmerzensfalten in ihrem Gesicht geglättet waren.

Es war, befand er jetzt, eine ganz natürliche Reaktion bei dem Anblick einer Frau, die sich in Gefahr und Unannehmlichkeiten befand. Und nachdem er die Panik beiseitegeschoben und die Situation zufriedenstellend gehandhabt hatte, sah er keinen Grund, sich weiter damit zu befassen.

Es ging nicht darum, dass es ihm peinlich war, das Darauffolgende war ihm nur viel peinlicher gewesen – als die anfängliche Sorge um ihr Wohlergehen verflogen war und er sie aufgehoben hatte. Weich und warm und zerzaust hatte sie an seiner Brust gelegen und ihm die Arme um den Hals geschlungen. Sie hatte nach Erde und Rosen gerochen.

Und zum dritten Mal in zwei Tagen reagierte er auf Mirabelle wie ein Mann auf eine Frau – nicht wie auf ein kleines Mädchen, einen unangenehmen Hausgast oder auf eine Gegnerin, sondern wie auf eine Frau.

Plötzlich hatte er sie aus Gründen berühren wollen, die mit Trost nichts zu tun hatten. Er wollte sie stöhnen und wimmern hören, doch nicht aus Not. Oder, genauer gesagt, aus einer ganz anderen Not.

In seiner Vorstellung hatte er sich gesehen, wie er sie auf dem weichen Erdboden ablegte, ihr das zerrissene Kleid abstreifte und seinen Händen freien Lauf ließ. Er hatte sich vorgestellt, diesen faszinierenden Schönheitsfleck über ihrer Lippe zu kosten und sich dann zu ihrem Ohr vorzuarbeiten, ihren Hals entlang nach unten und tiefer. Und noch tiefer.

Ob er vielleicht irgendwo diesen blauen Satin finden würde?

Als sie sich in seinen Armen gewunden hatte, hatte sein Blick die Stelle gestreift, wo sein Mantel sie bedeckte, und der Anblick weckte in ihm Besitzerstolz … und ein beträchtliches Maß an Selbstvorwürfen.

Sie war verletzt, Herrgott noch mal. Und da hatte er erotische Fantasien, wie er sie auf der Erde nahm. Er hatte doch wohl gewiss mehr Selbstbeherrschung.

Auf jeden Fall besaß er mehr Raffinesse.

Jetzt, als er durch das Studierzimmer direkt auf den Tisch mit den Getränken zusteuerte, machte ihm eine unselige Mischung aus Sorge und Lust zu schaffen.

»Dafür ist es ein bisschen früh, oder?« Beim Klang von Alex' Stimme drehte Whit sich nicht einmal um. Sein ältester Freund brauchte keine Einladung, um hereinzukommen und es sich auf seinem Lieblingsplatz am Kamin gemütlich zu machen – über solcherlei Förmlichkeiten hätte er nur gelacht. Whit konzentrierte sich lieber darauf, sein Glas zu füllen.

»Die Länge mancher Tage bemisst sich daran, wie viel Zeit dem Gefühl nach verstrichen ist, im Gegensatz zu dem, was die Uhr anzeigt. Und nach meinen Berechnungen ist es nun« – Whit atmete tief aus – »Abend.«

Er nahm das Glas, doch noch vor dem ersten Schluck schoss ihm ein Bild von seinem Vater durch den Kopf, der schon am Vormittag nach Alkohol gerochen hatte. Er stellte das Glas wieder hin. »Verdammt!«

»Warum läutest du nicht nach etwas anderem?«, fragte Alex, während er Platz nahm.

»Weil ich nichts anderes möchte.« Er warf seinem Freund einen gereizten Blick zu. »Willst du denn gar nicht wissen, wie es Mirabelle geht?«

»Doch, gewiss, ich habe mit einem der Hausmädchen gesprochen. Ein verstauchter Knöchel, nicht wahr?« Alex bedachte ihn mit einem gönnerhaften Lächeln. »Du reagierst ein wenig zu stark, meinst du nicht?«

Whit zog angesichts des spöttischen Tonfalls eine Augenbraue hoch. »Und wie geht es Sophie heute?«

Alex' Mundwinkel zuckte. »Touché. Aber Sophie ist meine Frau. Mirabelle ist für dich kaum mehr als ein Ärgernis.«

»Und deshalb sollte ich den Anblick einer leidenden Mirabelle genießen?«

»Nicht im Geringsten«, versicherte Alex ihm gutmütig. »Aber ich hätte erwartet, dass du das Komische der Situation sehen würdest.«

»Du findest ihre Verletzungen amüsant?«, fragte Whit kühl.

»Nein, aber ich finde die Vorstellung, wie du den Kobold einen Hügel hinauf und den halben Weg zurück zum Haus trägst, ungemein unterhaltsam. Ich kann mir keinen widerwilligeren Ritter in schimmernder Rüstung vorstellen.«

Whit erinnerte sich, wie willig er gewesen war, und zu seinem ewigen Entsetzen kroch ihm die Hitze der Verlegenheit die Brust hinauf und bis in den Hals.

Alex beugte sich vor. »Hölle und Verdammnis … wirst du etwa rot, Whit?«

»Nein, verdammt!« Bitte, Gott, lass es wahr sein.

»Doch, gewiss«, widersprach Alex, warf den Kopf in den Nacken, und brüllte vor Lachen. »Seit unserer Kindheit habe ich nicht mehr gesehen, dass du so rot geworden bist.«

»Ich bin nicht rot«, murmelte Whit durch zusammengebissene Zähne. Männer, bei Gott, wurden nicht rot.

»Entschuldige«, erklärte Alex mit einer übertriebenen – und, da er immer noch kicherte, wenig überzeugenden – Verbeugung. »Dann habe ich eben seit der Kindheit nicht mehr gesehen, wie dir das Blut ins Gesicht steigt. Oder würdest du bevorzugen, ›Ich habe die Rosen deiner Wangen nicht mehr erblühen sehen seit …‹?«

»Ich habe dir auch seit der Kindheit keine Ohrfeige mehr verpasst. Soll ich dich daran erinnern, wie das war?«

Beschwichtigend hob Alex die Hand. »So verlockend das auch sein mag – wenn wir beide uns eine Schlägerei liefern würden, würde deine Mutter uns den Kopf abreißen.«

»Mir würde sie den Kopf abreißen. Von deinem wäre nicht mehr genug übrig, als dass er ihr von Nutzen wäre.«

Kampfeslustig, wie nur ein Bruder es sein konnte, grinste Alex verwegen. »Eine Runde Würfeln, wenn wir das nächste Mal in London sind«, sagte er herausfordernd. »Einhundert Pfund.«

»Hundertfünfzig.«

»Abgemacht.«

Sie gaben sich die Hand und grinsten beide, so zufrieden mit sich selbst wie siegesgewiss.

Whit, der sich jetzt erheblich besser fühlte, nahm Alex gegenüber Platz und beobachtete mit einiger Erheiterung, wie sein Freund schuldbewusst zur Tür blickte. »Ich wäre dir dankbar, wenn du diese kleine Wette Sophie gegenüber nicht erwähnen würdest.«

»Gibt es dafür einen bestimmtem Grund?«

»Du weißt doch, wie Frauen in diesen Dingen sein können«, erwiderte Alex und drehte sich wieder um. »Und sie hat derzeit genug im Kopf. Wobei mir etwas einfällt – sie hat gebeten, dass Kate, Evie und Mirabelle bei dem … äh … Ereignis zugegen sein sollen.«

»Zugegen?«, fragte er verblüfft. »Im selben Raum, meinst du?«

»Ich meine das nicht«, versicherte ihm Alex, »aber sie womöglich schon. Auf ihren Reisen hat sie einige merkwürdige Ideen aufgeschnappt. Wirst du die Mädchen dorthin bringen?«

»Ich? Ich …« Er wollte gerade sagen, seine Mutter werde sie hinbringen, bremste sich aber gerade noch rechtzeitig. Ein Mann ließ seinen Freund in Not nicht im Stich, und trotz seiner Scherze war Alex sichtlich besorgt. Und das mit Recht – Geburten waren ein gefährliches und erschreckend weibliches Ereignis. Er hatte einige klare Erinnerungen an die Geburt seiner Schwester – Erinnerungen, die er mit aller Macht verdrängte.

»Wir werden euch alle beistehen. Wie lange noch, bis …« Er machte eine Geste.

»Knapp drei Monate.«

»So bald?« Müsste es nicht noch weiter in der Zukunft liegen? Noch unzählige Jahre. »Nur noch drei Monate, und dann …«

»Ja, und dann«, antwortete Alex finster.

»Ich verstehe.« Nervös trommelte Whit mit dem Finger auf den Stuhl.

Unwillkürlich tat Alex es ihm gleich. »Ja. Genau.«

»Hmm.«

Nachdenklich blickte Alex zu der Brandyflasche hin.

»So früh ist es eigentlich gar nicht mehr.«

»Nein, gewiss nicht«, stimmte Whit zu und strebte eilig zu dem Tisch mit den Getränken hin.

9

Während Whit und Alex sich im Studierzimmer trösteten, wurde Mirabelle auf Herz und Nieren untersucht und dann – als man schließlich zu dem Schluss gekommen war, dass sie überleben würde – ausgiebig umhätschelt und umsorgt. Ein Diener kam herbei, der sie auf ihr Zimmer trug, wogegen sie nur schwach protestierte. In ihrem eigenen Raum fühlte sie sich tatsächlich wohler als in den Gästezimmern, und noch wohler war ihr bei dem Gedanken, dass es nicht Whit war, der sie dorthin trug.

Als treue Freundinnen gesellten sich Kate, Sophie und Evie zu ihr und gaben angemessen mitfühlende Laute von sich. Es waren auch einige Scherze dabei, was zwar weniger angemessen war, aber Mirabelle hatte nichts anderes erwartet.

»Das wirst du noch bis zu deinem Lebensende zu hören bekommen, weißt du«, sagte Evie. »Und wenn du hundert Jahre alt wirst. Es ist viel zu unterhaltsam für uns alle – Whit, gezwungen, den Kobold eine zerklüftete Klippe hinaufzutragen …«

»Es war ein Hügel«, verbesserte Mirabelle sie.

»Nicht in hundert Jahren, oh nein«, versicherte ihr Evie. »Es wird biblische Ausmaße annehmen.«

»Jemand wird eine Oper schreiben, die auf der Geschichte basiert«, prophezeite Kate. »Eine Komödie.«

»Höchstwahrscheinlich komponiert von Lady Kate.«

»Ich finde es romantisch«, warf Sophie ein. Als diese Feststellung auf verblüfftes Schweigen stieß, zuckte sie nur die Achseln. »Nun, er war schließlich nicht gezwungen, dich hinaufzuschleppen, oder?«

»Doch, natürlich«, entgegnete Mirabelle. »Es war zu steil für ein Pferd …«

»Siehst du? Zerklüftete Klippe.«

»… und er war als Einziger dort«, beendete Mirabelle ihren Satz und stieß Evie an, die sie unterbrochen hatte.

»Also schön, meine Damen«, unterbrach Mrs Hanson. »Es wird höchste Zeit, dass Miss Browning den dringend benötigten Schlaf bekommt. Hinaus mit Ihnen.«

»Aber ich möchte nicht schlafen«, widersprach Mirabelle, als die Haushälterin die Mädchen hinausscheuchte. »Es ist helllichter Tag.«

»Ich habe nicht gefragt, was Sie möchten, oder? Ich habe gesagt, es sei das, was Sie benötigen. Hinaus, Mädchen. Das gilt auch für Sie, Mylady. Lady Kate, Sie sollten sich um Ihre Gäste kümmern, und Sie, Miss Cole, haben der jungen Isabelle Waters eine Teegesellschaft versprochen, wie ich glaube.«

Sophie lächelte Mrs Hanson breit an, als sie zur Tür geschoben wurde. »Sie müssen wirklich diese unglückliche Neigung überwinden, vor Standespersonen zu kuschen.«

Mrs Hanson schnaubte gutmütig und schob sie erneut in Richtung Tür. »Ich mag zwar nicht Ihre Windeln gewechselt haben, Mylady, aber ich hatte ein- oder zweimal Gelegenheit, die Windeln des Herzogs zu wechseln.«

Sophie lachte und ging, dann steckte sie den Kopf wieder herein, ehe Mrs Hanson die Tür schließen konnte.

»Whit hätte auf Hilfe warten können, weißt du«, sagte sie zu Mirabelle. »Niemand hätte ihm deswegen einen Vorwurf gemacht.«

Bei dieser letzten Bemerkung blieb Mirabelle der Mund offen stehen. Zuerst starrte sie die Tür an, die Mrs Hanson unverzüglich schloss, nachdem Sophies Kopf verschwunden war, und dann Mrs Hanson, die mit Lizzy den Raum herrichtete.

Als Mirabelle einfiel, dass sie wirklich keinen Grund hatte, die Haushälterin anzustarren, machte sie den Mund zu und griff nach ihrer Teetasse.

Sophie hatte recht. Whit hätte sie nicht den Hügel hinauftragen müssen. Es war nicht von ihm verlangt worden. Man hätte es nicht einmal von ihm erwartet. Er musste gewusst haben, dass man ihn später damit aufziehen würde, und auch wenn er das Absurde wohl mehr zu schätzen wusste als die meisten Peers des Reiches, kannte sie keinen Mann, der es gernhatte, wenn man sich über ihn lustig machte.

Warum also hatte er nicht gewartet?

Zunächst war er besorgt gewesen – so viel war klar –, aber nur, bis er gesehen hatte, dass sie nicht ernsthaft verletzt war. Oder? Er hatte vollkommen ruhig gewirkt. Vielleicht hatte er seine Sorge verborgen, aber diese Erklärung warf nur ganz neue Fragen auf. Warum hätte er sich weiter sorgen sollen? Warum hätte er sich die Mühe machen sollen, dies zu verbergen? Warum jemanden einen Hügel hinauftragen, wenn man sich ebenso gut sorgen konnte, ohne sich eine Last aufzubürden?

»Versuchen Sie, in Ihre Zukunft zu sehen, Miss Browning?«

»Ich …« Blinzelnd tauchte sie aus ihren Überlegungen auf und schaute in Mrs Hansons lächelndes Gesicht. »Wie bitte?«

»Ich habe gefragt, ob Sie versuchen, in den Teeblättern zu lesen. Aber wie ich sehe, sind Sie noch nicht dazu gekommen, den Tee zu trinken, daher nehme ich an, dass Sie es nicht tun.«

»Oh.« Mirabelle sah stirnrunzelnd in ihre Tasse. »Ich möchte nicht unhöflich sein, Mrs Hanson, aber er schmeckt ein wenig seltsam. Wer immer ihn zubereitet hat, muss es mit dem Zucker zu gut gemeint haben.«

»Das ist nur meine spezielle Mischung, meine Liebe. Jetzt trinken Sie aus.«

»Aber …«

»Oder ich hole Lady Thurston, und seien Sie versichert, Sie wird dafür sorgen, dass Sie es tun.«

»Ich werde ihn trinken«, versprach Mirabelle verdrießlich.

»Braves Mädchen. Ich muss mich um die Vorbereitungen für das Dinner kümmern, aber Lizzy wird auf die Tasse warten, damit sie nicht herumsteht, wenn Sie fertig sind.«

»Und damit Sie wissen, dass ich den Tee getrunken habe«, fügte Mirabelle hinzu.

»Das auch«, gestand Mrs Hanson ohne jegliche Scham. »Versuchen Sie, etwas zu schlafen.«

Mirabelle wartete, bis die Schritte der Haushälterin auf dem Flur verklangen, dann wandte sie sich an Lizzy. »Ich gebe dir zwei Pfund, wenn du ihn aus dem Fenster kippst und ihr sagst, ich hätte ihn getrunken.«

Lizzy lachte, schüttelte jedoch den Kopf. »Ist nicht meine Stellung wert, Miss.«

»Zweieinhalb Pfund.«

»Und auch nicht meinen Kopf. Den würde ich nämlich verlieren, wenn Mrs Hanson Wind davon bekäme.«

»Du bist ein sehr selbstsüchtiges Mädchen, Lizzy«, erwiderte Mirabelle tadelnd. »Kate hat einen Roman, in dem die Zofe der Heldin ihr Leben für ihre Herrin opfert. Es war überaus rührend.«

»Ich glaube, ich habe ihn gelesen, Miss.« Lizzy faltete beiläufig eine Decke am Fußende zusammen. »Ich weiß noch, dass ich damals gedacht habe, dass es von der Dame sehr gütig war, dem armen Mädel eine Anstellung zu geben, und dass es wahrscheinlich das Beste war, dass es am Ende gestorben ist. Es ist besser, wenn sich so was nicht ausbreitet, oder?«

Mirabelle lachte, und Lizzy deutete auf die Tasse. »Nase zuhalten und dann schnell runter damit. Anders kann man solche Medizin nicht einnehmen.«

»Du hast recht«, stimmte Mirabelle seufzend zu und befolgte die Anweisung. »Igitt, das ist ja grässlich!«

Ein leichtes Klopfen und das Erscheinen von Whit an der Tür ersparte Lizzy eine Antwort.

»Störe ich?«, fragte er, dann blickte er zum Kopfende des Bettes und sah Mirabelle. »Ah. Und wie fühlst du dich?«

»Es tut weh, aber sonst geht es mir gut.« Sie beobachtete, wie er den Raum betrat, die Hände hinter dem Rücken.

»Ich kümmer mich um die Tasse …«, setzte Lizzy an.

»Wärst du so freundlich zu bleiben?«, sagte Whit. »Ich würde gern ein paar Worte mit Miss Browning wechseln.«

»Gewiss, Mylord.«

»Nimm dir ein Buch«, schlug Mirabelle vor, die wusste, dass das Mädchen dies nicht ohne Aufforderung tun würde, solange Whit sich im Raum befand. »Ich glaube, auf dem Toilettentisch findest du mehrere von Kates Empfehlungen.«

»Vielen Dank, Miss.« Lizzy suchte sich ein Buch aus und machte es sich hinten in einem Sessel bequem.

»Möchtest du dich nicht setzen, Whit?«, fragte Mirabelle und überlegte, wie sie ihn nur fragen sollte, warum er sie den Hügel hinaufgetragen hatte.

»Gleich. Ich habe dir etwas mitgebracht.«

Sie richtete sich im Bett auf. Sie liebte Geschenke. Nicht etwa Almosen, die den Stolz verletzten, aber Geschenke zu einem Anlass – und eine Verletzung war in ihren Augen durchaus ein solcher – waren ihr immer willkommen. »Ach ja? Versteckst du es hinter deinem Rücken? Was ist es?«

Er grinste und zog die Hände vor. »Ein Stock«, lachte sie.

»Ich fürchte, es ist so etwas wie ein Relikt«, bemerkte er und reichte ihn ihr. »Das letzte Mitglied der Familie Cole, das eine Gehhilfe benötigt hat, war meine Ururgroßmutter. Offenbar sind die Frauen in der Familie unverwüstlich.«

»Äußerst unverwüstlich«, bemerkte sie und hob den Gehstock versuchsweise an. Er fühlte sich stabil genug an, um ein lahmendes Pferd zu stützen.

»Wenn du gern etwas Eleganteres hättest, könnte ich in Benton sicher etwas für dich finden.«

»Dieser genügt vollkommen«, meinte sie, während sie immer noch den Stock betrachtete. »Vielen Dank.«

»War mir ein Vergnügen.« Whit nahm auf einem Stuhl neben dem Bett Platz. »Mirabelle?«

»Hmm?«

»Wusstest du, dass Evie keinen Stock besitzt?«

»Ja.« Sie sah auf und bemerkte, wie er nachdenklich die Stirn runzelte. »Ich schließe aus deiner Frage, dass du es nicht wusstest.«

»Nein.« Er zupfte müßig an der Armlehne des Stuhls herum. »Ich bin zu ihr gegangen, weil ich dachte, ich könnte mir einen für dich borgen, und sie hat mir mitgeteilt, dass sie keinen benötigt.«

»Evies Bein ist stark, Whit, und es macht ihr kaum zu schaffen, nur bei großer Kälte.«

»Mir war gar nicht bewusst, dass es ihr überhaupt zu schaffen macht«, sagte er mehr zu sich selbst als zu ihr. »Warum hat sie das vor mir verheimlicht?«

»Das hat sie gar nicht«, entgegnete Mirabelle sofort, die sich angesichts der leichten Gekränktheit in seinem Blick unbehaglich fühlte. »Jedenfalls ganz gewiss nicht mit Absicht. Sie spricht nur nicht darüber. Es gehört einfach zu ihr – so wie deine blauen Augen zu dir gehören oder mein farbloses Haar zu mir. Und da sie nichts tun kann, als an kalten Tagen ein heißes Bad zu nehmen …«

»Es gibt Ärzte, die auf solche Dinge spezialisiert sind.«

»Du bürdest dir zu viel auf, Whit.«

Die Bemerkung ließ ihn sichtlich zusammenzucken. »Ganz gewiss nicht. Evie ist eine unverheiratete Frau, die sich in meiner Obhut befindet. Ich bin für ihr Wohlergehen und ihren Schutz verantwortlich …«

»Wenn Sie dich so sprechen hörte, würde sie sich ganz schnell einen Stock kaufen«, tadelte Mirabelle. »Und wenn auch nur, um dir damit eins über den Schädel zu ziehen.«

»Ich habe das Recht …« Er brach ab und seufzte. »Das würde sie tatsächlich tun, nicht wahr?«

»Mit beträchtlicher Inbrunst, und ohne jedes Mitleid.«

»Sie ist ein blutrünstiges Frauenzimmer. Und du kannst deiner Herrin ausrichten, dass ich das gesagt habe«, fügte er lauter in Lizzys Richtung hinzu.

»Sehr wohl, Mylord.«

»Ich hätte es ihr ohnehin gesagt«, ließ Mirabelle ihn wissen. Dann fragte sie aus heiterem Himmel: »Warum hast du mich den Hügel hinaufgetragen?«

Falls Whit die unvermittelte Frage überraschte – und sie konnte sich niemanden vorstellen, der von einer so unvermittelten Frage nicht überrascht gewesen wäre –, so war das nichts im Vergleich zu ihrem eigenen Schock. Wo um Himmels willen war das nur hergekommen? Hatte sie sich den Kopf angestoßen?

Sie musste sich den Kopf angestoßen haben.

So ungemein heftig, dass der Aufprall – zusammen mit all ihrem gesunden Menschenverstand – jede Erinnerung daran ausgelöscht hatte, dass … dass sie sich ihn überhaupt angestoßen hatte. Das war die einzige Erklärung, auch wenn sie im Moment anscheinend keinen Sinn ergab.

»Das habe ich dir doch gesagt«, antwortete Whit und legte besorgt den Kopf schief. »Es war für ein Pferd zu steil und dornig.«

»Ja, aber …« Ihre Stimme wurde leiser, und sein Gesicht verschwamm vor ihren Augen.

»Ich habe dich ermüdet«, hörte sie Whit murmeln.

»Nein, ich bin nicht müde.« Oh doch, und wie. Plötzlich war sie sehr, sehr müde.

»Dein Kopf kippt herunter.«

»Tut er nicht«, widersprach sie und merkte trotz ihrer Müdigkeit, wie kindisch es klang. Sie versuchte, den Nebel zu vertreiben. »Mrs Hanson hat mir etwas Verdächtiges in den Tee getan.«

Whit nahm die Tasse und roch daran. »Süß«, bemerkte er. »Laudanum, möchte ich wetten.«

»Laudanum?« Mit einem Ruck war sie wach – verhältnismäßig wach jedenfalls. »Sie hat …«

»Nur einen Tropfen.«

»Aber ich möchte kein …«

»Es ist nicht mehr zu ändern.« Er beugte sich vor und deckte sie bis zu den Schultern zu. »Schlaf ein wenig, Kobold.«

»Später«, murmelte sie.

»Na gut, später.«

Undeutlich nahm sie eine Bewegung im Raum wahr, gedämpfte Stimmen und ein Knarren, als die Tür geöffnet wurde.

»Mirabelle?«

»Hmm-hmm?«

»Dein Haar ist nicht farblos.«

»Ist gu–« Sie riss die Augen wieder auf. »Was hast du gesagt?«

»Es hat dieselbe Farbe wie der Kastanienbaum, den wir heute gesehen haben. Ich finde es recht hübsch.«

Bevor sie auch nur annähernd auf die Bemerkung reagieren konnte – also wirklich, wie reagierte man, wenn das eigene Haar mit einem Baum verglichen wurde –, war er fort, und sie war eingeschlafen.

Menschen, die überdurchschnittlich viel Zeit mit nächtlichen, geheimen Treffen verbringen – und zwar aus anderen Gründen als einem Stelldichein –, lassen diese Treffen gern an wechselnden und ungewöhnlichen Orten stattfinden, um nicht entdeckt zu werden. Daher trafen die beiden Herren, die gerade miteinander flüsterten, sich nicht in der Bibliothek, sondern vielmehr in dem gegenwärtig leer stehenden Zimmer der Kinderfrau, wohin sich selbst der neugierigste Gast nicht verirren würde.

»Ist es das?«, fragte der jüngere Herr, als der ältere ihm ein braunes Päckchen hinhielt.

»Ja.«

»Und wo soll es hin?«

»Ins Studierzimmer, wenn möglich. An einen Ort, wo man es findet, ohne gleich darüber zu stolpern.«

»Das ist einfach.« Der jüngere Mann drehte das Päckchen in den Händen hin und her. »Bist du dir sicher, dass beide darin verwickelt werden sollen?«

»Natürlich. Es gibt keinen Grund, sie herauszuhalten. Damit würde man das Ziel zur Hälfte verfehlen.«

»Falls ihr etwas zustößt …«

»Wirst du mir die Nase brechen«, unterbrach ihn der ältere mit einem übertriebenen Seufzer.

»Wird Whit dir die Nase brechen«, korrigierte ihn der jüngere. »Ich werde dir die Beine brechen. Und die Frauen werden sich abwechseln und dir alles andere brechen.«

10

Gab es etwas Schöneres, fragte sich Mirabelle, als einen Tag müßig in Haldons Bibliothek zu verbringen, mit einem guten Buch auf der Fensterbank zusammengekauert, während die warme Sonne einem die Haut küsste?

Sie dachte einige Minuten darüber nach, dann musste sie sich eingestehen, dass es durchaus Schöneres gab – doch, eindeutig. Es gab sogar unzählige viel verlockendere Dinge, die man an einem warmen und sonnigen Tag tun konnte.

Zum Beispiel konnte man an einem Picknick teilnehmen. An dem Picknick, zu dem sich gerade die meisten Gäste draußen versammelten. Zumindest war das möglich, wenn man nicht von überfürsorglichen Schwarzsehern umgeben war.

Sie gab den Versuch auf, das Beste aus ihrer Situation zu machen, klappte das Buch zu und legte es beiseite. Entschlossen ignorierte sie den Schmerz, der ihren Knöchel bei dieser Bewegung durchzuckte. In ihren Augen war das eine kleine Strafe dafür, dass sie den schlimmsten Schwarzsehern erzählt hatte, ihre Verletzung sehe zwar schauerlich aus, tue aber kaum weh. Sie hatte nicht gern gelogen, aber es war ihr nichts anderes übrig geblieben. Sie musste einfach aufstehen, sonst wurde sie noch verrückt.

Da Lady Thurston, Mrs Hanson und Kate – die Verräterin – darauf bestanden hatten, hatte sie den ganzen vergangenen Tag im Bett verbracht und geschlafen. Sie hatte es zwar nicht gern oder mit besonderer Anmut getan, aber sie hatte sich gefügt. Und jetzt wollte sie irgendetwas anderes tun, ganz gleich, was.

Sie wollte zu diesem vermaledeiten Picknick.

Himmel, es war nur ein verstauchter Knöchel, und sie hatte herausgefunden, dass sie sich mit dem Gehstock, den Whit ihr gebracht hatte, recht gut fortbewegen konnte. Ihrer Meinung nach gab es keinen Grund, sie im Haus einzusperren.

»Fertig zum Aufbruch, Kobold?«

Beim Klang von Whits Stimme fuhr Mirabelle herum. Im Moment klang er ungemein fröhlich, was sie angesichts ihrer gegenwärtigen Lage und ihrer Stimmung ungemein ärgerlich fand.

»Aufbruch wohin? Ich …« Sie brach ab und sah ihn aus zusammengekniffenen Augen an. »Wenn du glaubst, ich verbringe auch nur eine weitere Sekunde bei helllichtem Tag in diesem Bett, dann hast du dich gründlich getäuscht.« Um ihren Worten Nachdruck zu verleihen, packte sie den Stock, als wäre er eine Waffe.

»Das klingt ganz anders als bei unserem letzten Zusammentreffen.« Er musterte sie besorgt. »Macht dein Knöchel dir zu schaffen? Lass mal sehen …«

Sie hob den Stock und sah Whit finster an, was hoffentlich bedrohlich wirkte. »Meinem Knöchel ging es nie besser«, fauchte sie. »Aber meine Geduld hat erheblichen Schaden genommen.«

»Sei nicht so ungezogen«, schalt er sie. »Zieh die Röcke ein wenig hoch.«

Sie hob ihren behelfsmäßigen Knüppel noch ein wenig höher. »Bleib mir vom Leib. Ich dachte, wir wären übereingekommen, einander nicht zu beleidigen.«

»So ist es.«

»Du hast mich gerade ungezogen genannt.«

»Nein, ich habe gesagt, du sollst dich nicht so benehmen. Das ist etwas völlig anderes«, belehrte er sie.

»In diesem Fall rate ich dir, halt dich ...«

»Falls du meinen Rat nicht annehmen möchtest«, fuhr er in beiläufigem Tonfall fort, »werde ich einfach davon ausgehen, dass deine miserable Stimmung eine Folge deiner Verletzung ist, und dich hierlassen, damit dein Knöchel heilen kann.«

Wäre ihr Arm nicht bereits ermüdet, hätte sie den Stock noch ein wenig höher gehoben. »Ich bin nicht ...«

»Wenn du aber brav bist, nehme ich das als Zeichen, dass du dich besser fühlst. Vielleicht ja sogar so gut, dass du dich unserem kleinen Picknick anschließen kannst.«

Sie ließ den Gehstock fallen. »Meinst du das ernst?«

»Erlaubst du, dass ich mir deinen Knöchel ansehe?«

Ohne auch nur im Mindesten zu zögern und ohne jede Verlegenheit zog sie den Rocksaum hoch und streckte das Bein aus. »Nur zu!«

Whit blieb stehen und runzelte die Stirn. »Ich bin nicht ganz sicher, ob ich erfreut oder verunsichert darüber sein sollte, wie schnell du das gerade getan hast.«

Sie verdrehte die Augen, ohne gekränkt zu sein. »Es ist nicht so, als würde ich jeden Mann meine Knöchel sehen lassen, Whit.«

»Das ist beruhigend.« Er trat vor, um zu ihren Füßen niederzuknien, und drückte mit den Fingern auf die empfindliche Stelle. Es tat weh, genau wie soeben, als sie ihm das Bein so schnell entgegengestreckt hatte, doch sie war entschlossen, es sich nicht anmerken zu lassen.

»Aber da wir praktisch gemeinsam aufgewachsen sind«, fuhr sie fort, nachdem sie wieder sprechen konnte, »und du sie schon früher mindestens ein Dutzend Mal gesehen hast – erst gestern, wohlgemerkt –, ist es wohl nur vernünftig, dass du dir den Knöchel ansiehst, falls es nötig ist.«

»Gut.«

»Und der Arzt natürlich.«

»Selbstverständlich.«

»Und Alex, falls es unbedingt sein müsste.«

Sein Blick zuckte zu ihr hoch. »Alex braucht deinen nackten Knöchel nicht zu sehen.«

»Im Moment natürlich nicht, aber wenn sich eine Situation ergäbe, in der …«

»Niemals«, sagte Whit bestimmt und zog ihr die Röcke herunter.

»War die Untersuchung zu deiner Zufriedenheit? Darf ich gehen?«

»Nimm deinen Stock«, erwiderte er ein wenig schroff.

Draußen stand ein Zweispänner bereit. Der Ort, wo das Picknick stattfinden sollte, war nicht weit entfernt, gleich am gegenüberliegenden Seeufer, und die anderen würden den kurzen Weg zu Fuß gehen. Mit ihrem verletzten Knöchel wäre das für Mirabelle jedoch ein anstrengender Ausflug geworden. Sie hätte es geschafft, dessen war sie sicher, aber der Zweispänner machte alles viel einfacher.

»Es wird ein wenig dauern«, sagte Whit und half ihr hinauf. »Die Straße führt nämlich erst vom Ufer weg und dann wieder zu ihm zurück.«

»Das Wetter ist perfekt für eine Ausfahrt«, erwiderte Mirabelle.

Das Wetter war für jede Unternehmung an der frischen Luft perfekt.

Die frische Luft und der Sonnenschein belebten sie mehr als alle anderen Maßnahmen. Sobald sie beide saßen und die Kutsche losfuhr, stieß sie einen langen, tiefen Seufzer aus.

»Das ist herrlich. Wirklich herrlich. Danke, Whit.«

Er warf ihr rasch ein Lächeln zu und ergriff die Zügel fester. »Ist mir ein Vergnügen.«

Nachdem ihr Benehmen bisher ausgesprochen unangenehm gewesen war, bezweifelte sie das stark. Grundsätzlich hatte sie nichts dagegen einzuwenden, wenn jemand ein wenig aufbrauste – ob das nun bei ihr oder bei anderen geschah –, aber wenn es keinen guten Grund dafür gab, waren eine Erklärung und eine Entschuldigung angebracht.

Vor zwei Tagen noch hätte sie sich bei Whit diese Mühe bestimmt nicht gemacht – sie war immer der Ansicht gewesen, dass er für sich genommen schon Grund für einen Wutausbruch war –, aber die Dinge hatten sich geändert, wie ihr nur allzu bewusst war.

Trotzdem wartete sie, bis sie ein gutes Stück vom Haus entfernt waren, bevor sie den Mut aufbrachte, sich ihm zuzuwenden und das Wort zu ergreifen.

»Ich würde mich gern …« Sie räusperte sich und heftete den Blick auf einen Punkt über seiner Schulter. »Ich würde mich gern … gern …« Erneut räusperte sie sich, und Whit sah sie stirnrunzelnd an.

»Bekommst du eine Erkältung, Kobold?«

»Bekomme ich …?« Sie blinzelte ihn an. »Oh. Oh nein. Ich habe nur …« Sie konnte gerade noch ein erneutes Räuspern unterdrücken. »Es ist nur so, ich …«

»Es klingt ganz danach.«

»Nein, nein …«

»Lass dir von der Köchin eine Kanne von ihrem speziellen Tee zubereiten – dem für Schnupfen –, sobald wir wieder zurück sind. Er wirkt Wunder bei einem rauen Hals.«

»Es geht mir ausgezeichnet, Whit, wirklich.«

Aber es würde ihr gar nicht gut ergehen, wenn die Familie und die Dienstboten den Eindruck gewannen, dass sie sowohl verletzt als auch krank war. Und da Whit sie ansah, als würde er ernsthaft Schwindsucht in Betracht ziehen, holte sie tief

Luft und – sie konnte einfach nicht anders – räusperte sich zum vierten Mal.

»Ich möchte mich für mein Benehmen in der Bibliothek entschuldigen«, sprudelte sie hervor. »Du warst – bist – sehr nett zu mir, und anstatt dir zu danken, wie ich es hätte tun sollen« – habe ich dir mit dem Gehstock deiner Ururgroßmutter Schläge angedroht, dachte sie und wand sich innerlich –, »war ich unentschuldbar feindselig. Körperliches Unbehagen lässt mich reizbar werden, und ich gebe zu, dass mir mein Knöchel einige Schmerzen bereitet. Das soll keine Rechtfertigung sein, ich …«

»Schon gut, Kobold. Entschuldigung angenommen.«

Nach kurzem Schweigen fragte sie: »Das ist alles?«

»Was hast du denn noch erwartet?«

»Nun, ich dachte, du würdest es ausnutzen«, erwiderte sie eine Spur überrascht.

»Vor einigen Tagen hätte ich das vielleicht getan«, gab er zu. »Aber wir haben eine Abmachung, falls du dich erinnerst. Gibt es einen besonderen Grund, warum du mir das erst jetzt gesagt hast?«

Sie hätte sich schrecklich gern anders hingesetzt. »Ich wollte dir keinen Anlass geben, mich daheim zu lassen.«

»Für gewöhnlich beantworte ich eine Entschuldigung nicht mit Boshaftigkeiten«, sagte er leicht indigniert.

»Natürlich nicht«, stimmte sie eilig zu. »Aber ich war mir auch nicht sicher, ob du mich mitkommen lassen würdest, wenn ich zugebe, dass ich Schmerzen habe.«

»Und da hast du entschieden, dein Gewissen erst dann zu erleichtern, wenn wir uns in sicherer Entfernung von Haldon Hall befinden?«

Jetzt rutschte sie tatsächlich auf ihrem Sitz herum. »Mehr oder weniger.«

Er nickte. »Das dachte ich mir.«

Verstohlen blickte sie zu ihm hinüber. »Dann bist du nicht böse?«

»Nein. Ich bin sogar ganz froh, dass du dich auf eine Weise verhalten hast, die eine Entschuldigung erforderlich machte.«

»Wie bitte?«

»Ich habe nämlich selbst eine Entschuldigung vorzubringen«, erklärte er. »Und nachdem ich deine so großzügig, so selbstlos, so …«

»Ich habe dich schon ganz gut verstanden, Whit.«

»… so wohlwollend angenommen habe«, fuhr er fort, »bleibt dir kaum etwas anderes übrig, als bei mir dasselbe zu tun, da du sonst Gefahr laufen würdest, neben mir kleinlich und rachsüchtig zu wirken.«

»Das ist eine verquere Logik.«

»Aber durchaus vernünftig, wenn man sich die Zeit nimmt, sie nachzuvollziehen.«

»Und unwiderlegbar, wenn man dazu keine Lust hat – was, wie ich zugeben muss, in meinem Fall zutrifft.« Sie wandte sich ihm zu, um ihn anzusehen. Jetzt, da sie ihre Entschuldigung hinter sich gebracht hatte, fiel es ihr nicht mehr so schwer, ihm in die Augen zu sehen. »Wofür könntest du dich denn zu entschuldigen haben?«

»Dafür, dass ich dich dazu gebracht habe, Kate auszuspionieren«, antwortete er mit plötzlichem Ernst. »Das war schlecht von mir.«

»Ja«, stimmte sie ohne jeden Zorn zu. »Das war es wirklich.«

»Ich bedaure es.«

Ein kleines Lächeln zuckte um ihre Lippen. »Tut es dir erst jetzt leid, nachdem sich herausgestellt hat, dass es unnötig war?«

»Ich erinnere mich nicht daran, dass ich dich gebeten hätte, deine Entschuldigung näher auszuführen«, meinte er ausweichend und widmete dem Fahren plötzlich beträchtlich mehr Aufmerksamkeit.

»Du hast gefragt, warum ich mit meiner Entschuldigung gewartet habe«, bemerkte sie.

»Erst nachdem ich sie angenommen hatte.«

»Du hast recht«, lachte sie und lehnte sich wieder in die Kissen. »Und es spielt jetzt ohnehin kaum mehr eine Rolle. Die Entschuldigung ist angenommen, Whit. Aber wir sollten vielleicht nicht damit anfangen, uns wegen jeder Missetat der Vergangenheit zu entschuldigen. Dann würden wir nämlich von nichts anderem mehr sprechen.«

»Das hat etwas für sich.« Er dachte ein wenig darüber nach. »Vielleicht sollten wir übereinkommen, uns nicht mehr für Vergehen zu entschuldigen, die vor der Abendgesellschaft stattgefunden haben.«

»Muss ich mich dann dafür entschuldigen, dass ich dich bei deiner Mutter in Schwierigkeiten gebracht habe?« Sie grinste ihn an. »Denn das tut mir nicht leid.«

»Es hätte dir schon noch leidgetan«, versicherte er ihr und sah recht selbstgefällig drein. »Nachdem ich Rache genommen hätte.«

»Nun, wenn du dir da sicher bist, brauche ich dir wirklich nicht zu sagen, dass es mir leidtut. Es wäre ganz überflüssig.« Mit der behandschuhten Hand trommelte sie leicht gegen ihr Bein. »Wie hätte deine Rache denn ausgesehen?«

Whit schüttelte den Kopf. »Ich glaube, es ist besser, wenn du das nicht erfährst. Es ist nicht abzusehen, wie lange unser Waffenstillstand dauern wird, und ich würde es gern in der Hinterhand behalten.«

Mirabelle fand es stets ärgerlich, nicht in ein Geheimnis eingeweiht zu sein – was ihrer Meinung nach ganz natürlich war –, und nachdem dieses spezielle Geheimnis sie direkt betraf, war die fortgesetzte Geheimhaltung für sie doppelt ärgerlich. Sie würde zweimal so hartnäckig sein müssen wie sonst, um es herauszufinden.

»Wie wäre es denn«, schlug sie vor, »wenn ich sage, dass es mir leidtut …«

»Nur, dass das gar nicht stimmt.«

»Wohl wahr, aber du bist überzeugt, dass es mir leidgetan hätte, und das läuft auf das Gleiche hinaus«, erklärte sie vernünftig. »Aber zuerst musst du versprechen, dass du mir erzählst, was du geplant hattest.«

»In den letzten zwei Tagen habe ich mehr versprochen als sonst in einem ganzen Jahr«, sagte Whit lachend.

»Das lässt sich nicht ändern«, erwiderte sie ungerührt. »Was sagst du zu meinem Angebot?«

Er dachte darüber nach – was sie vollkommen angemessen fand – und dachte noch mehr nach – was sie ihm nachsehen konnte – und dann noch etwas länger – worüber sie sich ein wenig ärgerte – und traf dann schließlich seine Entscheidung.

»Nein. Nein, das tue ich lieber nicht.«

Was ganz und gar inakzeptabel war.

»Aber warum denn nicht?«, begehrte sie auf.

»Ich möchte es nicht«, antwortete er und ließ die Schultern kreisen.

»Das ist stur, Whit. Ich glaube nicht, dass unsere Abmachung das zulässt.«

»Natürlich ist es das. Es ist dir aber nicht gestattet, mich deswegen zu kritisieren.«

»Das« – ist wahrscheinlich wahr, räumte sie im Stillen ein – »ist lächerlich«, sagte sie.

»Durchaus möglich, aber auch das darfst du nicht aussprechen.« Er nahm die Zügel in die eine Hand und rieb sich mit der anderen nachdenklich das Kinn. Seine blauen Augen funkelten. »Wenn ich es recht bedenke, darf ich sogar so ziemlich alles tun oder sagen – solange es deine Person nicht beleidigt – und du darfst mich in keiner Weise verunglimpfen.«

»Das kann ich später immer noch.«

»Ja, aber ich bin ein Mann, der für die Gegenwart lebt.«

»Du bist ein Maulheld – ich meine das nur nett«, versicherte sie ihm schnell.

»Ich glaube nicht, dass es möglich ist, jemanden einen ›Maulhelden‹ zu nennen, ohne beleidigend zu sein«, spottete er.

»Natürlich ist es das. Ich habe meine eigene – und gänzlich unbeleidigende – Definition für das Wort.«

Er blinzelte sie an. »Das ist …«

»Ja? Nur zu, Whit«, ermunterte sie ihn mit süffisantem Grinsen. »Lächerlich? Absurd? Ist es …«

»Dazu fällt mir nichts ein«, gestand er mit einem Lachen. »Und das ist auch gut so, da wir wohl am Ziel sind.«

Das waren sie tatsächlich. Mirabelle reckte den Hals, um durch die schmale Baumreihe zu blicken, die die Straße von der dahinterliegenden Wiese trennte. Der Weg um den See herum, den sie am Tag zuvor gegangen waren, mochte zwar ihre liebste Strecke für einen Spaziergang sein, aber es gab abgesehen von dieser Stelle keinen Ort auf Haldon Hall, der besser für ein Picknick geeignet war. Mit der Straße, die den Blicken verborgen war, und dem Wald, der ihn auf den anderen drei Seiten umschloss, war dieser Ort von einer wunderbaren Abgeschiedenheit.

Hier und da erhoben sich Eichen und Ahornbäume auf der Wiese, unter deren Schatten spendenden Zweigen gerade Diener Decken ausbreiteten und Körbe mit Speisen abstellten.

Die ersten Gäste trafen ein, in erster Linie die ganz jungen, die zweifellos die Geduld mit dem gemächlichen Tempo der Erwachsenen verloren hatten und vorausgelaufen waren, doch es waren auch einige andere dort – darunter Kate und Evie.

»Wir haben die arme Sophie den Wölfen überlassen«, eröffnete Evie Mirabelle und Whit, als sie auf der Wiese zu ihr stießen. »Aber Alex erlaubt ihr nicht, schneller zu gehen, und ich konnte Miss Willorys Gegluckse keine Sekunde länger ertragen.«

»Wisst ihr«, meinte Kate, als sie sich auf einer Decke niederließen, »dass ich nicht gewusst hatte, dass man auch außerhalb eines Buches glucksen kann, bevor ich Miss Willory begegnet bin?«

»Es ist eine seltene Gabe«, meinte Mirabelle. »Vermutlich werden wir nie einem anderen Menschen begegnen, der sie besitzt.«

Das Glück, so schien es, war an diesem Morgen auf ihrer Seite. Als Miss Willory eintraf, waren sämtliche Plätze auf ihren beiden Decken besetzt. Vielleicht nicht mit ihren Lieblingsgästen, da auch die aufgeblasene Mrs Jarles und die einfältige Miss Sullivan darunter waren – wobei Letztere von der ausgeschlossenen Miss Willory mit einem äußerst gehässigen Blick bedacht wurde –, aber es war eine angenehmere Gruppe, als man hätte erwarten können. Alex und Sophie kamen nicht rechtzeitig genug, um sich einen Platz zu sichern, Miss Heins hingegen schon.

Natürlich war das Thema, das alle beschäftigte, Mirabelles unglücklicher – und ihrer Ansicht nach peinlicher – Sturz den Hügel hinunter und ihre folgende – und noch peinlichere – Rettung.

»Es sieht dir gar nicht ähnlich, so unaufmerksam zu sein«, bemerkte Kate. »Es ist wirklich eher etwas, was mir zustoßen würde.«

»Vielleicht hatte sich der Eremit McAlistair hinter einem Baum versteckt und sich von hinten angeschlichen, um dir einen Stoß zu versetzen«, hauchte Miss Sullivan. »Ich würde vor Angst sterben, wenn ich allein in den Wald ginge.«

Mirabelle konnte sich nicht vorstellen, dass die verwöhnte Miss Sullivan jemals den Drang oder die Gelegenheit hatte, allein in den Wald zu gehen, doch sie war so klug, diese Meinung nicht laut zu äußern.

»McAlistair stellt keine Bedrohung dar«, versicherte Whit der Gruppe. »Und da er es in den vergangenen acht Jahren nicht für angebracht hielt, sich den Gästen zu zeigen, kann ich mir nicht vorstellen, warum er es jetzt plötzlich tun sollte.«

»McAlistair gibt es doch gar nicht«, sagte Kate und verdrehte die Augen. »Whit hat ihn vor Jahren nur deshalb erfunden, um drei arme, ahnungslose kleine Mädchen zu erschrecken.«

Whit prustete angesichts dieser Darstellung. »Ihr zwei habt schon nicht mehr im Kinderzimmer geschlafen«, bemerkte er zu Mirabelle und Evie. »Und du«, fuhr er fort und sah Kate an, »magst zwar vielleicht ein kleines Mädchen gewesen sein, aber du warst weder arm noch ahnungslos. Du hast von Anfang an nicht daran geglaubt.«

»Ich war ziemlich klug für mein Alter«, räumte Kate ein.

»Wenn Whit uns hätte A…Angst machen wollen«, sagte Evie leise, die vor Unbehagen darüber, im Mittelpunkt der Aufmerksamkeit zu stehen, zu stottern begann, »so hätte er McAlistair … nun, furchteinflößender gemacht, scheint mir.«

»Sagen Sie bitte nicht, dass Sie an einen solchen Unsinn glauben, Miss Cole«, tadelte Mrs Jarles sie.

Evie zog den Kopf ein und die Schultern hoch. »Ich m… mag es nicht, Dinge abzutun, ehe man ihnen auf den Grund gegangen ist.«

»Was beweist, dass man nicht immer aus der kindlichen Klugheit herauswachsen muss«, bemerkte Whit lächelnd und zupfte sanft an Kates Haubenband.

»Der Wald ist ungefährlich«, fuhr er fort. »Aber ich werde die Damen bitten müssen, sich für den Rest der Gesellschaft von der Nordweide fernzuhalten.«

»Diese Weide ist mehr als drei Meilen entfernt«, murmelte Kate. »Warum … oh! Heißt das, die Zigeuner sind wieder da?«

»Seit heute Morgen, wie mir gesagt wurde.«

»Zigeuner? Hier?« Mrs Jarles riss den Kopf herum, als erwartete sie, dass einer von ihnen hinter dem nächsten Baum hervorsprang.

»Nicht hier«, versicherte Whit ihr. »Nicht jetzt.«

»Aber auf Ihrem Land! Sie haben sie auf Ihr Land gelassen?«

»Ja, wie ich es immer im Frühjahr und im Herbst tue, wenn dieser spezielle Clan hier durchzieht. Da sie für sich bleiben, schadet es wohl nicht.«

»Nicht schaden?« Mrs Jarles' Tonfall näherte sich einem Kreischen. »Wir könnten alle ermordet werden! Ermordet in unseren Betten!«

»Würden Sie den Salon vorziehen?«, erkundigte sich Whit höflich interessiert.

Mirabelle überspielte ihr verblüfftes Lachen mit einem Hüsteln, aber trotz der Ablenkung hörte sie deutlich, wie Mrs Jarles aufkeuchte.

»Wie bitte?«

Whit zuckte die Achseln und nahm sich noch ein Stück Kuchen. »Sie schienen entschieden dagegen zu sein, dass die Tat in Ihrem Bett begangen wird, daher dachte ich, Sie hätten einen anderen Ort im Sinn.«

»Ich … ich …«, stammelte Mrs Jarles und blinzelte nervös.

»Mir persönlich wäre es im Schlaf lieber«, fuhr Whit nonchalant fort. »Wenn man schon von einer Horde mordlustiger Zigeuner aufgeschlitzt wird, ist es wahrscheinlich besser, wenn man von der ganzen garstigen Angelegenheit nichts mitbekommt.«

Evie und Kate waren vor unterdrücktem Gelächter puterrot, während Mirabelle sich fragte, ob sie ihre eigene Heiterkeit wohl lange genug bezähmen konnte, um der Konversation weiter zu folgen.

Mrs Jarles richtete sich auf, soweit ihre Sitzhaltung auf der Decke und ihre beklagenswert unbeträchtliche Größe das zuließen. »Die Würdelosigkeit …«, begann sie, und Mirabelle war sich nicht sicher, ob sie Whits Bemerkungen meinte oder ihren möglichen Tod durch die Hand der Zigeuner.

»Würde kaum ins Gewicht fallen«, versicherte Whit ihr unbefangen. »Da Sie und all Ihre Bekannten ja tot wären.«

»Überall im Haus verteilt, und buchstäblich in ihren selbst gewählten Totenbetten«, prustete Evie heraus, ohne Luft zu holen, bevor sie sich erhob und ihr Gesicht sich noch mehr verfärbte. »Entschuldigt mich bitte, ich muss … ich muss …«

Der Rest ihres Satzes ging in einem Hustenanfall und dem Geräusch eiliger Schritte unter.

»Ich will nur rasch nachsehen, ob es ihr gut geht«, murmelte Kate und folgte ihrer Freundin, selbst von einem Hustenanfall geschüttelt.

»Wie eigenartig«, bemerkte Whit und biss von dem Kuchen ab. »Ich frage mich, ob die Köchin beim Würzen ihre gewohnte Sorgfalt hat vermissen lassen. Angesichts der räuberischen Einheimischen und des schlechten Essens würde ich es Ihnen nicht verübeln, Mrs Jarles, wenn Sie Ihren Besuch abkürzen wollten.«

Er warf Mirabelle einen durchtriebenen Blick zu. »Du siehst selbst nicht ganz wohl aus, Mirabelle. Musst du Kate und Evie nachgehen?«

Mirabelle biss sich fest auf die Unterlippe und schüttelte den Kopf. Dann nickte sie, nahm den Stock und ergriff stolpernd die Flucht.

Mrs Jarles wäre nicht überrascht gewesen, wenn sie entdeckt hätte, dass sich im Schutz der Bäume tatsächlich ein Mann verbarg. Ein Mann, der mit Mord vertraut war. Ein Mann, der das Gefühl, einem Schlafenden das Leben zu nehmen, nur allzu gut kannte.

Doch heute war er nicht zum Töten gekommen.

Er war gekommen, um zu beobachten, wie er immer beobachtete.

Und um sich zu sehnen, wie er sich immer sehnte.

Nein, Mrs Jarles wäre nicht überrascht gewesen, die dunkle Gestalt zu sehen, die im Wald kauerte. Sie wäre jedoch sehr überrascht darüber gewesen, dass noch jemand von seiner Anwesenheit wusste.

11

Wie alle erfolgreichen Ausflüge dauerte das Picknick länger als erwartet, und die Sonne war in ihrem goldenen Untergang begriffen, als Whit Mirabelle wieder in die Karriole half.

»Wonach hältst du Ausschau, Whit?«

»Hmm?« Whit wandte den Blick von den Bäumen ab und setzte die Pferde mit einem leichten Zügelschlag in Bewegung. »Nichts. Ich dachte, ich hätte ein Reh gesehen, einen Bock.«

»Warum hast du nichts gesagt? Die Kinder hätten liebend gern einen Bock gesehen.«

»Ich habe ihn gerade erst bemerkt …«

»Du hast während der letzten zwanzig Minuten in den Wald geschaut.«

»Meine Gedanken sind ein wenig abgeschweift. Hatten deine Augen schon immer die Farbe von Schokolade?«

»Ich …« Sie war über die Frage zu verblüfft, um zu merken, dass sie nur dazu diente, das Thema zu wechseln. Verwirrt berührte sie ihre Wange. »Sie sind braun.«

»Nein, sie sind dunkler als braun. Vielleicht bemerkt man es nur im Kerzenlicht oder wenn die Sonne golden wird.«

Wurde er etwa lyrisch?, fragte sie sich und hätte es gern herausgefunden. Noch nie hatte sie einen Mann zu Poesie inspiriert – zu Vertrauen vielleicht und gewiss zu Freundschaft, aber noch nie zu den hübschen Worten, die ausnahmslos schönen Frauen vorbehalten waren. Sie kam zu dem Schluss, die Tatsache, dass sie keine schöne Frau war, beantwortete die Frage zur Genüge.

»Erst erzählst du mir, mein Haar hätte die Farbe von Baumrinde, und jetzt habe ich schokoladenfarbene Augen.« Ihre Lippen zuckten belustigt. »Ich bin ein wahrer Kakaobaum.«

»Wachsen Kakaobohnen an Bäumen? Ich dachte, es wären Sträucher.«

»Bäume«, versicherte sie ihm. »Wie dem auch sei, meine Augen haben die gleiche Farbe wie immer. Vielleicht sind sie ein wenig anders, wenn ich wütend bin.«

»Und ich habe sie immer nur wütend gesehen«, stimmte er zu. »Wie kommt das, Kobold? Warum sind wir bis jetzt nicht miteinander ausgekommen?«

»Du hast einmal gesagt, es sei Schicksal«, rief sie ihm ins Gedächtnis.

»Ah, ja, das Argument mit der göttlichen Ordnung. Sehr klug von mir.«

»Ziemlich.«

Er brachte plötzlich die Pferde zum Stehen, wandte sich Mirabelle zu und betrachtete sie. »Ich glaube nicht an Schicksal.«

»Ach nein?«

»Nein. Abgesehen von den unausweichlichen Tatsachen wie Geburt und Tod sind wir für unsere Lebensläufe selbst verantwortlich. Wir treffen unsere eigenen Entscheidungen.« Er neigte den Kopf und flüsterte an ihren Lippen: »Und ich entscheide mich hierfür.«

Es war Mirabelles erster Kuss. Sie war zwar die Älteste der Freundinnen, aber bis zu diesem Augenblick als Einzige von ihnen noch ungeküsst. Selbst Kate hatte während ihrer ersten Saison Lord Martin einen Kuss gestohlen, der einst der Mann ihres Herzens gewesen war. Kurze Zeit später hatte Kate aus Gründen, die sie für sich behielt, entschieden, dass ihr Herz leider falsch informiert gewesen war.

Mirabelle fragte sich, ob für ihres das Gleiche galt … bis

Whits Lippen auf ihre trafen. Nichts, befand sie dann, absolut nichts konnte falsch daran sein, Whit zu küssen.

Der Kuss war genauso, wie sie ihn sich immer vorgestellt hatte – und völlig anders, als sie sich einen Kuss von Whit vorgestellt hätte –, nicht, dass sie sich jemals die Vorstellung gestattet hatte, Whit zu küssen. Aber wenn sie es getan hätte, wäre es leidenschaftlich gewesen, und …

Whit zog sich zurück, bis er ihr in die Augen sehen konnte. »Hör auf zu denken, Kobold.«

Sie streckte die Hand aus, packte sein Halstuch und zog ihn näher zu sich heran.

»Hör auf zu reden, Kretin.«

Er grinste für einen Moment an ihrem Mund, dann küsste er sie wieder. Trotz Mirabelles Eifers ging er sanft und behutsam vor; es war eine zärtliche Berührung von Lippen und Atem. Ihre Hand an seiner Brust entspannte sich, und seine Hände umfassten leicht ihr Gesicht.

Er küsste sie, als wäre sie ein unbekannter Leckerbissen, kostete sie in kleinen, vorsichtigen Häppchen, und eine angenehme Wärme durchströmte ihre Brust.

Er knabberte sachte an ihrem Mundwinkel, und das warme Gefühl wuchs und breitete sich aus, bis ihre Glieder sich schwer anfühlten und ihr ein wenig schwindlig war. Seine Zunge glitt über ihre Unterlippe, und diese angenehme Wärme wurde zu einer quälenden Hitze. Mirabelle wand sich auf den Kissen, wollte näher, wollte mehr, wollte etwas, von dem sie nicht wusste, wie sie darum bitten sollte.

Whit strich ihr mit dem Daumen über die Wange und drückte ihr Kinn sanft herab.

»Öffne den Mund, Liebling.«

Als sie es tat und seine Zunge hineinglitt, wurde aus dem Sehnen eine Forderung.

Wieder ballten sich ihre Hände zu Fäusten, und sie hörte sich in seinen Mund wimmern. Er hielt nur für eine Sekunde inne. Dann schlang er ihr mit einer schnellen Bewegung den Arm um die Taille, vergrub die andere Hand in ihrem Haar und riss sie heftig an sich.

Und nahm.

Später, viel später, sollte sie denken, dass dies ihrer Erwartung eines Kusses von Whit entsprach. Er war fordernd, wild, ein Kampf von Zungen und Lippen und Zähnen. Doch im Moment konnte sie nicht denken. Sie konnte nichts tun, als seinen Mantel zu packen, ihn festzuhalten und ebenfalls zu nehmen.

Sein Mund schloss sich wieder und wieder über ihrem, bis sie sich in ihm vollkommen verlor. Sie kämpfte sich näher heran, ihre Hände fuhren zu seinen Schultern, in sein Haar. Ihr Mund bewegte sich in verzweifeltem Verlangen unter dem seinen. Sie wollte mehr, wollte ihm näher sein, wollte etwas, das sie nicht benennen konnte.

Aber zu ihrer Frustration wurden seine Hände und sein Mund sanfter und verlangsamten sich zu den leichten Häppchen, mit denen er begonnen hatte.

Dann zog er sich zurück und ließ sie atemlos, erregt und verwirrt zurück.

»Ich werde mich nicht dafür entschuldigen«, flüsterte er.

»Gut.«

»Ich bedaure nicht, dass ich es getan habe.«

»Ich auch nicht.« Aber sie bedauerte es mehr als nur ein wenig, dass er aufgehört hatte. »Warum hast du das getan? Mich geküsst, meine ich?«

Er hob ihr Kinn mit einem Finger leicht an. »Warum hast du es getan?«

»Ich …« Die Frage war nur verständlich, sie hatte ebenso geküsst, wie sie geküsst worden war, aber sie war sich überhaupt nicht sicher, wie sie darauf eine verständliche Antwort geben sollte. Nicht, solange ihr Herz und ihr Verstand noch in Aufruhr waren.

»Ich habe dich aus genau dem gleichen Grund geküsst«, erklärte er und richtete sich zu seiner vollen Größe auf. Er lächelte leicht und nahm die Zügel wieder in die Hand, um die Pferde anzutreiben. »Das gibt uns Stoff zum Nachdenken, nicht wahr?«

»Vermutlich ja.«

Es war wirklich gut, dachte Mirabelle, dass der Zweispänner gerade jetzt in die Einfahrt einbog, denn ihr fiel rein gar nichts ein, was sie zu Whit hätte sagen können. Eher überraschte es sie, dass sie überhaupt in der Lage war zu denken.

Außer …

Sie hatte Whit geküsst. Whit hatte sie geküsst. Sie hatten einander geküsst.

Irgendwie gelang es ihr, die Gruppe, die auf der Eingangstreppe wartete, mit einem Lächeln zu begrüßen. Sie antwortete auf Fragen, stellte selbst eine oder zwei und verbarg so gut wie möglich, dass ihre Welt soeben auf den Kopf gestellt worden war. Aber als jemand eine Partie Whist im vorderen Salon vorschlug, lehnte sie ab und zog sich unter dem Vorwand, ihr verletzter Knöchel mache ihr zu schaffen, auf ihr Zimmer zurück.

Sie schlüpfte – oder humpelte, um genau zu sein – davon, bevor Whit seine Hilfe anbieten konnte, erklomm mühsam die Treppe und erreichte schließlich ihr Zimmer, wo sie benommen auf den weichen Sessel am Fenster sank. Ohne die Aussicht wahrzunehmen, blickte sie hinaus. Ihre Gedanken waren immer noch voll von dem Kuss. Diesem wunderbaren und beängstigenden Kuss.

Warum war es dazu gekommen, wenn sie doch beide noch

vor wenigen Tagen über die Idee gelacht hätten, dass Whit ihr auch nur die Hand küssen könnte?

Hätte sie darüber gelacht? Sie setzte sich anders hin, als würde körperliches Wohlbehagen das Unbehagen der Wahrheit irgendwie wieder ausgleichen können. Und die Wahrheit war, sie hätte ihm erlaubt, ihre Hand zu küssen. Wenn sie gewusst hätte, dass er es ehrlich meinte, dass es kein Scherz war oder der Beginn einer Beleidigung, hätte sie es als Kompliment aufgefasst und durchaus geschätzt.

Und nach ihren jüngsten Reaktionen auf seine Berührungen hätte sie sich wohl mehr von diesen Komplimenten gewünscht. Als er sich an jenem Morgen neben sie auf die Bank gesetzt hatte, waren ihre Sinne schlagartig erwacht, und als er sie auf die Arme genommen und den Hügel hinaufgetragen hatte, war sie aufgeregt und nervös gewesen.

In der inneren Gewissheit, dass nichts daraus werden konnte, hatte sie sich alle Mühe gegeben, ihre körperliche Reaktion auf ihn zu ignorieren. Jetzt war jedoch etwas daraus entstanden. Sie konnte nicht länger so tun, als würde sie nicht merken, wie schnell ihr Herz schlug und wie heiß und empfindsam ihre Haut wurde, wenn er ihr nah war.

Sie fragte sich, was das wohl zu bedeuten hatte und ob es für Whit etwas bedeutete, und kuschelte sich tiefer in den Sessel. Es gab so viel zu bedenken – zu viel, befand sie, als dass sie hätte versuchen können, alles gleichzeitig zu verstehen. Zumal ihr Knöchel pochte, die Gedanken rasten und ihr Herz klopfte unruhig. Schließlich gab sie der Erschöpfung nach, schloss die Augen und schlief ein.

Mehrere Stunden später erwachte sie steif und verkrampft, den Hals in unangenehmem Winkel an die Rückenlehne des Sessels gedrückt. Sie stöhnte leise, schüttelte die Müdigkeit ab und setzte sich auf, um einen Blick auf die Uhr auf dem Kaminsims zu werfen. Draußen war es dunkel, aber es war noch nicht einmal acht Uhr. Sie hatte Zeit, sich etwas herzurichten und vielleicht die schlimmsten Verspannungen durch einen kurzen Spaziergang vor dem Abendessen zu lindern.

Wegen des verletzten Knöchels und weil sie immer noch erschöpft war, fiel es ihr schwer, sich umzuziehen. Aber wenn sie jetzt um Hilfe läutete, würde es wahrscheinlich Lizzy sein, die kam, was die Wahrscheinlichkeit erhöhte, dass Evie oder Kate ebenfalls erschienen. So sehr sie ihre Freundinnen liebte, wollte Mirabelle doch etwas Ruhe vor dem Abendessen, um einen klaren Kopf zu bekommen und ihre Gedanken zu ordnen.

Sie stieg eine der Nebentreppen hinab, in der Hoffnung, niemandem zu begegnen, doch als sie den Fuß der Treppe erreichte, verrieten ihr laute Stimmen in der Halle, dass sie nicht ungestört bleiben würde.

»Hör auf damit! Gib sie zurück!«

Als Mirabelle um die Ecke trat, fand sie die kleine Isabelle Waters, die kaum sechs Jahre alt war, im Streit mit dem dreizehnjährigen Victor Jarles vor.

»Gib sie mir wieder!« Isabelle stampfte wütend mit dem Fuß auf, während bereits die ersten Tränen fielen. »Gib sie wieder her!«

»Was ist denn hier los?«, fragte Mirabelle und trat zwischen die beiden.

»Victor hat mir meine Caro weggenommen!«

Mirabelle drehte sich zu dem Jungen um und bemerkte, dass er eine kleine Puppe in der Hand hielt. »Ist das wahr, Victor?«

Der Junge zuckte die Achseln und warf Isabelle die Puppe vor die Füße. Sie riss sie hoch und rannte in die Ecke, wo sie ihr Spielzeug in den Armen wiegte und schniefte.

»Ich habe nur gespielt«, sagte Victor unbekümmert.

»Es sah nicht so aus, als wollte sie deine Art von Spiel mitspielen.«

»Was weiß sie denn schon? Sie ist doch nur ein Baby.«

»Bin ich nicht!«, heulte das kleine Mädchen. »Ich bin sechs! Fast.«

»Bist du nicht ein bisschen zu alt, um eine Sechsjährige zu ärgern?«, fragte Mirabelle und stemmte die Fäuste in die Hüften.

Victor schnaubte und zupfte hoheitsvoll an seinen Manschetten. »Ich wüsste nicht, was Sie das angeht, Mirabelle.«

Bei der Beleidigung verengten sich ihre Augen. Der Junge war ganz der Vater, dachte sie, ein Mann, dessen betrunkene Aufmerksamkeiten sie in der Vergangenheit bereits zweimal hatte abwehren müssen. Beim zweiten und letzten Mal waren Sophies einzigartige Messerkünste vonnöten gewesen.

»Es heißt Miss Browning«, korrigierte sie ihn streng. »Du wirst dich bei Isabelle und bei mir entschuldigen.«

»Werde ich nicht. Sie ist nur ein Kind. Und sie sind mit einer Dienstbotin verwandt«, erwiderte Victor geringschätzig. »Dienstboten werden mit dem Vornamen angesprochen.«

Geduld, sagte sie sich, obwohl sie spürte, dass ihr diese besondere Tugend in erstaunlichem Tempo abhandenkam. »Ich bin mit einem Baron verwandt …«

»Einem Baron, den niemand kennt«, unterbrach er gehässig. »Mein Vater sagt, Sie seien bettelarm.«

Das ließ sich kaum leugnen, daher versuchte sie, darum herumzulavieren. »Ich bin außerdem älter als du und ein Gast …«

»Eine alte Jungfer, das sind Sie«, entgegnete Victor höhnisch grinsend. »Meine Mutter sagt, Sie wären zu reizlos und zu arm, um jemals einen Mann abzubekommen.«

Damit war ihre Geduld erschöpft. Sie beugte sich vor, bis ihr Gesicht sich dicht vor seinem befand, und bedachte ihn mit ihrem einschüchterndsten Blick – einem Ausdruck, den sie normalerweise für Gelegenheiten reservierte, bei denen sie aufgeblasenen Erwachsenen gegenübertrat, und außerdem für Whit.

»Um dich übers Knie zu legen, brauche ich weder Schönheit noch Geld. Manche Freuden gibt es umsonst.«

Sein Gesicht nahm eine Rotfärbung an, die sie, hätte sie sich in dem Moment auch nur einen Deut um seine Gesundheit geschert, womöglich alarmiert hätte. »Das würden Sie nicht wagen.«

»Wollen wir wetten? Ich könnte das Geld nämlich brauchen.«

»Ich bin erst dreizehn! Sie können nicht …«

»Oh doch, ich kann.« Sie musterte ihn von Kopf bis Fuß. »Oder ich hole jemanden, der das für mich erledigt. Das wäre recht peinlich für dich, nicht wahr?«

Er kniff die Lippen zusammen und schwieg.

Sie richtete sich auf. »Schön. Soll ich dann nach dem Herzog von Rockeforte schicken lassen?«, fragte sie seelenruhig und beobachtete, wie seine Augen groß wurden bei dem Hinweis darauf, dass sie durchaus Verbindungen hatte.

»Oder soll ich ihn zu deiner Mutter schicken?«

»Es tut mir leid«, schnauzte er Isabelle an.

»Und?«, hakte sie nach.

»Es tut mir leid«, stieß er zähneknirschend in Mirabelles Richtung hervor.

»Entschuldigung angenommen. Und nun …«

»Aber es tut mir nicht annähernd so leid, wie es Ihnen noch leidtun wird«, zischte er und schoss durch den Flur davon.

Mirabelle sah ihm nach, bis er um die Ecke verschwand. »Grässliches kleines Ungeheuer«, brummte sie. »Sein verschwenderischer Vater sollte ihm ein paar Manieren bezahlen.«

»Was ist denn hier los?«, erklang eine dritte Stimme. »Und wessen Vater ist ein Verschwender?«

Als sie sich umdrehte, kam Whit mit langen Schritten vom anderen Ende des Flurs auf sie zu. Allein schon bei seinem Anblick schlug ihr Herz ein wenig schneller.

»Welcher Vater ist das nicht, wenn man die jungen Männer so hört?«, lachte sie, als er vor ihr stand, und hoffte, ihre plötzliche Nervosität mit Humor überspielen zu können.

»Er hat sie beschimpft«, erklang eine leise Stimme. »Er war sehr ungezogen.«

Mirabelle drehte den Kopf und sah, dass Isabelle noch immer in der Ecke stand. Sie hatte das Kind ganz vergessen.

»Wer hat sie …?«, begann Whit.

»Isabelle«, unterbrach ihn Mirabelle. »Warum gehst du nicht mit Caro ins Kinderzimmer und machst ein Schläfchen?«

Sofort nahm das Gesicht des Mädchens einen bockigen Ausdruck an. »Ich brauche kein Schläfchen.«

»Gewiss nicht«, stimmte Mirabelle schnell zu. »Aber deine Caro scheint noch ein sehr kleines Kind zu sein, und die ermüden leicht, vor allem nach einer großen Aufregung.«

»Wirklich?«

»Oh ja.«

»Na schön.«

Mirabelle sah dem kleinen Mädchen nach, das den Flur entlanghüpfte, wobei es seine Puppe wiegte und leise mit ihr sprach. »Wenn sie doch nur alle so wären«, seufzte sie.

»Wohlerzogen?«, fragte Whit.

»Weiblich.«

»Ah.« Er legte den Kopf schief und sah sie an. »Beantwortest du mir meine Fragen?«

»Es war nichts«, versicherte sie ihm. »Nur eine winzige Meinungsverschiedenheit mit einem jungen Tyrannen – einem

Kind«, beeilte sie sich hinzuzufügen, als seine Miene sich verdüsterte.

»Ich könnte Isabelle fragen.«

»Ich weiß«, nickte sie. »Aber bitte lass mich diese Angelegenheit so regeln, wie ich es für richtig halte.«

»Einverstanden«, entschied er nach kurzem Schweigen. »Fürs Erste. Aber falls daraus mehr wird als eine winzige Meinungsverschiedenheit, sagst du es mir.«

Es sprach für ihre Müdigkeit und dafür, wie weit sie in ihrem Waffenstillstand gekommen waren, dass sie an seiner überheblichen Art keinen Anstoß nahm. Zumindest nicht so sehr, dass sie darunter nicht die unterschwellige Sorge gesehen hätte und auch, wie schwer ihm das Zugeständnis fiel.

»Ich sage es dir«, versprach sie.

»Gut. Brauchst du Hilfe beim … wohin wolltest du?«

»Zum Abendessen, aber …« Sie stieß die Luft aus und schluckte ihren Stolz hinunter. »Würde es zu viele Umstände machen, mir stattdessen etwas auf mein Zimmer bringen zu lassen? Ich muss zugeben, dass ich mich ein wenig erschöpft fühle.«

Er strich ihr eine Locke hinters Ohr, und sie spürte die Wärme seiner Fingerspitzen auf ihrer Wange. »Ich werde dafür sorgen.«

Sie sah ihm nach, als er sich umdrehte und in die Richtung verschwand, aus der er gekommen war.

Wohin würde dieser Waffenstillstand mit Whit nur führen?, fragte sie sich und machte sich auf den Rückweg in ihr Zimmer. Sie beschloss, es morgen herauszufinden.

Für die meisten jungen Frauen wäre der Anblick eines großen Mannes, der mitten in der Nacht durch das Schlafzimmerfenster hereinkroch, ein Anlass zu ernsthafter Besorgnis gewesen.

Für die Bewohnerin dieses speziellen Schlafzimmers jedoch kam die Störung nicht nur erwartet, sondern war auch willkommen.

»Was ist passiert?«, fragte sie, als der Mann geschmeidig von der Fensterschwelle glitt. »Du warst eine Ewigkeit fort.«

»Kleine Planänderung. Ich musste das Päckchen im Schlafzimmer statt im Studierzimmer verstecken.«

»Warum denn das?«, fragte sie und erhob sich von einem Sessel.

»Der Baron ist an seinem Schreibtisch eingeschlafen.« Er durchquerte den Raum und drückte ihr einen schnellen Kuss auf die Stirn. »Der Mann hat das fürchterlichste Schnarchen, das ich je gehört habe. Ich hatte schon fast die Befürchtung, er würde das Dach zum Einsturz bringen. Das Haus verfällt immer mehr.«

»Das hatte ich mich schon oft gefragt.« Sie seufzte tief. »Sie spricht so wenig darüber.«

»Nun, bald braucht sie gar nicht mehr davon zu sprechen.«

»Du bist sicher, dass dies gelingen wird?«

»Natürlich. Wie kannst du daran zweifeln?«

»Wie kannst du nicht daran zweifeln?«, schnaubte sie. »Beim letzten Mal war es äußerst knapp.«

»Unsinn. Es war vom Schicksal bestimmt.«

»Es war Glück.«

»Das passt doch ganz gut, nicht wahr? Weißt du, von all den Aufträgen, bei denen ich mitgewirkt habe, könnte dieser sich als mein liebster erweisen.« Er sah, wie ihre Augen funkelten. »Äh, mein zweitliebster.«

12

Whit war immer stolz auf Haldon Hall gewesen – selbst als sein Herr eine ausgesprochene Schande gewesen war. Die ausgeklügelte Architektur, die ausgedehnten Ländereien und – er schämte sich nicht, es zuzugeben – die schiere Größe des Herrenhauses hatten ihn stets mit Stolz erfüllt.

Gelegentlich musste er jedoch einräumen, dass manches einfacher gewesen wäre, wäre sein Zuhause nicht ganz so groß gewesen. Zum Beispiel, im Auftrag seiner Mutter Evie zu finden. Seine Cousine hatte versprochen, an diesem Morgen beim Schmücken des Ballsaals zu helfen, aber sie war noch nicht erschienen. Whit hatte zwar Verständnis für ihr Widerstreben, aber auf Haldon hielt man sein Versprechen.

Es dauerte einige Zeit, bis er sie fand, aber schließlich hörte er ihre Stimme, die von der Westseite des Rasens durchs Fenster drang. Er ging zu einer Tür, die nach draußen führte, öffnete sie … und erstarrte.

Whit hatte sich nie für einen Feigling gehalten. Es gab jedoch eine Reihe Furcht einflößender Dinge, deren Anblick einem Mann zeitlebens erspart bleiben sollte. Und dazu gehörten zweifelsohne seine weiblichen Familienmitglieder beim Messerwerfen. Tatsächlich fand er sogar, Derartiges sollte ziemlich weit oben auf der Liste stehen.

Doch genau das taten sie – Evie und Mirabelle standen vor einer improvisierten Zielscheibe, während Sophie sie in der hohen Kunst des Messerwerfens unterwies.

»Achtet auf euer vorderes Bein und stellt es in die Wurfrichtung.« Sie trat vor und ließ das Messer mit einer schnellen und – wie er vielleicht in sehr ferner Zukunft zugeben würde – anmutigen Bewegung durch die Luft sausen, sodass es mit dumpfem Aufprall genau in der Zielmitte stecken blieb.

»Heilige Muttergottes.«

»Oh, hallo, Whit.«

Die Stimme seiner Schwester riss ihn aus seiner staunenden Benommenheit. Er blickte zur Seite und sah sie neben Alex sitzen, ein kleines Reiseschachbrett stand zwischen den beiden.

»Sophie erteilt Unterricht im Messerwerfen«, ließ Kate ihn wissen und zog ihren Läufer zwei Felder weiter. »Ist das nicht aufregend?«

Whit begegnete verstörenden Situationen gern auf eine Weise, die sich für einen Mann seines Standes geziemte. Und Männer seines Standes erbleichten und stotterten grundsätzlich nicht.

Aber verdammt, Kate und Messerwerfen?

»Bist du … ist sie … um Himmels willen, Kate.«

Sie sah ihn kühl an. »Hast du schon immer gedacht, ich wäre eine Idiotin?«

Er blinzelte und erinnerte sich an das Gespräch, das er vor nicht allzu langer Zeit auf dem hinteren Rasen mit seiner Mutter geführt hatte, und wie schnell er dabei in die Falle gelockt worden war. Er atmete tief ein und hoffte, dass es sich als beruhigend erweisen würde.

»Nein.« Er machte den Fehler, wieder zu den Messern hinzusehen. »Das ist mir gerade erst in den Sinn gekommen.«

»Sieht es so aus, als nähme ich am Unterricht teil, oder könnte es vielleicht sein, dass ich mit Alex Schach spiele, während wir zuschauen?«

Er zuckte merklich zusammen. »Ich habe es begriffen, Kate …«

Kate rümpfte die Nase und wandte sich wieder dem Spiel zu. »Unbeholfenheit ist nämlich nicht gleichbedeutend mit Idiotie, musst du wissen.«

»Ich weiß, und ich entschuldige mich.« Er trat zu ihr hin und drückte ihr einen sanften Kuss auf die Wange. »Es war schlecht von mir.«

»Was euch andere betrifft ...« Whit drehte sich zu Alex um und ignorierte standhaft das amüsierte Funkeln in dessen Augen. »Ich kann nicht glauben, dass du dies zulässt.«

»Ich kann nicht glauben, dass du von mir erwartest, mit einer Gruppe bewaffneter Frauen zu streiten«, konterte Alex.

»Ich erwarte nicht von dir, dass du streitest. Ich erwarte von dir, dass du ihnen die Waffen abnimmst.«

»Ah, warum bin ich bloß nicht selbst darauf gekommen. Nun, jetzt bist du ja hier.« Alex machte eine einladende Handbewegung. »Nur zu.«

Whit drehte sich um und wollte genau das tun, doch als er den Mund öffnete, blickte er in drei verärgerte Augenpaare und beschloss, stattdessen stumm die Hand auszustrecken.

Niemand rührte sich.

»Die Messer bitte, meine Damen«, insistierte er.

»Ihr kennt ihn schon länger als ich«, sagte Sophie zu den anderen. »Ist er mutig oder einfach nur dumm?«

»Das kommt ganz darauf an, nicht wahr?«, erwiderte Mirabelle.

»Worauf?«

»Ob wir ihn aufspießen oder nicht.«

»Ich bin dafür, dass ihr ihn für dumm erklärt«, mischte Kate sich ein. »Er hat mich eine Idiotin genannt.«

Whit warf seiner Schwester einen scharfen Blick zu. »Halt dich da raus, Kate. Hier wird niemand aufgespießt, denn gleich habe ich alle Messer.«

»Nur nicht in der Hand«, sagte Evie.

»Du«, fuhr er Evie an, »solltest Mutter mit den Vorbereitungen für den Ball helfen.«

»Oh, oh nein, das hatte ich ganz vergessen.« Evie erbleichte, und Whit verspürte leichte Gewissensbisse.

»Sie ist nicht böse auf dich, Evie, sie hat sich nur gefragt, wo du steckst.«

Sie hörte ihm nicht zu, sondern gab Sophie das Messer und lief zum Haus.

»Ich sollte auch gehen«, murmelte Kate und folgte Evie ins Haus.

»Sie wird sich deswegen noch tagelang Vorwürfe machen«, bemerkte Mirabelle mit einem anklagenden Blick in Whits Richtung.

»Sobald du mir die Messer gegeben hast, rede ich mit ihr.« Er deutete mit dem Finger auf sie. »Du hast versprochen, nicht mit mir zu streiten.«

»Ich streite nicht mit dir. Ich übe mich in stillem Ungehorsam«, konterte sie. »Das ist etwas vollkommen anderes.«

»Mirabelle.«

»Na schön.« Sie händigte ihr Messer aus, aber wie Evie übergab sie es Sophie. »Ich sollte ohnehin nachsehen, ob Lady Thurston noch Hilfe braucht.«

Whit sah ihr nach, hauptsächlich, weil er anscheinend einfach nicht aufhören konnte, sie anzusehen. Das leichte Humpeln hatte interessante Auswirkungen auf ihr Hinterteil, und kurz stellte er sich vor, wie er ihr ins Haus folgte und …

Verdammt!

Er wandte sich ab, bevor er sich noch in Verlegenheit brachte, und konzentrierte sich auf seine verbliebene Gegnerin. Es schien ihm etwas unpassend, Sophie Befehle zu erteilen, wenn Alex gleich danebensaß, und außerdem war sie ein solch halsstarriges Geschöpf, beinahe so schlimm wie der Kobold. Aber sie konnte doch sicherlich zur Vernunft gebracht werden.

»Sophie, Himmel, Herrgott, du … du bist …« Er deutete auf ihren Bauch. »Du weißt schon.«

Offenbar war das nicht der Fall, denn ihre einzige Reaktion bestand in einem verständnislosen Blick. Leicht verzweifelt versuchte er es mit der anderen Hand, dann mit beiden und nahm schließlich auch noch das Kinn zu Hilfe, wobei er sich nicht wenig töricht vorkam.

»Ich glaube, er meint, dass du schwanger bist«, warf Alex mit einem Grinsen ein.

»Oh ja«, versicherte Sophie ungerührt. »Das konnte ich durchaus enträtseln. Gewissermaßen. Aber ich versuche zu ergründen, was das eine mit dem anderen zu tun haben könnte.«

»Es ist einfach …« … nicht richtig, dachte er. So gar nicht richtig. In vielerlei Hinsicht. »Gefährlich.«

Wieder war da der verständnislose Blick.

»Du könntest dir wehtun«, fügte er hinzu.

»Herr im Himmel«, lachte sie schließlich. »Wie denn?«

Er wusste es wirklich nicht, aber er hatte nicht vor, das zuzugeben. »Darüber möchte ich lieber nicht nachdenken. Gib mir die Messer, Sophie.«

»Es handelt sich um Dolche, und ich werde sie dir nicht geben, weil sie mir gehören.« Sie seufzte, ging ein paar Schritte zur Seite und hob eine Ledertasche vom Boden auf. »Aber da du meine Schülerinnen vertrieben hast, könnte ich sie vorerst auch wegpacken.«

Ihm lag »für immer« auf der Zunge, aber er beschloss, den Einwand hinunterzuschlucken und den Sieg anzunehmen, den man ihm anbot. Größtenteils jedenfalls.

»Es wäre wünschenswert, dass du sie für den Rest der Gesellschaft in der Tasche lässt.«

»Wer würde das wünschen? Evie und Mirabelle gewiss nicht. Sie haben ein Recht zu lernen, wie sie sich selbst verteidigen können.«

»Sie wissen, wie sie sich selbst verteidigen können – sie kommen zu mir.«

»Oder zu mir«, ergänzte Alex, obwohl die Bemerkung dem erheiterten Ausdruck auf seinem Gesicht nach zu urteilen nicht darauf hindeutete, dass er sich in den Streit einmischen wollte, sondern nur hier und da etwas beitragen wollte.

»Ihr beide steht nicht immer zur Verfügung«, wandte Sophie ein.

»Achte auf deine Worte, Sophie«, sagte Whit.

»Ich meine es nicht böse. Ich weiß, dass du ein höchst treuer und verlässlicher Bruder bist, Whit, und ich kann bezeugen, dass du ein äußerst fürsorglicher Ehemann bist, Alex, aber ihr könnt nicht jede Minute bei jeder eurer Damen sein, oder?«

»Wenn man euch jemals etwas antun wollte …«

»Dann könnte der Betreffende sehr wohl Erfolg haben, wenn er Evie oder Mirabelle allein anträfe, und ihr könntet nichts tun, als nach begangener Tat Satisfaktion zu verlangen. Das wäre zweifellos befriedigend, würde aber das Geschehene kaum ungeschehen machen.«

»Es liegt in meiner Verantwortung, dass sie niemals in eine Lage geraten, …«

»Ich weiß, und du machst deine Sache bewundernswert. Ich will mich nicht mit dir streiten – oder doch«, räumte sie nach kurzem Nachdenken ein, »eigentlich schon, aber jetzt nicht mehr. Denk über das nach, was ich gesagt habe, Whit.« Sie rauschte an ihm vorbei zum Haus. »Auch die behütetsten Frauen waren schon in gefährlichen Situationen, und selbst die verlässlichsten Männer sind nicht in jedes Geheimnis eingeweiht.«

»Was zum Teufel soll das heißen?«, rief er ihr nach. Als sie ins Haus schlüpfte, ohne zu antworten, fuhr er zu Alex herum. »Was hat sie damit gemeint?«

»Warum fragst du mich?«

»Sie ist deine Frau.«

»Das heißt nicht, dass ich immer alles verstehe, was sie sagt.« Er schaute zu der Tür, durch die Sophie soeben verschwunden war. »Sie ist erstaunlich, nicht wahr?«

»Entzückend«, knirschte er mit zusammengebissenen Zähnen. »Ist einer von ihnen etwas zugestoßen?«

»Meinst du nicht, ich hätte es dir gesagt, wenn ich von etwas Derartigem wüsste?« Alex warf ihm einen tadelnden Blick zu. »Ich bin nicht so ein Geheimniskrämer wie die Frauen.«

Whit fluchte und fuhr sich mit der Hand durchs Haar.

Alex erbarmte sich seiner. »Ich bin sicher, dass sie es nur theoretisch gemeint hat, Whit. Sie war ein wenig heftig, das gebe ich zu, aber du hast sie bei einer ihrer größten Freuden unterbrochen.«

»Messerwerfen«, murmelte Whit. »Es ist mir vollkommen unverständlich, warum du das zugelassen hast.«

»Es war ein Kompromiss. Einer von vielen, die ich gemacht habe, um sie von meiner Arbeit mit William fernzuhalten.«

»Sie weiß davon?«

»Ja, und es gab verflucht viel Ärger deswegen«, knurrte Alex.

»Warum hast du es ihr dann erzählt?«

»Das habe ich gar nicht, obwohl ich es vermutlich irgendwann getan hätte. Ich würde so etwas nicht gern vor ihr geheim halten wollen.«

»Wie hat sie dann von deiner Arbeit erfahren?«

»Das ist eine lange Geschichte. Ich erzähle sie dir ein andermal.« Alex wandte sich zum Gehen. »Ich muss nach Sophie sehen. Höchstwahrscheinlich steht sie gerade auf einer Leiter und hängt Girlanden auf.«

Um sieben Uhr abends war Mirabelle ausgehungert, erschöpft und unendlich dankbar dafür, dass Lady Thurston während ihrer Gesellschaft vor der Saison nur einen Ball gab und nicht drei wie zum Ende der Saison.

Sie war die Tafelgänge für das Mittagsmahl wie für den Tee durchgegangen und hatte Lady Thurston bei allem geholfen, angefangen von den Dekorationen bis hin zur Sitzordnung für die Mahlzeit. Mirabelle machte es nicht das Mindeste aus, aber jetzt war ihr die Gelegenheit, sich hinzusetzen und zu essen, nur zu willkommen.

Sie ging auf ihr Zimmer, um sich rasch zu waschen und umzuziehen. Die meisten der Gäste würden inzwischen im Salon sein und auf die Ankündigung warten, dass das Essen aufgetragen sei. Sie hatte sich gerade fertig frisiert und steckte die Strähnen wieder hoch, die sich während des Tages gelöst hatten, als sie sah, dass sich im Bett etwas regte.

Es war nur eine ganz leichte Bewegung ihres Kissens, doch vor Überraschung ließ sie die Arme sinken und stand mit offenem Mund da.

Jemand hatte etwas in ihr Bett gelegt, und sie hätte ihren letzten Penny darauf verwettet, dass sie wusste, wer dieser Jemand war. Eher erheitert als verärgert durchquerte sie den Raum, um die Laken wegzuziehen.

Beim Anblick der kleinen, verängstigten Eidechse, die sich unter ihr Kissen duckte, hätte sie beinahe aufgelacht.

»Du lieber Himmel!«

Wäre Victor Jarles ein witziger und kein grausamer junger Mann gewesen, hätte sie das kleine Reptil vielleicht zurück in sein Zimmer gebracht, um es unter seine Decken zu legen. Am Morgen hätten sie beide herzhaft darüber lachen können. Aber das kleine Ungeheuer würde das Tier wahrscheinlich töten, also holte sie stattdessen eine Schüssel und ein Handtuch.

»Armes kleines Ding«, murmelte sie, hob die Eidechse auf und setzte sie behutsam in die tiefe Schüssel. »Fast zu Tode verängstigt, möchte ich wetten. Mach dir keine Sorgen, ich werde dich freilassen.«

»Mit wem zum Teufel redest du?«

Mirabelle zuckte beim Klang der männlichen Stimme zusammen und sah auf. In der Tür stand Whit, der ziemlich verwirrt wirkte.

»Du hast mich erschreckt. Ich habe dich gar nicht anklopfen hören«, sagte sie, als sie das Handtuch über die Schüssel legte.

»Wahrscheinlich, weil ich es nicht getan habe. Deine Tür stand offen.« Whit überzeugte sich rasch, dass niemand sie beobachtete, dann trat er ein und schloss die Tür hinter sich. »Was hast du da?«

»Eine ziemlich verängstigte Eidechse, die ich in meinem Bett gefunden habe. Vermutlich ein Geschenk vom jungen Victor Jarles.«

Whit beugte sich vor und spähte unter das Handtuch.

»Hm«, murmelte er, offenbar wenig beeindruckt. »Das ist ziemlich enttäuschend, oder? Ich hätte mehr von ihm erwartet.«

»Es tut mir schrecklich leid, dass er deinen Erwartungen nicht gerecht wurde«, meinte Mirabelle affektiert. »Du könntest ihn ja beiseitenehmen und ihm ein paar Tricks zeigen.«

»Die Idee hat etwas für sich«, antwortete er und richtete sich wieder auf. »Wenn ein Junge schon ein kleiner Frechdachs sein will, dann sollte er sich auch Mühe dabei geben.«

»Er ist nicht klein«, brummte sie. »Und er ist kein Frechdachs. Er ist einfach nur frech.«

Seine Augen wurden schmal. »Frech genug, um eine Dame zu beschimpfen?«

»Würde ihn das in deinen Augen zu einem echten Frechdachs machen?«

»Mirabelle.«

Sie strich sich eine widerspenstige Locke aus den Augen und stand auf. »Lass gut sein, Whit. Und verlass um Himmels willen mein Zimmer, bevor jemand kommt und Lärm darum macht.«

»Die Tür ist geschlossen. Wer soll davon erfahren?«

»Meine Achtuhrverabredung. Ein eifersüchtiger Mensch und gemeinhin recht pünktlich.«

»Er wäre gemeinhin recht tot, wenn er echt wäre«, meinte Whit nur halb scherzend. Er ignorierte ihr theatralisches Augenrollen und bot ihr seinen Arm. »Darf ich dich zum Essen begleiten?«

Es wäre schön, dachte sie, an Whits Arm gesehen zu werden. Aber es war nicht schicklich. »Das darfst du nicht, ich bin nicht die ranghöchste Frau im Haus.«

»Ich kann tun, was mir gefällt, aber wenn du dich dabei unwohl fühlst – darf ich dich zumindest in den Salon begleiten?«

»Das wäre schön«, erwiderte sie mit breitem Lächeln. »Aber wirf zuerst einen Blick in den Flur, ja? Und falls irgendjemand fragt, wir sind uns auf der Hintertreppe über den Weg gelaufen.«

Doch es stellte niemand die Frage, wieso Whit Mirabelle in den Salon begleitet hatte. Bei den größten Klatschbasen unter den Gästen gab es zwar ein wenig Getuschel, aber alle erörterten mehr die verschiedenen Möglichkeiten, als dass sie an der Wahrheit interessiert gewesen wären.

Das »Was wäre, wenn« und »Meinen Sie« hielt das ganze Dinner über an, aber Mirabelle und Whit bemerkten es kaum. Sie saßen zu weit voneinander entfernt, um ein Gespräch führen zu können, doch von Zeit zu Zeit (also etwa alle zehn Sekunden) suchten sie über den Tisch hinweg den Blick des anderen und lächelten.

13

Als Mirabelle am nächsten Morgen erwachte, stellte sie fest, dass ihr Knöchel wieder so weit hergestellt war, dass sie den Gehstock weglegen konnte. Der Fuß war immer noch geschwollen und empfindlich und protestierte lautstark, wenn sie ihn in die falsche Richtung drehte, doch mit etwas Vorsicht war sie in der Lage, sich mit kaum merklichem Humpeln fortzubewegen. Sie feierte den Fortschritt mit einem morgendlichen Spaziergang durch den Garten und ging dann zum Frühstück ins Haus.

Im Frühling liebte sie den Garten am meisten, der seinen Höhepunkt jetzt noch nicht erreicht hatte. Lady Thurston zog die reichen Farben der Herbstblüten den zarten, hellen Tönen des Frühlings vor. Doch für Mirabelle gab es nichts Schöneres als die ersten Anzeichen von Leben. Sie konnte – und tat es auch manchmal – stundenlang über die Wege wandern und sich an den ersten grünen Trieben und Knospen erfreuen, die aus der Erde oder durch die Pflanzenreste des vergangenen Jahres drangen.

Es war tröstlich zu wissen, dass die Pflanzen die ganze Zeit über da gewesen waren und den kalten, dunklen Winter über ausgeharrt hatten, bis die Sonne den Boden wieder erwärmte und ihnen die Gelegenheit gab, zu wachsen und zu blühen.

Sie dachte an ihre Erbschaft von fünftausend Pfund. In weniger als zwei Jahren würde auch für sie der Winter vorbei sein. Mit fünftausend Pfund zu ihrer Verfügung konnte eine Frau recht stark wachsen und blühen.

»Durch Anstarren wird der Rittersporn auch nicht schneller wachsen«, hörte sie Whit hinter sich sagen.

Sie drehte sich um und sah ihn keine zwei Meter entfernt stehen. »Ich hatte gar nicht bemerkt, dass du da warst.«

»Das überrascht mich nicht, du schienst in Gedanken versunken zu sein.«

»Das war ich auch«, gab sie zu, bevor sie auf die Pflanze deutete, die sie angeschaut hatte, ohne sich dessen bewusst zu sein. »Dann kennst du also ihre Namen?«

»Nur soweit meine Mutter Alex und mich dafür gezüchtigt hat, im Garten zu spielen. Meist zwischen den Rosen, da Dornenbüsche etwas an sich haben, das kleine Jungen anzieht wie das Licht die Motten. Fast so unwiderstehlich wie Schlamm.«

»Ich frage mich, woher das kommt?« Sie lachte.

»Eins der großen Rätsel des Lebens.« Er legte den Kopf schief. »Weißt du, du siehst bildschön aus, wie du so im Garten stehst, mit dem Sonnenlicht im Haar.«

»Oh.« Ihre Wangen wurden heiß. Würde er sie wieder küssen?, fragte sie sich und wünschte sofort, sie hätte es nicht getan, da ihre Wangen davon nur noch heißer wurden. »Ähm … danke.«

Sichtlich vergnügt richtete er sich auf, verschränkte die Hände hinter dem Rücken und wippte auf den Fersen auf und ab. »Bist du allgemein nicht an Komplimente gewöhnt oder nur nicht von mir?«

Ich bin nicht daran gewöhnt, zu grübeln, ob ich wohl geküsst werde, dachte sie, laut sagte sie jedoch: »Vermutlich beides.«

Er trat noch etwas näher. »Ein unverzeihliches Versäumnis.«

Vielleicht würde er sie ja küssen, und weil sie es unmöglich fand, Platz für irgendeinen anderen Gedanken zu schaffen, sagte sie wieder: »Oh. Ähm … danke.«

Er lachte leise in sich hinein und tat noch einen Schritt vorwärts. »Gern geschehen. Möchtest du nicht einen Schritt vortreten, Kobold? Ich hätte nichts dagegen, dich zu küssen, aber es wäre mir lieber, wir würden wieder einander küssen.«

»Oh … äh …«

»Sag nicht wieder danke.«

»Was? Nein, natürlich nicht. Ähm …« Sie schob ihren Fuß ein winziges Stück vorwärts, dann zog sie den anderen nach.

Whit schaute auf ihre Füße hinab und lächelte. »Das ist vermutlich ein Anfang. Aber ich habe zwei Schritte gemacht, wie du dich erinnern wirst.«

»Zwei. Genau.« Sie begann den Fuß wieder vorzuschieben und hielt inne. »Das ist doch absurd.«

»Das möchte ich meinen. Wenn deine Sohle diesmal den Boden nicht verlässt, werde ich den Schritt nicht zählen.«

Sie unterdrückte ein Lachen. »Das habe ich nicht gemeint.«

»Ich weiß.«

»Ich habe keine Ahnung, warum du das tust«, sagte sie plötzlich.

Sein Gesichtsausdruck lag irgendwo zwischen Ausdruckslosigkeit und leichter Belustigung. »Ach nein? Ich hätte gedacht, es wäre offensichtlich. Habe ich nicht gerade einen Kuss erwähnt?«

»Nein. Ich meine, doch, das hast du.« Sie atmete gereizt aus. »Aber warum willst du mich küssen?«

»*Wir* werden einander küssen.«

»Ja, und ich weiß, warum ich es möchte …«

»Erzähl.«

Sie ging nicht darauf ein. »Aber warum willst du es? Bis vor wenigen Tagen hast du mich doch gehasst.«

Bei dem Vorwurf zuckte er leicht zusammen. »Das ist eine ziemliche Übertreibung, meinst du nicht?«

»Ich bin mir nicht sicher«, antwortete sie aufrichtig. »Manchmal hast du geradezu körperlich krank ausgesehen, wenn deine Mutter dich gezwungen hat, mit mir zu tanzen.«

»Das war kein Hass«, wandte er ein. »Das war Angst.«

»Ich meine es ernst.«

»Ich auch. Du kannst manchmal ziemlich grimmig sein, weißt du.«

Sie biss sich auf die Lippe, unsicher, was sie sagen sollte.

Whit betrachtete sie forschend. »Ich habe dich nie gehasst, Mirabelle. Es gab Zeiten, da hatte ich den dringenden Wunsch, dir einen Maulkorb zu verpassen, aber gehasst habe ich dich niemals.« Er schluckte merklich. »Hast du mich denn gehasst?«

Sie öffnete den Mund, nicht um etwas zu sagen, sondern vor Überraschung, dann blickte sie zur Seite und nickte nachdenklich.

»Gütiger Gott«, flüsterte er entsetzt, »du hast mich tatsächlich gehasst.«

»Was?« Sie zuckte zusammen und blinzelte. »Oh! Oh nein … ich habe an etwas anderes gedacht.«

»Man sollte meinen, dieses Gespräch wäre wichtig genug, dass man ungeteilte Aufmerksamkeit dafür aufbringt«, brummte er.

»Durchaus. Ich habe gerade über mein eigenes Verhalten nachgedacht, und wie es dich zu der Annahme geführt haben könnte, ich würde dich nicht mögen … das heißt …«

Oh, wie beschämend.

Whit schien ihr Unbehagen nicht zu bemerken. Er nickte einfach verständnisvoll und überwand die Entfernung zwischen ihnen.

Er neigte den Kopf, und sie nahm einen ganz schwachen Hauch von Kaffee in seinem Atem wahr. Das gefiel ihr, befand sie und schloss die Augen. Es gefiel ihr sehr.

»Mira! Mira, bist du hier draußen?« Kates Stimme, nicht weit entfernt auf dem Pfad, ließ sie zurückzucken.

»Wir werden ein andermal weitermachen«, flüsterte Whit dicht an ihren Lippen, bevor er zurücktrat.

Kaum hatte er sich von ihr gelöst, tauchte auch schon Kate auf. »Da bist du ja. Evie dachte, du wärst in der Bibliothek, aber ich wusste, dass du zu dieser Jahreszeit hier sein würdest. Guten Morgen, Whit.«

Whit, den das strahlende Lächeln und die zerstreuten Augen seiner Schwester stets berührten und erheiterten, beugte sich vor und gab ihr einen Begrüßungskuss auf den Kopf.

»Guten Morgen«, erwiderte er. »Ist es nicht ein wenig früh für dich und Evie, um schon auf zu sein?«

»Mutter braucht Hilfe bei einigen letzten Vorbereitungen für den Ball. Kommst du mit, Mira?«

»Ähm … ja, natürlich.«

Kate nahm ihre Hand und zog sie den Pfad entlang. »An deiner Stelle würde ich mich rarmachen, Whit. Sie sucht nach jemandem, der die Damen zu einem kleinen Einkauf in die Stadt fährt.«

Die letzten Vorbereitungen entpuppten sich als umfassend, angefangen von der Begrüßung und der Platzierung der Musiker bis hin zu den Kerzen in den sechs Kronleuchtern im Ballsaal. Aus dem Morgen wurde Mittag, und als Mirabelle endlich wieder in ihr Zimmer kam, war die Teezeit bereits vorbei.

Sie hatte gerade begonnen, sich ein wenig zu erfrischen, als Kate an die Tür klopfte und eintrat, über dem Arm ein hellblaues Gewand.

»Würde dir dieses Kleid gefallen? Ich habe es gekauft, weil Mutter darauf bestanden hat, die Farbe passe zu meinen Augen, aber das tut sie überhaupt nicht, und ich bin außerdem ein wenig zu groß für den Schnitt.« Sie betrachtete das Kleid mit einem nachdenklichen Stirnrunzeln. »Es sieht Madame Duvalle gar nicht ähnlich, Fehler zu machen. Ich frage mich, ob ein neues Mädchen für sie arbeitet.«

»Warum bringst du es nicht zurück und lässt es ändern?«

Kate wirkte entsetzt. »Ich möchte nicht dafür verantwortlich sein, dass einem armen Mädchen gekündigt wird.«

»Dann gib es Lizzy.«

»Das habe ich versucht«, erwiderte sie. »Aber sie hat so viele Kleider von mir und Evie, dass sie nicht weiß, was sie damit anfangen soll. Sie sagt, sie habe bereits einen ganzen Stapel von Kleidern zu verkaufen, und wenn Evie und ich ihr noch eins gäben, würde sie ihre Stellung kündigen und einen Laden aufmachen. Möchtest du es nicht zumindest anprobieren, Mira? Es wäre sonst einfach zu schade darum ...«

»Ist ja gut!« Mirabelle lachte und nahm das Gewand entgegen. »Gott, mir ist in meinem ganzen Leben noch nie ein so überzeugendes Plappermaul begegnet.«

»Ich habe viele Gaben, Plappern ist nur eine davon.« Kate scheuchte sie davon. »Geh und probiere es an.«

Mirabelle trat hinter eine spanische Wand und tauschte ihr altes Kleid gegen das neue. Es war nicht ganz leicht. »Es ist zu eng«, befand sie, während sie an dem Stoff zerrte. »Mein Mieder schaut hervor, und das Unterkleid bauscht sich ganz schrecklich.«

»Man trägt es ohne Mieder«, rief Kate.

»Oh.« Sie wand sich aus dem Halbleibchen und versuchte es noch einmal. »Mein Unterkleid schiebt sich immer noch zusammen, und der Stoff ist zu dünn, um es ohne zu tragen. Ich fürchte, es passt einfach nicht. Zu schade – es ist wunderschön.«

»Was für ein Jammer ... oh! Warum versuchst du es nicht mit deinem neuen Unterkleid?«

»Meinst du, es wird passen?«, fragte sie und trat hinter dem Wandschirm hervor.

»Es kann nicht schaden, es zu versuchen.«

»Du hast vermutlich recht.« Mirabelle durchstöberte einen Schrank und zog die Schachtel von Madame Duvalle hervor. Sie brauchte einen Moment, um den dreifachen Knoten zu lösen, aber schließlich gelang es ihr, den blauen Stoff zu befreien. »Es sieht so aus, als hätte es fast dieselbe Farbe. Ein wenig dunkler vielleicht, aber der gleiche Ton.«

Sie trat hinter den Wandschirm und zog sich ein weiteres Mal um, schlüpfte in das neue Unterkleid und seufzte wohlig, als der weiche Stoff über ihre Haut glitt.

»Es ist einfach himmlisch«, murmelte sie.

»Wie meinst du?«

»Das Unterkleid, es ist wunderbar. Ich könnte anfangen, darin zu schlafen.«

»Was wäre, wenn es brennt?«

»Ein sehr gutes Argument.« Als Nächstes zog sie das Kleid an. »Es passt«, sagte sie ein wenig verblüfft. »Es sitzt perfekt. Es verdeckt sogar die Kratzer auf meiner Schulter.«

»Lass mich sehen«, bat Kate.

Mirabelle trat hinter dem Wandschirm hervor und schaute immer noch an dem Kleid herab. Es war ein schlichter Schnitt mit Puffärmeln und einem breiten Band am Saum als einzigem Schmuck, aber es war modischer als alles, was sie sich normalerweise leisten konnte. Der blaue Stoff kam ihr nun noch blasser vor als am Anfang, als Kate ihr das Kleid überreicht hatte, und er war so fein, dass das dunklere Unterkleid darunter hindurchschimmerte, wodurch das Ganze so wirkte, als hätte jemand mehrere Farbschichten übereinandergemalt.

»Oh, Mira. Es ist zauberhaft. Ganz zauberhaft.«

»Ja, nicht wahr?«

»Ja. Du wirst es doch heute Abend tragen? Und du wirst Lizzy erlauben, dich zu frisieren?«

»Ich weiß nicht …« Sie erblickte ihr Bild im Spiegel und lächelte. Das Kleid leuchtete fast. »Na gut … ja, abgemacht.«

»Ausgezeichnet. Warum trinken wir dann nicht hier unseren Tee? Das wird uns Zeit sparen. Ich sage nur schnell den anderen Bescheid.«

Als Kate Mirabelles Zimmer verließ, entdeckte sie im Flur die neugierige Lizzy. »Hat sie es genommen, Miss?«, flüsterte das Mädchen hastig.

Kate hakte Lizzy unter und steuerte auf ihre Zimmer zu. »Hast du gelauscht, Lizzy?«

»Natürlich«, sagte das Mädchen ohne jegliche Reue. »Aber ich konnte nur jedes dritte Wort verstehen.«

»Von dir habe ich mehr erwartet«, tadelte Kate. »Du hättest ein Glas mitbringen sollen, um es an die Tür zu halten.«

»Es war keins zur Hand, und die Köchin würde mir den Kopf abreißen, wenn ich eins aus der Küche nehmen würde. Hat sie es genommen?«

»Hat die Köchin was genommen?«

»Nein, ich meine Miss Browning und das Kleid.«

»Oh. Ja.« Kate tätschelte den Arm ihrer Freundin. »Es war ein kluger Plan, den du da ausgeheckt hast.«

»Es war gar nicht schwer, wenn man bedenkt, dass sie und ich dieselbe Größe haben und Madame Duvalle nichts lieber mag als eine Herausforderung und ein Geheimnis.«

»Und ein beträchtliches Honorar von meiner Mutter.«

»Das auch«, stimmte Lizzy zu. »Ich wette, dieses Kleid hat ihr gepasst wie angegossen.«

»Allerdings.«

Eine Weile gingen sie in freundschaftlichem Schweigen

nebeneinander her, dann begann Lizzy wieder zu sprechen. »Lady Kate?«

»Hmm?«

»Haben Sie noch diesen Roman, in dem die Zofe für ihre Herrin stirbt?«

»Gott, nein«, lachte Kate. »Es hat mir völlig gereicht, *Die feige Lady Charlotte und ihre außerordentlich dumme Zofe* einmal zu lesen. Warum?« Kate blieb stehen und starrte sie an. »Sag bloß, dieses Buch hat dir gefallen?«

»Nein.« Lizzy lächelte und setzte sich wieder in Bewegung. »Nein, das hat es nicht.«

Sie war nicht schön.

Mirabelle wusste, dass sie keine schöne Frau war, und keine noch so große Menge blauer Seide und noch so viele Haarnadeln würden daran etwas ändern. Aber zum ersten Mal in ihrem Leben wurde ihr klar, dass sie auch nicht gar so reizlos war, wie sie immer gedacht hatte. Heute Abend sah sie sogar ausgesprochen – hübsch aus. Natürlich lagen Welten zwischen »schön« sein und »hübsch«. Mirabelle strich über die Seide an ihrer Taille und ihren Hüften und gab sich keine Mühe, ihr Lächeln zu unterdrücken. Schließlich bestand ein ebenso großer Unterschied zwischen »hübsch« und »reizlos«, und heute Abend schlug das Pendel sicherlich zu ihren Gunsten aus.

»Es ist das Lächeln, weißt du.«

Beim Klang von Kates Stimme drehte Mirabelle sich um und sah, dass ihre Freundinnen ihre Reaktion beobachteten.

»Dein Lächeln«, wiederholte Kate. »Es ist einer deiner besten Züge.«

»Das stimmt«, pflichtete Sophie ihr bei. »Es vervollständigt das Bild.«

»Wie das Finale einer guten Symphonie.«

Mirabelle strahlte über Kates Bemerkung, schüttelte jedoch den Kopf. »Ich bin keine Symphonie«, erwiderte sie, ehe sie ihre Aufmerksamkeit wieder dem Spiegel zuwandte. Als sie darin die verstimmten Gesichter ihrer Freundinnen sah, fügte sie hinzu: »Aber gegen eine Sonate werde ich keine Einwände erheben.«

Die Mädchen lachten, bevor Kate nachdenklich den Kopf schief legte und sagte: »Wisst ihr, ich denke, genau das ist der Grund, warum ich Miss Willory nie für wahrhaft schön gehalten habe. Sie lächelt nicht mit den Augen. Ihr Ausdruck ist immer so einstudiert, so berechnend.«

»Wie ein Schankliedchen ohne Schimpfwörter«, meinte Evie.

»Ein fruchtloses Unterfangen«, stimmte Sophie lachend zu. »Ziemlich traurig.«

Kate verdrehte die Augen, wirkte aber nichtsdestoweniger erheitert. »Kommt schon, Sophie, Evie, wir müssen uns fertig machen. Ich würde dich ja umarmen, Mira, aber ich fürchte, dass ich dann alles durcheinanderbringe.«

»Ich wollte ja eigentlich eine dramatische Oper werden«, bemerkte Evie beiläufig. »Aber ich denke, ich versuche es lieber mit einem frechen Seemannslied, Flüche eingeschlossen. Das dürfte Miss Willory hinreichend verärgern.«

Mirabelle lachte und scheuchte ihre Freundinnen zur Tür hinaus, wobei sie beteuerte, sie werde nichts tun, was ihre Bemühungen gefährden könnte.

Da sie nicht über eine aufsehenerregende Erscheinung oder ein angeborenes Schauspieltalent verfügte wie einige der anderen jungen Frauen, bemerkte an diesem Abend fast niemand, wie Mirabelle den Ballsaal betrat, außer ihren Freundinnen natürlich – und Whit.

»Das kann nicht sein … ist das … Mirabelle?«

»Du wirkst ein wenig überrascht, Whit«, bemerkte Kate beiläufig mit einem Funkeln in den Augen.

Whit hob sein Glas und genehmigte sich einen tiefen Schluck. »Was zum Teufel ist mit ihr passiert?«

»Nichts sonderlich Bemerkenswertes«, erwiderte Sophie. »Nur ein neues Kleid, und Kate hat darauf bestanden, dass

Lizzy heute Abend Miras Haar macht. Und es ist ihr wohl gelungen.«

»Ja, nicht wahr?«, stimmte Kate zu.

Whit leerte sein Glas. Nur ein Kleid? Nur ein Kleid! Das fragliche Gewand aus hellblauer Seide schmeichelte Mirabelles Figur. Der Stoff schmiegte sich eng an ihren schlanken Körper – und die Farbe ließ ihre Haut wie frische Sahne aussehen und ihre dunklen Augen heller strahlen, als er es je bei ihr gesehen hatte.

Und wenn ein Mann zu denken begann, dass die dunklen Augen einer Frau hell strahlen konnten, dann war es wirklich und wahrhaftig um ihn geschehen.

Teufel noch mal.

Er warf einen Blick auf sein leeres Glas, fragte sich, ob er so früh am Abend ein weiteres trinken konnte, ohne geringer von sich zu denken, dann blickte er wieder auf und sah einen jungen Mann, der sich gerade über Mirabelles Hand beugte.

Ohne hinzusehen, reichte er Kate das Glas, die es mit einem süffisanten Lächeln entgegennahm, das ihm entging, da er zu sehr in Gedanken war. Er hatte bereits mehrere Schritte durch den Raum getan, als sich eine Hand auf seinen Arm legte.

»Hast du vor, allein zu tanzen?«, erkundigte Alex sich.

Whit blieb stehen und löste widerstrebend den Blick von Mirabelle. »Wovon redest du?«

Alex ließ den Arm sinken und deutete mit dem Kopf auf den Tanzboden. »Die Tänzer nehmen Aufstellung. Es würde etwas eigenartig aussehen, wenn du allein dort stehen würdest. Was hattest du vor?«

Der Ärger ließ ihn antworten, bevor die Vernunft sich zu Wort melden konnte. »Sie braucht nicht mit seinesgleichen zu tanzen.«

»Wer?«, fragte Alex. »Und mit wem?«

»Mirabelle und …« Er musste noch einmal zu ihr hinschauen, um sich ins Gedächtnis zu rufen, wen er ihre Hand hatte küssen sehen. »Mr Kittlesby.«

»Warum nicht? Kittlesby ist ein netter Kerl.«

Das war er tatsächlich, aber darum ging es nicht. Es ging um … es ging um … »Sie sollte nicht dort oben sein … und ein solches Kleid tragen.«

Alex schaute hinüber. »Mir scheint es ein vollkommen normales Kleid zu sein. Ich finde, sie sieht recht hübsch aus.«

»Nun, hör auf, daran zu denken. Du bist ein verheirateter Mann.«

»Ich habe nicht gesagt, dass ich vorhabe, ihr das Kleid auszuziehen. Aber jetzt, da du es erwähnst …« Whit wollte wutschnaubend auf ihn losgehen, doch Alex lachte und hob beschwichtigend die Hände. »Ich mache mir doch nur einen kleinen Spaß mit dir. Ich bin ein verheirateter Mann und sehr verliebt in meine Frau. Außerdem sieht Mirabelle heute Abend nicht anders aus als sonst, bis auf das hübsche Kleid.«

»Dann bist du blind.«

»Oder vielleicht habe ich schon die ganze Zeit das gesehen, was dir entgangen ist.«

Weil Whit allmählich argwöhnte, dass daran etwas Wahres war, dies jedoch nur höchst ungern zugeben wollte, reagierte er bloß mit einem unwilligen Schnauben.

»Es ist ja nicht so, als würde jeder Mann im Raum plötzlich um ihre Aufmerksamkeit buhlen, Whit«, stellte Alex fest, dann fügte er leise hinzu: »Und glaub mir, so etwas geschieht bisweilen.«

»Einer genügt vollauf.«

»Das ist wohl richtig«, stimmte Alex zu und klopfte ihm ermutigend auf den Rücken. »Ich habe meine Frau lange genug allein gelassen. Versuche, in meiner Abwesenheit nichts Übereiltes zu tun.«

Whit bemerkte kaum, wie sein Freund sich entfernte. Während der Tanz andauerte, bemühte er sich um einen klaren Kopf. Was hatte er nur vorgehabt? Mirabelle vor aller Augen von Mr Kittlesby wegzureißen? Das war die Tat eines impulsiven Mannes, und bei Gott, er war nicht impulsiv. Er war ein vernünftiger, kluger, angesehener Peer des Reiches. Er würde sich nicht zum Gespött machen.

Sie hatte auch früher schon mit anderen getanzt, rief er sich ins Gedächtnis. Sie war klug und witzig und freundlich, und während der Londoner Saison, wenn die Männer von ihren Müttern genötigt wurden, mit einem der weniger eleganten Mädchen zu tanzen, war sie oft deren erste Wahl gewesen. In der Vergangenheit hatte es ihm nie etwas ausgemacht.

Aber andererseits hatte sie in der Vergangenheit auch nicht ihm gehört.

Und jetzt tat sie das, verdammt noch mal.

Er war sich noch nicht sicher, was das bedeutete, aber er war sich vollkommen sicher, dass er niemand anderem erlauben würde, um sie herumzuscharwenzeln, während er darüber nachdachte.

Er ballte die Hände zu Fäusten, lockerte sie wieder und wartete, bis der Tanz zu Ende war. Sofort war er an Mirabelles Seite. »Möchten Sie nicht mit mir durch den Saal schlendern, Miss Browning?«

Sie sah ihn verblüfft an, was kein Wunder war, da er nicht gewartet hatte, bis Mr Kittlesby sie zu ihrem Stuhl zurückgeleitet hatte.

»Oh, ah.« Ihr Blick huschte zu Mr Kittlesby und wieder zurück zu Whit. »Äh … ja. Das heißt, es wäre mir ein Vergnügen. Sie werden uns doch entschuldigen, nicht wahr, Mr Kittlesby?«

»Natürlich«, antwortete der junge Mann wenig erfreut.

Er hätte sich die Mühe sparen können, da Whit Mirabelle bereits durch die Menge zog. Ihren Ellbogen fest im Griff, schleuste er sie durch das Gedränge und hinaus auf die Terrasse. Diese war nicht annähernd so überfüllt wie der Ballsaal, aber es fehlte nicht viel.

»Verflixt!«

»Stimmt etwas nicht, Whit?«

»Ich möchte dich einen Augenblick sprechen«, sagte er und ließ den Blick von einem Ende der Terrasse zum anderen schweifen.

»Nun, den Augenblick hast du dir genommen. Auf ziemlich unhöfliche Weise, wie ich hinzufügen möchte.«

Er ignorierte ihren Tadel und führte sie zum anderen Ende, wo das Licht schwächer war.

»Du hast es dir in jüngster Zeit angewöhnt, mich am Arm zu packen«, bemerkte sie.

»Vielleicht berühre ich dich einfach gern.«

»Ich … darauf kann ich unmöglich antworten, ohne mich in Verlegenheit zu bringen.«

»Eine Antwort ist nicht nötig.« Er zog sie in einen abgeschiedenen Teil der Terrasse. »Da wären wir.«

»Ich weiß nicht, ob das schicklich ist.«

»Beantworte mir eine Frage, und ich lasse dich gehen.«

Sie sah ihn finster an. »Mir war gar nicht klar gewesen, dass ich gefangen gehalten werde.«

Das war vermutlich auch besser so, befand er und antwortete nicht darauf. »Woher hast du dieses Kleid?«

Sie blinzelte ihn an und schaute an ihrem Gewand hinab. »Warum, was ist denn damit?«

Er hätte ihr beinahe gesagt, was damit war – es war wunderschön. Sie war darin wunderschön. Jeder Mann im Haus konnte sehen, dass sie eine schöne Frau in einem schönen Kleid war. Er hatte jedoch noch genug gesunden Menschenverstand, um zu wissen, dass diese Worte, als Vorwurf ausgesprochen, nichts bewirken würden – jedenfalls nichts Gutes. Und jetzt, da er sie aus dem Ballsaal entfernt hatte, war sein schlimmster Zorn verraucht. Er holte tief Luft. »Nichts ist damit.« Und weil er befürchtete, dass sie aufgrund seines Verhaltens womöglich etwas anderes dachte, fügte er hinzu: »Du siehst reizend darin aus.«

Und dieser Bemerkung fügte er ein stummes und von Herzen kommendes »verdammt noch mal« hinzu.

»Oh. Danke. Es freut mich, dass es dir gefällt. Ich …« Sie senkte den Blick und spielte mit dem Stoff an ihrer Taille herum. »Ich sollte es dir wahrscheinlich sagen … für die Kosten wirst du aufkommen müssen. Ich habe das nicht mit Absicht getan. Kate hat das Kleid gekauft, aber es hat ihr nicht richtig gepasst, und sie hat es mir gegeben. Wenn du möchtest, kann ich …«

»Warum sollte es mich kümmern, wohin die Rechnung geschickt wurde?«, fragte er, aufrichtig verwirrt. »Habe ich mich je zuvor darüber beklagt?«

»Zuvor?« Sie schüttelte den Kopf. »Ich verstehe nicht.«

»Deine anderen Kleider«, erklärte er. »Die anderen Rechnungen …« Er unterbrach sich, als sie weiter den Kopf schüttelte. »Die Rechnungen wurden nicht an mich geschickt?«

»Natürlich nicht.«

Nachdenklich runzelte er die Stirn. Er hatte nie auf die Details der Rechnungen geachtet, sondern sie einfach bezahlt. »Dann also dein Onkel?«

»Nein«, antwortete sie und hob ein wenig das Kinn. »Ich bezahle selbst für meine Kleider … meistens jedenfalls. Und wenn es dich stört …«

»Verdammt noch mal, es stört mich nicht«, fuhr er sie an.

»Es klingt aber so, als würde es dich stören«, bemerkte sie.

Missmutig fuhr er sich mit der Hand übers Gesicht. »Warum solltest du selbst für deine Kleider bezahlen, wenn du ganz genau weißt, dass ich für deine Kosten aufkommen würde?«

»Nun, ich wusste es nicht ganz genau, oder?«

Er warf ihr einen zweifelnden Blick zu. »Willst du mir damit sagen, dass meine Mutter es niemals angeboten hat?«

»Natürlich hat sie das, aber …«

»Aber du hast es abgelehnt«, beendete er ihren Satz. »Warum?«

»Eine Frau hat genau wie ein Mann ein Recht auf ihren Stolz«, antwortete sie. »Ich nehme schon genug von deiner Mutter an – von deiner Familie.«

»Du hast nichts genommen, das nicht aus freien Stücken angeboten worden wäre.«

»Trotzdem …«

»Es ist nur für ein Kleid, Herrgott noch mal«, fuhr er mit einer ungeduldigen Handbewegung fort.

»Ganz recht. Ich kann nicht verstehen, weshalb du dich so darüber aufregst.« Sie schüttelte den Kopf, als er den Mund öffnete, um Einwände zu erheben. »Dies ist nicht der richtige Ort, um darüber zu reden.«

»Du hast recht.« Er trat an ein Fenster und schob es auf. »Klettere hindurch.«

Sie starrte ihn an, dann das Fenster, dann wieder ihn. »Was?«

»Klettere durch«, wiederholte er und gestikulierte mit der Hand. »Es ist mein Studierzimmer.«

»Natürlich ist es dein Studierzimmer«, erwiderte sie sarkastisch. »Wo solltest du auch sonst mit meinem Ruf Schindluder treiben?«

»Ich treibe gar nichts. Niemand kann uns sehen, Mirabelle,

und ich möchte mit dir unter vier Augen sprechen. Steig hindurch.«

»Nein.«

»Klettere hindurch«, knirschte er, »sonst werfe ich dich hinein.«

Zwischen Sprachlosigkeit und Wut hin- und hergerissen funkelte Mirabelle ihn an. Sie war drauf und dran, etwas wie »Das würdest du nicht wagen« zu sagen, aber seine entschlossene Miene verriet ihr, dass er es doch wagen würde.

Sie trat zum Fenster.

»Du hältst dich nicht an unsere Abmachung«, brummte sie, setzte sich auf das Fenstersims und schwang die Beine darüber und in den angrenzenden Raum hinein.

»Du kannst mich morgen wegen Vertragsbruchs vor Gericht bringen. Jetzt spring hinunter.«

Sie tat wie geheißen, drehte sich um und sah zu, wie er durch das Fenster stieg, das er ebenso wie die Vorhänge hinter sich schloss.

»Das ist vollkommen unnötig«, verkündete sie, während er zwei Kerzen auf dem Schreibtisch entzündete. »Ich werde mich nicht dafür entschuldigen, dass ich für meine eigene Kleidung aufkomme.«

»Ich will deine Entschuldigung nicht«, erwiderte er. »Ich möchte, dass du dir meine anhörst.«

Verblüfft sah sie zu, bis er die Kerzen entzündet hatte und den Raum durchquerte. »Ich … es gibt nichts, wofür du dich entschuldigen müsstest.«

»Du hast dich auf Haldon Hall unwohl gefühlt«, erwiderte er. »Unwohl dabei, zu erbitten oder anzunehmen, was du brauchtest. Das ist meine Schuld.«

»Es gibt keine Schuld«, widersprach sie. »Ich habe mich nicht unwohl gefühlt …«

»Lüg mich nicht an, Kobold.«

»Also schön, ich habe mich bei deinen Almosen nicht unwohler gefühlt als bei den Almosen von jemand anderem.«

Er fluchte leise. »Es sind keine Almosen.«

»Natürlich sind es welche. Aus freien Stücken gegeben, wie du sagtest, aber dennoch Almosen. Wie würdest du dich in meiner Lage fühlen?«

»Das ist nicht dasselbe.«

»Oh? Warum nicht?«

»Weil ich ein Mann bin.«

»Und dir ist ein Stolz gestattet, der mir versagt ist?«, fragte sie hitzig.

»Nein. Mir ist es gestattet zu arbeiten«, korrigierte er sie. »Es ist meine Verantwortung, mich um das Wohl derer zu kümmern, die es nicht dürfen.«

»Ich könnte Gouvernante werden oder eine bezahlte Gesellschafterin …«

Seine Miene wurde hart. »Das wirst du verdammt noch mal nicht.«

»Ich werde verdammt noch mal tun, was immer …« Sie unterbrach sich und hob eine Hand, als er den Mund öffnete, um etwas zu sagen. »Wir werden uns nicht einigen, Whit. Könnten wir nicht übereinkommen, dass es keine Einigung gibt?«

»Nein.«

»Wenn wir den Frieden zwischen uns wahren wollen, wie wir es deiner Mutter versprochen haben«, sagte sie, »werden wir einen Kompromiss finden müssen.«

Es verging ein Moment, bevor er sprach. »Was für einen Kompromiss?«

»Ich gebe zu, dass mein Stolz mich vielleicht ein wenig starrsinnig gemacht hat.« Sie ignorierte sein geringschätziges Schnauben und fuhr fort. »Und ich werde mich in Zukunft bemühen, mich den Hilfsangeboten deiner Mutter zugänglicher zu zeigen. Aber du darfst nicht darauf drängen. Mein Stolz gehört zu dem, was mich ausmacht. Ich werde ihn nicht gegen eine hübsche Garderobe eintauschen.«

»Du bist ein so vernünftiges Mädchen«, sagte er nach kurzem Schweigen. »Wieso ist es uns in der Vergangenheit nicht gelungen, miteinander auszukommen?«

»Wenn es um dich ging, war ich überhaupt nicht vernünftig. Kommt dir der Kompromiss entgegen?«

Er verschränkte die Arme vor der Brust. »Nein, aber ich werde ihm vorläufig zustimmen.«

Er sah so gut aus, wenn er verärgert war, dachte sie, mit seinem dunkelblonden Haar, das vom Wind draußen zerzaust war, den entschlossen zusammengebissenen Zähnen und den dunklen, grüblerischen blauen Augen. Die Muskeln seiner Brust und Arme spannten und bewegten sich unter seinem Hemd und Rock. Sie fragte sich wieder, wie es kam, dass sie diese Kraft nie zuvor bemerkt hatte, oder wieso es sie heiß durchfuhr und ihr den Atem stocken ließ …

»Einen Penny für deine Gedanken, Kobold.«

Beim Klang seiner Stimme zuckte sie zusammen und hob den Blick, um festzustellen, dass seine Augen nicht länger grüblerisch, sondern belustigt waren.

»Oh, sie sind mindestens zehn Pfund wert. Für weniger als fünf könnte ich sie gewiss nicht hergeben, und das wäre noch billig.« Ihre Stimme klang ein wenig heiser, doch sie war dankbar, dass sie in ihrer Verlegenheit überhaupt etwas herausbrachte. Wirklich, wie peinlich.

»Abgemacht. Fünf Pfund.«

Mirabelle blinzelte heftig. »Wie bitte?«

»Fünf Pfund für das, was du gerade denkst. Für die Gedanken, die dich haben erröten lassen. Ich kann im Voraus zahlen, wenn du an meiner Aufrichtigkeit zweifelst.« Er griff hinter sich und zog eine Fünf-Pfund-Banknote aus seinem Schreibtisch.

»Ich … äh …«

»Komm schon, du hast dich auf einen Handel eingelassen. Du wirst doch jetzt nicht dein Wort brechen.«

»Das kann nicht dein Ernst sein.«

»Ich versichere dir, es ist mein voller Ernst.« Er hielt ihr das Geld hin, um seinen Worten Nachdruck zu verleihen. Mirabelle starrte es nur verwirrt an.

Fünf Pfund wären eine willkommene Ergänzung ihres Notgroschens, vor allem, da sie ihn in jüngster Zeit zweimal angegriffen hatte.

Sie hatte genauso viel Stolz wie jeder andere, aber es gab für alles eine Zeit und einen Ort, befand sie. Und das hier war die Zeit und der Ort für ein wenig Pragmatismus. Darüber hinaus war sie auch ein wenig neugierig, wie er reagieren würde.

»Also schön«, sagte sie und riss ihm den Geldschein aus der Hand. »Ich habe gedacht, dass deine … äh …« Sie deutete in die ungefähre Richtung seiner Brust. »Deine Schultern …« Sie machte eine fahrige Handbewegung. »Sie sind … äh … sie sind etwas breiter, als ich sie in Erinnerung hatte«, platzte sie heraus. Du meine Güte, war das peinlich!

Whits Lächeln wandelte sich von bloßer Schelmerei zu entschiedener Durchtriebenheit. Seine Augen, die eben noch heiter gewirkt hatten, verdunkelten sich mit einem Ausdruck, den sie lieber nicht benennen wollte. Sie errötete ohnehin schon genug.

»Nun, auf Wiedersehen, Whit.«

Er hielt sie mit einem leisen Lachen am Arm fest. »Jetzt noch nicht, Kobold. Du kannst nicht so etwas zu einem Mann sagen und erwarten …«

»Das tue ich auch nicht. So etwas habe ich noch nie gesagt … außer zu dir.«

Langsam zog er sie an sich. »Und so etwas auch nicht.«

Sie zupfte leicht an seinem Ärmel. »Wir sind schon zu lange fort. Die Leute werden reden.«

»Wir haben noch Zeit.« Er zog sie noch näher, bis sie dicht vor ihm stand, und presste seine Lippen auf ihre.

Whit wollte einen Kuss, der zu dem Moment passte – süß und leicht. Nur ein paar gestohlene Augenblicke auf einem Ball. Er hielt Mirabelle nur locker in den Armen und ließ seine Hand über ihren Rücken gleiten, um sie an sich zu ziehen, streifte ihren Mund mit seinem, lockte und reizte sie und knabberte sanft, wie um sie zum Spiel einzuladen.

Als er sie schmeckte und fühlte, wuchs das Verlangen, das seit Tagen beständig in ihm zugenommen hatte.

Er gestattete sich den gefährlichen Luxus, das zuzulassen.

Er spürte ihre zarten Finger, die seine Schultern umfassten und sacht über seinen Nacken strichen, kostete aus, wie sie sich an ihn schmiegte, das Gesicht ihm zugewandt, die Brüste an ihn gepresst, genoss ihren Körper und ließ seine Hände über ihre schlanken Hüften und ihre schmale Taille gleiten, trank sich satt an ihrem warmen Mund, ihrer zarten Haut, ihren leisen Seufzern.

Er hatte sich unter Kontrolle.

Vollkommen.

Bis seine Finger über den Rückenausschnitt ihres Kleides glitten, zwischen Gewand und Schulterblätter tauchten und Satin entdeckten. Er war glatt, warm von ihrer Haut, und er war unverwechselbar.

»Whit?«

Mirabelles atemlose Stimme, die unsicher klang, ließ ihm bewusst werden, dass er reglos dastand.

»Du trägst es«, flüsterte er.

Sie blinzelte ihn benommen an. »Trägst … trägst was?«

Statt einer Antwort zeichnete er mit den Fingern den Halsausschnitt ihres Kleides nach, über ihre unverletzte Schulter und ihr Schlüsselbein hinab, um auf der Wölbung ihrer Brust zu ruhen. Langsam, als würde er ein kostbares Geschenk auswickeln, schob er das Gewand beiseite, um das dunklere Blau darunter zu enthüllen.

»Den blauen Satin.«

Hätte er ihr Gesicht beobachtet, hätte er bemerkt, wie sie begriff.

»Du hast es gesehen«, hauchte sie und tat einen Schritt rückwärts.

Oh, er hatte es gesehen. Aber nicht genug. Er tat einen Schritt nach vorn.

»Nicht annähernd genug.«

Ihre Augen wurden groß, und sie zog sich zwei weitere Schritte zurück.

Er ging auf sie zu, immer weiter, und trieb sie so langsam durch das Zimmer.

Sie stolperte rückwärts gegen einen Stuhl. Als der Gentleman, der er war, beugte er sich vor und schob ihn beiseite.

»Läufst du vor mir weg?«

»Nein«, erwiderte sie. Und tat einen Satz nach links.

Mit einem wölfischen Grinsen hielt er sie an der Taille fest und zog sie an sich, dann schob er sie rückwärts, bis sie an der Wand lehnte. Er beugte sich vor und hielt sie mit seinem Gewicht gefangen.

»Was ist es, Mirabelle? Ein Unterkleid?« Mit dem Daumen an der Brust strich er über den Stoff. Die Hand, die er gegen die Wand stemmte, ballte sich zur Faust, und Mirabelle zitterte. »So ist es doch, oder?«

»Ja, ich …« Sie brach ab und atmete zitternd ein, als er die Hand hinabgleiten ließ, ihre Brust seitlich streifte und ihre Taille entlangstrich.

Ein ganzes Gewand aus fließendem blauem Satin, dachte er. Und darunter war der Kobold. Unwillkürlich packte er ihre Hüfte fester.

Sein Kobold.

Jetzt suchte er ihren Blick. Vergewisserte sich, dass sie ihn ansah.

»Mein.«

Mirabelle hatte nur kurz Gelegenheit, über diese Bemerkung nachzudenken, bevor Whits Mund wieder auf ihrem war. Doch diesmal war der Kuss nicht leicht und süß. Er war dunkel und berauschend und gefährlich.

Und sie genoss es – genoss die raue Liebkosung seiner Hände, das besitzergreifende Spiel seiner Zunge.

Sie sollte ihn wegstoßen, dachte sie vage. Oder zumindest aufhören, ihn an sich zu ziehen. Auf keinen Fall sollte sie zulassen, dass er ihr das Kleid aufknöpfte. Doch so schnell ihr diese Gedanken kamen, so schnell waren sie wieder fort, von der Hitze verzehrt.

Es fühlte sich so wunderbar an, so wunderbar richtig, seine Hände auf ihrer Haut zu spüren, während sein Mund eine Spur heißer Küsse über ihren Hals zog. Er strich ihr mit einer Hand über die Wade, umfasste die Rückseite ihres Knies und zog sie höher gegen die Wand. Der feste Muskel seines Oberschenkels drückte sich ihr energisch zwischen die Beine, und plötzlich schien es ihr nicht mehr nur richtig, zu berühren und berührt zu werden, sondern unbedingt notwendig.

Sie verlor sich in dem wilden Begehren des Augenblicks. Wie aus weiter Ferne hörte sie ihr eigenes Stöhnen.

Und Whits eigenes raues Fluchen.

»Genug«, keuchte er, löste sich von ihr und ließ sie langsam zu Boden gleiten. »Genug. Ich habe mich unter Kontrolle.«

Kontrolle? Wovon zum Teufel redete er? Sie versuchte, ihm näher zu kommen, ihn wieder an sich zu ziehen. Sie wollte … sie wollte … sie war sich nicht ganz sicher, was sie wollte. Aber sie war sich verdammt sicher, dass es nicht seine Kontrolle war.

»Ruhig.« Er presste ihr die Lippen auf die Schläfe. »Es tut mir leid, ich hätte es nicht so weit kommen lassen dürfen.«

Er hielt sie fest und streichelte sie auf eine Weise, die sie eher beruhigte als erregte.

»Besser?«, fragte er nach einer Weile.

Nein, dachte sie ein wenig mürrisch. »Ja. Ja, es geht mir gut.« Zur Liste ihrer Sünden musste sich nicht auch noch verzweifeltes Flehen gesellen.

Er nickte, strich ihr mit dem Handrücken über die Wange und trat zurück. »Wir sind schon zu lange hier. Geh in den Ballsaal. Ich komme nach, nachdem …« Er brach ab und unterzog ihre Erscheinung einer gründlichen Musterung. »Eigentlich glaube ich, du solltest vorher auf dein Zimmer gehen. Du bist ein wenig … zerzaust.«

Unsicher tastete sie nach ihrem Haar und stellte fest, dass ihre Frisur sich fast vollständig aufgelöst hatte.

»Komm, dreh dich um«, sagte er.

»Was?«

»Die Knöpfe«, erklärte er und nahm sie an den Schultern, um sie umzudrehen. Er schloss die Rückseite ihres Kleides und tat dies mit der raschen Effizienz eines Mannes, der entschlossen war, nicht allzu sehr darüber nachzudenken, wo seine Hände sich gerade befanden.

»So.« Er drehte sie wieder um. »Was den Rest betrifft, kann ich nicht viel tun, fürchte ich.«

»Oh. Ist schon gut.« Für einen Augenblick sah sie ihn ausdruckslos an.

»Du solltest gehen, Mirabelle.«

»Hmm? Oh, richtig. Richtig.« Sie brauchte einen Moment, um die Gewalt über ihre Beine so weit zurückzuerlangen, dass sie zur Tür gehen konnte, ohne zu stolpern.

»Mirabelle?«

Sie drehte sich so bereitwillig um, dass es ihr später peinlich sein sollte. »Ja?«

»Tanzt du mit mir?«

»Was … jetzt?«

Er grinste plötzlich, das selbstzufriedene Lächeln eines Mannes, der eine Frau durcheinandergebracht hatte. »Wenn du dazu Lust hättest, würde ich nicht Nein sagen. Aber im Ballsaal, mit Musik, wäre es vielleicht einfacher.«

»Oh«, antwortete sie und begriff endlich. Und dann sagte sie noch einmal voller Freude: »Oh.« Whit hatte schon früher mit ihr getanzt, doch nur aus Pflichtgefühl … und weil seine Mutter ihn gedrängt hatte. Jetzt bat er sie aus eigenem Antrieb um einen Tanz. Ihre Füße, die sich von dem Kuss bereits leicht anfühlten, schwebten beinahe über dem Boden.

Sie lächelte ihn an. »Ich könnte auf meiner Tanzkarte wahrscheinlich Platz für einen Reel schaffen.«

»Einen Walzer«, widersprach er. »Ich möchte einen Walzer.«

Sie erwog kurz, etwas Geistreiches und Witziges zu sagen, etwas, das die Freude ausglich, die ihr Gesicht sicherlich ausdrückte. Aber sie besaß weder die Fähigkeit zu Koketterie noch die Neigung dazu.

»Dann eben einen Walzer.«

Mirabelle sah Whit zwar am darauffolgenden Tag, doch nur von Weitem oder im Vorbeigehen. Die Herren gingen ihren eigenen Vergnügungen nach und zogen dabei das Kartenspiel und einen Ausflug zu Mavers Wirtshaus den gesetzteren Beschäftigungen wie Scharaden im Salon und Spaziergängen in den Anlagen vor.

Mirabelle versuchte ernsthaft, sich nicht von Gedanken an Whit ablenken zu lassen, aber wann immer sich ein erster Erfolg dieses Bemühens einstellte – und mit Erfolg meinte sie fünf bis zehn Minuten, in denen sie nur ein- oder zweimal an ihn gedacht hatte –, erblickte sie ihn auf der anderen Seite des Rasens oder hörte seine Stimme vom unteren Ende des Esstisches, und ihr Herz schlug wild, und ihre Gedanken irrten ab, sammelten sich und wandten sich wieder nur ihm zu.

Sie dachte daran, wie fest er sie gehalten hatte, als sie am vergangenen Abend in einem langsamen Kreis durch den Saal Walzer getanzt hatten – wie die Musik sie umfangen hatte, seine Hand fest und warm in ihrem Rücken. Von dieser Erinnerung war es nur ein kleines Stück bis zu dem Gedanken daran, wo seine Hand zuvor im Studierzimmer gewesen war.

Es war zum Verrücktwerden. Es versetzte sie in Angst und Anspannung. Es versetzte sie in einen ärgerlichen Zustand der Anlehnungsbedürftigkeit. Und dass er sich bei ihren wenigen Begegnungen vollkommen gelassen zeigte, führte nur dazu, dass sie umso aufgewühlter war.

Sollte er nicht genauso aufgewühlt sein wie sie?, überlegte sie, als sie nach dem Abendessen in ihr Zimmer zurückkehrte. Es schien überhaupt nicht gerecht, dass sie sich als Einzige von ihnen aufgeregt und elend zugleich fühlte.

Wenn sie jedoch allein so empfand, dann ging es dabei nicht so sehr um Gerechtigkeit oder um das, was eigentlich geschehen war. Für einen Menschen wie Whit wären ein paar heimliche Küsse wahrscheinlich keine gar so große Sache. Es waren schließlich nicht seine ersten.

Leise fluchend riss sie sich die Handschuhe herunter und warf sie aufs Fußende des Bettes.

Die Steppdecke bewegte sich.

Es war nur eine ganz leichte Bewegung, aber sie bemerkte sie und seufzte.

»Schon wieder? Wirklich, konnte der Junge sich nicht etwas anderes einfallen lassen …?«

Als sie die Decken zurückschlug, verstummte sie und starrte sprachlos auf das Bett.

Spinnen. Überall. Wie eine schauerliche Decke breitete sich eine Masse aus Beinen und Fangzähnen auf ihrem Bett aus. Eine Decke, die vor ihren Augen wogte und riss, als die ungeschützten Spinnen davonhuschten, um irgendwo Zuflucht zu suchen.

Sie schrie nicht, nicht einmal, als ihr eins der kleinen Ungeheuer über die Hand kroch, und obwohl sie später dafür dankbar sein würde, dass sie nicht laut schrie, war es nicht ihr Stolz, der sie in jenem Moment davon abhielt, sondern die Tatsache, dass ihr der Atem fehlte, um mehr herauszubringen als ein ersticktes »Njah«.

Sie warf die Decke wieder aufs Bett und tat zwei Schritte nach hinten.

Zwischen zusammengebissenen Zähnen presste sie so etwas wie ein zweites »Njah« hervor und schüttelte wild die Hände. Sie schlug nach ihren Röcken, klopfte sich das Haar ab und trat sicherheitshalber noch einen Schritt zurück.

»Stimmt etwas nicht, Kobold?«

Sie wirbelte herum und sah Whit in der Tür stehen, der sie fragend anlächelte.

»Sind sie auf mir drauf?«, flüsterte sie mit erstickter Stimme. »Ja? Mach sie weg. Mach sie …«

»Ist was auf dir drauf?«

»Spinnen!«

»Dann halt still und lass mich nachsehen.« Er warf einen Blick auf ihr Haar und ihre Kleider, der ihr ausgesprochen flüchtig erschien. »Auf dir ist gar nichts. Ich hätte nicht gedacht, dass du wegen einer kleinen Spinne ein solches Aufhebens machst.«

»Spinnen.« Sie klatschte sich die Hand auf den Nacken, wo etwas gekitzelt hatte, bevor sie mit einem Finger auf das Bett zeigte. »Plural. Da.«

»Du meinst, in deinem Bett?«

Die Erheiterung in seiner Stimme machte sie wütend, was praktischerweise ihre schlimmste Angst verdrängte. »Nein, in dem imaginären Krug auf dem Bett«, fauchte sie. »Siehst du sie nicht? Natürlich in meinem Bett.«

»Kein Grund, so gereizt zu sein«, murmelte er und ging durch den Raum, um nach der Decke zu greifen.

Er ließ sie mit einem Ruck wieder fallen, noch ehe er mehr als eine Ecke angehoben hatte.

»Nun … ähm.« Er streckte noch einmal die Hand aus, zögerte, ergriff dann die Decke und hob sie ein zweites Mal hoch. »Nun.«

»Nun?« Mehr brachte der Mann nicht zustande? Nun?

»Nun, es ist durchaus beeindruckend.« Er ließ die Decke fallen und trat einen Schritt zurück. »Woher bekommt man so viele von ihnen, was meinst du?«

Vielleicht hätte sein beiläufiger Tonfall sie verärgert, hätte sie nicht gesehen, dass er die Hand abschüttelte, als er sich zu ihr umdrehte.

»Ein Teufelsbraten hat meist genügend Anhänger«, brummte sie. »Vermutlich hat er ihnen einfach nur gesagt, dass sie hineinspringen sollen.«

»Schon wieder Victor?«, fragte er.

»Ich kann mir nicht vorstellen, warum sonst jemand so etwas tun sollte.«

Er nickte finster. »Es wird Zeit, dass ich ein Wörtchen mit dem Jungen rede.«

Sie schüttelte den Kopf. »Er wird leugnen, etwas damit zu tun gehabt zu haben, und seine Mutter wird viel Lärm um die Anschuldigung machen.«

»Mrs Jarles' Lärm kümmert mich nicht.«

»Mich aber schon, Whit. Es wäre unangenehm für deine Mutter. Ich möchte das nicht.«

»Ich auch nicht, aber es scheint kein Weg daran vorbeizuführen.« Wieder warf er einen Blick zur Steppdecke hin. »Der Junge muss bestraft werden.«

»Nichts gefällt einem Tyrannen weniger, als ignoriert zu werden.« Oder es von einem seiner Opfer ein wenig heimgezahlt zu bekommen, dachte sie, hielt es aber für besser, dies Whit gegenüber nicht zu erwähnen. »Lass es für den Moment auf sich beruhen.«

»Wenn das dein Wunsch ist«, erwiderte er, und sein Widerstreben sprach aus jeder Silbe.

»Ja.« Sie schaute zum Bett und wand sich innerlich. »Was soll ich damit machen?«

»Wenn du entschlossen bist, dass Victor das, was er angerichtet hat, nicht selbst wiedergutmachen soll, werde ich dafür sorgen, dass das Personal sich darum kümmert.«

»Das ist ihnen gegenüber kaum gerecht.«

»Möchtest du dich darum kümmern?«

Sie beobachtete, wie eine der Spinnen aus dem Bett krabbelte und über die Wand huschte. »Oh Gott«, sagte sie und schluckte. »Wir könnten das Zimmer mit Brettern vernageln. Nie wieder davon sprechen. Ich werde ohnehin nicht mehr hier schlafen können.«

Und das erzürnte sie sehr. Sie liebte dieses Zimmer. Seit ihrem ersten Besuch auf Haldon Hall hatte es ihr und nur ihr gehört. Es war ihre Zuflucht.

Diesmal war Victor Jarles zu weit gegangen. In Wahrheit hatte er das bereits getan, als er sie mit »Mirabelle« angesprochen hatte, doch während die Beleidigung sie verletzt hatte, traf dieser Streich sie tiefer.

Sie biss sich auf die Unterlippe, als zwei weitere Spinnen unter der Decke hervorkrabbelten. »Verflucht!«

Whit trat zu ihr und nahm ihre Hand. »Geh heute Nacht in Kates oder Evies Zimmer. Ich werde mich darum kümmern.«

»Aber …«

Er unterbrach sie, indem er sanft ihre Hand drückte und sie zart auf die Stirn küsste. »Geh nur. Wir können hier drin nicht gemeinsam sauber machen, und ich werde es dich nicht allein tun lassen.«

»Ich könnte …«

»Geh nur«, wiederholte er und schob sie zur Tür.

»Wieder der tapfere Ritter.«

»Es wird langsam zu einer Gewohnheit. Gute Nacht, Kobold.«

Bevor sie antworten konnte, stand sie allein im Flur.

»Also gut«, sagte sie bei sich. »Gute Nacht.«

15

Einer der großen Vorteile einer gesellschaftlichen Zusammenkunft zu einer gemeinsamen Mahlzeit ist, dass man stets vorgeben kann, einen vollen Mund zu haben, wenn man ein Gespräch vermeiden will. Während der letzten Stunde hatte Whit diesen Vorteil ausgenutzt. Er kaute jeden Bissen langsam und ausgiebig und sorgte dafür, dass er vor dem Schlucken stets die nächste volle Gabel bereithielt.

Wahrscheinlich war das unhöflich, zweifellos kindisch, und langsam bekam er einen Krampf im Kiefer, aber dafür konnte er auf seinen Mund deuten und entschuldigend den Kopf schütteln, wann immer Mrs Jarles sich vorbeugte, um ihn anzusprechen. Wenigstens hatte seine Mutter ihm die Gnade erwiesen, die lästige Mrs Jarles zu seiner Linken auszugleichen, indem sie William Fletcher zu seiner Rechten platziert hatte.

Whit hätte es vorgezogen, Mirabelle neben sich oder zumindest in Rufweite zu haben. Er hatte sie heute kaum gesehen und nicht einmal mit ihr gesprochen. Als er sie am Morgen gesucht hatte, hatte das Personal vermeldet, dass die Frauen »einen kleinen Spaziergang« unternahmen.

Als sie das nach Mittag immer noch taten, sandte Whit unauffällig zwei Diener aus, die nach ihnen sehen sollten. Sie befanden sich gesund und munter am Ufer des Sees, hatte man ihn unterrichtet, und seien leicht verärgert darüber, dass man ihren Damenausflug gestört habe.

Whit war seinerseits ein wenig verärgert gewesen. Es war der letzte Tag der Gesellschaft. Hatten sie nicht den ganzen gestrigen Tag getrennt nach Damen- und Herrenbeschäftigungen verbracht? Versuchte Mirabelle, ihm auszuweichen? Vielleicht war er zu schnell gewesen und zu weit gegangen. Das war verdammt schwer zu sagen, da er selbst noch nicht sicher war, wie weit er gehen und wie schnell er dorthin gelangen wollte.

»Ich würde Sie gern sprechen.«

Williams Stimme riss Whit aus seinen Überlegungen. Rasch blickte er zu Mrs Jarles hinüber. Als er feststellte, dass sie hinreichend mit einem Gespräch weiter unten am Tisch beschäftigt war, entspannte er sich.

»Gewiss«, antwortete er William. »Worüber?«

»Darüber würde ich lieber unter vier Augen mit ihnen sprechen.«

»Ah.« Er lächelte schief. »Darüber.«

»In der Tat. Ist Ihnen Mitternacht in Ihrem Studierzimmer genehm?«

»Ja, vorausgesetzt, das Dinner dauert nicht länger als bis elf.«

»Oh, Lord Thurston«, trällerte Lady Jarles hinter ihm. »Ich wollte noch fragen, ob Sie vorhaben, Almacks zu besuchen, wenn Sie das nächste Mal in London sind?«

Whit stopfte sich den Mund mit Essen voll, bevor er den Kopf drehte. Diesen Bissen würde er ausgiebig kauen müssen, da die Diener in ebendiesem Moment seinen Teller mit Schweinelende durch eine Schale mit Deckel ersetzten, die vermutlich etwas wie Suppe enthielt. Suppe konnte man nicht kauen.

Er hätte nicht zu dieser List greifen oder sich darüber Sorgen machen müssen, wie er fortfahren würde, denn noch während er den Kopf schüttelte, um Mrs Jarles anzudeuten, dass er nicht beabsichtige, Almacks zu besuchen, jedoch bedauerlicherweise außerstande sei, dies zum jetzigen Zeitpunkt näher zu erläutern, hoben die Diener die Deckel von den Schalen.

Und dann brach die Hölle los.

Kröten und Eidechsen in allen Größen hüpften, sprangen und huschten aus einer ansonsten offenbar tadellosen, kalten Suppe.

»Was zum Teufel?«

»Ach herrje! Ach herrje!«

»Fangt sie!«

»Iiiieeee!«

»Deckel drauf! Deckel wieder drauf!«

Inmitten der Schreie und Rufe der Erwachsenen, des wilden Gelächters der jüngsten Kinder, des Stühleklapperns und der hektischen Versuche des Personals, die Deckel auf jene Schalen zu stülpen, die noch immer ihre besondere Zutat enthielten, und diejenigen Tiere einzufangen, die die Flucht ergriffen hatten, bemerkte Whit zweierlei. Erstens – Victor Jarles schien über das Getümmel ungeheuer zufrieden, und zweitens – Mirabelle wirkte zwar angemessen schockiert und entsetzt, beobachtete Victor aber mit einem boshaften Glitzern in den Augen.

Dieses Glitzern kannte er gut.

»Genug!« Lady Thurstons Stimme durchschnitt den Lärm. »Victor Jarles, ich verlange eine Erklärung.«

»Ich?« Im Nu wechselte der Gesichtsausdruck des Jungen von Entzücken zu Trotz. »Warum ich? Ich habe nichts getan.«

»Es ist also Zufall«, erkundigte sich Lady Thurston kühl, während sie erneut ihren Platz am Fußende des Tisches einnahm, »dass deine Schüssel die einzige ist, die kein Reptil enthält?«

»Das ist nicht meine Schuld.« Er sah seine Mutter Hilfe suchend an. »Es ist nicht meine Schuld.«

»Gewiss gibt es eine vernünftige Erklärung dafür«, beharrte Mrs Jarles. »Vielleicht hat das Personal …«

»Mein Personal soll diese Kreaturen in die Suppe gesetzt haben?«

»Nun – ich bin mir sicher, dass sie es nicht getan haben«, ruderte Mrs Jarles unter Lady Thurstons kaltem Blick zurück. »Aber ich bin mir ebenfalls sicher, dass es einen Grund gibt, warum Victor in seiner Schale keine Tiere hat. Und nicht jeder hat seinen Deckel abgenommen …«

»Miss Browning hat es nicht getan«, rief Victor.

»Es schien mir unter diesen Umständen nicht ratsam zu sein«, erwiderte Mirabelle. »Ich hege keine große Zuneigung zu Reptilien … insbesondere zu Eidechsen.«

»Eidechs–« Victors Augen wurden groß, und er rutschte aufgeregt auf seinem Stuhl herum und zeigte auf Mirabelle. »Sie hat das getan! Sie hat das getan! In ihrer Schüssel wird gar nichts sein! Sie da! Diener! Nehmen Sie den Deckel ab.«

Der am nächsten stehende Diener drehte sich mit fragendem Gesichtsausdruck zu Mirabelle um.

»Mir wäre es lieber, wenn Sie das nicht täten«, erklärte Mirabelle gelassen. »Die anderen haben wir gerade erst eingefangen.«

»Aber er muss tun, was ich sage!«, schnauzte Victor.

»Brindle«, wandte Lady Thurston sich an den Diener, »haben Sie das Angebot einer Anstellung bei dem jungen Mr Jarles angenommen und es versäumt, mich davon in Kenntnis zu setzen?«

Brindles Mundwinkel zuckte kaum merklich. »Nein, Ma'am, nicht, dass ich wüsste.«

»Ah, nun«, erwiderte Lady Thurston und wandte sich wieder zu dem Jungen um. »Es scheint, du irrst dich, Victor. Also, wenn du darauf bestehst, diesen Unsinn in die Länge zu ziehen, so sei es dir gestattet, doch du wirst dabei auf dich allein gestellt sein.«

»Na schön.« Er rümpfte die Nase und stürmte um den Tisch herum auf Mirabelle zu. »Ich tue es selbst.«

Mirabelle stand vom Tisch auf, was für den Jungen Grund zur Sorge hätte sein sollen, aber er war fest entschlossen zu beweisen, dass sie eine Lügnerin war. Sie trat einen Schritt zurück, als er ihre Schüssel erreichte, und dann einen weiteren, als er den Deckel hob.

Aus der Schüssel hüpfte eine fette Kröte auf den Tisch. In einem Akt, durch den die ganze dramatische Angelegenheit ein eher enttäuschendes Ende fand, beugte Brindle sich vor, nahm sie geschickt hoch und setzte sie in die Schüssel zurück.

»Soll ich sie zusammen mit den anderen fortbringen?«

»Ich bitte darum«, antwortete Lady Thurston. »Und du, Victor, darfst dich ins Kinderzimmer zurückziehen, falls deine Mutter nicht etwas anderes möchte. Bis du lernst, dich wie ein Gentleman zu benehmen – und ein Gentleman versucht nicht, meine Gäste mit Reptilien zu erschrecken –, werde ich dich nicht an meinem Tisch dulden.«

»Das Kinderzimmer? Aber …«

»Komm, mein Schatz.« Mrs Jarles schob ihren Sohn eilig aus dem Raum.

Nach wiederholten Beteuerungen, die nächsten Gänge würden den gewohnten Maßstäben von Haldon Hall entsprechen, kehrten die Gäste zu ihren Plätzen und dem Rest der Mahlzeit zurück. Es dauerte nicht lange, bis in die Unterhaltung wieder Normalität eingekehrt war – Victor Jarles war schließlich nicht der erste ungezogene Dreizehnjährige, der während eines Essens einen Streich gespielt hatte –, aber Whit behielt Mirabelle im Auge und fragte sich, ob Victor überhaupt ungezogen gewesen war.

Als die Herren sich nach dem Dinner zu den Damen im Salon gesellten, bot sich ihm die erste Gelegenheit, sie zu fragen. Er fand sie mit Kate und Sophie in einer Ecke. Die drei flüsterten miteinander und verstummten, als er näher kam.

Genauso gut hätten sie sich Schilder mit der Aufschrift »schuldig« um den Hals hängen können, dachte er finster.

»Ich würde gern unter vier Augen ein Wort mit dem Kobold wechseln, bitte.«

Mirabelle leistete keinen Widerstand, als er ihre Hand um seinen Ellbogen legte und sie durch den Raum führte. Sie hatte wenig Grund zur Sorge, da es in einem überfüllten Salon keine wirkliche Ungestörtheit gab, aber es gelang ihm, ihnen ein Plätzchen an den Fenstern zu sichern, wo man ihr Gespräch nicht mit anhören konnte.

»War das Desaster von heute Abend dein Werk?«, fragte er und ließ ihren Arm los.

Sie warf ihm einen verständnislosen Blick zu. »Ich dachte, das hätten wir bei Tisch geklärt.«

»Ich habe noch gar nichts geklärt. Und ehe ich nicht mit Bestimmtheit weiß, wer meine Mutter in Verlegenheit gebracht hat, werde ich nicht ...«

»Was immer du sonst von mir denken magst, Whit«, unterbrach sie, »du solltest wissen, dass ich mir eher den eigenen Arm abhacken würde, als Lady Thurston auch nur für einen Moment Schmerz oder Verlegenheit zu verursachen.«

Er nickte anerkennend. »Es ist nur so, dass ... diese Gesellschaften bedeuten ihr sehr viel, und wenn ein Gast ihre Gastfreundschaft ausnutzen würde, indem er ihr an ihrem eigenen Tisch einen Streich spielte ...«

»Ist es das, was dich beunruhigt? Das ist schrecklich lieb, Whit.« Sie lächelte ihn an, und dann – zu seinem maßlosen Erschrecken und Entsetzen – tätschelte sie ihm sanft die Wange. »Aber sie war von Anfang an eingeweiht.«

Er warf einen schnellen Blick durch den Raum, um sich zu vergewissern, dass niemand sonst ihre kleine Geste gesehen hatte. Wahrscheinlich hätte das angesichts ihrer Worte nicht seine erste Priorität sein sollen, aber ein Mann musste schließlich an seinen Ruf denken. Als er sich vergewissert hatte, dass niemand sie beobachtet hatte, drehte er sich zu ihr um.

»Wie bitte?«

Sie lächelte unwiderstehlich und lehnte sich gegen das Fensterbrett. »Wie sonst hätten zwei Dutzend Kröten und Eidechsen direkt aus der Küche ihren Weg in die Schüsseln finden können? Deine Mutter hat nämlich einen boshaften Humor. Und einen ausgeprägten Sinn für Gerechtigkeit.«

»Gerechtigkeit? Indem man einen Jungen wegen eines Vergehens beschuldigt, das er nicht begangen hat?«

»Es ist kein Vergehen, Reptilien in Suppe hineinzusetzen«, bemerkte sie. »Und die Strafe ist seinen früheren Untaten angemessen.«

»Du bist …«

»Außerdem habe ich heute Morgen erst erfahren, dass der Puppe der kleinen Isabelle während der Nacht das Haar abgeschoren wurde. Ich habe kein Mitleid mit ihm, Whit.«

»Was ist, wenn seine Mutter ihn ungerechterweise bestraft?«

Sie schürzte nachdenklich die Lippen. »Definiere ungerechterweise.«

Er warf ihr einen vernichtenden Blick zu. »Du weißt sehr gut, was es bedeutet.«

»Ja, das tue ich, und wenn ich auch nur für eine Sekunde dächte, dass Victor etwas erleiden könnte, das über ein wenig aufgezwungene Demut hinausginge …«

»Auch bekannt als Demütigung.«

»Also schön, Demütigung«, räumte sie ein, »dann hätte ich es niemals getan. Deine Mutter hat mir versichert, Mr und Mrs Jarles seien vollkommen vernarrt in den Jungen und würden ihm unter keinen Umständen ein Haar krümmen. Wirklich, wofür hältst du uns?«

»Für kluge Frauen, die ungemein rachsüchtig sind«, erwiderte er trocken.

Sie zuckte angesichts des zweischneidigen Kompliments die Achseln. »Es musste etwas geschehen. Wenn seine Mutter ihn angemessen bestrafen würde, hätte eine von uns sie darauf angesprochen. Aber deine Mutter hat die Idee verworfen. Die Jarles wollen nichts über Victor hören. Sie werden ihm wahrscheinlich auch glauben, wenn er diese Tat bestreitet.« Sie legte die Stirn kraus und dachte darüber nach. »Ist das etwa Ironie?«

»Fast«, murmelte er. Sein Mundwinkel zuckte. »Darf ich fragen, wie du an zwei Dutzend Kröten und Eidechsen gekommen bist?«

»Auf die übliche Weise. Wir haben sie gefangen.«

»Meine Mutter ...«

»Natürlich nicht«, lachte sie. »Evie, Kate, Sophie, Lizzy und ich haben einen Ausflug zum See gemacht. Es hat uns fast vier Stunden gekostet. Zuerst sollten es nur Eidechsen sein, aber es war leichter, das zu nehmen, was gerade greifbar war.« Sie verzog plötzlich das Gesicht. »Ich habe ein ganz schlechtes Gewissen.«

»Weil du einen dreizehnjährigen Jungen hereingelegt hast?«

»Himmel, nein. Was das angeht, fühle ich mich kindisch und ungemein befriedigt. Aber mir tun die Kröten und Eidechsen leid.« Sie wirkte schuldbewusst. »Sie müssen sich halb zu Tode geängstigt haben.«

»Soweit es einem kleinen Reptil möglich ist, Angst zu empfinden, ja. Ich kann es mir vorstellen.«

»Nun, sie sind inzwischen wieder am See«, sagte sie. »Ich hätte sie selbst zurückgebracht, aber Evie wollte ohnehin einen ihrer Spaziergänge machen.«

»Ja, ich weiß.«

Neugierig legte sie den Kopf schief und sah ihn an. »Es überrascht mich, dass du ihr erlaubst, nach Einbruch der Dunkelheit allein umherzuwandern.«

»Wenn sie auf dem Gelände von Haldon bleibt und sich von der Straße fernhält, ist sie in keinerlei Gefahr.«

»Ja, aber es ist trotzdem eine ungewöhnliche Freiheit …«

»Ich habe meine Gründe.«

Whits Grund näherte sich in ebendiesem Moment dem Waldrand.

Zweige und trockene Blätter knirschten unter seinen Stiefeln. Normalerweise bewegte sich der Mann, der durch die Bäume schlich, mit größerer Vorsicht. Lautlosigkeit war immer am besten. Doch um sich lautlos in einem Wald zu bewegen, war Aufmerksamkeit vonnöten, und seine Aufmerksamkeit wurde momentan von etwas anderem in Anspruch genommen.

Sie hatten ihn zurückbeordert. Waren direkt in sein Lager gekommen und hatten ihm gesagt, dass es an der Zeit sei – dass er gebraucht werde.

Zum Teufel!

Er hätte Nein sagen können, hätte seine wenigen Habseligkeiten packen und fortgehen können, wären da nicht drei Dinge gewesen. Er war dankbar. Man bat ihn nicht darum, seine frühere Rolle wieder einzunehmen, und er war in …

»Oh!«

Noch ehe der überraschte Ausruf verklang, hatte er sein Jagdmesser gezogen und sich in Kampfhaltung geduckt. Es war eine weibliche Stimme, aber er wusste sehr wohl, dass sich hinter einem hübschen Gesicht ein schwarzes Herz verbergen konnte.

Einen Moment lang blendete ihn helles Licht, und er trat rasch zur Seite, um dem grellen Schein auszuweichen. Als sie die Laterne sinken ließ, sah er ihr Gesicht.

Und alles in ihm wurde still.

Evie.

»Sie sind M… McAlistair«, hauchte sie, während er sich aufrichtete.

Er nickte, langsam und ohne den Blick von ihren Augen zu wenden. Er konnte nicht wegsehen, nicht einmal blinzeln, so voller Angst war er und nicht bereit, sie auch nur für diesen kurzen Moment aus den Augen zu lassen.

»Ich … ich bin Evie … Evie Cole.«

»Ich weiß, wer Sie sind.«

Er war nicht überrascht, dass seine Stimme heiser und rau klang, da er so lange keinen Gebrauch von ihr gemacht hatte. Es kümmerte ihn auch nicht. Er wollte ebenso wenig sprechen wie blinzeln. Er sehnte sich nach dem Klang ihrer Stimme, nicht nach dem seiner eigenen. Ihre Stimme war leise und tief, wie das Echo ihres Lachens, das der Wind manchmal vom Rasen herüberwehte, um ihn in seiner Einsamkeit zu trösten und zu quälen.

»Ich … die anderen sagen, Sie seien n–nicht echt.«

Er hatte nicht gewusst, dass sie stotterte, wenn sie nervös war, und er verstaute diese kleine Information bei den wenigen kostbaren anderen, die er im Laufe der Jahre gesammelt hatte. »Ich bin echt.«

Sie leckte sich die Lippen, was ihn in künftigen Nächten sicher verfolgen würde. »Ich weiß«, antwortete sie mit einem kleinen Nicken. »Ich habe Sie einmal gesehen. D-dort.« Sie zeigte auf einen felsigen Vorsprung dreißig Meter entfernt. »Es war beinahe N-Nacht, und Sie haben ein Kaninchen gehäutet, glaube ich. Sie sind so schnell fortgegangen. Sie haben mich vermutlich nicht gesehen, a-aber …«

»Ich habe Sie gesehen.«

Mit Ausnahme der heutigen Nacht, als er so abgelenkt gewesen war, hatte er es immer gewusst, wenn sie in seinen Hügeln spazieren ging, und stets dafür gesorgt, dass sie nicht allein war.

»Oh«, flüsterte sie leise. »Sie wollten nicht, dass ich dort hinkam. Möchten Sie, dass ich jetzt gehe?«

Er schüttelte den Kopf, eine langsame Bewegung, die ihm nur undeutlich bewusst war. Sie roch nach Zitronen und Pfefferminze, und er fragte sich, ob sie wohl auch so schmeckte.

Er musste es wissen. Er war jetzt nicht in der Lage, zu ihrem Besten zu handeln. Nicht wenn sie so nah war, dass er das Pochen ihres Herzens hören konnte, ihre leisen Atemzüge. Er war nicht stark genug, um sich abzuwenden.

Also beugte er den Kopf und kostete. Zitronen und Pfefferminze, dachte er wieder, als er ihre Lippen streifte, Lippen, die warm und weich und tröstlich waren wie eine Tasse Tee. Er brauchte nur einen Schluck, nur einen winzigen Schluck, um die Sehnsucht in seinem Inneren zu stillen. Doch er hielt die Hände seitlich zu Fäusten geballt – er wusste, wenn er sie berührte, würde er nicht aufhören können, sie zu nehmen und zu verschlingen, und das in großen, gierigen Zügen.

Langsam, bedächtig strich er mit seinen Lippen über ihre, ein vorsichtiger Tanz, vor und zurück. Sanft knabberte er an ihrer Unterlippe und tauchte mit seiner Zungenspitze hinein, als sie aufkeuchte. Er zog sie wieder zurück, um Küsse auf ihre Mundwinkel zu drücken. Sie war so reizend, so vollkommen, seine süße Evie.

Und er hatte kein Recht, sie mit seinen schmutzigen Händen zu berühren.

Er zog sich zurück. »Gehen Sie eine Weile nicht allein spazieren. Ich werde nicht hier sein, um Sie zu beschützen.«

Sie blinzelte ihn an und hob die Finger an die Lippen.

Er lächelte beinahe über die Bewegung. Es war beruhigend

zu wissen, dass er es noch nicht verlernt hatte, wie man eine Frau richtig küsste.

»Um mich zu …« Sie ließ die Hand sinken. »Sie sind mir schon früher gefolgt, nicht wahr?«

Er nickte und sah, wie sich ihre Augen vor Argwohn und Ärger verengten.

»War das Whits Idee?«, fragte sie.

»Vielleicht.« Er hob die Hand, außerstande, der Versuchung zu widerstehen, ihr eine Locke aus dem Gesicht zu streichen. »Werden Sie an mich denken?«

»Vielleicht«, ahmte sie ihn nach.

»Vielleicht« würde genügen müssen, sagte er sich und drehte sich um, um in den Bäumen zu verschwinden.

16

Mirabelle öffnete langsam ihre Schlafzimmertür und schwenkte die Nachtleuchte hin und her, um den Raum zu erhellen. Sie wusste, dass Whit die Spinnen beseitigt hatte, aber es war schwer, nicht zumindest ein wenig nervös zu sein. Als sie alles in angemessener Ordnung vorfand, trat sie ein und schloss die Tür.

In diesem Moment bemerkte sie das gefaltete Stück Papier, das innen an der Tür befestigt war. Stirnrunzelnd nahm sie es ab und faltete es auseinander.

Miss Browning,
im Studierzimmer des Grafen. Heute um Mitternacht. Es wird eine Unterredung stattfinden, die zu belauschen in Ihrem Interesse liegt. Das angrenzende Wohnzimmer wird zu der Zeit leer stehen.

Hochachtungsvoll,
ein besorgter Freund

Ein besorgter Freund? Sie drehte den Brief um, fand aber die Rückseite leer und wendete das Schreiben erneut, um es noch einmal zu lesen. Welcher besorgte Freund würde sich nicht die Mühe machen, persönlich mit ihr zu sprechen?

Sie kannte die unregelmäßige Handschrift nicht, aber es war sichtlich die eines Erwachsenen, was die Möglichkeit ausschloss, dass es sich um einen weiteren von Victors Streichen handelte. Vielleicht kam der Brief von Miss Heins – sie schien jemand zu sein, der Briefchen hinterließ. Aber dafür hätte sie sich in Mirabelles Zimmer schleichen müssen, und ein solcher Mensch schien Miss Heins nun ganz und gar nicht zu sein.

Verwirrt und neugierig spielte Mirabelle mit dem Zettel und rang mit sich. Ins Bett kriechen und die Nachricht ignorieren, oder die Neugier befriedigen und wieder nach unten gehen? Sie blieb kurz stehen, dann legte sie das Blatt auf ihren Schreibtisch und schlüpfte leise aus dem Zimmer.

Was konnte es schaden, wenn sie ein wenig lauschte?

Ohne zu ahnen, dass ihr Gespräch nicht länger ohne Zeugen stattfand, saß Whit an seinem Schreibtisch und wartete, während William etwas aus der Tasche zog.

»Ich dachte, Sie würden sich vielleicht dafür interessieren, nachdem Sie im vergangenen Jahr geholfen haben, diese Geldfälschungen zu unterbinden.« William beugte sich auf seinem Stuhl vor und schob eine Zehnpfundnote über den Schreibtisch.

Whit nahm sie und runzelte die Stirn. Er brauchte sie nicht zu untersuchen, um die Fälschung zu erkennen. »Nicht sehr gut gemacht, oder? Der Druck ist verschmiert, und das Papier könnte man bei jedem Schreibwarenhändler in London kaufen. Nachlässige Arbeit.«

William nickte. »Die Bank hat die Note als Fälschung erkannt, bevor der arme Wicht, der sie hereingebracht hatte, auch nur darum bitten konnte, sie einzulösen.«

»Ich gehe davon aus, dass es nicht sein Werk war?«

William schüttelte den Kopf. »Er hatte sie von Lord Osborn als Bezahlung für allerlei Lebensmittel erhalten.«

»Lord Osborn? Was zum Teufel hat er mit einer gefälschten Banknote gemacht?«

»Anscheinend hat er Zucker und Schweineschmalz gekauft.

Wichtiger ist, er erinnert sich noch, wie sie in seinen Besitz gekommen ist. Er hat jüngst eine seiner älteren Kutschen an einen Gastwirt namens Maver verkauft.«

»Ein ziemlich geläufiger Name«, entgegnete Whit, doch eine böse Vorahnung überkam ihn.

»In Benton«, fügte William hinzu.

»Verdammt!« Er musterte den Geldschein. »Und er war sicher, dass dies der Schein war, mit dem dabei bezahlt wurde?«

»Todsicher. Meinte, er sei selbst ein wenig überrascht gewesen, dass der Mann eine Zehnpfundnote zur Hand hatte.«

»Man sollte meinen, dass er sich den Schein dann besser angesehen hätte.«

»Ja, nun, Lord Osborn ist nicht der hellste Kopf, und ich habe gehört, sein Augenlicht sei getrübt.«

Whit antwortete auf die Feststellung mit einem unverbindlichen Grunzen. »Sie wollen, dass ich mit Lord Osborn spreche, nehme ich an?«

»Nein, ich möchte, dass Sie die Bekanntschaft des Urhebers machen. Mit diesem Geldschein wurde eine sehr große, sehr alte Schuld von Baron Eppersly beglichen.« William beugte sich vor, und klopfte zweimal mit dem Finger auf den Tisch. »Dort endet die Spur, und ich glaube, dass sie dort auch beginnt.«

Whit rief sich das wenige ins Gedächtnis, was er über seinen Nachbarn wusste, Mirabelles Onkel. Lord Eppersly war so etwas wie ein Freund seines Vaters gewesen. Ihre Nachbarschaft und ihre gemeinsame Liebe zur Jagd hatten die beiden Männer durch Zufall zusammengebracht, und durch ihre Liebe zum Alkohol hatte die Tatsache, dass sie ansonsten nur wenig gemeinsam hatten, an Bedeutung verloren.

Verwegen, charmant und selbstsüchtig bis ins Mark, war Whits Vater ein Mann gewesen, der die Aufmerksamkeit der vornehmen Welt ebenso genossen hatte wie die der Damen der Halbwelt. Er hatte für den nächsten Ball gelebt, die nächste Gesellschaft, den nächsten Skandal.

Lord Eppersly hingegen war zu unansehnlich, zu begriffsstutzig und zu wenig beredt, außerdem von zu geringem Rang und Wohlstand, als dass er für die feine Gesellschaft interessant gewesen wäre. Diese Gleichgültigkeit beruhte nach Whits Eindruck auf Gegenseitigkeit. Der einzige Versuch des Mannes, gesellschaftlichen Umgang zu pflegen, konzentrierte sich zurzeit auf eine ausgewählte Gruppe von Freunden, die sich ein- oder zweimal im Jahr auf seinem Besitz zusammenfanden. Wenn man den Gerüchten Glauben schenken durfte, taten die Männer kaum etwas anderes, als zu essen, zu trinken und Jägerlatein zum Besten zu geben.

Whit wusste, dass das Personal tuschelte, Lord Eppersly sei in den letzten Jahren so auffallend fett und träge geworden, dass er gar nicht mehr wirklich jagte, sondern lieber in einem stabilen Polstersessel auf dem Rasen saß und wahllos auf jedes bedauernswerte Tier schoss, das ihm in die Schusslinie kam.

Er legte den Geldschein auf den Tisch. »Das kann unmöglich Ihr Ernst sein.«

William sah ihn stirnrunzelnd an. »Ich versichere Ihnen, es ist mein Ernst. Ich habe gehört, der Mann sei ein Musterbeispiel für Maßlosigkeit.«

»Beim Essen und Trinken«, sagte Whit verächtlich. »Nicht beim Verbrechen.«

»Dann haben Sie gewiss eine Erklärung dafür, dass er einen gefälschten Geldschein besitzt, nehme ich an?«

»Ich vermute, dass er ihn auf die gleiche Weise erhalten hat wie Mr Maver und Lord Osborn.«

»Finden Sie den Beweis dafür. Ich möchte, dass Sie seine Jagdgesellschaft besuchen …« William hob die Hand, um einem Einwand zuvorzukommen. »Der Baron ist kein Mensch, der auf Hilfsbereitschaft Wert legt. Unschuldig oder nicht, wir werden geschickt vorgehen müssen.«

»Mit einer List.«

William zuckte die Achseln. »Wenn Sie so wollen. Haben Sie dagegen plötzlich eine Abneigung entwickelt?«

»Nein, aber ich frage mich, ob eine List in diesem Fall notwendig wäre. Es mag ihm zwar nicht gefallen, wenn ich ihm Fragen stelle, aber wenn das bedeutet, dass er von dem Verdacht eines Verbrechens reingewaschen wird, kann ich mir nicht vorstellen, dass er die Antwort verweigern wird.«

»Das hat er auch nicht getan. Er sagt, er habe den Geldschein von jemand anderem …«

»Nun, da haben Sie es.« Whit machte eine abschätzige Handbewegung. »Genau, was ich …«

»Er behauptet, dieser Jemand sei der Herzog von Rockeforte gewesen.«

Er ließ die Hand sinken. »Ah.«

»Er ist entweder ein Idiot – was die Frage aufwirft, wie er dann die Fälschungen herstellen konnte –, oder er ist einfach verwirrt. Ich möchte, dass Sie herausfinden, was von beidem zutrifft. Die Jagdgesellschaft beginnt Ende der Woche.«

»Ich bin nicht eingeladen. Ich kann dort wohl kaum einfach vorbeischauen …« Beim Anblick eines Umschlags mit dem Siegel von Baron Eppersly verstummte er. »Woher zum Teufel haben Sie das?«

»Ich habe den Brief aus Ihrer Post gestohlen«, gab William ohne die leiseste Scham zu. »Offenbar ist der gute Baron ein Gewohnheitstier, oder aber sein Sekretär ist es. So oder so, in den letzten zehn Jahren hat er stets die gleichen Einladungen an dieselben Leute verschickt.«

»Es war eine Einladung für meinen Vater.«

»Es ist eine Einladung«, sagte William langsam, »für den Grafen von Thurston.«

»Eppersly wird es wahrscheinlich bestreiten.«

»Das bezweifele ich. Zu viel Mühe für ihn. Aber nehmen Sie die Einladung an, und dann sehen wir weiter.«

Whit nickte. »Was ist mit Mirabelle?«

»Was soll mit ihr sein?«

»Sie wird morgen bei ihrem Onkel erwartet«, erklärte er, obwohl er sich sicher war, dass William das wusste.

»Das ist richtig.«

»Sie kann nicht hingehen. Sie kann nicht …«

»Natürlich kann sie«, sagte William. »Und sie wird. Wenn Sie dort hinfahren und Mirabelle nicht, wird das über Gebühr Verdacht erregen.«

»Der Baron wird bereits jetzt argwöhnisch sein.«

»Aber nicht über Gebühr.«

»William …«

»Ich gehe bei dieser Mission keine Risiken ein. Wenn Sie nicht gleichzeitig ermitteln und ein Auge auf das Mädchen haben können, werde ich jemanden finden, der das kann.«

Die Beleidigung traf ihn. »Ich kann verdammt gut auf sie aufpassen.«

»Ausgezeichnet. Also, wenn Sie nichts dagegen haben, gehe ich nun zu Bett. Ich breche morgen früh nach London auf. Werde in einem oder zwei Tagen zurück sein.«

»Gute Reise«, brummte Whit, obwohl ihm im Moment die Vorstellung, wie William kopfüber von seinem Pferd fiel, nicht ganz unwillkommen war. Tatsächlich fand er sie so angenehm, dass er sich noch etwas länger daran erfreute, bevor er aufstand, um die Kerzen auszublasen und zu gehen.

Er würde seiner Familie und Mirabelle irgendwie erklären müssen, warum er die Einladung des Barons annahm, aber morgen Vormittag war es dafür noch früh genung, entschied er, und verschloss die Tür des Studierzimmers hinter sich. Gewiss war niemand von ihnen zu dieser Nachtzeit noch auf.

»Guten Abend, Whittaker.«

Langsam richtete er sich auf und drehte sich um – wobei er hoffte, dass er sich Mirabelles kühle Stimme zu seiner Rechten nur eingebildet hatte. Er betete, dass ihm sein übermüdeter Verstand einen Streich gespielt hatte und dass der Gang leer sein würde, wenn er sich umdrehte. Eigentlich war er gar nicht so müde, aber es war immerhin möglich.

Seine Hoffnung war vergebens, denn da stand sie – in der Tür zum Nebenzimmer, die Arme vor der Brust verschränkt, die dunklen Augen funkelnd.

Er fluchte herzhaft und griff nach ihrem Ellbogen, doch sie wich seinem Griff aus und trat zurück in den Raum.

»Wie lange sitzt du schon hier?«, fragte er scharf, nachdem er ihr gefolgt war und die Tür hinter sich verschlossen hatte. »Und kein Wort über die geschlossene Tür. Wenn es sein muss, klettere ich aus dem Fenster.«

»Gib mir zuerst den Türschlüssel«, beharrte sie.

Ungeduldig zog er den Schlüssel hervor, den er zuvor eingesteckt hatte, und hielt ihn ihr hin. »So, nun beantworte meine Frage. Wie lange bist du …?«

»Lange genug«, unterbrach sie ihn und schnappte sich den Schlüssel, »um zu der Erkenntnis zu gelangen, dass ihr beide, du und William Fletcher, verrückt geworden seid.«

Obwohl er sich nur ungern wiederholte, fluchte er erneut. »Du musst vergessen, was du gehört hast. Verstehst du? Du musst jedes Wort vergessen …«

»Ihr habt vollkommen den Verstand verloren.«

Er beugte sich vor, bis ihre Gesichter sich fast berührten. »Jedes. Einzelne. Wort.«

»Nein«, sagte sie leise, aber so entschlossen, dass sich sein Magen zusammenkrampfte, während sein Ärger wuchs.

»Kobold, du wirst in dieser Sache vernünftig sein …«

»Vernünftig?« Sie lachte spöttisch. »Du hast meinen Onkel der Geldfälscherei beschuldigt, und dann hast du die Kühnheit, mir einen Vortrag über Vernunft zu halten? Herrgott noch mal, Whit, du weißt sehr gut, dass er nichts damit zu tun hatte. Er besitzt weder die Fähigkeiten noch die Beziehungen – und auch nicht die Intelligenz, um sie sich anzueignen.«

»Wenn das der Fall ist, werde ich den Beweis für seine Unschuld finden, du kannst vollkommen beruhigt sein.«

Sie schürzte die Lippen. »Egal, was du sagst, es beruhigt mich nicht und schon gar nicht vollkommen.«

»Mirabelle …«

»Ich werde mich selbst darum kümmern.«

Er zuckte zurück. »Wie bitte?«

»Ich werde nicht zulassen, dass du deine Nase in die Angelegenheiten meiner Familie steckst. Bleib hier in Haldon. Dies ist mein Problem, und ich werde mich darum kümmern.«

Er verschränkte die Arme vor der Brust. »Und wie genau gedenkst du, das zu tun?«

»Genau wie du«, erwiderte sie, als läge die Antwort auf der Hand. »Ich werde den Beweis für seine Unschuld finden oder vielmehr den Mangel an Beweisen, wie es wohl wahrscheinlicher ist.«

»Du würdest gar nicht wissen, wonach du suchen musst, und noch nicht einmal, wo du suchen musst.«

»Du aber schon, nehme ich an? Du bist also ein Experte?«

»Ich habe einige Erfahrung in diesen Dingen, ja.«

»Und wieso?«, fragte sie leise. Sie legte den Kopf schräg und sah ihn misstrauisch aus ihren schokoladenfarbenen Augen an. »Wieso verfügt Mr William Fletcher über intime Kenntnisse der Angelegenheiten meines Onkels, und warum hat er dich gebeten, in dieser Sache Nachforschungen anzustellen?«

Er umfasste ihr Kinn und richtete ihren Kopf wieder auf. »Das geht dich überhaupt nichts an.«

»Du kannst nicht befehlen, dass ich das Gespräch von heute Nacht vergesse, Whit.«

»Nein, aber ich kann deine Reaktion beeinflussen.« Er strich ihr ganz sanft über die Wange. »Und ich könnte sie durch andere, interessantere Erinnerungen ersetzen.«

Sie schlug seine Hand weg, doch er sah, wie ihre Augen funkelten. »Damit beleidigst du uns beide.«

»So war es nicht gemeint«, antwortete er aufrichtig. Ihm lag nichts daran zu beleidigen, vielmehr wollte er sie aus diesem Schlamassel befreien. »Ich kann dir in dieser Sache nicht deinen Willen lassen, Mirabelle.«

»Du brauchst mich gar nichts zu lassen. Meine Anwesenheit bei der Gesellschaft meines Onkels ist unbedingt erforderlich, ganz unabhängig von deinen Gefühlen, und es hat keinen Sinn, dass wir beide dort herumschleichen. Dafür besteht überhaupt kein Grund. Mein Onkel ein Fälscher? Es ist absurd. Deine Mutter würde mir höchstwahrscheinlich zustimmen. Sie würde ...« Sie unterbrach ihre Tirade und funkelte ihn an. »Was willst du ihr erzählen? Sie wird nicht glauben, dass du plötzlich den Drang verspürst, deinen Nachbarn besser kennenzulernen.«

»Ich werde ihr sagen, du hättest mich eingeladen, dich zu begleiten.«

»Und sie nicht?«, fragte sie mit einem geringschätzigen Lachen. »Oder Kate oder Evie ...?«

»Zu einer Jagdgesellschaft?«

»Es ist nicht lächerlicher als meine Einladung an dich. Es ist schließlich nicht meine Gesellschaft, nicht wahr?«

»Ich weiß, wie man eine glaubwürdige Geschichte ersinnt, wenn es sein muss«, ließ er sie wissen.

»Du kannst gut lügen, meinst du«, korrigierte sie ihn. »Täuschst du deine Mutter für gewöhnlich in diesen Dingen?«

»Für gewöhnlich halte ich meine Mutter von Angelegenheiten fern, die sie nichts angehen.«

»So wie bei mir.«

Bestätigend neigte er den Kopf. »Ja.«

»Man könnte einwenden, dass sie als deine Mutter alles angeht, was du tust, und zweifellos geht es mich etwas an, wenn ein Mitglied meiner Familie ausspioniert werden soll.«

»Er geht dich tatsächlich etwas an«, sagte er sanft. »Ich bin mir durchaus darüber im Klaren, was eine Anklage wegen Geldfälscherei für dich bedeuten würde. Und über den Schaden, den das dem Namen deiner Familie zufügen könnte.«

Sie erbleichte, aber als er einen Schritt auf sie zu tat, um sie zu trösten, schüttelte sie den Kopf und wechselte das Thema. »Es wird nicht funktionieren. Deine Mutter wird keine Sekunde lang glauben, ich hätte dich zu der Jagdgesellschaft meines Onkels eingeladen, und mein Onkel wird nicht glauben, dass du auf einmal gute Nachbarschaft mit ihm pflegen willst.«

»Wie gesagt, ich werde mich darum kümmern.«

»Es wäre vernünftiger, hierzubleiben und es mir zu überlassen …«

»In deinen Augen vielleicht.« Er sah sie an. »Weißt du, was ich denke?«

»Nein«, knirschte sie mit zusammengebissenen Zähnen, »aber ich weiß, wie selten und wie schlecht du es tust. Es kommt ungefähr alle sechs Monate vor, nicht wahr?«

»In guten Jahren«, antwortete er, nicht bereit, in das alte Muster gegenseitiger Beleidigungen zurückzufallen. »Ich denke, du verbirgst etwas.«

»Willst du jetzt etwa behaupten, ich wäre eine Fälscherin?«, spottete sie.

»Du weißt doch, dass ich das nicht meine. Warum möchtest du nicht, dass ich hingehe, Kobold?«

»Weil es dich nichts angeht«, fauchte sie sofort.

»Es ist nicht nur das«, wandte er leise ein. »Du hast bisher kein einziges Wort zugunsten deines Onkels gesagt, nur dass er nicht zum Verbrecher taugt. Kein Wort über seine Ehre.«

»Es ist kein Geheimnis, dass ich meinen Onkel nicht besonders gernhabe. Aber er ist mein Familienangehöriger, und es ist meine Sache, seinen Namen reinzuwaschen, nicht deine.« Sie sprach voller Nachdruck, wich seinem Blick jedoch aus, und bei diesem verräterischen Zeichen kniff er seinerseits argwöhnisch die Augen zusammen.

»Es ist seine Sache«, korrigierte er sie und beobachtete sie. »Deine Hände zittern.«

»Ich bin wütend.«

»Du ballst die Hände zu Fäusten, wenn du wütend bist«, konterte er. »Ich sollte es ja wissen.« Er musterte ihr Gesicht. »Außerdem bist du ziemlich blass.«

»Ich habe beim Abendessen zu viel Pudding gegessen.«

Er zog es vor, diese absurde Entschuldigung gänzlich zu ignorieren. Stattdessen betrachtete er sie forschend, und was er sah, tat ihm in der Seele weh. »Du hast Angst«, flüsterte er. Ohne nachzudenken, ergriff er ihre Schultern. »Was hat dir Angst gemacht, Kobold?«

»Nichts«, antwortete sie und hob das Kinn. »Ich habe keine Angst.«

»Sag mir, was los ist. Ich werde …«

Wieder schlug sie seine Hände weg. »Du wirst was?«, fauchte sie. »Dich bereit erklären, meinen Onkel in Ruhe zu lassen?«

»Das kann ich nicht.«

»Und ich kann dich durch nichts umstimmen?«

Er schüttelte den Kopf. »Bedaure.«

Sie nickte kurz und gab ihm den Schlüssel zurück. »Dann kommen wir hier nicht weiter. Ich möchte, dass du jetzt gehst, bitte.«

»Mirabelle …«

»Geh.«

Er hätte das Gespräch gern fortgesetzt, nahm jedoch widerstrebend den Schlüssel und verließ stattdessen das Zimmer. Mirabelle hatte recht – keiner von ihnen wollte nachgeben, und keiner war in der Position, den anderen aufzuhalten.

Mitten im Flur blieb er stehen.

Er konnte sie nicht aufhalten, obwohl das, was sie vorhatte, Spionage gegen ihre eigene Familie war? Was, wenn einer der Gäste ihres Onkels sich als dessen Komplize entpuppte und Mirabelle erwischte, wie sie irgendwo herumstöberte, wo sie nichts zu suchen hatte?

Zur Hölle damit!

Er machte auf dem Absatz kehrt und ging zurück. Sie würde Vernunft annehmen, verdammt – oder auch nicht –, aber was auch geschah, sie würde tun, was man ihr befahl und was er für ihre Sicherheit als notwendig erachtete. Er war schließlich ein Graf, Herrgott noch mal – dass musste doch etwas zählen.

Als er hereinkam, stand sie am Fenster und hatte ihm den Rücken zugekehrt. Er ging zu ihr hinüber.

»Da diese Angelegenheit auch deine Sicherheit betrifft, bin ich zu dem Schluss gekommen, dass dieses Gespräch noch nicht beendet ist. Es ist erst dann vorbei, wenn du verstanden hast, was hier auf dem Spiel steht. Außerdem habe ich beschlossen …« Er verstummte und fühlte sich plötzlich unbehaglich, weil sie sich nicht zu ihm umgedreht hatte. »Hörst du mir zu?«

»Nein.«

Er öffnete den Mund und schloss ihn wieder, als er auf einmal ein Schniefen vernahm. Er trat einen Schritt zurück. »Weinst du etwa?«

»Nein.« Sie hickste.

»Lieber Gott, du weinst.« Verwirrt und entsetzt stand er da und sagte das Erstbeste, was ihm einfiel. »Ich wünschte wirklich, du würdest es nicht tun.«

Trotz seiner Anspannung merkte er, wie töricht diese Bemerkung war, aber verdammt, der Kobold weinte nicht. In all den Jahren, die er sie kannte, hatte er sie niemals weinen sehen. »Mirabelle …«

»Geh weg.«

Er war ernsthaft in Versuchung, genau das zu tun. Und es wäre nicht übermäßig schwer gewesen, seinen Rückzug zu rechtfertigen. Ein Gentleman drängte einer Dame, die allein zu sein wünschte, niemals seine Gegenwart auf. Wenn er ging, fügte er sich nur ihren Forderungen. Er sollte ihr lieber Zeit geben, sich zu fassen, dann konnten sie diese Angelegenheit klären.

Aber noch während ihm all diese Rechtfertigungen durch den Kopf gingen, trat er zu ihr und schlang die Arme um sie. »Nicht … Kobold, nicht.«

Sie entwand sich ihm. Er zog sie wieder an sich, weil er ihr Weinen nicht ertrug.

»Es tut mir leid, Kobold. Es tut mir leid, bitte, nicht weinen.«

In seinen Armen beruhigte sie sich, doch die Tränen flossen weiter. Er hörte es an ihren bebenden Atemzügen. Er hielt sie, wiegte sie sanft, bis ihr Atem wieder zu einem gleichmäßigen Rhythmus fand.

»Möchtest du mir nicht erzählen, worum es geht?«, fragte er leise und drehte sie um, sodass sie ihn ansah.

Sie zog sich ein wenig zurück, um ihm ins Gesicht sehen zu können. »Ich möchte nicht, dass du hingehst.«

»Ich weiß, aber ich habe keine andere Wahl.« Er wischte ihr eine hartnäckige Träne von der Wange. »Verstehst du denn nicht …«

»Du hast sehr wohl eine Wahl«, rief sie und wand sich aus seinen Armen. »Du könntest hierbleiben. Du könntest mich allein hingehen lassen.«

»Nein«, antwortete er entschlossen. »Das kann ich nicht.«

»Du traust mir nicht zu, mich selbst darum zu kümmern.«

»Dies hat nichts mit Vertrauen zu tun.« Er sah sie stirnrunzelnd an. »Oder vielleicht hat es doch eine ganze Menge damit zu tun. Wieso willst du mir nicht sagen, warum du weinst?«

»Ich habe es dir doch gerade gesagt.«

»Nein, nicht alles.«

Sie schloss die Augen und seufzte. »Wir sind wieder am Ausgangspunkt.«

»Wenn du mit mir reden würdest, wäre das anders.«

»Redest du denn mit mir?«, fragte sie mit leisem Vorwurf in der Stimme. »Wirst du mir denn verraten, woher William davon wusste oder warum du Erfahrung mit Fälschungen hast oder warum …?«

»Nein.« Er fuhr sich mit der Hand durchs Haar. »Verdammt, ich will nicht, dass du in all das hineingezogen wirst.«

»Genauso wenig möchte ich, dass du etwas damit zu tun hast.«

»Das ist etwas vollkommen anderes«, blaffte er.

»Nein, ist es nicht.« Sie schüttelte den Kopf und schob sich an ihm vorbei zur Tür. Mit der Hand auf der Klinke blieb sie stehen.

»Ich möchte nicht, dass du dorthin fährst«, wiederholte sie leise. »Du bist nicht willkommen.«

Die Worte verletzten ihn tiefer, als er es erwartet hätte oder zugegeben hätte, und aus alter Gewohnheit schlug er zurück.

»Nicht willkommen zu sein hat dich ja noch nie abgehalten. Betrachte es als meine Rache.«

Sogleich bedauerte er seine Worte und suchte nach einer Entschuldigung, doch sie nickte und ging.

17

Es gibt alle möglichen Arten der Peinlichkeit – Demütigung, Kränkung, Scham –, und als Mirabelle zu ihrem Onkel fuhr, kam ihr der Gedanke, dass es ihr wohl bestimmt war, jede einzelne davon binnen eines Monats zu durchleben. Zuerst der Sturz vom Hügel, dann die Peinigung durch einen Dreizehnjährigen, das Weinen in Gegenwart von Whit und jetzt das Schlimmste, der Besuch bei ihrem Onkel.

Lieber würde sie von einem Dutzend Hügel fallen und unten von einer ganzen Horde kindischer Ungeheuer überfallen werden, als ein Mitglied der Familie Cole sehen zu lassen, wie ihr Onkel lebte – und wie sie lebte, wenn sie sich gezwungenermaßen unter seinem Dach aufhielt.

Es hatte immer schon Gerüchte über das Verhalten ihres Onkels gegeben – Getuschel über die mürrische Natur des einsiedlerischen Barons und seine Liebe zum Alkohol –, aber bei Adligen wurde Exzentrizität geduldet, und seine zurückgezogene Lebensweise verhinderte, dass das volle Ausmaß seiner Sünden öffentlich bekannt wurde. Sein Ruf – und damit auch ihrer – blieb im Wesentlichen unversehrt.

Was würde Whit tun, wenn er die Wahrheit erfuhr – dass ihr einziger lebender Verwandter ein liederlicher Gauner war? Kein Fälscher, wohlgemerkt. Diese absurde Angelegenheit ließ sich gewiss aufklären. Die übrigen Vergehen ihres Onkels jedoch waren nicht zu leugnen.

Sie erinnerte sich daran, wie er einmal für den Besuch mehrerer Dirnen aus London bezahlt hatte. Und an das denkwürdige Dinner, bei dem Mr Latimer dem Baron im Scherz zwanzig Pfund für sie geboten hatte. Mr Hartsinger, der Aufseher des nahen Irrenhauses St. Brigit hatte das Gebot dann weniger scherzhaft auf dreißig Pfund erhöht.

In den Augen vieler Menschen würden beide Vorkommnisse ausreichen, um Mirabelle zu ruinieren.

Wenn Whit es herausfand … bei diesem Gedanken blieb ihr das Herz stehen.

Whit hatte so viel dafür getan, das gute Ansehen seiner Familie in der Gesellschaft wiederherzustellen, und eine Verbindung mit einem Mann wie ihrem Onkel oder einer ruinierten Frau konnte einen großen Teil seines Fortschritts zunichtemachen. Würden er und der Rest der Familie Cole sich von ihr abwenden?

Es mochte ungerecht sein, dass ein Mensch aufgrund der Taten seiner Verwandten beurteilt wurde, aber so war es nun einmal in der gehobenen Gesellschaft. Whit wusste das nur allzu gut. Es waren schließlich die Taten seiner eigenen Verwandten gewesen, die den Namen Cole ursprünglich beschädigt hatten.

Und jetzt würde er es sehen. Er würde es erfahren. Er würde sie verurteilen.

Und es gab nichts, überhaupt nichts, was sie dagegen tun konnte.

Sie hatte die ganze Nacht damit verbracht, panisch nach einem Ausweg zu suchen, aber ihr war nichts eingefallen, außer mit den Zigeunern davonzulaufen – oder die Zigeuner zu bestechen, damit sie mit Whit davonliefen. Das Beste, was sie tun konnte, war vor ihm anzukommen und zu versuchen, zumindest einen kleinen Teil des Hauses bewohnbar zu machen. Mit ein wenig Glück würde Whit zu beschäftigt sein, um sich allzu sehr um den Zustand des alten Herrenhauses zu bekümmern. Mit einer guten Portion Glück würde Whits Anwesenheit ihren

Onkel und seine Gäste dazu veranlassen, ihre lauten Lustbarkeiten auf Peinlichkeiten zu beschränken und auf Unverzeihliches für diesmal zu verzichten.

Die Vorstellung, dass sie sich vielleicht gut benehmen würden, war beinahe lachhaft. Beinahe.

Sie wusste, dass ihr Stolz ungeheuer leiden würde. Damit konnte sie leben; oder zumindest konnte sie lernen, damit zu leben.

Solange sie nur nicht aus Haldon Hall verbannt wurde.

Sie presste ihre zitternde Hand an die bebenden Lippen und wünschte sich wie schon seit Jahren, sie hätte ihren Eltern so viel bedeutet, um sie in die Obhut von jemandem wie den Coles zu geben.

Sie war sieben Jahre alt gewesen, als ihre Eltern während einer Grippeepidemie gestorben waren. Zu Lebzeiten waren sie ihrer einzigen Tochter gegenüber gleichgültig gewesen und hatten sich dafür entschieden, sie von einer Reihe von Dienstboten großziehen zu lassen, wie es in der feinen Gesellschaft üblich war.

Im Tode hatte sich diese Gleichgültigkeit als grausam erwiesen. Nach dem Willen ihrer Eltern war Mirabelle unter die Vormundschaft eines Onkels gekommen, den sie kaum gekannt hatten. Aber der Mann war ein Baron, und anscheinend hatte dieser Titel nach Meinung ihrer Eltern als Leumundszeugnis ausgereicht.

Nach der Ankunft bei ihrem Onkel war sie rasch in ein abgelegenes Zimmer im hinteren Teil des Hauses abgeschoben worden, hatte eine desinteressierte Gouvernante zugewiesen bekommen und war ansonsten von dem Baron und ebenso von seinem Personal ignoriert worden.

Nach zwei Monaten dieser Behandlung hatte Mirabelle sich überwunden, ihren Onkel aufzusuchen, und ein Zimmer mit einem richtig funktionierenden Kamin gefordert, regelmäßige Mahlzeiten und, wenn es nicht zu viel verlangt war, eine Matratze, deren Inneres sich im Innern befand. Sie war schließlich die Tochter eines Gentlemans und Mitglied der Familie des Barons.

Ihr Onkel hatte mit einer Ohrfeige reagiert, eine Tat, die Mirabelle so schockiert hatte, dass sie starr und stumm dagestanden hatte. Für einen Moment hatte sie sich gefühlt, als hätte sich ihr Kopf auf seltsame Weise von ihrem Körper gelöst, und sie hatte sich benommen gefragt, ob sie nun wohl den Rest ihres Lebens auf dem Fußboden im Studierzimmer ihres Onkels verbringen musste. Dem hatte er schnell ein Ende gemacht, indem er um den Schreibtisch herumgekommen war, sie am Arm gepackt und zur Tür des Studierzimmers hinausgeschleift hatte. Erst als es den Anschein hatte, als würde er ihr folgen, war Mirabelle wieder zur Besinnung gekommen und war gerannt – durch den Flur, aus dem Haus und in den Wald auf der Ostseite des Besitzes.

Sie war gelaufen, bis sie ihre Beine nicht mehr spürte. Bis sie glaubte, Herz und Lunge würden ihr bersten. Bis sie um eine Biegung kam, das Gleichgewicht verlor und einen Hang hinunterstürzte in die Arme einer reizenden Dame, die ein frisches, weißes Kleid trug, das nach Stärke und Pfefferminze roch.

Die Frau hatte Mirabelle in den Armen gehalten, bis die Tränen versiegt waren. Sie hatte sie auf ernste Verletzungen untersucht und sie sanft getadelt, weil sie wie ein wildes Tier durch die Gegend gerannt und einen Hügel hinabgerollt war. Jetzt würde sie ein blaues Auge davon haben, dummes Kind.

Dann hatte sie sich als Mrs Brinkly vorgestellt, die Gouvernante der jungen Lady Kate – einer kleinen blonden Elfe von einem Mädchen, die vorgetreten war und Mirabelle scheu die Überreste eines klebrigen Brötchens angeboten hatte – inzwischen mehr klebrig als Brötchen –, das sie in ihrer kleinen Hand barg. Mirabelle hatte die Leckerei dankbar angenommen, ebenso wie das stumme Freundschaftsangebot, das damit einherging.

So war sie mit der Familie Cole bekannt geworden. Eine gütige Wendung des Schicksals, die alles verändert hatte.

Haldon Hall befand sich keine zwei Meilen vom Haus ihres Onkels entfernt. Als sie hörte, ihr Nachbar sei zum Vormund eines verwaisten Kindes gemacht worden, hatte Lady Thurston wegen der Absurdität, dass der trunksüchtige Baron ein kleines Mädchen großziehen sollte, angewidert geseufzt und sofort dafür gesorgt, dass Mirabelle eine Einladung nach Haldon Hall erhielt. Bei ihrem Aufenthalt bekam Mirabelle anständiges Essen, Kleidung und Unterricht. Die Gräfin bestand sogar darauf, dass Mirabelle die Familie anlässlich eines Debüts und auch während der folgenden Saisons nach London begleitete.

Sie hatte den Großteil ihrer Kindheit bei den Coles verbracht, und Mirabelle schienen Haldon Hall und seine Bewohner einem Märchen entstiegen zu sein.

Doch wenn Haldon eine strahlende Burg voller Ritter und schöner Jungfern war, so war das Heim ihres Onkels ein Kerker gewesen, inklusive der Oger.

So war es noch immer, dachte sie und verzog das Gesicht, als das steinerne Gebäude hinter einer Straßenbiegung in Sicht kam. Und es war ebenso trostlos und abweisend, wie Haldon Hall strahlend und gütig war. Mit seinem Säulenportikus, den beiden Fensterreihen und den vielen Schornsteinen mochte das alte steinerne Gebäude aus der Ferne zwar die Kennzeichen eines gewissen – wenn auch bescheidenen – Wohlstands tragen, doch man brauchte nur ein wenig näher zu kommen, um die Wahrheit zu entdecken. Es war dunkel, feucht und halb verfallen. Die Säulen bogen sich, die Fenster waren gesprungen, und die Schornsteine bröckelten.

Es gab keine nennenswerten Gärten, nur hinten die vermodernden Ruinen einer alten, halbhohen Mauer und eines Gärtnerhäuschens. Nicht einmal ein Kräuterbeet war auf dem Gelände zu finden. Ihr Onkel machte sich nichts aus Gemüse, und sie vermutete, dass er durch den Alkohol schon vor längerer Zeit den Geschmackssinn eingebüßt hatte. Das wäre eine Erklärung dafür gewesen, dass er sich regelmäßig in der Küche über das zu spärliche Essen beschwerte, aber nie darüber, dass es fast ungenießbar war. Für ihn war die Größe der Portionen wichtiger als die Qualität der Speisen.

Sie nahm ihren Koffer und sprang von der Kutsche herab. Sie hatte nur zwei Kleider von Haldon Hall mitgebracht und diese auch nur, weil sie wusste, dass Whit kommen würde. Andernfalls hätte sie sich mit den Kleidern begnügt, die sie im Haus ihres Onkels aufbewahrte.

»Soll ich das für Sie tragen, Miss?«

Sie lächelte den wartenden Diener an und schüttelte den Kopf. Niemals hätte sie einem Dienstboten von Haldon Hall erlaubt, das Haus ihres Onkels zu betreten. »Nein, vielen Dank. Sie sollten zurückfahren. Bei all den Gästen, die heute packen und aufbrechen, kann Lady Thurston sicher Ihre Hilfe brauchen.«

»Sehr wohl, Miss.«

Sie sah zu, wie die Diener sich wieder leichtfüßig auf die Kutsche schwangen, bevor sie davonrollte. Dann nahm sie die Schultern zurück, drehte sich um und ging auf das Haus zu.

Ein gewaltiger Hund – von der Sorte, die so aussah, als könnte sie einen ganzen Arm mit einem Biss verschlingen – war neben der Vordertreppe angekettet. Es war ein riesiges Tier von fragwürdiger Abstammung und schnappte mit Vorliebe nach den Röcken der Frauen und den Waden der Männer, die vorbeieilten (auch wenn Mirabelle nie hatte herausfinden können, ob das Vieh nur unwillkommene Gäste abschrecken sollte oder alle Gäste). Der Hund hatte sie immer an Zerberus erinnert, der das Höllentor bewachte.

Christian, der Stallbursche und ihr einziger Freund hier, hatte das immer ungeheuer komisch gefunden. Er verstand sich prächtig mit der Bestie und nahm sie oft auf lange Spaziergänge durch die Felder mit.

Mirabelle hatte versucht, sich ebenfalls mit dem Hund anzufreunden, und ihm Leckerbissen und schöne Knochen aus der Küche gebracht. Aber es schien nichts zu nützen.

Als sie die Treppe hinaufstieg, schnappte der Hund nach ihr. Er verfehlte sie zwar um ein ganzes Stück, dennoch zuckte sie zusammen.

»Undankbarer Kerl«, murmelte sie, drückte die Haustür auf und nahm sich vor, Christian darum zu bitten, er solle das Tier während ihres Aufenthalts anderswo unterbringen.

Es überraschte sie nicht, dass niemand in der Eingangshalle oder in einem der angrenzenden Räume bereitstand, um ihr mit dem Gepäck zu helfen. Das Personal ihres Onkels war an seiner Arbeit genauso wenig interessiert, wie das Personal von Haldon auf die seine stolz war.

Sie hatte einen oder zwei von Bentons demokratischeren Bürgern Baron Eppersly als »einen großen Fürsprecher der Unterdrückten« bezeichnen hören. In Wahrheit hatte die Neigung ihres Onkels, die Alten, die Gebrechlichen und – vor allem – die Verrufenen einzustellen, nichts mit Großzügigkeit zu tun, sondern mit kalter Berechnung. Jemand, der dringend Essen und ein Dach über dem Kopf brauchte, beschwerte sich nicht so schnell über unbedeutende Kleinigkeiten wie unregelmäßige Bezahlung und Schläge durch eine fleischige Hand.

Angst war jedoch etwas ganz anderes als Dankbarkeit, und

Verzweiflung war wohl kaum eine Qualifikation. Daher kümmerte das abgemagerte Personal sich zumeist nur widerwillig um die Wünsche des Barons, oder es tat überhaupt nichts.

»Da ist sie!«

Beim Klang der dröhnenden Stimme, die von der Treppe herunterhallte, zuckte Mirabelle zusammen, aber da es eine der wenigen Stimmen im Haus ihres Onkels war, die sie nicht fürchtete, drehte sie sich um, um ihren Besitzer mit einem Lächeln zu begrüßen.

Normalerweise wäre Mirabelle jemandem wie Mr Cunningham tunlichst aus dem Weg gegangen. Der Mann war laut, grob und schrecklich ungehobelt. Außerdem roch er aus Gründen, die ihr verborgen blieben, stets unweigerlich und überwältigend nach Essig und verdorbenem Kohl.

Und zeugte es nicht von ihrer traurigen Lage, dachte sie, dass sie erleichtert darüber sein musste, ihn jetzt zu sehen? Aber andererseits war Mr Cunningham verglichen mit den anderen Gästen fast schon ein angenehmer Zeitgenosse. Trotz seiner abstoßenden Gewohnheiten war er ein gutmütiger Bursche. Man hätte ihn beinahe freundlich nennen können. Er hätte ihr niemals grausame Beleidigungen an den Kopf geworfen und hatte immer zumindest den Anstand besessen, seine Hände bei sich zu behalten.

»Mirabelle, mein Mädchen«, brüllte er und ignorierte wie immer die Tatsache, dass sie schon vor geraumer Zeit ein Alter erreicht hatte, in dem es nicht länger angemessen war, sie beim Vornamen zu nennen. »Schön, dich zu sehen! Schön, dich zu sehen!«

Als seine Stimme und sein Geruch sich näherten, wich sie unwillkürlich einen Schritt zurück und fragte sich nicht zum ersten Mal, warum jemand, der so laut sprach, dass er Tote hätte wecken können, es für nötig hielt, sich zu wiederholen.

»Ich freue mich auch, Sie zu sehen, Mr Cunningham. Wollen Sie gerade nach draußen gehen?«

»Nein, nein. Ich fühle mich nicht recht wohl, weißt du. Nicht recht wohl.«

»Es tut mir leid, das zu hören«, sagte sie einigermaßen aufrichtig. »Nichts allzu Ernstes, hoffe ich?«

»Durchaus nicht, durchaus nicht. Ein Anfall von kaltem Fieber, denke ich. Verwünschte Zeit, um daran zu erkranken.«

»Ja«, erwiderte sie, da sie das Gefühl hatte, etwas sagen zu müssen. »Kann ich etwas für Sie tun?«

»Nun, da du schon fragst, mein Mädchen – könntest du wohl jemanden mit etwas Brühe hinaufschicken? Ich habe geläutet, aber es ist niemand gekommen. Keine Menschenseele!«

Alles andere hätte sie sehr überrascht. Dass außerhalb des Schlafzimmers und Studierzimmers ihres Onkels ein Klingelzug funktionierte, war äußerst unwahrscheinlich. Dass ein Diener sich die Mühe machte zu kommen, wenn außerhalb des Schlaf- oder Studierzimmers ihres Onkels jemand läutete, war noch geringer. Und die Wahrscheinlichkeit, dass beide Ereignisse gleichzeitig eintraten, ging gegen null.

»Ich werde mich darum kümmern, aber nur Brühe? Möchten Sie nicht noch etwas anderes?«

»Nun, ich hätte nichts dagegen, wenn die Brühe von dem blonden Hausmädchen mit dem üppigen Busen gebracht würde.« Er machte eine vielsagende Geste vor seiner ausladenden Brust. »Hätte überhaupt nichts dagegen. Ein solcher Anblick würde jeden Mann aufrichten, hm?«

Sein Gesicht erhellte sich auf eine Weise, die Mirabelle einen weiteren Schritt zurücktreten ließ. Sie kannte diesen Gesichtsausdruck.

»Einen Mann aufrichten! Aufrichten!« Er lachte grölend über den eigenen Scherz und schickte einen Schwall kohlgeschwängerter Atemluft in ihre Richtung. »Verstehst du nicht, Mädchen?«

»Doch«, presste sie hervor.

»Nicht, dass ich zu viel mehr imstande wäre, als strammzustehen, wohlgemerkt«, gestand er und kicherte in sich hinein. »Oder dass sie mir auch nur die geringste Beachtung schenken würde – nicht, wenn Männer wie Lord Thurston im Haus sind. Ich habe doch richtig gehört, oder, Mädchen? Thurston wird sich zu uns gesellen?«

»Ja, Mr Cunningham. Es sei denn, er fällt auf dem Weg hierher vom Pferd und bricht sich das Genick«, fügte sie mit so viel Hoffnung hinzu, dass er gluckste.

»Ich habe Seine Lordschaft ein- oder zweimal bei Tattersall gesehen. Verteufelt gut aussehender Mann – dieser Schuft – erzähl mir nicht, es würde dir nicht gefallen, was er zu bieten hätte.«

»Nur wenn es sein Kopf wäre und man ihn mir auf einem Teller brächte.«

»Oh-ho, das glaube ich nicht. Ich glaube dir kein Wort. Andere magst du vielleicht täuschen können, Mädchen, aber mich nicht. Ich kenne dich, seit du klein warst, oder? Bin praktisch dein Onkel!«

»Schön wär's«, murmelte sie. Wenn sie schon einen peinlichen Onkel haben musste, wäre ihr dieser hier lieber gewesen. »Ich wette, der Baron würde mich gegen diese Rotschimmelstute eintauschen, mit der Sie immer prahlen.«

»Meine Gertie? Ich soll mein einziges Kind gegen eine bloße Nichte eintauschen?« Er schüttelte den Kopf. »Wäre unvernünftig. Höchst unvernünftig. Und außerdem wirft sie Fohlen – bezweifle, dass du genauso entgegenkommend wärst.«

»Diese spezielle Fähigkeit geht mir leider ab.«

»Nun, du siehst aus wie eine Frau, die starke Söhne gebären

wird, und das ist nichts, worüber man die Nase rümpft. Absolut nichts.« Er beugte sich vor und kniff die Augen zusammen. »Warum bist du noch nicht verheiratet? Musst doch jetzt bald zwanzig sein.«

Für einen Moment schwieg sie verblüfft, dann brach sie in Gelächter aus.

»Gott segne Sie, Onkel Cunningham.«

Sie ließ ihn allein, um herauszufinden, ob ein gewisses blondes Hausmädchen etwas gegen ein wenig harmlose Gafferei einzuwenden hätte.

Zufällig war das fragliche Hausmädchen nur allzu entzückt über die Gelegenheit, begafft zu werden, und Mirabelle überlegte, ob die kecke junge Frau am Ende des Abends wohl um ein kleines Schmuckstück oder ein paar Münzen reicher sein würde. Es ging sie nichts an, sagte sie sich, und es war wohl kaum das Schlimmste, was je bei einer Gesellschaft geschehen war – vor allem, wenn besagte Gesellschaft von ihrem Onkel gegeben wurde. Sie schob den Gedanken beiseite und machte sich daran, ein paar Hausmädchen und Diener aufzustöbern, die ein Zimmer für den kurzfristig angekündigten Gast Lord Thurston herrichten und lüften würden.

Eben noch rechtzeitig wurden sie fertig. Mirabelle kam gerade die Treppe hinunter, die Arme voller alter Bettwäsche, hinter sich ein mürrisches Hausmädchen, als es an der Tür klopfte. Da das Hausmädchen sich nicht erbot, dem Ruf zu folgen, reichte Mirabelle ihr die Wäsche und trug ihr auf, dafür zu sorgen, dass die Laken gewaschen wurden – sie bezweifelte, dass dies geschehen würde –, und öffnete selbst die Tür.

Obwohl sie den ganzen Morgen damit verbracht hatte, sich auf seine Ankunft vorzubereiten, tat ihr Herz bei Whits Anblick auf der Eingangstreppe ihres Onkels einen schmerzhaften Sprung. Einer Panik nahe, stellte sie sich vor, wie sie die Tür zuschlug und hinter sich abschloss. Wenn sie auch nur einen Moment lang gedacht hätte, dass sie ihn dadurch bewegen könnte, wieder zu gehen, hätte sie das auch bedenkenlos getan. Aber er wäre nur auf anderem Weg ins Haus gekommen. Zu dumm, dass Christian bereits den Hund fortgeschafft hatte. Das hätte ihn zumindest gebremst.

Sie wappnete sich gegen das Unvermeidliche, hob das Kinn und straffte die Schultern. »Whittaker.«

Er sah sie stirnrunzelnd an. »Warum hast du die Tür aufgemacht?«

»Weil ich gerade hier war. Wenn ich gewusst hätte, dass du es warst, hätte ich mir die Mühe natürlich gespart.«

Sie wollte gern zornig sein. Sie war auch wirklich zornig, aber vor allem hatte sie entsetzliche Angst. Da sich Furcht durch nichts so gut verbergen lässt wie durch Zorn, konzentrierte sie sich darauf.

Sie hielt ihm die Tür auf und trat beiseite. »Kommst du nun herein oder nicht?«

Er blieb, wo er war, und sah sie forschend an. »So willst du es also haben?«

»Falls du darauf bestehst, deinen lächerlichen Auftrag auszuführen, ja.«

Sag Nein. Bitte, bitte, bitte, sag, dass du deine Meinung geändert hast.

»Also schön.« Er ging an ihr vorbei ins Haus. »Dann spiele die Gastgeberin, Liebchen, wie es sich gehört, und bitte jemanden, sich um meine Taschen zu kümmern.«

Sie schloss die Tür hinter ihm. »Es wäre mir ein Vergnügen. Ich kenne genau die richtige Grube – sehr tief, sehr schlammig.«

»Wer ist da, Mädchen?« Die dröhnende Stimme des Barons hallte von seinem Studierzimmer den Flur hinunter.

Angesichts seiner entsetzlichen Manieren zuckte sie unwillkürlich zusammen, weigerte sich jedoch standhaft, Whits fragende Miene zur Kenntnis zu nehmen. Verleugnung war eine der letzten Taktiken, die ihr zur Verfügung standen, und sie war fest entschlossen, davon Gebrauch zu machen.

»Es ist Lord Thurston, Onkel!«

»Haben Sie einen Furzfänger mitgebracht, Thurston?«

Whits einzige Reaktion bestand in einer hochgezogenen Augenbraue. »Wie bitte?«

»Er meint einen Kammerdiener«, murmelte sie und spürte, wie ihr die Hitze der Verlegenheit in die Wangen stieg. Es war zwar beschämend, rief sie sich ins Gedächtnis, aber nicht katastrophal. Noch nicht.

»Ja, ich weiß, was er meint.« Whit wandte sich in die Richtung, aus der Epperslys Stimme gekommen war. »Ich komme ohne Begleitung!«

»Gut! Kein Platz!«

»Ich bin mir sicher, dass jegliche Arrangements mehr als angemessen sein werden.«

»Gut!« In der Tür blitzte für einen kurzen Moment schütteres braunes Haar auf. »Bring ihn rauf, Mädchen! Was ist los mit dir?«

»Ist er immer so charmant?«, erkundigte sich Whit, als der Kopf ihres Onkels wieder im Studierzimmer verschwunden war.

»Du kannst ihm kaum einen Vorwurf machen, so wie du dich hier hereingeschmuggelt hast.« Es ärgerte sie ungemein, ihren Onkel zu verteidigen, aber das war leichter, als sich für ihn zu entschuldigen.

»Er hätte ja Nein sagen können«, bemerkte Whit. »Ich habe gestern Abend einen Brief geschickt, in dem ich die Einladung angenommen habe, und unsere Güter sind zu Pferd nur eine halbe Stunde voneinander entfernt.«

Auf diese Feststellung hin hatte sie keine glaubwürdige Antwort parat, daher ignorierte sie sie und ging die Treppe hinauf. »Du kannst dein Gepäck selbst tragen, oder du kannst darauf warten. Das Personal ist im Moment mit anderen Dingen beschäftigt.«

Er ergriff seine Tasche und holte Mirabelle ein, als sie halb hinaufgestiegen war. »Dann fehlt es im Haus also an Personal?«

»Frag meinen Onkel«, schlug sie vor, wobei sie ganz genau wusste, dass er dies nicht tun konnte, ohne den Baron zu beleidigen.

Sie führte ihn zu einem Zimmer, das am Ende des Flurs lag. Ein Abstellraum und zwei Wäscheschränke trennten es von den anderen Gästezimmern, aber es war das beste Zimmer, welches das Haus zu bieten hatte. Seine Annehmlichkeiten wurden von den anderen Gästen nur deshalb verschmäht, weil diese den längeren Fußweg scheuten. Mirabelle öffnete die Tür und trat ein, erfreut darüber, dass der größte Teil des Modergeruchs durch das Lüften verschwunden war.

»Diese Türen führen zu einem privaten Balkon.« Sie war sich relativ sicher, dass er nicht unter seinem Gewicht einstürzen würde. »Dort ist ein Schreibtisch für deine Sachen.« Sie hatte sich zuerst versichert, dass alle Schubladen sich öffnen ließen. »Ich fürchte, wir haben einige Schwierigkeiten mit den Klingelzügen. Wenn du etwas brauchst« – hol es dir selbst, dachte sie –, »wirst du ein Hausmädchen oder einen Diener aufstöbern müssen.«

»Mirabelle …« Er streckte die Hand nach ihr aus, aber sie tat einen Schritt zur Seite und öffnete die Tür.

»Das Dinner wird um halb neun serviert«, teilte sie ihm mit und ging, wobei sie sich inbrünstig wünschte, er möge für den Rest der Gesellschaft auf seinem Zimmer bleiben. Oder zumindest bis zum Abendessen.

18

Mirabelle verbrachte den Rest des Tages damit, abwechselnd in der Küche Brände zu löschen – größtenteils im übertragenen Sinne, aber mit einer kleinen, buchstäblichen Ausnahme – und die zahllosen Aufträge ihres Onkels zu erledigen.

»Hol mir die Kiste Portwein aus dem Keller. Ich will nicht, dass diese jämmerlichen, diebischen Diener allein dorthin gehen.«

»Mr Hartsinger hat gern frische Wäsche in seinem Zimmer. Sorg dafür, dass das vor seiner Ankunft erledigt wird.«

»Zieh dich um. Du siehst schändlich aus.«

»Warum begrüßt du meine Gäste nicht, Mädchen? Meinst du etwa, ich habe dich kommen lassen, damit du den ganzen Tag auf deinem fetten Arsch sitzt?«

Die Tatsache, dass der Baron sich bemüßigt fühlte, über die äußere Erscheinung einer anderen Person zu urteilen, hatte sie immer wieder in Erstaunen versetzt. Er war der korpulenteste Mensch, den sie kannte. Der Mann war, mit einem Wort, kugelrund – nicht füllig oder etwas dicker in der Leibesmitte. Nein, wenn seine Arme seitlich herabhingen, sah er aus wie eine nahezu perfekte Kugel, und diese Illusion wurde nur durch die kleinen Auswüchse seines Kopfes und seiner Füße zerstört.

Der Kopf selbst – und so nannte sie ihn bei sich, »den Kopf« – war groß und lichtete sich zusehends, und seine Nase saß platt in seinem Gesicht, sodass er einem Ball mit blauen Knopfaugen und wulstigen Lippen glich. Seine Füße waren kurz und so klein, dass sie immer den Eindruck – und die Hoffnung – hatte, sie würden gleich unter seinem Gewicht nachgeben und ihn jeden Moment umfallen lassen.

Leider war dieses lang ersehnte Ereignis bisher nicht eingetreten, und Mirabelle musste sich damit trösten, dass ihr widerwärtiger und sich lästigerweise geschickt bewegender Onkel sie derart auf Trab hielt, dass ihr wenig Zeit blieb, sich über den zusätzlichen Gast im Hause den Kopf zu zerbrechen.

Meistens jedenfalls.

Glücklicherweise schienen sämtliche Gäste gerade in ihren Zimmern zu sein – vermutlich packten sie aus oder schrieben Briefe an Ehefrauen und Geliebte und setzten sie davon in Kenntnis, dass sie heil angekommen waren. Nach Mirabelles Vermutung würden eine oder zwei Ehefrauen über die Nachricht ziemlich enttäuscht sein.

Aber es würde unmöglich sein, Whit beim Dinner von den anderen fernzuhalten – nun, zumindest versuchen konnte sie es. Sie sandte ein Hausmädchen nach oben mit dem Angebot, Whit sein Essen aufs Zimmer bringen zu lassen, und als das fehlschlug, schickte sie Hausmädchen mit demselben Angebot zu allen anderen Gästen. Doch nur Mr Cunningham nahm es an.

Daher fand Mirabelle sich binnen weniger Stunden am Esstisch mit einigen der abscheulichsten Menschen Englands wieder … und mit Whit.

Abendmahlzeiten in Baron Epperslys Haus waren zwanglose Angelegenheiten. Äußerst zwanglose Angelegenheiten. Sie waren so zwanglos, dass man sie guten Gewissens liederlich nennen konnte. Mirabelle persönlich fand, dass sie am ehesten einem gefräßigen Rudel geifernder Hyänen ähnelten, die sich um Aas stritten. Zwar hatte sie noch nie eine Hyäne gesehen, aber sie hatte darüber gelesen, und ihrer Meinung nach traf die Beschreibung auf die Gruppe recht gut zu.

Abgesehen von dem abstoßenden Anblick erwachsener

Männer, die ohne die geringste Beachtung der Etikette aßen – warum zum Teufel bestand ihr Onkel auf dem guten Tafelsilber, wenn er ohnehin anstelle von Gabel, Messer und Löffel seine Finger gebrauchte? –, graute es Mirabelle auch deshalb vor der Mahlzeit, weil diese für die Männer offenbar das Signal war, mit dem Trinken zu beginnen.

Je mehr Wein floss, desto mehr wurden die guten Manieren über Bord geworfen. Gäste, die ihr bisher nicht die geringste Aufmerksamkeit geschenkt hatten, entdeckten in ihr plötzlich ein faszinierendes Gesprächsthema. Zumindest war das in der Vergangenheit immer so gewesen.

An diesem Abend ließen sie Mirabelle die erste Stunde lang in Ruhe. Dass Lord Thurston sich zu ihnen gesellte, schien sie hinreichend zu beschäftigen. Anfangs bestürmten sie ihn mit argwöhnischen Fragen.

»Was führt Sie zu unserer bescheidenen Zusammenkunft?«, fragte Mr Hartsinger.

»Es überrascht mich, dass Sie die Zeit dazu gefunden haben – zwischen den feinen Gesellschaften Ihrer Frau Mama und Ihrem Sitz im Oberhaus«, bemerkte Mr Waterson.

»Habe ich Sie nicht einmal Lady Killory gegenüber erwähnen hören, dass übermäßiger Genuss von Alkohol ein Zeichen für einen schwachen Geist sei?«, erkundigte sich Mr Harris.

Aber Whit beantwortete alle Fragen mit Verstand und Humor. »Ich bin aus genau den Gründen hier, die Sie genannt haben, Mr Waterson. Ich brauchte eine Entschuldigung, um von den albernen Frauen bei biederen Gesellschaften wegzukommen, ganz zu schweigen von den albernen Frauen der Mitglieder des Oberhauses. Und Sie hätten diese Bemerkung ebenfalls gemacht, Mr Harris, wenn Sie derjenige gewesen wären, den die Dame mit Sherry anhauchte. Das war die beste Methode, um sie loszuwerden.«

Recht bald entwickelte sich das Gespräch von einer Befragung zu einer ausgelassenen Runde, die sich in Erinnerungen an den verstorbenen Lord Thurston erging sowie in der Frage, ob sein Sohn dem alten Mann eines Tages gerecht werden würde.

Mirabelle machte sich auf ihrem Stuhl so klein wie möglich. Selbst wenn sie die Mahlzeit überstand, ohne dass man sie bemerkte oder zum Sprechen aufforderte, war da immer noch die Beschämung darüber, dass Whit ihren Onkel und seine Freunde in ihrer Beschränktheit und Völlerei erlebte, aber sie würde zumindest nicht selbst …

»Sitz nicht so krumm da, Mädchen!«, fuhr ihr Onkel sie an.

Verflixt!

»So hässlich, wie sie ist«, fügte er hinzu, »muss sie nicht auch noch eine schlechte Haltung haben.«

Verdammt!

»Lassen Sie das Mädchen in Ruhe, Eppersly«, sagte jemand, und sie hatte nicht die Absicht aufzublicken, um zu sehen, wer es war. »So schlecht sieht sie gar nicht aus, dass ich es nicht mal mit ihr versuchen würde.«

Oh. Verfluchte. Hölle.

Sie konnte Whit nicht ansehen. Sie hätte ihm jetzt nicht in die Augen schauen können, nicht einmal, wenn ihr Leben davon abgehangen hätte. Lachte er etwa? Sie hörte ihn nicht lachen, aber durch das hässliche Gepruste, das ihr Onkel ein Lachen nannte, hörte sie kaum etwas. War Whit böse? Gekränkt? Schockiert? Hätte sie doch nur den Mut gehabt, es herauszufinden.

»Was sagen Sie, Thurston?«, rief einer der Gäste. »Hatten Sie je ein Weib …«

Mirabelle stürzte sich in einen Hustenanfall, so heftig, dass ihr die Kehle brannte und die Augen tränten, aber das scherte sie nicht. Wenn der Mann seine Frage beendete, würde sie zwar nicht auf der Stelle vor Scham sterben, aber es sich ganz gewiss wünschen.

Der Baron grunzte und schnippte mit fettigen Fingern nach einem Diener. »Du. Du da.«

»Simmons, Sir.«

»Habe ich dich nach deinem Namen gefragt?«, begehrte der Baron auf, dann deutete er mit dem Finger in Mirabelles Richtung. »Idiot. Klopf dem Kind mal auf den Rücken, um Himmels willen.«

»Auf den Rücken klopfen …?«

»Wird's bald!«

Mirabelle schnappte nach Luft und hielt den Diener mit einer Hand und einem matten Lächeln auf. »Das wird nicht nötig sein, Simmons, vielen Dank.«

Simmons sah den Baron an und wartete auf Bestätigung. Der Baron zuckte desinteressiert die Schultern und wandte sich wieder seinem Essen zu.

»Entschuldigen Sie mich«, murmelte Mirabelle und floh. Möglicherweise würde man sie am nächsten Tag wegen ihres verfrühten Aufbruchs beschimpfen, aber es war ebenso gut möglich, dass ihr Onkel bereits genug getrunken hatte und sich nicht darum scherte oder es ganz vergaß. Und ganz gewiss konnte sie keine weitere Sekunde in diesem Raum zubringen. Sie rannte auf ihr Zimmer, schlug die Tür zu und sperrte ab.

Sie wusste nicht, wie lange sie einfach dort gestanden hatte, zitternd und heiser keuchend. War es das nun? Würde sie wegen einer achtlosen Bemerkung ruiniert sein? Als sie merkte, dass ihre Knie nachgaben, riss sie sich zusammen und schob die Panik zugunsten der Vernunft beiseite. Der Gast hatte angedeutet, dass er es mit ihr versuchen wolle, wenn er die Möglichkeit dazu hätte – nicht, dass er es bereits getan hatte. Das war ein kleiner, aber bedeutungsvoller Unterschied. Die eine Bemerkung war grausam und demütigend, die andere würde ihren Namen unwiderruflich ruinieren. Wie die Dinge lagen, war ihr Ruf lediglich ein wenig angekratzt. Wie auch ihr Stolz. Und ihr Herz – Whit mochte zwar nicht über den Scherz gelacht haben, aber er hatte sie auch nicht verteidigt.

»Zum Teufel mit dem Mistkerl«, schimpfte sie zu niemand Bestimmtem und weigerte sich, ein schlechtes Gewissen zu haben, weil sie ein so vulgäres Schimpfwort benutzt hatte. Sie hatte es ihren Onkel hundert Male sagen hören. »Zum Teufel mit all den Mistkerlen.«

Sobald es nur irgend möglich war, würde sie anfangen, nach dem Beweis dafür zu suchen, dass ihr Onkel kein Fälscher war. Wenn sie diesen Beweis hatte, konnte Whit gehen. Falls sie danach auf Haldon Hall immer noch willkommen war, würde sie diese Gesellschaft einfach als eine schreckliche peinliche Erinnerung abhaken. Falls nicht … nun …

»Zum Teufel damit«, war alles, was ihr einfiel.

Es dauerte weitere zwei Stunden, bevor sie den Mut aufbrachte, ihr Schlafzimmer wieder zu verlassen. Die anderen würden noch nicht im Bett sein, aber da war immer noch die Frage, ob sie es geschafft hatten, sich zum Studierzimmer ihres Onkels zu begeben oder ob sie so schnell so viel getrunken hatten, dass sie es zu umständlich fanden, das Speisezimmer zu verlassen. Sie hoffte auf Letzteres. Ihr Onkel schlief manchmal in dem Sessel ein, in dem er gerade saß, und wenn der Sessel sich zufällig im Studierzimmer befand, hieß das, dass sie diesen Raum erst in einer der nächsten Nächte durchsuchen konnte. Da sie ungeheuer ängstlich war bei dem Gedanken, im Heiligtum ihres Onkels herumzustöbern, fand sie die Vorstellung eines Aufschubs ausgesprochen unangenehm. Lieber brachte sie es jetzt hinter sich, als dass sie sich noch einen weiteren Tag deswegen quälte.

Sie ging in Richtung des grölenden Gelächters, das aus Richtung des Esszimmers drang. Damit war es entschieden, dachte sie. Ihr Onkel würde entweder dort schlafen oder sich von zwei unglücklichen Dienern auf sein Zimmer schleifen lassen. Aber er würde in dieser Nacht nicht mehr in das Studierzimmer gehen.

Sie wandte sich zum Gehen, dann blieb sie stehen und drehte sich wieder um. Ihre Neugier gewann die Oberhand.

War Whit noch da drin?

Sie spähte durch den Türspalt und sah, dass er tatsächlich noch dort war – dieser Nichtsnutz.

Für einen Mann, der nicht zum Vergnügen hier war, spielte er den passionierten Trinker verdächtig realistisch. Er war betrunken, wie sie mit Abscheu bemerkte, und obwohl das wahrscheinlich unvermeidlich war, um das Vertrauen und die Anerkennung der Gruppe zu gewinnen, musste er doch gewiss nicht so ungeheuer fröhlich dabei wirken.

Dümmlich grinsend lümmelte er in einem alten Sessel mit hoher Lehne; seine Halsbinde war verschwunden, sein Rock aufgeknöpft. Er hielt eine Weinflasche in der Hand, und mehrere Zuhörer lauschten gebannt, während er nuschelnd die Geschichte des menschenfressenden Wildschweins zum Besten gab, das er in Frankreich gejagt hatte. Die Bestie habe ihn beinahe das Leben gekostet, hörte sie ihn sagen und fragte sich beiläufig, ob es sie wohl ihr Abendessen kosten würde. Wenn an dieser Geschichte auch nur eine Unze Wahrheit war, dann aß sie ihr blaues Unterkleid auf.

Es war besser, wenn er sich amüsierte, rief sie sich ins Gedächtnis. Genauso hätte er abseits sitzen und den Baron voller Abscheu und Verachtung beobachten können … und sich gleichzeitig fragen, wie er die Familie Cole am besten von allem befreite, was mit Baron Eppersly in Verbindung stand.

Sie unterdrückte einen gereizten Seufzer und kehrte zu ihrem Zimmer zurück. Es würde höchstens noch eine Stunde dauern, bis die Männer allmählich einschliefen, aber sicherheitshalber würde sie zwei Stunden warten.

Sie wartete drei Stunden, denn in diesem Haus war man besser übervorsichtig.

Sie verließ ihr Zimmer mit einem gewissen Plan. Zuerst würde sie versuchen, die Tür zum Studierzimmer zu öffnen, und falls sie verschlossen war, würde sie um das Haus herumgehen und nachsehen, ob sie vielleicht zum Fenster hinaufklettern konnte. Wenn sie es nicht konnte – und da sie im Klettern über keine nennenswerte Erfahrung verfügte, war das durchaus möglich – oder falls das Fenster ebenfalls verschlossen war, würde sie sich eben tagsüber ins Studierzimmer schleichen müssen. Schon bei dem bloßen Gedanken daran zog sich ihr der Magen zusammen. Tagsüber wurde man viel eher ertappt, und wenn ihr Onkel herausfand, dass sie in seinem Studierzimmer herumgestöbert hatte, würde er …

Nicht daran denken. Jetzt bloß nicht daran denken.

Sie stahl sich die Treppe hinunter und achtete darauf, die knarrenden Stufen zu vermeiden. Aller Wahrscheinlichkeit nach hätte sie auch wie eine ganze Elefantenherde durch den schmalen Gang trampeln können, und niemand hätte etwas bemerkt. Die betrunkenen Gäste waren eingeschlafen, und die Diener waren zu erschöpft, als dass sie die Bewegung im Haus bemerkt oder sich gar darum geschert hätten. Trotzdem, es war nie von Vorteil, im Haus ihres Onkels ein Risiko einzugehen.

Zu ihrer unendlichen Erleichterung fand sie die Tür zum

Studierzimmer unverschlossen. Ob er zu betrunken gewesen war und daher vergessen hatte, selbst abzuschließen, oder ob er einfach davon ausging, dass niemand ungebeten eintreten würde, wusste sie nicht. Da sie das Lieblingszimmer ihres Onkels all die Jahre bewusst gemieden hatte, hatte sie bisher noch nie einen Grund gehabt, den Türknauf anzufassen.

Sie drehte ihn nun um und schob die Tür so weit auf, dass sie hineinschlüpfen konnte, schloss sie und lehnte sich mit einem tiefen Seufzer der Erleichterung dagegen.

Sie hatte es geschafft. Sie war im Studierzimmer ihres Onkels. Sie hatte tatsächlich den Mut aufgebracht.

Dann fiel ihr ein, dass dies kein Ort war, wo sie sich gern aufhielt. Sie raffte sich auf und konzentrierte sich auf die vor ihr liegende Aufgabe.

Wie die meisten Studierzimmer war der Raum ganz für einen Mann eingerichtet, der sich seinen Geschäften widmete: dunkle, maskuline Farben, ein großer Eichenschreibtisch, ausladende Ledersessel. Doch da ihr Onkel sich selten mit profanen Dingen wie Geschäften abgab, nahmen Jagdtrophäen die Stellen ein, wo sich in anderen Studierzimmern Bücherregale befunden hätten.

An den Wänden hingen wie eine makabre Parade körperloser Köpfe ausgestopfte Böcke, Rehe, Füchse und alle möglichen Vögel. Mirabelle bemühte sich, sie zu ignorieren, als sie zwei Kerzen auf dem Schreibtisch entzündete, aber es waren gar so viele. Ihre Nerven flatterten ein wenig, und absurderweise bildete sie sich ein, dass die Glasaugen sie von hinten wütend anfunkelten.

Sie blätterte durch einen Papierstoß und versuchte, sich nicht davon entmutigen zu lassen, dass Whit recht gehabt hatte – sie hatte nicht die geringste Ahnung, wonach sie suchte. Sie war so damit beschäftigt, ihre nagenden Zweifel und den schauerlichen Raum auszublenden, dass sie die Schritte im Flur erst bemerkte, als sie die Tür fast erreicht hatten.

Die Schritte verstummten, und Mirabelle fuhr panisch herum. Lieber Gott, sie hatte keinen Schlüssel, um abzuschließen.

Einer Panik nahe, nahm sie eine hässliche braune Vase vom Kaminsims und stellte sich gerade noch rechtzeitig hinter die Tür, die sich leise und ganz langsam öffnete.

Mirabelle hob die Vase. Sie würde sie dem Eintretenden über den Schädel ziehen, wodurch er hoffentlich das Bewusstsein verlieren oder zumindest so benommen sein würde, dass sie ungesehen fliehen konnte.

Im Türspalt erschien ein Fuß. Mirabelle schickte ein Stoßgebet zum Himmel, trat einen Schritt vor und ließ die Vase herniedersausen.

Sie erhaschte einen kurzen Blick auf hellbraunes Haar und blaue Augen, bevor Whits Hand vorschnellte, um die Vase zu packen, bevor sie ihn am Kopf treffen konnte.

»Das wird wohl nicht notwendig sein.«

»Whit.« Ihrer Meinung nach flüsterte sie, aber weil ihr das Blut in den Ohren rauschte, war das schwer zu beurteilen.

Mit einem grimmigen Lächeln ließ er die Vase los, drehte sich um und schloss die Tür. »Ich habe dich wohl ein bisschen erschreckt, was?«

»Ich wusste, dass du es warst«, sagte sie naserümpfend und stellte die improvisierte Waffe hin.

»Wozu dann die Vase?«

»Wie gesagt«, erwiderte sie affektiert. »Ich wusste, dass du es warst.«

»Für jemanden, der mitten in der Nacht herumschnüffelt, bist du reichlich arrogant.«

»Nicht mehr als du. Ich dachte, du seist betrunken.«

Er ging zum Schreibtischstuhl und ließ sich behaglich darin

nieder – als wäre es für ihn ganz normal, dachte sie verärgert, in anderer Männer Studierzimmer einzubrechen und es sich dort gemütlich zu machen.

»Da hast du falsch gedacht«, meinte er.

Sie stemmte die Fäuste in die Hüften. »Nun, wenn du schon hier sein musst, dann versuche wenigstens, dich ausnahmsweise einmal nützlich zu machen, und wirf einen Blick in die Schreibtischschubladen.«

»Schon geschehen.«

»Ich … du bist betrunken.«

»Nicht im Mindesten. Ich bin nur erheblich schneller als du. Ich habe den Raum durchsucht, nachdem die anderen zu Bett gegangen waren. Das war vor über einer Stunde.« Er lehnte sich zurück und bedachte sie mit einem herablassenden Lächeln, bei dem sie am liebsten wieder nach der Vase gegriffen hätte. »Wenn du bei diesem kleinen Spiel mitmachen möchtest, musst du ein bisschen schneller sein.«

»Das ist kein Spiel.« Argwöhnisch betrachtete sie ihn aus verengten Augen. »Wenn du das Studierzimmer bereits durchsucht hast, was tust du dann hier?«

»Ich war auf der Suche nach dir. Ich bin zu deinem Zimmer gegangen, aber du warst nicht da.«

»Woher soll ich wissen, dass du mich nicht loswerden willst? Vielleicht ist das hier nur ein Trick, um …«

»In der unteren Schublade rechts befinden sich eine halbe Flasche Portwein, zwei zerfledderte Taschentücher, eine geladene Duellpistole und ein Stapel staubigen Schreibpapiers.«

Sie runzelte die Stirn, zögerte und ging dann hinüber, um die Schublade aufzuziehen. Der Inhalt entsprach genau seiner Beschreibung.

»Also dann«, sagte er und betrachtete eingehend seine Fingernägel. »Ich glaube, du schuldest mir eine Entschuldigung.«

Die Vase, dachte sie, mochte zwar außer Reichweite sein, aber die Portweinflasche war verführerisch nah.

»Auch das wird nicht notwendig sein«, bemerkte er, beugte sich vor und schob die Schublade zu.

Sie funkelte ihn wütend an und erhob sich. »Ich nehme nicht an, dass du mir verraten wirst, ob du bei deiner Suche etwas gefunden hast.«

»Du hast mein Wort, dass ich dich über alles Wichtige informieren werde, aber hier war nichts zu finden.«

»Natürlich nicht. Und es wird auch sonst nirgendwo etwas zu finden sein. Warum lässt du es nicht einfach sein …«

»Ich habe dich nicht gesucht, um mich wieder mit dir darüber zu streiten, ob dein Onkel schuldig ist.«

Sie öffnete den Mund und wollte etwas Vernichtendes entgegnen, besann sich dann jedoch eines Besseren. Seine Stimme klang rau, und er wirkte zwar zwanglos, doch sie sah, wie angespannt seine Muskeln waren, und sein Gesicht wirkte grimmig.

»Du bist mir böse«, sagte sie und widerstand dem Drang, an ihrem Kleid herumzuzupfen. »Ich wusste nicht wirklich, dass du es warst, als ich die Vase geschwungen habe, Whit. Und ich hätte dich auch nicht mit der Flasche geschlagen. Ich bin keine Mörderin, ich bin nur … gelegentlich in Versuchung.«

»Dies hat nichts mit der Vase oder der Flasche zu tun. Aber da du gefragt hast, ja, ich bin wütend auf dich. Ich bin in meinem ganzen Leben noch nie so wütend auf dich gewesen.«

Mirabelle widmete dieser Aussage und Whit eine kurze, eingehende Betrachtung und kam dann zu einer Entscheidung. »Das ist mir egal.«

Sie ging zur Tür, aber ehe sie entkommen konnte, schoss er von seinem Stuhl hoch und packte sie am Ellbogen.

»Du wirst mir eine Frage beantworten …«, begann er.

Sie zog an ihrem Arm. »Ich bin keins von deinen Dienstmädchen, die du herumkommandieren kannst, und auch kein Mitglied deiner Familie, das gewillt ist, deine Arroganz zu ertragen. Lass mich los.«

»Nicht bevor wir das geklärt haben.« Er beugte sich vor, offenbar, um sie einzuschüchtern. »Setz dich hin. Sofort.«

Er hatte es in der Vergangenheit bereits mehrfach damit probiert, und Mirabelle nahm an, dass das eine persönliche Eigenheit von ihm war, denn sie konnte sich an keine Gelegenheit erinnern, bei der es gewirkt hatte. Eigentlich konnte sie sich nicht einmal an eine Gelegenheit erinnern, bei der er mit diesem Verhalten nicht gründlich gescheitert war. Und da sie stets für Traditionen zu haben war, gab sie der Versuchung nach und reagierte genauso wie immer – sie fuhr ihre Krallen aus.

Sie lächelte ihn an, träge und genüsslich.

»Ich finde dich und diesen Befehl ausgesprochen …« Sie beugte sich zu ihm hin, bis ihr Körper sich gegen seinen presste, und ignorierte geflissentlich das Verlangen, das die Berührung entfachte. »… vollkommen …« Sie lächelte verschwörerisch. »Widerstehlich.«

Als letzte Beleidigung hob sie die Hand und tätschelte ihm zum zweiten Mal in ebenso vielen Tagen die Wange. Er knurrte buchstäblich – was sie ungeheuer befriedigend fand – und packte sie, ehe sie entkommen konnte –, was sie beunruhigt hätte, hätte sie die Zeit gefunden, darüber nachzudenken. Doch im nächsten Moment wurde sie herumgewirbelt und gegen die Wand gedrückt. Er presste ihre Handgelenke gegen das Holz, und sie spürte seinen keuchenden Atem, als sein Gesicht sich ihrem näherte.

Sie schloss die Augen, wartend, verlangend.

Und war schließlich zutiefst enttäuscht, als es eine Hand statt seiner Lippen war, die sich um ihren Mund schloss.

Sie riss die Augen auf. »Mfflg.«

»Scht.«

Dann hörte sie es, den Klang gleichmäßiger Schritte, die den Flur herunterkamen. Nein, nicht gleichmäßig, befand sie, unregelmäßig.

Sie schlug seine Hand weg. »Das ist nur Christian«, zischte sie. »Lass mich los.«

»Christian.« Whit runzelte für einen Moment die Stirn. »Der Stalljunge?«

»Der Stallbursche«, korrigierte sie ihn. »Er ist ein erwachsener Mann.«

Er warf ihr einen neugierigen Blick zu. »Ihr seid Freunde, wie?«

»Ja.«

»Wie gut befreundet?«

Die Kränkung traf sie wie ein heftiger Schlag. Sah er sie jetzt so, nach der Demütigung beim Abendessen? Sie versetzte ihm einen kräftigen Stoß, der ihn zwar nicht abzuschütteln vermochte, ihn aber so weit aus dem Gleichgewicht brachte, dass sie sich aus seinen Armen winden und davonschlüpfen konnte. »Du willst dich heute Abend unbedingt wie ein kompletter Esel benehmen, was?«

Er blinzelte und tat einen Schritt auf sie zu. »Nein, Mirabelle, ich hatte nicht gemeint …«

»Es ist mir völlig egal, was du gemeint hast«, log sie. Es war ihr nicht egal, und seine bestürzte und bedauernde Miene besänftigte die Kränkung und den Zorn, aber nicht so sehr, dass sie das Gespräch fortsetzen mochte.

»Gute Nacht, Whit.«

Sie hatte genug Verstand, zuerst in den Flur zu schauen, bevor sie zur Tür hinaus und hinauf in ihr Zimmer huschte.

19

Mitunter wurden die Gäste bei den Feiern ihres Onkels ein wenig zu wild, und Mirabelle fand es dann stets angebracht, sich aus dem Haus zu entfernen. Seit ihrem ersten Besuch hatte sie stets dasselbe Zimmer im hinteren Teil des Gebäudes bewohnt, und jeder Mann, der die Gesellschaften besuchte, wusste, wo es zu finden war. Die meisten kümmerten sich nicht darum, aber ab und zu wurde einer von ihnen so lüstern und betrunken, dass er sich einbildete, er könne ihre verriegelte Tür mit der Schulter aufbrechen oder, schlimmer noch, eintreten, da die Schlösser, für deren heimliche Anbringung sie viel Geld bezahlt hatte, unglaublich stabil waren.

Statt sich damit herumzuplagen, schlüpfte sie manchmal aus dem Fenster, über eine Regenrinne hinunter und in den Stall. Mit Christians Hilfe hatte sie sich auf dem Heuboden ein schönes kleines Nest mit Kissen und Decken eingerichtet, wo sie in Frieden schlafen konnte. Sie bezweifelte, dass jemals ein Mensch ihre nächtliche Abwesenheit bemerkt hatte, und falls doch … nun, am nächsten Morgen erinnerten sich die Betreffenden gewiss nicht mehr daran.

Vielleicht war es feige von ihr, sich vor Whit zu verstecken, aber sie war noch nicht bereit, sich seinen Fragen oder seinen Reaktionen auf ihre Antworten zu stellen. Ihn zu meiden war keine edlere Taktik als alles abzustreiten, aber ihre Möglichkeiten waren, wie sie wusste, begrenzt und wurden zunehmend begrenzter.

Als sie hereinkam, füllte Christian gerade die Wassereimer in den Ställen, eine Aufgabe, die ihm mit seinem lahmen, schwachen Arm und so ganz allein schwerfallen musste. Sie hätte ihm gern Hilfe angeboten, wusste aber, dass dies seinen Stolz verletzt hätte.

Er stellte den letzten Eimer ab und kam langsam auf sie zu. Er war ein gebeugter, zerlumpter Mann und hätte einen erschreckenden Anblick geboten, wären da nicht sein schnelles Lächeln und die leuchtend grünen Augen gewesen. Sein Alter ließ sich aufgrund der dauerhaften Schmutzschicht auf seinem Gesicht und wegen der nackten Arme unmöglich bestimmen, aber nach ihrer Schätzung musste er etwa fünfundvierzig Jahre alt sein.

Er arbeitete erst seit wenigen Jahren für ihren Onkel. Zuerst war sie ihm aus dem Weg gegangen – wie allen Männern im Hause, ob sie nun Diener waren oder nicht –, bis er sie eines Tages auf dem Heuboden gefunden hatte, wo sie sich versteckte, während ihr Onkel wegen einer zerbrochenen Vase im Haus tobte und raste. Er hatte ihr eine Decke gebracht, sich neben sie gesetzt und ihr Geschichten über seine Kindheit in Irland erzählt. Seitdem fühlte sie sich bei ihm sicher.

»Sind heute Abend ziemlich wild, wie?«, bemerkte Christian, als sie hereinkam.

»Warum fragen Sie?«, gab sie zurück, als er vor ihr stehen blieb. »Sie waren gerade im Haus.«

»Aye. Und Sie im Studierzimmer. Möchten Sie darüber reden oder lieber nicht?«

»Lieber nicht«, beschloss sie. »Für alles andere bin ich zu müde.«

»Kleiner Streit mit Lord Thurston?«

»Darüber möchte ich lieber auch nicht sprechen … er kann ein so unglaublicher Mistkerl sein.«

»Sie haben jetzt ein ganzes Haus voller Mistkerle«, gab er zu bedenken.

»Ja, aber von denen habe ich es erwartet.«

»Ah, dann hat er Sie also enttäuscht«, sagte er.

»Ja. Nein.« Sie warf die Arme hoch. »Ich weiß es nicht.«

»Dann sollten Sie es vielleicht rausfinden, Mädel.«

Sie seufzte und ging zu einer Strickleiter, die vom Heuboden herabhing. »Für heute Abend würde ich es lieber einfach ignorieren.«

»Na gut.«

Er hielt die Leiter fest, während sie hinaufkletterte. Als sie oben war, zog sie die Leiter hinter sich hoch.

»Haben Sie dann alles, was Sie brauchen, Mädel?«

»Ja, danke!«, rief sie hinunter. »Und Sie?«

»Aye.«

Sie zog ihr Bettzeug aus einer kleinen Kiste, die im Heu versteckt war. Dann schüttelte sie den schlimmsten Staub ab, bevor sie die Decke ausbreitete, das Kissen daraufwarf und in ihr Notbett kroch.

In der Vergangenheit hatten sie das leise Schnarchen und Wiehern der Gastpferde und die beruhigenden Schritte von Christian, der durch den Stall schlurfte, immer in den Schlaf gewiegt. Aber heute Abend lag sie mit offenen Augen da und starrte an die Holzdecke.

Was sollte sie nur tun? Es war erst ein Tag vergangen. Erst ein Tag, und schon hatten ihr Onkel und seine Freunde sie vor Whit gedemütigt. Und um es noch schlimmer zu machen, Whit war offensichtlich wütend.

Das war nichts Neues, rief sie sich ins Gedächtnis. Whit war in der Vergangenheit fast immer wütend auf sie gewesen. Doch während Lady Thurstons Gesellschaft hatten sich die Dinge verändert – ihrer Meinung nach auf wunderbare Weise. Sie waren Freunde geworden, vielleicht sogar mehr, und jetzt … und jetzt schlief sie auf einem Heuboden, während

Whit wahrscheinlich in seinem Zimmer stand und sie verfluchte.

Sie drehte sich auf die Seite, um es sich bequem zu machen.

Sie konnte natürlich gehen. Sie konnte es Whit überlassen, sich um den lächerlichen Verdacht der Geldfälscherei zu kümmern. Sie konnte ihrem Onkel sagen, dass er zur Hölle fahren solle, und sie konnte zur Tür hinaus und auf die Straße nach Haldon gehen. Dort war sie willkommen … als Gast. Zumindest bis Whit zurückkehrte und sie wieder hinauswarf.

Lieber Gott, wo sollte sie nur hin?

Wenn das alles doch nur zwei Jahre später passiert wäre. Dann hätte sie ihre fünftausend Pfund gehabt und das kleine Cottage am Rande der Stadt, das sie sich dann würde leisten können. Sie würde Kate, Evie und Lady Thurston zu sich einladen und sie als Gäste willkommen heißen. Sie wollte ihren Stolz nicht nur die nächsten zwei Jahre behalten, sondern ihr Leben lang.

Sie wollte so vieles, dachte sie kläglich.

»Wir kriegen Gesellschaft, Mädel.« Wie ein Messer schnitt Christians Stimme durch ihre Grübeleien.

»Was?« Sie richtete sich abrupt auf, kroch zum Rand des Heubodens und sah gerade noch, wie Whit hereinkam. Ganz langsam und vorsichtig duckte sie sich.

»Sie sind Christian, nicht wahr?«, erkundigte sich Whit.

»Aye.«

»Ich suche Miss Browning.«

»Um diese Nachtzeit sehen Sie am besten im Haus nach«, meinte Christian.

»Das habe ich bereits.«

»Dann will die Dame wohl nicht gefunden werden. Sie sind Lord Thurston, oder?«

»Ja.«

»Sie stehen im Ruf, ein Gentleman zu sein.«

»Verdient, wie ich hoffe.«

»Darf ein einfacher Stallbursche fragen, was Sie vorhaben, dass Sie nach einer Dame suchen, während alle schlafen?«

Whit neigte den Kopf. »Ich will ihr nichts Böses. Sie haben mein Wort.«

»Sie redet gut von Ihnen und Ihrer Familie. Wenn sie hier ist, redet sie von nichts anderem.« Christian nickte kurz und zeigte mit dem Daumen in Mirabelles Richtung. »Sie ist auf dem Heuboden.«

Mirabelle schnappte nach Luft und richtete sich auf. »Sie Verräter.«

Christian zuckte nur die Achseln und schlenderte auf die Stalltüren zu. »Wenn Sie nicht wollen, dass er Sie belästigt, lassen Sie einfach die Leiter oben.«

Whit ging durch die Stallgasse, bis er fast unter ihr stand.

»Kommst du herunter, Kobold? Oder soll ich zu dir kommen?«

Sie hielt das Ende der Leiter hoch, sodass er es sehen konnte. »Falls da kein Irrtum besteht und Schweine doch fliegen können, hast du Pech gehabt.«

»Dann komme ich zu dir.«

Er peilte den Heuboden an, der mehrere Fuß außerhalb seiner Reichweite lag. Dann ging er ein paar Schritte rückwärts.

»Was tust du da?«, fragte sie misstrauisch.

Er ignorierte sie. Er duckte sich, nahm Anlauf, sprang und bekam den Heuboden zu ihren Knien zu fassen.

Sie war so verblüfft, dass sie ihn nur anstarren konnte, während er sich an den Händen hochzog, bis er zuerst den einen, dann den anderen Ellbogen aufstemmte. Als ihr der Gedanke kam, dass sie ihn ganz leicht hinunterwerfen könnte – ungefähr in dem Moment, als sie aufhörte, das Spiel der Muskeln unter seinem Hemd zu beobachten –, zog er sich bereits hoch, und die Gelegenheit war dahin.

»Ich kann nicht glauben, dass du das getan hast«, flüsterte sie verblüfft.

»Du hast es doch gesehen, oder?«

»Ja, aber …« Sie beugte sich vor und spähte über den Rand. Es kam ihr sehr tief vor. »Das müssen vier Meter sein …«

»Höchstens drei«, versicherte er ihr und machte es sich neben ihr im Heu bequem. »Ich bin von Natur aus gelenkig. Warum schläfst du im Stall?«

»Du bist wie eine Sprungfeder«, hauchte sie und sah ihn wieder an.

»Der Stall, Mirabelle. Warum schläfst du hier?«

Sie öffnete den Mund, um eine weitere Bemerkung über seine Beweglichkeit zu machen, kam dann aber zu dem Schluss, dass er sie ohnehin nur ignorieren würde. Sie lehnte sich an einen Heuballen und betrachtete Whit stirnrunzelnd.

»Wenn mir daran gelegen wäre, deine Fragen zu beantworten, hätte ich das im Studierzimmer getan. Außerdem scheinst du deine eigene Vorstellung darüber zu haben, was ich im Stall tun könnte … mit Christian.«

»Ich habe nicht nach deiner Freundschaft mit Christian gefragt, um dich zu kränken«, sagte er. »Ich habe gefragt, weil ich hoffte, du würdest mir sagen, dass du ihm vertraust. Ich wüsste gern, dass du hier jemanden hast, auf den du dich verlassen kannst. Mehr war es nicht, glaub mir.«

»Oh. Nun.« Sie veränderte ihre Position im Heu, unerklärlicherweise verärgert über seine Erklärung. Sie war jetzt nicht in der Stimmung, mit ihm zu streiten, aber auf jeden Fall in der Stimmung, wütend auf ihn zu sein. Und wenn sie jetzt wütend auf ihn wurde, würden sie sich nachher womöglich streiten.

»Ich bitte dich noch nicht, meine Entschuldigung anzunehmen«, fuhr Whit fort, »weil ich vermutlich erneut darum bitten werde, wenn wir hier fertig sind. Es gibt da ein paar Dinge, die ich wissen muss, Mirabelle.«

»Whit …«

Er nahm ihre Hand und drückte sie sanft. »Bitte. Sind wir in der letzten Woche nicht weit genug gekommen, dass du mit mir sprichst?«

Sie ballte die Hand unter seiner zur Faust, nicht vor Zorn, sondern vor ängstlicher Erregung. Sie wusste, was er fragen wollte. Lieber hätte sie nicht darüber gesprochen und so getan, als säßen sie aus einem ganz anderen Grund auf irgendeinem anderen Heuboden. In ihren Augen war das nicht töricht, sondern vollkommen verständlich … und unrealistisch.

Auch wenn sie sich noch so sehr wünschte, alles wäre anders – und das tat sie wahrhaftig –, waren Vermeidung und Verleugnung keine Möglichkeit mehr. Lieber beantwortete sie seine Frage – oder seine vielen Fragen, wie sich vermutlich herausstellen würde –, als dass er seine eigenen Schlüsse zog. Und lieber hatte sie die Chance, diese Antworten auszuschmücken, wo es nötig war.

Sie ließ seine Hand los, zog die Knie an und schlang die Arme darum. »Dann frag.«

Er schwieg einen Moment. »Ich möchte wissen, warum du nie erwähnt hast, dass dein Onkel unfreundlich zu dir ist.«

»Mein Onkel ist zu fast jedem unfreundlich«, meinte sie ausweichend.

»Zu seinen Gästen ist er durchaus freundlich.«

»Das sind Männer«, antwortete sie und hoffte, dabei gleichgültig zu klingen. »Männer, die nur für die nächste Jagdbeute und die nächste Flasche Schnaps leben. Niemand erträgt sie, deshalb rotten sie sich zusammen, tun, was ihnen gefällt, und bewahren Stillschweigen darüber.«

»So etwas wie Gaunerehre?«

»Schweineehre«, befand sie. »Ohne das Ringelschwänzchen.«

Das entlockte ihm ein kurzes, überraschtes Lachen. »Bist du immer die einzige Frau dabei?«

»Nein. Ein paar Gäste haben auch schon ... andere Gäste mitgebracht.«

»Ich verstehe. Und wo ist deine Anstandsdame?«

»Dies ist das Haus meines Onkels. Eine Anstandsdame ist nicht notwendig, um meinen Ruf zu bewahren.«

»Im Moment ist dein Ruf die geringste meiner Sorgen.«

»Nicht nur im Moment, wie es aussieht.«

Er ignorierte diese Feststellung. »Sind sie immer so ... schwierig wie heute Abend?«

»Nein.« Manchmal war es viel schlimmer. »Du stellst ziemlich viele Fragen, Whit.«

»Ich möchte auch viele Antworten«, erwiderte er. »Aber jetzt möchte ich vor allen Dingen, dass du nach Haldon zurückkehrst.«

Die Worte waren wie Balsam auf einer Brandwunde, und sie schloss die Augen, als eine Woge der Erleichterung und der Sehnsucht über ihr zusammenschlug.

Sie konnte noch nicht zurückfahren, nicht, wenn sie ihre Erbschaft wollte, aber dass Whit ihr das nach dem heutigen Tag anbot ... er hatte ihre größte Angst beschwichtigt.

Beinahe.

Er hatte miterlebt, wie ihr Onkel sich als der unerträgliche Säufer benommen hatte, der er war, aber Whit wusste noch nicht, dass ihr Onkel auch ein richtiges Schwein sein konnte. Und was würde dann geschehen? Dann wäre sie wieder ganz am Anfang – voller Angst und Scham und Fragen.

»Mirabelle?«

Sie öffnete die Augen und sah, dass er sie still und besorgt beobachtete.

Es war nicht recht, dass sie das Verhalten ihres Onkels vor den Menschen geheim gehalten hatte, die dadurch Schaden nehmen konnten – den Menschen, die ihr so viel Freundlichkeit erwiesen hatten.

Es war besser, wenn er es erfuhr und wenn sie das Ganze ein für alle Mal hinter sich brachte.

Sie suchte nach den richtigen Worten und stellte fest, dass nichts so gut passen würde wie die unverblümte Wahrheit.

»Mein Onkel ist grässlich«, gestand sie. Als er nicht antwortete, holte sie tief Luft und fuhr fort. »Ich übertreibe nicht, Whit. In seinen schlimmsten Momenten, die du noch nicht erlebt hast, ist er wirklich schrecklich. Fünf Minuten in ehrbarer Gesellschaft in London, und er hätte den Namen der Familie für immer ruiniert.«

»Das kann ich mir vorstellen.«

»Den Namen der Familie«, wiederholte sie. Wirklich, wie war es möglich, dass er nicht begriff? »Meinen Namen.«

»Hast du Angst, er könnte plötzlich ein Interesse daran haben, nach London zu reisen?«

»Was? Nein.« Sie rieb sich über die Beine. »Ich will nur verdeutlichen, dass er eine Belastung ist, wodurch ich ebenfalls eine bin. Ich hätte es dir früher sagen sollen, ich weiß, aber ...«

»Einen Moment.« Er hob stirnrunzelnd die Hand. »Du betrachtest dich als Belastung?«

»In gewisser Weise, ja. Du hast so hart dafür gearbeitet, deiner Familie den Platz in der Gesellschaft zu sichern, und eine Verbindung mit mir könnte den Fortschritten, die du gemacht hast, beträchtlichen Schaden zufügen. Ich weiß, ich hätte schon früher etwas sagen sollen, aber ich hatte ... Angst ...«

»Angst, dass du auf Haldon Hall nicht länger willkommen sein würdest«, beendete er ihren Satz für sie.

Sie nickte.

»Ich verstehe. Ich muss dir …« Er verzog das Gesicht und fluchte. »Teufel, ich muss dir doch Dutzende Male gesagt haben, dass mir deine Anwesenheit auf Haldon missfällt. Wieso ist das jetzt etwas anderes?«

»Du hast immer gesagt, ich sei unwillkommen, aber nicht, dass ich dort nicht sein dürfe. Du hast Spaß gemacht, aber nie gesagt, ich dürfe nicht kommen.«

»Und du hättest meine Entscheidung in dieser Hinsicht respektiert?«

»Ich hätte mich daran gehalten«, wich sie aus. »Es ist dein Haus, deine Familie. Ich weiß, ich hätte früher etwas sagen sollen, aber …«

»Ja, das hättest du.«

Ihr wurde flau im Magen, der ohnehin schon verkrampft war. »Ich weiß. Es tut mir sehr leid. Es war nicht recht, es vor dir zu verheimlichen. Es ist nur so, dass ich deine Familie und Haldon liebe, und …«

Sie verstummte, als er ihr Kinn umfasste. »Du hättest etwas sagen sollen, Mirabelle, denn ich hätte dir deine Ängste in dieser Sache schon vor langer Zeit nehmen können. Schau mich an.« Sanft hob er ihr Kinn, bis sie ihm in die Augen sah. »Du bist nicht für seine Sünden verantwortlich.«

Leise Hoffnung stieg in ihr auf. »Andere würden da widersprechen.«

Und war das nicht entscheidend? Was die anderen dachten?

»Diese anderen würden sich irren.« Er streckte die Finger aus und legte die Hand an ihre Wange. »Ich schätze und kultiviere das gesellschaftliche Ansehen meiner Familie. Aber nicht zum Schaden der Menschen, die mir etwas bedeuten. Haldon wird dir wegen deines Onkels niemals verschlossen sein. Ich gebe dir mein Wort.«

Sie schloss wieder die Augen – diesmal, um die aufsteigenden Tränen zu unterdrücken.

Whit brach sein Wort niemals.

Die Furcht, die so lange auf ihr gelastet hatte, fiel von ihr ab, und mit einem Mal fühlte sie sich leicht, beinah schwerelos. Und außerordentlich müde.

Sie öffnete die Augen, als er die Hand von ihrer Wange nahm.

»Danke«, flüsterte sie.

Sie sah, wie sein Gesicht sich bei diesem Wort verkrampfte, war aber zu glücklich, um sich über seine merkwürdige Reaktion zu wundern. »Du solltest wieder hineingehen«, flüsterte sie.

»Gleich. Warum legst du dich nicht ein bisschen hin?«

»Ich bin noch nicht müde«, log sie. Sie wäre beinahe im Sitzen eingeschlafen, doch sie fühlte sich ganz und gar nicht wohl, wenn er neben ihr saß, während sie schlief. Himmel, wer konnte ihr das verübeln? Doch die Vorstellung, dass er ging, gefiel ihr noch weniger. Der Heuboden schien so viel angenehmer, wärmer und sicherer, wenn er da war.

»Du brauchst nicht zu schlafen«, sagte Whit. »Leg dich nur hin.«

»Während du dasitzt und mich anstarrst?«

»Würde es helfen, wenn ich mich neben dich lege und dich anstarre?«

»Ist das Starren wirklich nötig?«

»Ich fürchte, ja. Du siehst unwiderstehlich süß aus, wenn du müde bist.«

»Ich bin nicht müde«, widersprach sie, legte sich aber hin. Es fühlte sich wunderbar an, einfach himmlisch, den Kopf niederzulegen, aber sie wollte noch nicht einschlafen.

»Whit?«

»Hmm?«

»Ich kann jetzt nicht nach Haldon zurück. Es würde deinen Auftrag gefährden, wenn ich deine Familie in den Widerstand gegen meinen Onkel hineinziehe. Der Baron wünscht meine Anwesenheit – oder jedenfalls braucht er mich hier.«

»Das Testament deiner Eltern«, murmelte Whit. »Wussten sie, was für ein Mensch er war, als sie es aufgesetzt haben?«

»Das weiß ich nicht. Ich erinnere mich kaum an sie. Sie bevorzugten die Gesellschaft Erwachsener.«

»Ich verstehe.«

»Aber an meine Kinderfrau erinnere ich mich sehr gut«, sagte sie mit einem zärtlichen Lächeln und einem Gähnen. »Miss McClelland. Sie war sehr gütig zu mir. Sie hatte wunderschönes, leuchtend rotes Haar, und ich konnte nie verstehen, warum sie es immer unter einer Haube versteckt hat.« Sie kuschelte sich tiefer ins Heu. »Ich habe Ausreden erfunden – durchschaubare, wenn mich mein Gedächtnis nicht trügt –, um abends in ihr Zimmer zu gehen, damit ich zuschauen konnte, wie sie es bürstete. Während ich auf ihrem Bett saß, hat sie mir Geschichten erzählt.«

»Ich bin froh, dass du diese Erinnerung hast.« Er strich ihr über ihr eigenes Haar. »Weißt du, was aus ihr geworden ist?«

»Sobald ich alt genug war, habe ich sie gesucht. Sie hat eine Stellung bei einer netten Familie in Schottland angenommen und ist dann in den Ruhestand getreten, als die Kinder erwachsen wurden. Ich habe daran gedacht, ihr zu schreiben, aber …«

»Aber was?«, hakte er nach.

»Nun, es ist fast zwanzig Jahre her, und wer weiß, wie viele Kinder sie vor mir großgezogen hat. Wahrscheinlich würde sie sich gar nicht mehr an mich erinnern.«

»Das bezweifle ich. Eine Frau wird wohl kaum ein Kind vergessen, das sie so sehr mochte, dass sie ihm Gutenachtgeschichten erzählt hat.«

»Vielleicht.« Sie schloss kurz die Augen. Nur für einen Moment, sagte sie sich. »Ich frage mich, ob sie jemals …«

»Mirabelle?«

»Ja.«

»Schlaf jetzt.«

Mühsam öffnete sie die Augen. »Willst du nicht wieder hineingehen?«

»Später.« Er strich ihr mit sanften Bewegungen übers Haar, als ihre Lider sich flatternd schlossen. »Später.«

Während Mirabelle schlief und Whit dasaß und sie in ihrem Schlaf betrachtete, taumelte ein sehr betrunkener Herr durch den Flur und klopfte an eine Tür. Nachdem sekundenlang keine Antwort gekommen war, klopfte er wieder, dann noch einmal, und drehte den Knauf, um einen Blick in das Zimmer zu werfen. Als er feststellte, dass es die Tür zu einem Besenschrank war, kicherte er und stolperte weiter.

Er brauchte zwei weitere Anläufe, um die Türen zwischen seinem Zimmer und seinem Bestimmungsort zu zählen, doch schließlich gelang es ihm, an die richtige Tür zu klopfen.

Diesmal machte er sich nicht die Mühe oder dachte vielleicht einfach nicht daran, auf eine Antwort zu warten. Er torkelte in den Raum hinein.

»Was zum Teufel tun Sie hier?«, blaffte eine betrunkene Stimme – mit schwerer Zunge, aber er war nicht imstande, das zu registrieren.

Es dauerte ein wenig, bis er die Gestalt auf dem Bett erkannte, und noch ein wenig länger, bis seine widerspenstigen Füße den Weg zu besagtem Bett fanden.

»Bin zu einer Entscheidung gekommen. Hier.« Er wühlte in seinen Taschen, die gerade ungeheuer tief zu sein schienen, bis er schließlich ein gefaltetes Stück Papier fand und triumphierend hochhielt: »Ha!«

Der zweite Mann reckte den Hals und kniff die Augen zusammen, um es anzusehen. »Wirklich?«

»Ja.« Er versuchte zu nicken, aber das war gar nicht gut für seine Augen. Er klammerte sich am Bettpfosten fest, um nicht umzufallen, und hielt dem liegenden Mann das Papier hin. »Brauche nur Ihre Unterschrift ganz unten.«

»Sind Sie sicher? Sie machen auch keinen Rückzieher, nur weil es im Suff war?«

»Beleidigung«, schnaufte er. »Hab mich entschieden. Will sie.«

»Gut, holen Sie mir eine Feder.« Der zweite Mann riss ihm das Stück Papier aus der Hand. »Sie können sie haben.«

Erst viel später verließ Whit Mirabelle und kletterte die Leiter hinab. Er warf das Seil wieder nach oben auf den Heuboden und ging dann zu Christian am anderen Ende des Stalls.

»Sie sorgen dafür, dass sie wieder im Haus ist, bevor die anderen aufwachen?«

»Hab ich schon immer gemacht«, erwiderte Christian, während er sich die Stiefel anzog. »Ist beinahe Morgen, aber die stehen erst lang nach Mittag auf. Machen Sie sich keine Sorgen.«

Keine Sorgen, dachte Whit und hätte beinahe gelacht. »Sie sind ihr ein guter Freund gewesen.«

Christian warf ihm einen harten Blick zu. »Aye, nun, sie hat einen gebraucht, oder?«

20

Wenn Männer acht Stunden des Tages im Übermaß essen und trinken, besteht der einzige Ausgleich in ihrer Neigung, die übrigen sechzehn Stunden im Bett zu verbringen.

Als Mirabelle das Haus kurz vor Mittag wieder betrat, war es still, und es war immer noch still, nachdem sie sich gewaschen und angekleidet hatte und die Treppen hinuntergeschlüpft war, um sich in der Küche ein kleines Frühstück zu machen.

Sie fand Brot, das noch nicht ganz altbacken war, und ein kleines Stück Käse mit nur wenigen schlechten Stellen. Bei dem Gedanken an Eier und Räucherfisch lief ihr das Wasser im Mund zusammen, aber das war für die Gäste bestimmt. Sie wünschte, es wäre heiße Schokolade da, machte sich eine Kanne schwachen Tee und ließ sich an einem abgewetzten Tisch zu ihrem dürftigen Mahl nieder.

Whit stieß keine zehn Minuten später zu ihr. Ein breiter Sonnenstrahl fiel durch die schmale Fensterreihe und tauchte den Tisch und sie in einen sanften Schein. So wie das Licht auf ihr weiches braunes Haar fiel, fühlte es sich gewiss warm an. Ihr ganzer Körper würde sich warm anfühlen – ihr Haar, ihre Haut, ihr Mund. Er sehnte sich danach, diese Wärme sein Eigen zu nennen. Unter seinen Händen würde sie sich wie erhitzte Seide anfühlen, warme Sahne auf seiner Zunge.

Er schloss die Augen und schluckte ein Stöhnen hinunter. Es war die Hölle und der Himmel gewesen, als sie vergangene Nacht neben ihm gelegen hatte. Und er außerstande gewesen war, mehr zu tun, als ihr Haar zu streicheln. Er war in sein

Zimmer zurückgekehrt und hatte sich im Bett hin und her geworfen.

Er wollte sie; mehr als jede Frau, die er jemals gekannt oder begehrt hatte, wollte er Mirabelle. Doch so reizvoll ihm gerade der Gedanke erschien, sich mit ihr durch die Laken zu wühlen – ganz außerordentlich reizvoll –, musste er sich doch zuallererst für ihre Sicherheit sorgen. Er nahm sich einen Moment Zeit, um sich zu sammeln, dann setzte er ein Lächeln auf, das, wie er hoffte, freundlich, aber sonst neutral war, und trat ein. »Guten Morgen, Mirabelle.«

Sie drehte den Kopf und erwiderte sein Lächeln. »Guten Morgen. Ich dachte, du würdest vielleicht länger schlafen.«

Schwer, das auf einer Matratze zu tun, die sich unter seinem Rücken wie eine Steinplatte anfühlte, während ihn Visionen von ihr verfolgten, wie sie nackt auf einem Heuhaufen stöhnte. »Ich hatte so viel Schlaf wie nötig. Kein großes Frühstück, das du da hast«, bemerkte er, um das Thema zu wechseln.

Sie warf einen Blick auf ihren Teller und zuckte die Achseln. »Es war das, was gerade verfügbar war. Möchtest du auch etwas?«

»Eier wären mir lieber. Wo ist eure Köchin?«

»Wahrscheinlich schläft sie, auch wenn ich es nicht mit Bestimmtheit sagen kann.«

»Macht nichts, ich werde die Eier braten.«

»Du? Du kannst kochen?« Sie sagte es so ungläubig und verblüfft, dass er sich ein Lachen nicht verkneifen konnte.

»Ich war Soldat, wie du dich erinnern wirst.«

»Du warst Offizier«, gab sie zurück. »Ich habe noch nie von einem Offizier gehört, der sich seine Mahlzeiten zubereitet.«

»Das habe ich auch nicht getan, aber ich habe es gelernt. Ich war gerne mit meinen Männern zusammen, auch mit denen, die gekocht haben. Ich kann kein Gastmahl von sechs Gängen zubereiten, wohlgemerkt, aber mit ein paar Eiern werde ich fertig.« Stirnrunzelnd betrachtete er den Herd. »Über einem Lagerfeuer wäre es einfacher.«

»Leichter als auf einem Herd?«

Er zuckte die Achseln und begann den Herd mit Holz zu befüllen. »So habe ich es gelernt. Ich nehme an, die Eier sind noch im Hühnerstall?«

»Ja, ich wollte sie nach dem Frühstück einsammeln, aber wenn du möchtest ...«

»Ich hole sie«, unterbrach er sie und griff nach einem Eimer, dann machte er sich auf die Suche nach seinem Frühstück. Er brauchte nicht weit zu gehen, da der Hühnerstall nur wenige Schritte vom Herrenhaus entfernt war. Er duckte sich unter der Tür hindurch und schob sanft die verärgerten Vögel beiseite, bis er genug Eier für eine Mahlzeit gesammelt hatte. Wenn es für die anderen Gäste nicht reichte, sollten sie sich ihre Eier verdammt noch mal selbst holen. Mirabelle sollte nicht als Küchenmagd arbeiten.

Bei seiner Rückkehr saß sie noch immer am Tisch und stocherte abwesend in ihrem Essen.

»Siegreich kehre ich zurück«, verkündete er und hielt den vollen Eimer hoch.

Die alberne Geste entlockte ihr ein Lächeln, wie es seine Absicht gewesen war. »Haben sie sich sehr gewehrt?«

»Hätte fast ein Auge verloren«, erklärte er, während er den Herd anzündete.

»Das wäre peinlich für dich gewesen – den Angriff eines Wildschweins überlebt zu haben, nur um von einem Huhn niedergestreckt zu werden.«

»Das hast du wohl gehört, wie?«

»Jedenfalls einen Teil. Ich hatte gar nicht gewusst, dass du so ein Talent für Lügenmärchen hast.«

»Hmm?« Er stocherte im Feuer und antwortete geistesabwesend. »Ah, nein. Das Wildschwein war durchaus echt. Ich mache mir nicht übermäßig viel aus der Jagd, aber nachdem es einen Dorfbewohner angegriffen hatte, musste es getötet werden. Meinst du, das Feuer ist heiß genug?«

Sie war froh, dass er ihr gerade den Rücken zuwandte, denn sie musste wie eine Närrin aussehen, so wie sie ihn mit offenem Mund anstarrte. Er hatte wirklich gegen ein Wildschwein gekämpft?

»Mirabelle?«

Er drehte sich zu ihr um, und sie klappte den Mund zu. »Äh … mir erscheint es ausreichend heiß.«

»Ausgezeichnet.«

Sie wandte sich wieder ihrem Frühstück zu, entschlossen, nicht dem Bild nachzuhängen, wie Whit auf der Suche nach einer menschenfressenden Bestie durch den Wald pirschte. Er musste recht wild ausgesehen haben, stellte sie sich vor – zerzaust und entschlossen. Und in Uniform.

Gütiger Gott, sie war sich nicht sicher, ob die Vorstellung sie eher mit Furcht oder Faszination erfüllte. Sie suchte nach einem anderen Thema. »Ähm … Apropos, die anderen werden heute auf die Jagd gehen.«

Whit, der gerade ein Ei aufschlagen wollte, hielt inne, um sie anzusehen. »Sie gehen tatsächlich jagen?«

»Oh, sie geben sich große Mühe, so zu tun, als würden sie jagen.«

»Wie geht der Baron dabei vor?«

»Er nimmt die Kutsche.«

»Er nimmt die Kutsche«, wiederholte Whit. »Es fällt mir schwer, mir das vorzustellen.«

»Bis heute Abend wirst du damit keine Schwierigkeiten mehr haben. Obwohl du ihn nicht wissen lassen darfst, dass du es gesehen hast. Er hat dabei ein lächerliches System, aber es ist inzwischen eine Art Tradition. Er schickt die anderen unter irgendeinem Vorwand voraus, dann lässt er die Kutsche mit seinen Jagdgewehren und zwei Dienern vorfahren. Er fährt mit der Kutsche ein Stück die Straße hinunter bis zu einer abgeschiedenen Stelle und jagt von der bequemen Polsterbank aus.«

Er sah sie für einen Moment mit einer Mischung aus Verblüffung und Erheiterung an. »Nicht zu fassen, dass in diesem Gerücht ein Stück Wahrheit steckt. Auf diese Weise kann er doch noch nie etwas erlegt haben.«

»Einmal hat er ein Kaninchen geschossen. Das arme Ding kam zur falschen Zeit vorbei.« Bei der Erinnerung schnitt sie eine Grimasse. »Die Diener werden mit Gewehren ausgeschickt, und alles, was sie erlegen, gibt er als seine Beute aus.«

Er schüttelte den Kopf und konzentrierte sich wieder auf die Eier. »Wissen es die anderen?«

»Wenn ja, sind sie klug genug, es nicht zu erwähnen.« Sie dachte darüber nach. »Was vermutlich nein bedeutet.«

»Und sind die anderen manchmal erfolgreich bei der Jagd?«

»Nicht immer, auch wenn Mr Cunningham hin und wieder etwas erbeutet.«

»Der kranke Gast?«, fragte er und nahm eine Gabel, um die Eier zu schlagen.

»Ja. Zu schade, dass er sich nicht wohlfühlt. Er würde dir wahrscheinlich gefallen.« Als er verächtlich schnaubte, fuhr sie fort: »Ich meine es ernst. Er ist ungemein widerwärtig, aber nicht unfreundlich, und er hat Verstand im Kopf – primitiv zwar, aber vorhanden.«

»Du kommst also gut mit ihm aus?«

»Ja«, antwortete sie und klang selbst ein wenig überrascht über das Eingeständnis. »Nun – meistens.«

Whit nickte und beobachtete, wie die Eier in der Pfanne stockten. »Vielleicht habe ich beim Dinner Gelegenheit, mir ein Urteil zu bilden.«

»Schon früher, falls er beschließt, mit den anderen Herren auf die Jagd zu gehen.«

Er schüttelte den Kopf. »Ich werde mich ihnen nicht anschließen.«

»Du musst. Es ist eine Jagdgesellschaft, Whit. Es würde einen seltsamen Eindruck machen, wenn du nicht mitgingest. Selbst Mr Hartsinger geht mit, und der macht immer den Eindruck, als wüsste er nicht recht, an welchem Ende er das Gewehr halten soll.«

Sichtlich unwillig, die Küche nach einem sauberen Teller abzusuchen, nahm er die Pfanne vom Herd und stellte sie auf den Tisch. »Es wäre nicht so seltsam, nach der letzten Nacht Kopfschmerzen vorzuschützen.«

»Das vielleicht nicht«, räumte sie lächelnd ein. »Aber man würde dich als Schwächling ansehen.«

Er zuckte ein wenig zusammen, fing sich aber wieder. »Lässt sich dann wohl nicht ändern. Ich muss das Zimmer deines Onkels durchsuchen. Iss.«

»Oh, danke.« Sie griff nach ihrer Gabel und spießte ein wenig Ei auf. »Falls Mr Cunningham immer noch krank ist, kannst du genauso gut mit auf die Jagd gehen, denn sein Zimmer liegt neben dem meines Onkels. Ich glaube, es könnte einmal der Baronin gehört haben, denn es hat eine Verbindungstür.«

»Verdammt!«

Sie nahm einen weiteren Bissen. »Es schmeckt wirklich sehr gut, Whit.«

Er grunzte nur nachdenklich und stocherte in den Eiern.

»Da wäre noch der Dachboden«, sagte sie. »Zum Gelddrucken bräuchte mein Onkel Platz, nicht wahr?«

Er blickte sie an. »Du hast recht.«

»Natürlich glaube ich kaum, dass er es in den letzten zehn Jahren geschafft hat, die Treppe zum Dachboden hochzusteigen«, fügte sie hinzu.

Er zuckte die Achseln und wandte sich verstärkt seinem Frühstück zu. »Vielleicht lässt er sich die Gerätschaften ja von den Dienern bringen und bewahrt sie nur auf dem Dachboden auf, wenn er Gäste hat. Es schadet gewiss nicht, wenn ich mich dort umsehe.«

»Wenn wir uns dort umsehen«, korrigierte sie ihn. »Und schau mich nicht so finster an. Du kennst den Dachboden nicht. Glaub mir, du wirst Hilfe brauchen.«

Der Dachboden war nur über eine schmale Stiege neben dem Dienstbotenflügel zu erreichen – und der Staubschicht nach zu urteilen, die die Stufen bedeckte, hatte seit ziemlich langer Zeit niemand mehr den Raum betreten. Doch nachdem sie herausgefunden hatten, dass Mr Cunningham immer noch mit kaltem Fieber im Bett lag, bestand Whit darauf, dass sie warteten, bis die anderen aufgebrochen waren. Sie gingen die schmutzigen Stufen hoch und öffneten die Tür.

Hier gab es Truhen, Kisten, Schachteln, Reisesäcke, Möbel und alles, was man sonst auf einem Dachboden erwartete. Die Sachen lagen willkürlich über- und durcheinander, sodass der Raum wie ein Labyrinth wirkte – ein staubiges Labyrinth voller Spinnweben.

»Das wird ein Spaß«, bemerkte Mirabelle und verzog ironisch die Lippen.

»Es wird ohne Zweifel zeitaufwendig.«

»Wir können nicht alles durchsehen. Die anderen kommen in wenigen Stunden zurück. So versessen sind sie auf die Jagd nun wirklich nicht.«

»Konzentriere dich auf die Kisten und Truhen weiter vorn«, wies er sie an und ging auf die andere Seite. »Such insbesondere nach Dingen, die verschlossen sind.«

Sie zuckte die Achseln und entschied sich für die nächstbeste Truhe. Mit lautem Knarren und einer Staubwolke ging sie auf, und Mirabelle bekam einen Niesanfall. Als sie sich endlich erholte, stand Whit neben ihr und hielt ihr sein Taschentuch hin.

»Bitte schön«, sagte er. »Besser?«

»Als was?«, lachte sie und nahm das Tuch, um sich die tränenden Augen abzuwischen. »Danke.«

Als sie es ihm zurückgeben wollte, schüttelte er den Kopf. »Halte es dir vor Mund und Nase, wenn du die nächste Truhe öffnest.«

»Was ist mit dir?«

»Ich komme schon zurecht«, antwortete er und ging zu seiner Kiste zurück, bevor sie widersprechen konnte.

Während der nächsten zwei Stunden arbeiteten sie schweigend vor sich hin und gingen sämtliche Truhen und Kisten durch. Als Mirabelle sich wieder einmal durch einen Haufen modriger Männerkleidung wühlte, stieß sie auf ein großes Glasgefäß mit Deckel, das in eine Kniehose eingewickelt war.

»Wie merkwürdig«, murmelte sie bei sich. Noch merkwürdiger war, dass sich in dem Glas ein zusammengefaltetes Stück Papier befand.

Sie nahm den Deckel ab und versuchte, das Papier herauszuziehen, aber es klebte am Boden fest, und das Gefäß war so tief, dass sie das Papier nur mit den Fingerspitzen zu fassen bekam. Sie drehte das Handgelenk und schob ihre Hand hinein, bis sie mit einem kleinen, saugenden Geräusch durch die Öffnung drang.

Ja!

Mit den Fingerspitzen griff sie nach dem Papier und hob es

langsam vom Boden. Wunderbarerweise löste es sich, ohne zu reißen.

Ja! Ja! Ja!

Sie wollte die Hand herausziehen … und zog die Flasche mit. Verärgert umfasste sie das Glas mit der anderen Hand und zerrte daran. Nichts.

Nein.

Sie zog fester und versuchte sich auf jede erdenkliche Weise zu befreien – ohne Erfolg.

Nein! Nein! Nein!

Vollkommen entsetzt starrte Mirabelle ihre Hand an. Sie war doch hineingegangen, oder nicht? Warum zum Teufel konnte sie sie nicht wieder befreien? Sie versuchte es noch einmal und gab sich schließlich geschlagen. Ohne Hilfe würde sie sich nicht aus dieser lächerlichen Situation befreien können. Sie holte tief Luft und bemühte sich, nicht ängstlich zu klingen.

»Äh … Whit?« Das klang doch unaufgeregt, oder? Ein wenig zögerlich, aber er hatte es gewiss nicht bemerkt.

»Ja, was gibt es?« Er hatte sich in eine Truhe gebeugt, und seine Stimme klang gedämpft und abwesend.

»Ich frage mich …« Oje, wie sollte sie es sagen? Sie leckte sich die trockenen Lippen. »Ich frage mich …«

Durch ihr Zögern hellhörig geworden, richtete er sich auf und schaute zu Mirabelle hinüber.

»Hast du etwas gefunden?«

»Nicht direkt«, erwiderte sie ausweichend.

Er erhob sich und wischte sich die staubigen Hände an seinem staubigen Rock ab. »Was meinst du mit ›nicht direkt‹? Was versteckst du, Kobold?«

»Ich verstecke gar nichts«, sagte sie automatisch. »Nicht direkt … nun, ehrlich gesagt schon, aber es hat nichts mit meinem Onkel oder einer Fälscheraktion zu tun oder …«

»Es schert mich nicht, worum es geht. Ich will nur wissen, was es ist.«

Verdammt und vermaledeit!

»Oh, na gut.« Sie atmete tief aus, zum Teil, weil es sein musste, aber vor allem, um Zeit zu schinden. »Ich habe versucht … ich wollte etwas herausholen, was feststeckte, verstehst du, und … nun, mir war nicht klar …«

»Heraus damit, Kobold.«

Resigniert und unglücklich hob sie die Hand, die sie hinter dem Rücken versteckt hatte. Am liebsten hätte sie den Kopf beschämt und schuldbewusst gesenkt, aber ihr Stolz hielt sie davon ab. Möglicherweise blickte sie ein wenig zur Seite, um seinen Blick zu meiden – nun, das ließ sich nicht ändern.

Erst blinzelte er nur, verschränkte die Hände hinter dem Rücken und fuhr sich langsam mit der Zunge über die Zähne.

»Verstehe«, sagte er schließlich.

»Ich bekomme die Hand nicht heraus«, brummte sie, immer noch außerstande, ihm in die Augen zu sehen.

»Ja, das ist vermutlich der Grund, warum sie in der Flasche steckt.«

»Und so kann ich wohl kaum wieder nach unten gehen.«

»Ganz gewiss nicht.«

Verärgert über seine Ungerührtheit ließ sie die Hand sinken und schnaubte. »Willst du mich nicht auslachen?«

»Aber gewiss doch.«

»Nun, könntest du dir wohl die Mühe machen, dich damit zu beeilen, damit wir uns dann hierum kümmern können …?« Sie wedelte mit der Flaschenhand in seine Richtung.

»Alles zu seiner Zeit. Ich möchte den Augenblick auskosten. Und dieser Raum – und die Tatsache, dass wir uns gemeinsam darin befinden – bringt gewisse Einschränkungen mit sich, was den Umfang und die Dauer dieser Würdigung betrifft.«

»Würdest du bitte einfach etwas Wasser und Seife holen, Whit?«

»Natürlich«, erwiderte er, und seine Lippen zuckten. »Warte hier.«

»Wohin sollte ich auch gehen?«, murrte sie, als er den Raum verließ.

Er schien eine Ewigkeit zu brauchen – es dauerte so lange, dass sie ernsthaft in Erwägung zog, die Hand in ein altes Hemd zu wickeln und ihn zu suchen. Wäre ihr eine vernünftige Erklärung dafür eingefallen, dass sie die Hand in ein Hemd gewickelt hatte, falls einer der Diener es bemerkte und sich danach erkundigte, sie hätte es getan.

»Hast du eine Ahnung, wie schwierig es ist, in diesem Haus Seife zu finden?«, fragte Whit, als er schließlich mit einem Stück Seife und einer kleinen Schüssel mit Wasser zurückkam.

»Ja, allerdings«, antwortete sie. »Da ich hier gewartet habe, während du gesucht hast.«

»Ich hatte angenommen, in einem der Schränke des Personals müsste welche sein, aber ich konnte keinen Schrank finden, der nicht bis obenhin mit anderen Dingen vollgestopft war. Werkzeug und Bücher und alte Kleider und überhaupt fast alles, nur nichts von dem, was sich wirklich darin befinden sollte.«

»Wie Seife.«

»Wie Seife«, stimmte er zu, kniete sich hin und stellte seine Last vor ihr ab. »Und Besen und die üblichen Reinigungsgeräte. Wo bewahren sie diese Dinge auf?«

»Größtenteils gar nicht, aber einiges davon befindet sich in der Küche.« Mit ihrer freien Hand deutete sie auf die Seife. »Wo hast du die her?«

»Aus meinem Zimmer. Setz dich auf die Truhe und lass mich deine Hand sehen.«

Erst wollte sie ihm sagen, dass sie es selbst tun würde, aber dann wurde ihr klar, dass sie das mit nur einer freien Hand wahrscheinlich nicht konnte. Nicht so schnell wie er, und darauf kam es an, wenn die Hand in einer Flasche feststeckte.

Sie setzte sich auf die Truhe. »Hat dich jemand gesehen oder gefragt, was du in den Schränken gesucht hast?«

»Keine Menschenseele. Aus mehreren Dienstbotenzimmern habe ich jedoch Schnarchen gehört. Warum wirft dein Onkel sie nicht hinaus?«

Sie zuckte die Achseln und sah zu, wie er die Seife aufschäumte. »Sonst will niemand für ihn arbeiten.«

»Aha.« Er griff nach ihrem Ellbogen, streckte ihren Arm durch und seifte ihr das Handgelenk ein.

»Whit?«

»Mmh?«

»Ich würde gern wissen …«

»Was denn?«

»Ich wollte es dich schon früher fragen, aber wir waren so beschäftigt …«

Er blickte auf. »Was willst du wissen?«

»Was genau tust du für William Fletcher? Und wie bist du dazu gekommen, es zu tun … was auch immer es ist?«

Er seifte ihr weiter das Handgelenk ein. »Du solltest darüber nichts wissen.«

»Dafür ist es ein bisschen spät«, erinnerte sie ihn. »Außerdem habe ich letzte Nacht deine Fragen beantwortet, und zwar nicht besonders gern.«

Er schwieg so lange, dass Mirabelle schon dachte, er würde gar nicht mehr antworten, doch dann legte er die Seife beiseite und massierte ihr den Seifenschaum ein.

»Hin und wieder«, sagte er leise, »arbeite ich als Agent für das Kriegsministerium, dessen Leiter William ist.«

»Oh. Tatsächlich?« Nachdenklich runzelte sie die Stirn. »Und die ganze Zeit dachte ich, er wäre nur ein Freund der Familie.«

»Er ist auch ein Freund der Familie. Aber zufällig befehligt er außerdem eine kleine Armee von Spionen.«

»Dann bist du also ein Spion?«

»Nicht direkt«, antwortete er so zurückhaltend, dass sie wusste, er würde nicht weiter darauf eingehen. Also schnitt sie ein anderes Thema an.

»Ist es sehr gefährlich?«

»Nicht sehr, nein. Nicht gefährlicher, als im Krieg zu kämpfen.«

»Warum tust du das? Du trägst bereits jetzt so viel Verantwortung.«

»Ich möchte meiner Familie etwas geben, worauf sie stolz sein kann.«

»Sie ist bereits stolz auf dich«, bemerkte sie. »Ungeheuer stolz. Du bist nahezu der perfekte Sohn, Bruder und Gutsherr. Es ist beinahe schon ärgerlich.«

»Danke«, erwiderte er unbefangen. »Aber das ist etwas anderes. Es ist … größer. Es ist etwas, das ich an meine Söhne weitergeben kann, sollte ich mit welchen gesegnet werden. Ein Vermächtnis, das mehrere Jahrhunderte der Scham ausgleichen kann.«

»Du schämst dich wegen deines Erbes?«, fragte sie mit einiger Überraschung.

»Ich glaube, du bist meinem Vater einige Male begegnet«, sagte er trocken. »Auch wenn er selten zu Hause war.«

Sie runzelte die Stirn. »Er schien mir recht fröhlich. Ich weiß, er war nicht der Verantwortungsvollste aller Männer, aber …«

»Die Gerüchte, die du gehört hast, werden seinen Vergehen nicht einmal annähernd gerecht. Er war eine nichtsnutzige Mischung aus Dandy und Lebemann und hat sich um nichts gekümmert als um sich selbst. Er starb nicht bei einem Reitunfall, wie man allgemein annimmt, sondern kam in einem Duell wegen einer Opernsängerin um.«

»Oh.« Guter Gott, sie hatte ja keine Ahnung gehabt! »Es tut mir leid.«

»Nun ja. Jetzt ist er tot, und nur wenige Menschen kennen die Wahrheit. Und nur wenigen würde man mehr Glauben schenken als mir. Dein Onkel weiß Bescheid.«

»Ach ja?«

»Ja, und einige seiner Gäste. Sie haben in den gleichen Kreisen verkehrt, verstehst du, aber wie gesagt, inzwischen will sich niemand mehr mit dem Grafen von Thurston anlegen. Jedenfalls nicht so sehr, dass es Anlass zur Sorge gäbe.«

Aber es gab Gerüchte, das wusste sie. Sie erinnerte sich an das Getuschel in den Ballsälen und Salons unmittelbar nach dem Tod des Grafen, aber wie alle anderen hatte sie es als unbedeutenden Klatsch abgetan. Whit hatte diesen Vorteil nicht gehabt, wurde ihr nun klar. Er würde ihn niemals haben.

»Es tut mir leid, Whit.«

»Wie ich bereits sagte«, erwiderte er und griff mit einer Hand nach ihrem Ellbogen, mit der anderen nach dem Glas. »Es ist Vergangenheit.«

Er zog sanft an ihrem Arm, und ihre Hand glitt aus dem Gefäß.

»Oh.« Versuchsweise bewegte sie die Finger.

»Tut es weh?«, fragte er und rieb ihr mit dem Daumen über das Handgelenk.

»Nein.« Im Gegenteil, seine Berührung ließ ihre Nerven vibrieren. »Es fühlt sich … gut an.«

»Nur gut?«, fragte er und presste seine Lippen auf die zarte Haut der Armbeuge.

»Äh … angenehm. Es fühlt sich sehr angenehm an.«

»Nur angenehm?«

»Nun, es ist bloß mein Arm.«

»Verstehe.«

Er richtete sich ein wenig auf, legte ihr die Hand um den Nacken und küsste sie.

Da waren wieder die Weichheit, die Sanftheit und das Verlangen. Mirabelle rutschte zum Rand der Truhe, und nach kurzem Zögern ließ sie die Hände zu seinen Schultern hinaufgleiten. Es war immer noch alles so neu für sie. Das Küssen, die Berührungen, die Art, wie sie sich gleichzeitig schamlos und unsicher fühlte. Sie war sich ganz und gar nicht gewiss, was sie tun oder nicht tun sollte – nur dass sie es so lange tun wollte wie nur menschenmöglich.

»Du hast einen so süßen Mund«, murmelte er an ihren Lippen, und ihr Herz machte einen kleinen Hüpfer. »Früher habe ich mir eingeredet, er würde bitter schmecken.«

Sie fuhr zurück. »Bitter?«

Er lächelte sie an. »Es wird dich wohl kaum überraschen, dass ich damals gerade wütend auf dich war.«

»Wütend auf … du hast schon früher daran gedacht, mich zu küssen? Bevor all das passiert ist?«

»Einmal, als ich noch jünger war.« Bei der Erinnerung daran grinste er breit. »Wir haben einander gerade wegen irgendetwas angebrüllt, und ich hatte plötzlich die Idee, dich mit einem Kuss zum Schweigen zu bringen. Ich habe es gelassen und mir eingeredet, dass du bitter schmecken würdest.«

»Du hast daran gedacht, mich zu küssen«, wiederholte Mirabelle mit träumerischem Lächeln.

»Ich war noch keine zwanzig. Ich hätte beinahe jedes Wesen geküsst, das einen Rock trug und nicht mit mir blutsverwandt war … wenn mich mein Gedächtnis nicht trügt, habe ich ziemlich viel daran gedacht.«

Sie trat ihm auf den Fuß, und er zuckte ein wenig zusammen. Sanft zog er sie am Haar.

»Eifersüchtig, Liebling?«

Sie verdrehte wenig überzeugend die Augen, aber immerhin stand er lachend auf und entfaltete das Papier, für das sie solche Mühen auf sich genommen hatte.

»Und, was ist es?«, fragte sie, darauf gefasst, sich wegen eines alten Spielscheins oder einer Einladung zum Essen zum Narren gemacht zu haben. Doch sein Gesicht wurde ernst. Sie stand auf und beugte sich vor, nervös und ungeduldig. Hatte sie tatsächlich etwas gefunden?

»Was ist es, Whit?«

Er hielt ihr das Papier hin, und mit klopfendem Herzen nahm sie es. Sie überflog den Inhalt – zweimal. Sie war sich nicht ganz sicher, was sie erwartet hatte, aber doch gewiss etwas Belastenderes als einen ganz normalen Lieferschein.

Verblüfft hielt sie das Papier hoch. »Was ist das?«

»Ein Lieferschein für ...« Whit beugte sich vor und las: »... eine Dose Bienenwachs, klein; eine Kiste Portwein, groß; zwei Kisten ...«

Sie zog das Blatt zurück. »Ich kann lesen, Whit, ich verstehe nur nicht, warum du es für bedeutsam hältst.«

»Schau genauer hin, Kobold.«

Mirabelle tat es, sah jedoch nichts Ungewöhnliches. Sie schüttelte den Kopf. »Es tut mir leid, aber ich weiß wirklich nicht, was ...«

Whit beugte sich vor und zeigte auf einen Rechnungsposten. »Zwei Kisten Kronentinte.«

»Und ...?«, hakte sie nach. »Ich habe noch nie davon gehört, aber ...«

»Kronentinte ähnelt auf bemerkenswerte Weise der Tinte, die man zum Druck bestimmter Banknoten verwendet.«

Mirabelle runzelte nachdenklich die Stirn. »Wenn man sie überall kaufen kann, dann ist das kein eindeutiger Beweis, oder? Vielleicht gefällt ihm einfach die Farbe.«

»Man kann sie nicht überall kaufen«, informierte er sie. »Man muss sie bestellen.«

»Die Leute bestellen ständig Tinte, Whit, aus allen möglichen Gründen.«

»Gleich zwei Kisten?«

»Das ist schon merkwürdig«, stimmte sie zu und überflog die Liste erneut. Unten standen Zwischensumme, Gesamtbetrag, Rechnungsnummer, Unterschriften sowie das Datum und die Art der Lieferung. Noch einmal las sie das Datum und lachte.

»Diese Quittung ist fast zehn Jahre alt«, stellte sie fest.

»Ist mir aufgefallen.«

Sie gab ihm das Blatt zurück und schüttelte belustigt den Kopf. »Wenn mein Onkel seit zehn Jahren schlecht gemachte Fälschungen drucken würde, dann wäre das doch inzwischen gewiss jemandem aufgefallen.«

»Das ging mir auch schon durch den Kopf«, sagte er, nahm das Papier und steckte es ein. »Es gibt mehrere mögliche Erklärungen. Erstens, vielleicht hat er an dem Verfahren gearbeitet, um es zu verbessern …«

»Mein Onkel arbeitet an gar nichts«, spottete sie. »Ganz zu schweigen davon, dass er etwas verbessert.«

»Zweitens«, fuhr er fort, »vielleicht hat er auf eine Lieferung gewartet, oder er musste warten, bis die Spur, die von ihm zu der Lieferung führte, verwischt war.«

»So viel Disziplin hat er nicht, Whit.«

»Drittens, und das ist meine Vermutung: Er hat die Banknoten jemandem gegeben, der sie im Ausland in Umlauf bringt.«

»Oh.« Das konnte sie sich gut vorstellen, vor allem, wenn ein Komplize mit im Spiel war. Ihrer Meinung nach war ihr Onkel nicht imstande, ohne einen Helfershelfer ein kompliziertes Verbrechen zu begehen. »Das ist vielleicht eine Möglichkeit. Aber mit einer alten Quittung kannst du das wohl kaum beweisen.«

»Nein, aber ich habe noch fast die ganze Woche Zeit.«

»Jetzt bist du dir sicher, dass er schuldig ist.«

Er dachte darüber nach und schüttelte den Kopf. »Ich weiß nicht. Um ehrlich zu sein, ich mag deinen Onkel nicht.«

»Das tun die wenigsten«, bemerkte sie.

»Das ist richtig, aber nur wir beide haben die Aufgabe, seine Schuld bei einem schweren Verbrechen nachzuweisen.«

Wir beide, dachte sie und gab sich Mühe, angesichts dieser beiläufigen Bemerkung nicht zu lächeln. Weil sie sich freute, erinnerte sie ihn nicht daran, dass sie nach dem Beweis für die Unschuld ihres Onkels suchte und nicht für seine Schuld. »Du hast Angst, dass du aus einer Mücke einen Elefanten machst – dass du Dinge siehst, die nicht da sind, weil deine Meinung über meinen Onkel bereits feststeht.«

»Nicht gerade Angst«, widersprach er so würdevoll und gekränkt, dass sie nun doch grinste. »Man darf es nicht außer Acht lassen, das ist alles. Warum grinst du?«

»Nur so«, log sie. »Ich mag es, wenn du deinen wunderbaren Verstand benutzt.«

»Als ich mir gestern beim Dinner vorgestellt habe, deinen Onkel grün und blau zu schlagen, war das nicht gerade ein Zeichen von Verstand.«

»Und auch nicht sehr originell. Wenn ich hier bin, habe ich diese Fantasie mindestens zweimal am Tag.«

»Du hast auch allen Grund dazu. Am liebsten würde ich dich nach Haldon zurückschicken.«

»Das haben wir doch immer wieder …«

»Ich habe gesagt, ich würde es gern tun, nicht, dass ich es könnte.«

Sie nickte verständnisvoll. Sie wäre selbst am liebsten mit ihm nach Haldon zurückgekehrt, wenn das möglich gewesen wäre. »Ich muss mich um das Dinner kümmern, bevor die anderen zurück sind.«

Whit schüttelte den Kopf. »Du wirst nicht wieder zum Essen herunterkommen.«

»Es lässt sich nicht vermeiden, Whit. Mein Onkel erwartet von mir, dass ich die Gastgeberin spiele oder zumindest das, was er darunter versteht.«

Er ergriff ihren Arm und führte sie zur Tür. »Ich kümmere mich um Eppersly. Bleib in deinem Zimmer und schließ die Tür ab.«

Sie war nur zu bereit, diese Anweisung zu befolgen.

»Und du wirst mich holen? Du wirst nicht allein suchen?«

Er zögerte verdächtig lange, bevor er antwortete. »Ich werde kommen.«

Whit wartete, bis der Baron sich nach der Jagd in sein Studierzimmer zurückzog, bevor er ihn aufsuchte.

»Was macht ihr Kopf, Junge?«, fragte der Baron, als Whit den Raum betrat.

Er unterdrückte das instinktive Verlangen, sich für die Anrede »Junge« zu revanchieren, und nahm vor dem Schreibtisch Platz, wobei er sich hinlümmelte und die Beine vor sich ausstreckte. So wirkte er hoffentlich angemessen träge.

»Sitzt immer noch auf meinen Schultern, fürchte ich. Wie war die Jagd?«

Der Baron stieß ein Grunzen aus. »Verdammte Wilderer! Nicht mal auf dem eigenen Land findet man noch Wild.«

»Verdammte Schande«, stimmte Whit zu und gratulierte sich dazu, dass er nicht lachte.

»Sie sind wohl kaum hergekommen, um über die Jagd zu reden, Thurston.«

»Nein, Sir. Ich wollte mit Ihnen über Ihre Nichte sprechen.«

»Mirabelle?« Der Baron runzelte die Stirn. »Zum Teufel, wozu denn? Auf Haldon sehen Sie doch schon mehr als genug von ihr.«

»Allerdings, und genau deshalb bin ich hier.« Er tat so, als müsste er nervös mit seiner Halsbinde herumspielen. »Mir ist klar, dass sie zur Familie gehört, Eppersly, aber könnte das Mädchen nicht für einen oder zwei Tage auf seinem Zimmer bleiben?«

»Ich habe schon gehört, dass Sie beide nicht gut miteinander auskommen.«

»Sie ist ein wahrer Quälgeist. Und sie …« Er warf einen nervösen Blick zu der offenen Tür, beugte sich vor und flüsterte: »Sie redet mit meiner Mutter. Ein Mann kann sich schlecht in Gegenwart einer Frau amüsieren, die regelmäßig mit seiner Mutter klatscht, oder?«

Die Lippen des Barons kräuselten sich. »Wohl kaum, jetzt da Sie es erwähnen. Ich sorge dafür, dass sie in ihrem Zimmer bleibt.«

Whit musste seine Erleichterung nicht vortäuschen, auch wenn die Dankbarkeit nur gespielt war. »Ich weiß das zu schätzen. Mein Vater hat immer gesagt, Sie seien ein vernünftiger Mann.«

Der Baron nickte, als hätte er irgendeinen Grund, dieser Bemerkung Glauben zu schenken. »Ein Jammer, dass er nicht mehr unter uns weilt. Hätten sich in seiner Gegenwart keinen Zwang antun müssen.«

»Gewiss nicht.«

»Aber am Ende ist er gut gestorben. Ich hatte mit ein paar von den anderen gewettet, wie jeder von uns das Zeitliche segnen würde. Bei Ihrem Vater habe ich hundert Pfund gewonnen. Die anderen dachten, er würde an der Syphilis sterben.«

»Hat Ihnen Hörner aufgesetzt, was?«

Der Baron blinzelte, dann warf er den Kopf in den Nacken und brüllte vor Lachen.

»Ihres Vaters Sohn!«, brachte er hervor, als seine Heiterkeit sich größtenteils gelegt hatte. »Er hatte auch so eine scharfe Zunge.«

»Ja, ich erinnere mich«, murmelte Whit, dem es mit knapper Not gelang, den heiteren Gesichtsausdruck eines leicht amüsierten, aber überwiegend gelangweilten jungen Mannes beizubehalten.

»Wir werden schon noch einen richtigen Mann aus Ihnen machen.«

»Ich freue mich bereits auf die Unterweisung.« Ungefähr so sehr wie auf eine Kugel in den Kopf, dachte er.

21

Für Whit war das Dinner nicht angenehmer als am Abend zuvor, aber deutlich entspannter, da Mirabelle sich sicher in ihrem Zimmer befand.

Nach einer Stunde waren die Männer völlig betrunken, eine Viertelstunde später lallten sie. Whit war daher sehr erleichtert, als sich die letzten ins Bett schleppten, bevor die Uhr elf schlug.

Er torkelte selbst, als er das Speisezimmer verließ, doch nur für das Personal.

»Wo's der Baron?«, fragte er einen der Diener, als er in den Flur wankte. »Guter Mann, der Baron. Guter Mann. Wo's er hin?«

»Ins Bett … Mylord«, erwiderte der Diener und wich dem schwankenden Whit aus. »Alle Gäste sind zu Bett gegangen.«

»Zu Bett! Schon? Die Nacht ist jung.« Er hickste. »Und sie ham mich verspottet. Na, alte Männer, was soll man da machen? Das heißt … ein Mann … Egal.«

»Sehr wohl, Mylord.«

»Wo's mein Zimmer?«

Der Diener stieß einen tiefen Seufzer aus, packte Whit am Arm und zerrte ihn die Treppe hinauf und den Flur entlang. Da Whit die List nicht zu weit treiben wollte, fischte er den Schlüssel selbst aus seiner Tasche.

»Hab ihn. Hab ihn. Bin verdammt noch mal kein Kind«, murmelte er.

»Wenn das dann alles wäre, gehe ich selbst zu Bett.«

Nach ein paar unbeholfenen Versuchen steckte Whit den Schlüssel ins Schloss und scheuchte den Lakaien weg. »Fort mit Ihnen.«

Er musste nicht hinsehen, um zu wissen, dass der Mann die Augen verdrehte. Er konnte ihm das wirklich nicht zum Vorwurf machen, auch wenn ein anständiger Diener sich davon überzeugt hätte, dass ein Gast ins Bett kam, ohne zuvor über die eigenen Füße zu stolpern und sich irgendwo den Kopf aufzuschlagen.

Er lauschte. Die Schritte des Dieners wurden leiser und verklangen dann auf der Treppe zum zweiten Stock. Dem abgespannten Gesicht des Mannes nach zu urteilen, hatte er wohl die Wahrheit gesagt – er ging zu Bett.

Während Whit eine Kerze aus seinem Zimmer holte, überlegte er, wie anstrengend es sein musste, einen Mann wie den Baron und seine Gäste zu ertragen. Andererseits tat das Personal sonst nicht viel, soweit er das beurteilen konnte. Jede Menge Zeit, sich zwischen den Trinkgelagen auszuruhen.

Er ging das kurze Stück bis zu Mirabelles Zimmer und blieb stehen. Eine ganze Weile stand er einfach nur vor ihrer Tür, dachte nach, wog ab, überlegte und geriet immer mehr in Zorn.

Es war ihr gutes Recht, an der Suche teilzunehmen. Es war sein gutes Recht, sie zu beschützen.

Er sollte sein Wort halten und klopfen.

Er sollte sie von alldem so weit wie möglich fernhalten.

Er sollte sie fesseln und knebeln, in eine Kutsche verfrachten und das halsstarrige Frauenzimmer nach Haldon zurückschaffen, genau das sollte er tun und nichts anderes.

Es handelte sich um einen Auftrag, dachte er zornig, nicht um eine Abendgesellschaft in Mayfair. Und es war nicht das Gleiche, wie am helllichten Tag in Truhen zu wühlen. Wären sie dabei ertappt worden, hätte er mühelos eine glaubwürdige

Erklärung für ihren Aufenthalt auf dem Dachboden erfinden können – zum Beispiel, dass er ihr bei der Suche nach einem Porträt ihrer Mutter half oder dass sie eine zusätzliche Decke für sein Zimmer holten. Es gab Dutzende vollkommen glaubwürdiger Entschuldigungen.

Aber für zwei Menschen, die mitten in der Nacht ein Zimmer durchsuchten, gab es keine Ausrede.

Bei der Vorstellung, was mit Mirabelle geschehen würde, falls man sie ertappte, ballte er die Hände zu Fäusten.

Das war nicht richtig. Er durfte seinen Auftrag nicht aus Sorge um sie vernachlässigen. Und ganz gewiss würde er nicht die verbleibenden Nächte im Flur stehen und mit sich selbst streiten.

Sie musste Vernunft annehmen, verdammt, sonst würde er sie tatsächlich fesseln und knebeln.

Vollends in Rage, klopfte er heftig an die Tür.

Als es an der Tür pochte, erhob Mirabelle sich von ihrem Fensterplatz und griff aus Gewohnheit nach dem schweren Kerzenständer, den sie vor Ewigkeiten aus der Bibliothek gestohlen hatte. Die Riegel an ihrer Tür waren stabil, aber trotzdem …

»Mach die Tür auf, Kobold.«

Erleichtert, Whits Stimme zu hören, stellte sie den Kerzenhalter hin und öffnete die Tür.

»Schlafen alle?«, fragte sie und schlüpfte aus dem Zimmer.

Er fasste sie am Arm und schob sie umgehend wieder hinein.

»Du bleibst hier.«

Verdutzt über den schroffen Befehl, sah sie ihn nur an, während er die Tür schloss und wieder verriegelte.

»Drei Schlösser«, hörte sie ihn murmeln. »Das Mädchen hat drei Schlösser an der Tür, aber nicht die Vernunft dahinterzubleiben.«

Die Beleidigung riss sie aus ihrer Benommenheit. Sie hatte schließlich die Vernunft gehabt, sie anbringen zu lassen, oder etwa nicht? Und es war nicht einfach gewesen, dies zu bewerkstelligen, während ihr Onkel im Haus ein und aus ging.

Sie verschränkte die Arme vor der Brust und funkelte ihn wütend von hinten an. »Was zum Teufel ist in dich gefahren?«

»Du«, blaffte er, wirbelte herum und zeigte anklagend mit dem Finger auf sie. »Du bist in mich gefahren.«

Später einmal sollte sie dies als sehr schönen Gedanken betrachten. Im Moment jedoch war sie lediglich verwirrt. »Wovon um alles in der Welt redest du?«

Er hob den Finger wie jemand, der im Begriff stand, jemandem die Leviten zu lesen. Zur Nachsicht bereit – zumindest ein wenig, falls sie dadurch ein paar Antworten bekam –, wartete sie. Und wartete.

»Whit?«

Er ließ den Arm sinken. »Ich wollte dich eigentlich anschreien.«

»Ja, habe ich gemerkt. Möchtest du mir vielleicht verraten, warum?«

Er schwieg, die Stirn nachdenklich in Falten gelegt. »Ich ertrage die Vorstellung nicht, dass dir etwas zustößt«, gestand er schließlich leise.

Um sich über diesen Gedanken zu freuen, war keine Bedenkzeit nötig. Für eine passende Antwort hätte sie diese aber durchaus brauchen können, denn alles, was ihr einfiel, war: »Oh.«

»Allein schon beim Gedanken daran, dass dir etwas zustoßen könnte, habe ich zehn Minuten lang vor deiner Tür gestanden und mit mir selbst gestritten wie ein Irrer …«

»Du hast zehn Minuten vor meiner Tür gestanden und dich ereifert?« Sie grinste und genoss die Vorstellung. »Wirklich?«

Seine Lippen zuckten, und die Falten auf seiner Stirn verschwanden. »Ja, wirklich. Und ich …«

»Bist du auf und ab gegangen?«

»Wie bitte?«

»Bist du auf und ab gegangen?«, wiederholte sie. »Oder hast du dort gestanden und mit zusammengebissenen Zähnen die Tür angestarrt?«

Er fuhr mit der Zunge über die Zähne. »Ich weiß nicht recht, warum das von Belang sein sollte.«

»Das ist es auch nicht«, antwortete sie mit einem Achselzucken. »Aber ich möchte es mir gern richtig vorstellen, damit ich später davon Gebrauch machen kann, wenn du mich wegen meiner Hand in dem Glas auslachst.«

Er lachte ein wenig, wie sie es gehofft hatte. »Ich bin nicht auf und ab gegangen, sondern habe dagestanden und gedacht, dass ich hier hereinstürmen und dich anschreien sollte.«

»Aber du hast es nicht getan«, stellte sie fest. »Jedenfalls hast du mich nicht angeschrien.«

»Nein«, stimmte er zu und ging zu ihr hinüber. »Wie könnte ich? Ich bin böse auf deinen Onkel, nicht auf dich. Und du hast einfach dagestanden und so still und geduldig ausgesehen und …«

»Verwirrt«, fügte sie für ihn hinzu.

»Reizend«, korrigierte er sie und umfasste ihr Gesicht. »Wie kommt es, dass mir nie zuvor aufgefallen ist, wie reizend du bist?«

Sie öffnete den Mund … und schloss ihn wieder. »Du sagst immer wieder aus heiterem Himmel diese Dinge, nur um mich aus der Fassung zu bringen, nicht wahr?«

»Es macht Spaß, dich in Verlegenheit zu bringen«, gab er zu. »Aber ich sage sie deshalb aus heiterem Himmel, weil sie mir so einfallen.«

Er rieb eine Locke ihres Haares zwischen den Fingern. »Weich. Das habe ich auf unserem Spaziergang um den See gedacht, so wie die dunklen und hellen Strähnen sich vermischen.«

Nervös befeuchtete sie sich die Lippen. »Wie eine Kastanie.«

»Es ist genau die gleiche Farbe.« Mit dem Daumen zeichnete er sanft die Wölbung ihrer Augenbraue nach. »Ich habe an deine dunklen Augen gedacht …«

»Schokoladenfarben.«

»Schokoladenfarben«, stimmte er zu. »… als ich mich in meinem Zimmer ausgezogen habe, an dem Abend, an dem wir den Waffenstillstand vereinbart haben.«

Sie stutzte. »Während du dich ausgezogen hast?«

»Ja. Ich denke zu den unmöglichsten Zeiten an dich … an deine Haut, deine Lippen und den Schönheitsfleck darüber.« Er legte ihr die Hand in den Nacken. »An diese zarte Stelle gleich unter deinem Ohr.«

»Wirklich?«

»Mmh-mmh.« Er zog sie an sich, bis er dicht neben ihren Lippen sprach und sie seine Wärme bis in die Zehen spürte. »Und jede wache Sekunde denke ich an das hier.«

Dann küsste er sie. Nicht mit der früheren Sanftheit und nicht wild wie am Abend des Balls, sondern mit einer grimmigen Entschlossenheit, die sie ängstigte und erregte.

Sein Mund bewegte sich über ihrem und forderte Hingabe, bis ihr nichts anderes übrig blieb, als zu gehorchen. Besitzergreifend streichelte er ihr über Arme und Rücken, und jede Berührung ließ ein wenig Wärme zurück.

Er schob ihr den Arm unter die Knie und hob sie in seine Arme. Überrascht schnappte sie nach Luft, und dann erneut, als er sich mit ihr auf dem Schoß auf die Bettkante setzte und sie an ihrer Hüfte spürte, wie erregt er war. Er knabberte an ihrem Ohr, schob ihr eine Hand unter den Rock und streichelte ihre Wade.

»Whit, ich …«

»Scht.« Er drückte ihr die Lippen unterhalb ihres Ohrs auf den Hals. Er hatte recht gehabt, dachte sie atemlos, die Stelle dort war zart.

Entlang ihrer Schulter küsste er sich nach unten. Erregt und unsicher angesichts dieses Gefühls wehrte sie sich gegen ihn. »Whit …«

»Scht. Lass mich, Mirabelle«, flüsterte er, und ein Schauer überlief sie, als sie seinen heißen Atem auf ihrer Haut spürte. »Nur ganz kurz. Ich höre auf, wenn du mich bittest. Versprochen.«

Aufhören? Warum zum Teufel sollte sie wollen, dass er aufhörte? Sie hatte nur etwas Nettes sagen wollen, etwas Liebes und Poetisches, so wie er. Sie wollte ihm nur näherkommen, verdammt!

Verzweifelt schob sie ihm die Hände ins Haar und brachte seinen Mund zurück zu ihrem. Dann küsste sie ihn mit all der Leidenschaft und besitzergreifenden Art, die er in jener Nacht gezeigt hatte, all der Verzweiflung, die sie in der Kutsche empfunden hatten, und all dem rastlosen Verlangen, das sie jetzt verspürte.

Sie küsste ihn von ganzem Herzen und mit dem tiefen Wunsch, dass er in es hineinschauen könne.

Ein Stöhnen entrang sich seiner Kehle. Und ehe sie sichs versah, lag sie auf dem Bett, und sein Gewicht drückte sie auf die Matratze.

»Ich werde aufhören«, flüsterte er wieder, noch während er die Hände unter sie schob, um ihr Kleid aufzuknöpfen. »Ich werde aufhören, wenn du es möchtest.«

Zur Antwort zog sie ihm den Rock über die Schultern.

Fieberhaft zerrten sie einander die Kleider vom Leib, um zu der darunterliegenden Haut zu gelangen. Als sie nach seinen Hosenknöpfen tastete, hielt er ihre Hand fest.

»Noch nicht, Mirabelle. Noch nicht.«

Sie starrte ihre Hand an, die er festhielt. Hatte sie das wirklich gerade tun wollen? War es richtig, das zu tun? Sie schluckte und sah ihm in die Augen. »Ich weiß nicht, was ich machen soll.«

»Ich weiß es«, flüsterte er sanft. »Lass es mich dir zeigen.«

Sie nickte, dann schloss sie mit einem Seufzer die Augen, während er ihr sanfte Küsse in die Halsgrube drückte, wobei er an den vom Sturz noch wunden Stellen ganz sanft vorging. »Nicht denken, Mirabelle. Nur fühlen.«

»Ja.« Sie seufzte wieder. »Oh ja.«

Das Atmen, Wimmern und Stöhnen einer Frau, die sich ihm hingab, brachte Whit beinahe um den Verstand. Er war zerrissen zwischen dem Bedürfnis, sanft zu sein, und dem Drang, sie mit Gewalt zu nehmen. Noch nie hatte er ein so starkes Verlangen gespürt. Nicht einmal als er ein grüner Junge, als er hinter jedem Rock hergeschmachtet hatte, hatte er sich so schmerzhaft nach einer Frau verzehrt. Wenn sie ihn berührt hätte, wenn er zugelassen hätte, dass sie ihn befreite, dann hätte er sich nicht mehr zurückhalten können.

Er hob den Kopf und beobachtete sie, während seine Hand hinabglitt und sich um eine Brust legte. Es war ihm gelungen, ihr das Kleid auszuziehen – wobei er die ganze Zeit über gedacht hatte, dass er ihr, wenn sie verheiratet waren, einen ganzen Schrank voll Kleidern mit übergroßen Knopflöchern bestellen würde –, und jetzt genoss er die weiche Haut, die ihr dünnes Unterkleid entblößte.

Mit dem Daumen strich er über eine Brustwarze und beobachtete, wie sie sich unter dem Stoff aufrichtete. Das Stöhnen, mit dem Mirabelle ihm antwortete, jagte ihm einen Schauer der Lust über den Rücken. Er ließ die Finger über den Halsausschnitt des Unterkleides wandern und schob es sanft nach oben.

»Es ist … es ist nicht das blaue Unterkleid«, flüsterte sie entschuldigend.

»Es ist perfekt«, hörte er sich mit heiserer Stimme sagen. »Du bist perfekt.«

Falls sie antwortete, so hörte er sie nicht. Das Blut rauschte ihm in den Ohren, und er griff nach dem Saum des Unterkleides und zog es ihr über den Kopf, bevor er sie wieder aufs Bett legte.

»Wunderschön.«

Er ließ sich Zeit mit ihr, quälte sie beide, indem er kostete, schmeckte, reizte. Er erforschte jeden Zentimeter ihrer Gestalt und erfreute sich an den Kurven und Kuhlen, der sanften Rundung ihrer Hüften, dem flachen Bauch.

Sie stöhnte und wand sich unter ihm. Als er schließlich die Hitze zwischen ihren Beinen berührte und sie einen leisen Schrei ausstieß und ihm über den Rücken kratzte, gab er dem Verlangen nach, sie zu nehmen.

Um sie abzulenken und sich selbst zu erfreuen, küsste er sie tief und leidenschaftlich, während er seine Kniehose auszog und beiseitewarf.

»Leg die Beine um mich, Kobold.«

Sie gehorchte blind, und diesmal war er es, der einen leisen Schrei ausstieß, als das erste Stück von ihm in ihre feuchte Mitte glitt. Er verharrte dort, gefangen zwischen Glück und Qual. Seine Arme zitterten, als er den schmerzhaften Drang bekämpfte, die Sache einfach mit einem einzigen herrlichen Stoß zu beenden.

Er konnte sanft sein. Er würde sanft sein.

Er küsste sie zart, während er in sie eindrang und ihren Körper dazu verführte, seinen aufzunehmen. Er wartete darauf, dass sie aufschrie, dass sie ihm sagte, er solle aufhören.

Aber sie umschlang ihn nur noch inniger und erwiderte seinen Kuss.

Bis er an die Grenze kam, die sie als unschuldig auswies. Beinahe hätte er ihr angeboten aufzuhören. Beinahe. Himmel, er war schließlich nur ein Mann.

»Es tut mir leid, Liebling«, flüsterte er stattdessen. Und mit einer kraftvollen Bewegung seiner Hüften drängte er hindurch, um vollständig in ihr zu versinken.

Sofort löste sie sich von ihm. »Oh, autsch!«

Er senkte die Stirn auf ihre. »Es tut mir leid, Kobold. Warte eine Minute. Nur eine Minute.«

Aus einer Minute wurden zwei und dann drei, während er sie wieder mit langen Küssen und sanften Liebkosungen umwarb. Er flüsterte ihr ins Ohr, süßen Unsinn, der sie lächeln und seufzen ließ, verderbten Unsinn, der sie erröten und sich winden ließ.

Als ihr Körper sich wieder unter ihm entspannte, hob er vorsichtig die Hüften und beobachtete sie, während er sich in ihr zu bewegen begann.

Ihre Reaktion übertraf alle seine Hoffnungen. Sie bewegte sich mit ihm und legte ihm die Arme um die Schultern, während sie ihm die Beine erneut um die Hüfte schlang.

In dem sanften Licht zweier flackernder Kerzen erhoben sie sich gemeinsam. Sie strebte nach etwas, das sie nicht benennen konnte, er dagegen wollte nicht danach greifen, ehe sie die Gelegenheit dazu hatte.

Er hörte, wie ihr Atem schneller ging, wie ihre leisen Schreie spitzer wurden und in immer kürzeren Abständen kamen, und er wollte, dass sie sich fallen ließ.

Als sie es tat, als sie erbebte und sich in seinen Armen aufbäumte, ließ auch er sich gehen.

Ein Vollmond kann in wolkenloser Nacht ein Spiel aus Licht und Schatten erschaffen, das selbst die trostloseste Aussicht in eine interessante Landschaft aus Schwarz und Grau verwandelt. McAlistair saß im Wald am Rande der seitlichen Rasenfläche – wo die Aussicht normalerweise unbestreitbar trostlos war – und betrachtete stirnrunzelnd das Bild, das sich ihm bot. Es mochte zwar hübsch sein, aber vorteilhaft war es nicht. Besser, es war schwarz wie Pech, damit er sich über den Boden bewegen konnte, ohne gesehen zu werden.

Aber früher hatte er sich schließlich sogar zur Mittagsstunde unsichtbar gemacht. War in hell erleuchteten Ballsälen und belebten Basaren ungesehen und ungehört geblieben.

Er stand auf, reckte sich, wählte seinen Weg und glitt zwischen den Schatten hindurch. Mit langen, lautlosen Schritten überquerte er den Rasen. Kurz beobachtete er, wie im ersten Stock Licht aufflackerte, dann blickte er wieder zum Stall.

Drinnen erwartete ihn ein Mann. Nun, vielleicht war »erwarten« der falsche Ausdruck, denn das hätte so etwas wie ein Willkommen beinhaltet. Der Mann kauerte hinter einer Boxentür und hatte eine Pistole im Anschlag.

War nicht das erste Mal, rief McAlistair sich ins Gedächtnis. Er sagte nichts, sondern wartete nur, während der kauernde Mann ihn musterte und sich dann grunzend erhob, hochgewachsen und selbstsicher, bevor er die Waffe sinken ließ.

»Da sind Sie also, wie?«

McAlistair nickte.

»Hatte mich schon gefragt, ob er wohl nach Ihnen schicken würde. Anscheinend schickt er zurzeit nach fast jedem.«

Er dachte an die Notiz, die man ihm in seinem Lager hinterlassen hatte. »Befehl«, sagte er nur. Befehl, zu beobachten und zu beschützen.

»Wohl wahr. Obwohl es klug gewesen wäre, mir so was wie eine Warnung zukommen zu lassen. Sie haben Glück, dass ich Ihnen keine Kugel in den Leib gejagt habe.«

McAlistair zuckte die Achseln.

Der andere Mann ließ die Schultern kreisen. »Ist wohl bald zu Ende. Wird auch verdammt noch mal Zeit.« Mit dem Kopf deutete er zu der Box am Ende der Stallgasse. »Können im Moment nur warten. Wenn Sie wollen, ich hab hier 'n bisschen gestohlenen Brandy.«

McAlistair dachte darüber nach. »Hätte nichts dagegen.«

22

Benommen lag Mirabelle unter Whit. Das war es also, wovon ihr Onkel und seine Freunde so oft und so derb sprachen. Aus ihren unzensierten Bemerkungen hatte sie entnommen, was zwischen einem Mann und einer Frau hinter geschlossenen Türen vor sich ging, und durch die Art, wie sie darüber gesprochen hatten, hatte sie gewusst, dass ein Mann großes Vergnügen daran fand. Aber sie hatte keine Ahnung gehabt, nicht einmal vermutet …

Außerstande, die Worte zu finden, seufzte sie glücklich.

Whit regte sich und stemmte sich auf die Ellbogen hoch. »Ich erdrücke dich.«

»Nein. Nun ja, schon«, räumte sie ein und lächelte ihn an. »Aber es gefällt mir recht gut.«

Nicht gerade Dichtkunst, aber das Beste, was sie unter den gegenwärtigen Umständen zustande brachte. Er lächelte zurück und schlang die Arme um sie, dann rollte er sich mit ihr in den Armen auf die Seite. Für einen langen Moment blieben sie so liegen und betrachteten einander in zufriedenem Schweigen. Sie könnte, dachte sie, als sich Schläfrigkeit in ihr ausbreitete, für den Rest ihres Lebens in seine blauen Augen schauen.

Das Aufheulen des Windes und das anschließende Knarren von Holz waren ihr eine prompte Mahnung, mit dem Rest ihres Lebens lieber nicht gerade dann zu beginnen, während sie im Haus ihres Onkels neben einem nackten Mann lag. Nicht einmal, wenn es ihr eigenes Zimmer war.

Rasch setzte Mirabelle sich auf und griff nach ihrem Unterkleid. »Wir sollten uns anziehen. Was ist, wenn uns jemand gehört hat? Oder wenn jemand nachsehen kommt? Was, wenn …«

Sie verstummte, weil er sich weder bewegt noch geantwortet hatte. Als sie zu ihm hinüberschaute, lag er reglos da, den Blick auf eine Stelle irgendwo unter ihrem Schlüsselbein gerichtet.

Aus verengten Augen sah sie ihn an. »Was tust du da?«

»Ich nehme mir gerade vor, dich künftig so oft wie möglich zu erschrecken, wenn du nackt bist.«

Sie ergriff sein Hemd und warf es ihm zu. »Anziehen.«

Lachend fing er es auf. »Niemand kann uns gehört haben, Kobold. Der nächste Raum liegt mehrere Türen weiter. Und von den Dienern wäre es keinem so wichtig, dass er nachsehen käme, wenn er etwas gehört hätte – was ich stark bezweifle.« Er bedachte sie mit einem anzüglichen kleinen Lächeln. »Du bist leise, wenn du liebst.«

Mirabelle errötete und schlüpfte in ihr Unterkleid. »Nichtsdestoweniger würde ich mich besser fühlen, wenn wir einfach … anderswo wären. Wir könnten doch in den Stall gehen.«

Whit machte es sich wieder auf dem Bett bequem. »Nein, danke. Die Vorstellung, wie Christian mir einen Dolch in den Leib rammt, behagt mir gar nicht.«

»Warum um alles in der Welt sollte er das tun? Er hat doch keine Ahnung.«

Er legte den Kopf schief und lächelte sie an. »Wirf einen Blick in den Spiegel, Liebling.«

»Den Spiegel?«

Mirabelle kniete sich hin und betrachtete sich im Spiegel auf dem Toilettentisch. Gütiger Gott, war die Frau, die ihr entgegenblickte, wirklich sie? Ihr Unterkleid war bis zur Unkenntlichkeit zerknittert, ihr Haar zerzaust und völlig verfilzt. Ihre Lippen waren angeschwollen, ihre Lider schwer, und ihre Haut glühte förmlich. Kein Wunder, dass Christian sie nicht sehen sollte. Sie wirkte lüstern und berauscht.

Und mit beidem ganz entschieden zufrieden.

Beinahe so zufrieden wie Whit, dachte sie, als sie ihn im Spiegel erblickte. Er hatte sich in die Kissen zurückgelehnt, die Hände hinter dem Kopf verschränkt, die Decke behaglich um die Hüfte gelegt, und auf seinem Gesicht lag ein zufriedenes Lächeln. Sein Hemd hatte er noch nicht wieder angezogen, und ihr Blick wanderte über die glatten Muskeln seiner Brust und seiner Arme. Sie hatte ihn dort berührt, erinnerte sie sich ein wenig ehrfürchtig. Sie hatte mit Händen und Fingern darübergestrichen, hatte ihn gepackt und ... sie kniff die Augen zusammen und besah sich eine Stelle an seiner Schulter genauer.

Waren das etwa Kratzer? Sie drehte sich zu ihm um und betrachtete sie aus der Nähe. Es waren tatsächlich Kratzer – eine ganze Reihe, die sich quer über seine Schulter zogen.

Whit warf einen Blick darauf und grinste sie an.

»Du bist leise«, sagte er wieder. »Aber dafür lebhaft.«

»Ich war das?« Sie musterte seine zufriedene Miene. »Und es macht dir nichts aus?«

»Nicht im Mindesten«, versicherte er ihr so überzeugend, dass sie ihm glaubte. Er drehte sich auf die Seite und streckte ihr die Hand hin. »Komm wieder ins Bett, Kobold. Wenn jemand an die Tür klopfen wollte, hätte er es längst getan.«

»Ich ...« Das stimmte, gestand sie sich ein und war nun ein wenig verlegen, dass sie bei der Vorstellung, entdeckt zu werden, so heftig reagiert hatte. Als Entschuldigung konnte sie nur geltend machen, dass sie ein wenig ... nun, desorientiert gewesen war; ein anderes Wort fiel ihr nicht ein.

»Aber was ist mit der Suche?«

»Dein Onkel ist in seinem Zimmer, und es wäre vermutlich Zeitverschwendung, wenn wir noch einmal auf dem Dachboden nachschauen würden.« Er streckte ihr bittend die Hand entgegen. »Komm wieder ins Bett.«

Mirabelle vermutete, dass er nicht zusammen mit ihr in der Nacht das Haus durchsuchen wollte, aber sie nahm seine Hand trotzdem und ließ sich von ihm aufs Bett ziehen. Was immer es zu entdecken gab, konnte bis morgen warten.

Sie kuschelte sich an ihn, den Kopf in seine Armbeuge geschmiegt, und spürte seinen beruhigenden Herzschlag unter ihrer Hand.

Und zum ersten Mal, seit sie verwaist war, schlief Mirabelle unter dem Dach ihres Onkels mit einem Lächeln auf dem Gesicht ein.

Am Morgen erwachte sie allein, mit schmerzenden Gliedern, wund, nervös und unbändig glücklich. Sie und Whit hatten … nun, sie und Whit hatten. Das musste genügen.

Sie wusch sich mit dem kalten Wasser, das noch vom vergangenen Tag in der Schüssel war, und zog eins der hellbraunen Kleider an, die sie von Haldon mitgenommen hatte. Hätte sie nur daran gedacht, das lavendelfarbene Kleid mitzubringen! Sie wollte sich heute so gern hübsch fühlen, und sich in etwas Braunem hübsch zu fühlen war äußerst schwierig. Eine Frau sollte sich doch hübsch fühlen, nachdem sie die Nacht in den Armen des Mannes verbracht hatte, den sie liebte, oder nicht?

Mirabelle mühte sich gerade mit den Knöpfen hinten an ihrem Kleid ab und hielt mit einem Mal inne.

In den Armen des Mannes, den sie liebte? Hatte sie das wirklich gerade gedacht? Sie ließ die Arme sinken.

Sie hatte es tatsächlich gedacht. Und dachte es immer noch.

Sie liebte Whit.

Natürlich liebte sie Whit. Sie hätte sonst nicht einmal in Erwägung gezogen, es zu tun … es zuzulassen … es zu genießen … nun, sie hätte es einfach nicht in Erwägung gezogen, das war alles. Abgesehen von der Tatsache, dass sie ihn liebte.

Hätte es ihr nicht früher klar werden müssen? Hätten da nicht in dem Moment, als sie sich verliebte, Blitz und Donner sein müssen, eine Fanfare in ihrem Kopf? Kates Büchern zufolge schien es immer so zu sein.

Sie zog die Augenbrauen zusammen und versuchte sich zu erinnern, ob sie in jüngster Zeit einen Sturm der Gefühle übersehen hatte, doch ihr fiel nichts ein.

Sie empfand Whit gegenüber nicht anders als am Tag zuvor, und genau so hatte sie in der Woche davor empfunden, und genau so hatte sie … hatte sie immer empfunden.

Weil sie ihn immer geliebt hatte.

Auch mit dieser Erkenntnis ging keine Fanfare einher, aber sie schien doch ein gewisses Gewicht zu haben. Gedankenverloren rieb sie sich die Herzgegend, wo sie plötzlich eine leichte Enge verspürte. Die ganze Zeit über hatte sie ihn geliebt. Während sie sich gestritten und angefaucht und einander in jeder Hinsicht das Leben schwer gemacht hatten, hatte sie ihn geliebt.

Hatte er es gewusst?, fragte Mirabelle sich mit plötzlicher Panik. Sollte sie es ihm sagen? Erwiderte er ihre Liebe?

Nein, nein und – sie war sich nicht ganz sicher, aber alles deutete darauf hin – vielleicht.

Er konnte es unmöglich gewusst haben, da sie es ja nicht einmal selbst gewusst hatte. Sie konnte es ihm unmöglich sagen, da sie keine Ahnung hatte, wie er empfand. Und sie konnte unmöglich wissen, wie er empfand, da er ihr niemals mehr gesagt hatte, als dass er sie schön fand.

Bei der Erinnerung daran errötete sie und befand, dass dies für den Moment genügen musste. Sie würde ihre neu entdeckte Liebe für sich behalten. Vielleicht würde er ihr mit der Zeit einen Hinweis geben, einen Grund, auf mehr zu hoffen. Aber für heute würde sie ihre gegenseitige Zuneigung und ihr Verlangen akzeptieren und dankbar dafür sein.

Entschlossen zog sie sich fertig an und verließ ihr Zimmer, um in die Küche zu gehen.

Am heutigen Morgen würde sie das Frühstück zubereiten. Es ging ihr nicht darum, Whit zu betören, versicherte sie sich, als sie unten ankam. Er hatte gestern für sie gekocht, und es war nur gerecht, dass sie nun am Herd an die Reihe kam. Auch wenn ihr nicht ganz klar war, wie er funktionierte. Aber wie schwer konnte das schon sein? Ein bisschen Holz, ein kleines Feuer, die Tür schließen …

»Guten Morgen, meine Liebe.«

Bei der Begrüßung und dem harten Griff, der sich um ihren Unterarm schloss, fuhr Mirabelle zusammen. Sie unterdrückte ein Schaudern, als Mr Hartsinger sie zu sich umdrehte. In seiner Gegenwart fühlte sie sich stets unwohl. Zum Teil wohl deshalb, weil er der einzige Freund ihres Onkels war, bei dem sie sich nicht völlig sicher war, ob sie schneller laufen konnte als er.

Er war groß und spindeldürr, mit fettigem schwarzem Haar, das ihm in schmutzigen Büscheln über die Ohren fiel, wodurch er wie ein uralter Mopp aussah. Er passte nicht recht zu den Herrenabenden ihres Onkels und war dort auch ziemlich neu, denn dies war erst sein dritter Besuch. Anders als die anderen Gäste gab er sich nicht als großer Jäger aus, und auch wenn er dem Wein und Schnaps genauso zusprach wie alle anderen, blieb er während der Gelage oft schweigsam und hielt sich ein wenig abseits.

Das hätte ihm bei Mirabelle Pluspunkte einbringen können, aber er hatte etwas an sich, bei dem sie sich zutiefst unwohl fühlte. Der Griff seiner knochigen Finger war zu hart, und in seinen kleinen, dunklen Augen lag stets ein dunkles, boshaftes Lächeln.

»Mr Hartsinger.« Er ließ ihren Arm los, und innerlich seufzte sie erleichtert. »Sie sind recht früh auf.«

»Ich muss mich noch um einiges kümmern, bevor ich heute Abend abreise. Ich fürchte, ich muss meinen Aufenthalt abkürzen. Meine Pflichten in St. Brigit rufen.«

»Oh, nun …« Dem Himmel sei Dank! »Es tut mir leid, das zu hören.«

»Keine Sorge, meine Liebe. Wir werden einander wiedersehen.«

»Ja, natürlich, mein Onkel ist in seinen Einladungen sehr loyal. Gewiss werden wir uns im Herbst wieder begegnen.« Sie war sich nicht ganz sicher, ob man in seinen Einladungen loyal sein konnte, aber die diplomatische – wenn auch möglicherweise unsinnige – Antwort fiel ihr leichter, als erneut zu lügen.

Ihm schien es jedenfalls nichts auszumachen. Er lachte, ein schrilles Wiehern, bei dem sie eine Gänsehaut bekam. »Im Herbst vielleicht nicht, meine Liebe, da ich sehr beschäftigt bin, aber schon bald, schon bald.«

»Äh … ja.« Darauf fiel Mirabelle keine einzige Entgegnung ein, da in ihren Augen jede künftige Begegnung mit ihm viel zu früh sein würde.

»Sie haben etwas Liebreizendes an sich«, murmelte er, und zu ihrem grenzenlosen Entsetzen strich er ihr mit seinem knochigen Finger über die Wange.

Sie fuhr zurück. »Mr Hartsinger, Sie vergessen sich.«

»Das tue ich allerdings, meine Liebe«, erwiderte er mit demselben unheimlichen Kichern und ließ die Hand sinken. »Das tue ich allerdings. Es wäre mir ein Graus, wenn es mit uns keinen guten Anfang nehmen würde. Sie nehmen doch meine Entschuldigung an?«

Nein. »Gewiss haben Sie es sehr eilig«, murmelte sie und zog sich in Richtung Treppe zurück.

Auf dem Weg nach oben rannte sie zwar nicht, aber viel fehlte nicht dazu. Wie bei den Jagdtrophäen im Studierzimmer ihres Onkels hatte sie das Gefühl, dass Mr Hartsingers dunkle Augen ihr folgten. Whit sollte sich sein Frühstück doch lieber selbst machen, beschloss sie, als sie den Treppenabsatz erreichte und zu ihrem Zimmer eilte.

Ohne stehen zu bleiben, warf sie einen Blick zurück, um sich zu vergewissern, dass er ihr nicht folgte.

Und prallte gegen eine massive Wand aus Hemd und Muskeln.

Sie schrie auf und schlug um sich, doch zwei starke Hände hielten sie fest.

»Mirabelle«, sagte Whit über ihrem Kopf. »Ruhig, nur ruhig. Was ist los?«

Sie presste eine Hand auf ihr Herz, um sich zu beruhigen. »Nichts. Gar nichts. Es ist lächerlich.«

Whits Griff um ihre Arme verstärkte sich. »Sag es mir.«

Mirabelle schüttelte den Kopf und lachte nervös. Sie hatte viel zu heftig reagiert. Der Mann hatte sich lediglich eine kleine und im Wesentlichen harmlose Freiheit herausgenommen. »Ich bin nur töricht. Mr Hartsinger hat mich erschreckt, das ist alles. Der Mann hat etwas so Finsteres an sich. Ich bin ihm in der Eingangshalle begegnet …«

Er schob sie hinter sich. »Geh in dein Zimmer. Schließ die Tür ab.«

»Aber …«

»Sofort.«

Er wollte gehen, doch sie hielt ihn zurück. »Er hat mir nichts getan, Whit. Er hat es nicht einmal versucht. Wirklich«, beharrte sie und zog ihn zu sich herum. »Er hat mir nur durch seine äußere Erscheinung Angst eingejagt. Dafür kannst du kaum Genugtuung verlangen.«

Er bedachte sie mit einem harten, forschenden Blick, dann nickte er. »Bleib trotzdem in deinem Zimmer. Ich lasse dir das Frühstück nach oben bringen.«

Sie wartete, bis sein Gesicht sich entspannte, dann ließ sie ihn los, stellte sich auf die Zehenspitzen und gab ihm einen sanften Kuss. »Danke.«

»Wofür?«

»Dass du zu meiner Verteidigung geeilt bist.«

Auf seiner Stirn erschien eine Falte, und er strich ihr über die Wange, wie Mr Hartsinger es getan hatte. Doch jetzt bekam sie keine Gänsehaut wie unten in der Halle, vielmehr glühte ihre Haut wie zuvor in ihrem Zimmer.

Sie drückte sich an ihn. »Vielleicht könntest du mir ja das Frühstück bringen.«

Er lächelte, und die Sorgenfalte verschwand. »Vielleicht könnte ich das.«

Wie versprochen brachte Whit Mirabelle das Frühstück, aber er blieb nicht, wie sie es gehofft hatte. Am zweiten Tag der Jagd musste er daran teilnehmen. Er konnte ihr nicht zwei Tage hintereinander fernbleiben. Die Vorstellung, dass er sich in unmittelbarer Nähe eines Haufens bewaffneter Dummköpfe aufhalten würde, machte sie ausgesprochen nervös, aber als sie dies erwähnte, grinste er nur, gab ihr ärgerlicherweise lediglich ein keusches Küsschen auf die Wange und versprach, unverletzt zu ihr zurückzukehren.

Er war so selbstgefällig und brachte sie derart zur Weißglut, dass sie beinahe froh war, als er ging.

Nachdem die anderen aufgebrochen waren, verbrachte sie den frühen Nachmittag einmal mehr auf dem Dachboden. Sie wühlte sich durch alten Plunder aus Jahrzehnten und dachte dabei, dass ihr Onkel wohl nicht der erste Hausherr gewesen war, der nichts wegwerfen mochte.

Himmel, warum sollte jemand eine fünfzig Jahre alte Perücke und die dazugehörige Schachtel mit Perückenpuder aufbewahren? Sie zog die überaus kunstvolle Frisur aus einer Truhe und staunte über die schiere Größe und das Gewicht. Sie musste ungemein unbequem gewesen sein.

»Ich erinnere mich, dass meine Mutter etwas Ähnliches besessen hat.«

Obwohl Mirabelle die Stimme hinter sich sofort erkannte, zuckte sie unwillkürlich zusammen und ließ die Perücke fallen.

»Gütiger Himmel, Whit«, tadelte sie ihn und presste eine Hand auf ihr heftig pochendes Herz. »Was in aller Welt tust du schon wieder hier?«

»Ich bin ebenfalls entzückt, dich zu sehen, Liebling«, entgegnete er und beugte sich vor, um ihr einen schnellen Kuss auf die Lippen zu drücken. »Obwohl du nicht in deinem Zimmer bist.«

Bei der Berührung wurde ihr warm. »Ich habe nie versprochen, den ganzen Tag in meinem Zimmer zu bleiben, und du solltest mit den anderen auf der Jagd sein.«

»Soweit sie wissen, bin ich es noch. Ich habe mich von der Gruppe getrennt.«

»Du hast dich von der Gruppe getrennt«, echote sie.

»Ich habe ihnen mitgeteilt, dass ich genau wie der gute Baron lieber allein jage.«

»Oh.« Sie lächelte ihn an. »Das war ziemlich klug von dir.«

»Ja, nicht wahr?« Whit betrachtete die Unordnung, die Mirabelle beim Auspacken der Truhen verursacht hatte. »Hast du etwas gefunden?«

Sie klopfte sich das Kleid ab und stand auf. »Nein.«

»Dann lass es uns im Zimmer deines Onkels versuchen.«

»Aber Mr Cunningham …«, begann sie.

»Schläft tief und fest und schnarcht wie ein riesiger Löwe. Ich habe an seine Tür geklopft, nur um zu sehen, ob es ihn stören würde, was nicht der Fall war.« Er nahm sie bei der Hand und führte sie aus dem Raum. »Ich möchte diese Sache gern erledigen und dich sicher nach Haldon zurückbringen.«

»Und wenn er aufwacht?«, fragte sie, als sie hinuntergingen.

»Dann verstecken wir uns oder ergreifen die Flucht. Vom Fenster bis zum Boden sind es höchstens sieben Meter.«

Sie betrachtete ihn aus verengten Augen. »Versuchst du mir Angst einzujagen, damit ich nicht mitkomme?«

»Ja.«

»Nun, es wirkt nicht.« Vermutlich. Was, wenn ihr Onkel es sich in den Kopf setzte, frühzeitig zurückzukehren? Oder wenn sie Mr Cunninghams Schnarchen durch die Wände nicht hörten und er aufwachte, ohne dass sie es bemerkten? Oder was, wenn …

Mirabelle blieb vor Mr Cunninghams Zimmer stehen und runzelte die Stirn. Whit hatte recht, das Schnarchen, das aus dem Zimmer drang, war gewaltig. Schlimmer als der Lärm, den ihr Onkel veranstaltete, was sie bis zu diesem Moment nicht für möglich gehalten hätte.

»Das klingt nicht gesund«, flüsterte sie, als Whit die Tür zum Zimmer des Barons öffnete.

»Es klingt nicht einmal natürlich.«

Er schob sie hinein und schloss hinter ihnen die Tür. »Zumindest werden wir gewarnt sein, falls er erwacht. Fang hier an.« Er deutete auf die Kommode. »Ich nehme mir den Schreibtisch und den Schrank vor.«

Während Mr Cunningham jenseits der Wand gurgelte und sägte, ging Mirabelle die persönliche Habe ihres Onkels durch – und kam zu dem Schluss, dass sie viel zu vorschnell darauf bestanden hatte, sich an dieser Suche zu beteiligen. Ihr war nicht klar gewesen, dass sie dabei die Unterwäsche ihres Onkels durchsehen musste.

Sie verzog das Gesicht und schob mithilfe des Taschentuchs, das Whit ihr an jenem ersten Tag auf dem Dachboden gegeben hatte, und mit spitzen Fingern den Inhalt der Schubladen beiseite. Schon nach wenigen Sekunden fand sie die große Holzschachtel, die unter einem Stapel Strümpfe verborgen war. Sie zögerte kurz, bevor sie widerstrebend den Deckel öffnete – die Möglichkeiten dessen, was ein Mann wie der Baron unter seinen Strümpfen verstecken mochte, waren mannigfaltig und ausgesprochen unerfreulich.

Die Schachtel ließ sich leicht öffnen, und darin fand sie mehrere große Stapel mit Zehn-Pfund-Banknoten.

Verflixt!

Vielleicht waren sie echt. Vielleicht war ihr Onkel einfach ein Geizhals. Vielleicht …

»Mirabelle.«

Als sie sich umdrehte, stand Whit neben ihr, in der Hand ein kleines braunes Päckchen. Sein Gesicht wirkte grimmig.

»Was ist das?«, flüsterte sie.

»Beweise«, antwortete er.

Oder vielleicht waren es weitere Beweise, dachte Mirabelle unglücklich und zeigte auf die Schublade.

Er sah hinein und runzelte die Stirn, dann nahm er ein Bündel Geldscheine heraus und steckte es ein. Anschließend ergriff er ihren Arm und führte sie hinaus und durch den Flur. Er sprach erst wieder, als sie beide in Mirabelles Zimmer waren.

»Du hast noch etwas anderes gefunden? Was ist es?«, fragte sie noch einmal, während er die Tür zuzog und abschloss.

Anstatt zu antworten, reichte er ihr das Päckchen.

Sie zog den Inhalt heraus und schluckte. Sie musste nicht

fragen, was es war – es war offensichtlich, wozu es diente. Es handelte sich um eine Metallplatte, die auf einer Seite graviert war. Und die Gravur sah genau aus wie ein Zehnpfundschein.

Es stimmte also. Ihr Onkel war ein Fälscher. Hätte sie nicht den Beweis in Händen gehalten, sie hätte es keine Sekunde lang geglaubt. Verblüfft starrte sie die Platte an, bis Whit das Schweigen brach.

»Mirabelle?«

Sie blinzelte, der Bann war gebrochen, und sie gab ihm die Platte zurück. »Was wirst du damit machen?«

»Ich werde sie William übergeben, zusammen mit den Geldscheinen und der Quittung für die Lieferung, die du auf dem Dachboden gefunden hast. Was danach geschieht, liegt bei ihm. Es tut mir leid, Kobold.«

Mirabelle nickte. Es gab keinen Respekt für ihren Onkel, den sie verlieren, kein Vertrauen, das verraten werden, und keinen Stolz, der sich in Scham verwandeln konnte. Aber sie war nun in der äußerst unangenehmen Situation, nicht nur mit einem jämmerlichen Trunkenbold, sondern auch einem Verbrecher verwandt zu sein.

Jetzt würde sie auf Haldon nie mehr sein als ein Gast, den man aus Barmherzigkeit aufnahm, begriff sie und unterdrückte ein Schluchzen.

Whit war zu sehr Ehrenmann, als dass er sein Wort nicht halten würde, aber der verzweifelten Nichte eines Schurken Zuflucht zu gewähren, war etwas völlig anderes, als ... als was genau?

Sie zu seiner Frau zu machen?

Ihr Herz klopfte sehnsüchtig, noch während es brach.

Der Graf von Thurston würde keine Ausgestoßene zu seiner Gräfin machen.

»Mirabelle?«

Sie schluckte die Tränen und die Enttäuschung hinunter. Er hatte ihr gegenüber nie angedeutet, dass er vorhatte, um ihre Hand anzuhalten, ermahnte sie sich. Er hatte keine Versprechungen gemacht. Er hatte nicht von Liebe gesprochen. Wenn sie jemals insgeheim den Wunsch gehegt hatte, Herrin von Haldon zu werden, dann war das ihr Fehler gewesen.

Fest entschlossen, ein wenig von ihrem Stolz zu retten, setzte sie eine tapfere Miene auf und deutete auf die Platte. »Was meinst du, wird dies öffentlich bekannt werden?«

»Das bezweifle ich stark«, antwortete Whit zurückhaltend, offensichtlich in der Absicht, sie zu beruhigen. »William würde nicht wollen, dass du durch diese Sache Schaden nimmst. Niemand möchte das. Er könnte damit drohen, den Baron bloßzustellen, um die Namen möglicher Komplizen in Erfahrung zu bringen, aber mit einer unangenehmen Gerichtsverhandlung wäre niemandem gedient.«

»Es muss jemand anderen geben«, beharrte sie müde. »Er ist einfach nicht in der Lage, etwas Derartiges allein zu tun.«

»Nachdem ich ein paar Tage in seiner Gesellschaft verbracht habe, bin ich geneigt, dir recht zu geben. William könnte diesbezüglich einige Ideen haben.«

»Könntest du warten, bis du es ihm sagst, Whit? Nur bis heute Abend? Ich würde gern … ich würde gern nachdenken … ich würde gern Pläne machen.«

Sie würde gern allein sein, ehe sie die Tränen nicht länger zurückhalten konnte.

Er schwieg kurz. »Solange die Männer noch auf der Jagd sind, ja. Aber du musst in deinem Zimmer bleiben. Und pack eine Tasche, während du nachdenkst. Ich möchte, dass du noch vor dem Dinner in Haldon bist.«

23

Die erste Stunde in ihrem Zimmer verbrachte Mirabelle auf ihrem Bett liegend und hemmungslos schluchzend. Als die Tränen versiegten, erhob sie sich schwerfällig, wusch sich das Gesicht und fing an zu packen, wie Whit es vorgeschlagen hatte.

Sie würde nicht mehr zurückkommen. Sie würde nie mehr zurückkommen. Wahrscheinlich würde sie den Rest ihres Lebens als Gast auf Haldon verbringen.

Ihr Onkel hatte jede Chance, die sie vielleicht bei Whit gehabt hatte, zerstört, und das war eine tiefe Wunde, die wohl niemals heilen würde. Doch was es noch schlimmer machte, durch das Verhalten ihres Onkels würde sie auch ihr Erbe verlieren.

Wenn sie das Haus ihres Onkels für immer ohne seine schriftliche Einwilligung verließ, bevor sie siebenundzwanzig wurde – und er würde niemals einwilligen, seine dreihundert Pfund im Jahr aufzugeben –, verwirkte sie ihr Erbe. Und jedes Pfund würde an … sie konnte sich nicht recht erinnern, wohin das Geld gehen würde. An »Die Vereinigung zur Erhaltung der Tugend« oder dergleichen Unsinn.

Hierzubleiben kam natürlich nicht mehr infrage – nicht, nachdem ihr vielleicht ein Skandal drohte.

Erschöpft und verzweifelt stopfte sie eine Haube in ihre Reisetasche. Was ziemlich dumm war, schalt sie sich – in einem Wutanfall ihre eigenen Sachen zu beschädigen. Stattdessen trat sie kräftig gegen ihren Schreibtisch.

Es war alles so ungerecht.

Ach, verloren waren die fünftausend Pfund, die ihre Eltern

ihr zugedacht hatten – und mit ihnen ihre Chance auf Unabhängigkeit. Jetzt würde sie nie zur Familie Cole gehören, aber ihr Erbe hätte ihr zumindest ein Leben ohne Almosen ermöglicht.

Nichts würde ihren Onkel davon überzeugen, freiwillig auf den jährlichen Unterhalt zu verzichten. Wahrscheinlich würde ihn nicht einmal eine Anklage wegen Geldfälscherei daran hindern, dem Geld nachzujagen.

Verdammt und vermaledeit! Wenn sie doch nur sechshundert Pfund zur Verfügung hätte, um ihn einfach auszuzahlen. Sie schloss ihre Reisetasche, hob sie auf und … stellte sie wieder ab.

Sie konnte ihn doch auszahlen. Warum nur hatte sie nicht früher daran gedacht? Sie lief zu ihrem Schreibtisch, nahm Stift und Papier und setzte einen einfachen Vertrag auf.

Sie würde sich beeilen müssen. Vor wenigen Minuten hatte sie die Kutsche ihres Onkels zurückkehren hören. Whit kümmerte sich wahrscheinlich gerade um ihre eigene Rückfahrt zurück nach Haldon.

Keine zehn Minuten später machte Mirabelle sich auf den kurzen und stets unerfreulichen Weg zum Studierzimmer, wo sie die Tür offen und den Baron hinter seinem Schreibtisch vorfand, ein Glas Portwein in der Hand.

Sie räusperte sich, als sie den Raum betrat. »Entschuldigen Sie bitte, Onkel.«

»Du hast den Jungen verschreckt?«

»Wie bitte?«

»Thurston, du dummes Weibsstück. Er spannt unten die Pferde an. Er und Hartsinger. Ich hatte dir doch befohlen, auf deinem Zimmer zu bleiben.«

»Ja, das haben Sie. Nein, ich habe ihn nicht verschreckt.« Wenn er jetzt schon zornig auf sie war, hatte sie keine Chance.

Der Baron zuckte die Achseln. »Der Junge muss erwachsen werden. Warum bist du hier?«

Sie straffte die Schultern und trat weiter in den Raum hinein. »Ich bin mit einem Vorschlag finanzieller Natur gekommen.«

»Vorschlag finanzieller Natur«, äffte er sie nach und lachte schallend in sein Glas. »Das Mädchen hat keinen Penny, will aber einen Vorschlag finanzieller Natur machen. Dumme Kuh.«

Sie wartete, bis er seinen Portwein schlürfte, ehe sie ruhig weitersprach. »Nach dem Testament meiner Eltern werden die dreihundert Pfund, die Sie für meine Fürsorge erhalten, nur noch zwei Jahre lang gezahlt. Dann wird das Geld, das für meine Mitgift zurückgelegt wurde, mir gehören, und ich kann es ausgeben, wie es mir beliebt. Sollten Sie es für angebracht halten, mich vorzeitig aus Ihrem Hause zu entlassen, würde ich Ihnen in schriftlicher Form eine Zusicherung erteilen, die Sie für Ihre Mitwirkung entschädigt, sobald ich mein Erbe erhalten habe. Neunhundert Pfund wären wohl angemessen.«

»Neunhundert Pfund?«, wiederholte er und wirkte plötzlich ein wenig interessierter.

»Gewissermaßen als Zinsen für Ihre Investition. Es ist ein hübscher Profit für eine so kurze Zeit.«

Er stürzte den Portwein hinunter und schenkte sich mit zitternden Händen ein weiteres Glas ein. »Du willst mir neunhundert Pfund geben, damit ich dich gehen lasse?«

»Im Großen und Ganzen, ja.«

Der Baron befeuchtete sich mit seiner dicken Zunge die Lippen und musterte sie schweigend. Er dachte darüber nach, sagte sie sich im Stillen, sie sollte eigentlich begeistert sein. Warum also verkrampfte sich bei seinem Anblick vor Angst alles in ihr?

»Und du wirst es schriftlich zusichern«, wiederholte er langsam. Er sprach so langsam und argwöhnisch, dass sie zögerte, bevor sie antwortete.

»Ich … ja.«

»Woher weiß ich, dass du dein Versprechen halten wirst?«

»Ich habe gerade gesagt, dass ich es Ihnen schriftlich gebe«, erinnerte sie ihn verwirrt. »Ich weiß nicht, was sonst …«

»Nicht gut genug.« Er begann mit seinen dicken Fingern auf den Schreibtisch zu trommeln. »Nicht annähernd gut genug. Ich hätte nicht die Mittel, um vor Gericht zu gehen, falls du deine Meinung änderst.«

»Ich werde meine Meinung nicht …«

»Ich will eine zusätzliche Sicherheit.«

»Was …?« Angesichts der völligen Absurdität der Forderung geriet sie ins Stottern. »Eine zusätzliche Sicherheit?«

»Hörst du schlecht, Mädchen? Das habe ich doch gesagt.«

»Aber Sie wissen sehr gut, dass ich nichts habe …«

»Du hast Freunde«, erwiderte der Baron verschlagen. »Reiche Freunde.«

Die Angst verwandelte sich in Zorn. Der Mann war einfach nur abscheulich. »Wenn ich mich wohl dabei fühlte, die Coles um ein Darlehen zu bitten«, teilte sie ihm kühl mit, »würde ich nicht dieses Gespräch mit Ihnen führen.«

»Dein Wohlbefinden ist hier ohne Belang.«

»Ganz offensichtlich ist dieses ganze Gespräch ohne Belang«, erwiderte sie. »Wenn Sie mich entschuldigen wollen.«

»Das werde ich nicht. Setz dich, Mädchen.« Als sie zögerte, knallte er sein Glas so heftig auf den Tisch, dass die Flüssigkeit herausschwappte. »Ich habe gesagt, setz dich!«

Die Angst, die sie ihr Leben lang stets gehabt hatte, verdrängte mühelos ihren Stolz, und sie setzte sich.

»Ich brauche eine Minute, um darüber nachzudenken«, murmelte er. »Darf nichts überstürzen.«

Zu ihrer großen Überraschung und Bestürzung stemmte der Baron sich aus dem Stuhl hoch und begann schwerfällig hinter dem Schreibtisch auf und ab zu gehen. Angewidert und auch ein wenig ehrfürchtig beobachtete Mirabelle, wie er seinen massigen Körper langsam von einer Seite des Raumes zur anderen schleppte; eine Darbietung körperlicher Anstrengung, die sie ihm schon seit Jahren nicht mehr zugetraut hätte. Der Boden knarrte und stöhnte unter ihm, Schweißbäche rannen ihm über das Gesicht und sammelten sich in seiner Halsbinde, und zwischen seinen schweren Atemstößen murmelte er Satzfetzen vor sich hin.

»Habe es vorher nicht gesehen … gültiger Vertrag … bestimmte Zeitpunkte … unabhängig von dem Testament.« Er blieb kurz stehen, um sich noch ein Glas einzuschenken, ehe er seinen Gang wieder aufnahm. »Das Mädchen wird Ärger machen … so ist es besser … er wird mit ihr fertig werden.«

Während er seinen Monolog fortsetzte, begann Mirabelle sich zu fragen, ob er vergessen hatte, dass sie da war, oder ob es ihm einfach gleichgültig war.

Er hatte sie nicht vergessen. Er beendete sein Auf und Ab und stach erneut mit dem Finger in ihre Richtung. »Ich nehme dein Angebot an, aber du musst für dein Wort mit Thurstons Vermögen bürgen.«

»Er wird dem nicht zustimmen.« Und sie wollte verdammt sein, wenn sie ihn darum bat.

»Du wirst dafür sorgen, dass er es tut. Und ich will viertausend.«

»Viertausend was?«, fragte sie verwirrt. Vielleicht hatte der Mann irgendwann den Verstand verloren, und sie hatte es einfach nicht bemerkt?

»Pfund, du dummes Weib. Was sonst?«

»Pfund! Sie wollen viertausend Pfund?« Sie starrte ihn an. »Das kann unmöglich Ihr Ernst sein.«

»Sehe ich so aus, als würde ich Spaß machen, Mädchen?«

Er sah so aus, als würde er gleich explodieren, dachte sie und spürte, wie ein hysterisches Lachen in ihr aufstieg und ihr dann im Halse stecken blieb. Doch da sie wusste, dass ihr kaum so viel Glück beschieden sein würde, zwang sie sich, in ruhigem, vernünftigem Ton zu sprechen. »Viertausend Pfund sind eine zu hohe Summe. Falls …«

»Du wirst sie trotzdem zahlen.«

Sie schüttelte den Kopf. Lieber würde sie die ganzen fünftausend Pfund an die lächerliche Wohltätigkeitsorganisation geben. »Es wäre sinnvoller für mich, die zwei Jahre zu warten.«

»Dann kannst du in St. Brigit darauf warten.«

»Wie bitte?« Sie konnte doch wohl unmöglich gehört haben, dass er damit drohte, sie in die Irrenanstalt zu schicken.

»Ich sehe, jetzt habe ich deine Aufmerksamkeit«, höhnte er.

»Das können Sie nicht tun«, brachte sie in einem entsetzten Flüstern heraus. »Das werden Sie nicht tun.«

»Ich kann und ich werde. Sieh zu, dass du diesen Vertrag in vierzehn Tagen für mich fertig hast, oder du wirst den Rest deiner Tage in einem Käfig verbringen.«

»Sie hätten mich dort schon längst untergebracht, wenn Sie gedacht hätten, dass es sich für Sie lohnt. Allein die Kosten …«

»Werden einen hübschen Penny von den Geldern verschlingen, die das Testament mir zubilligt, das ist wahr, aber ich werde mich davon trennen, da kannst du sicher sein. Du glaubst mir nicht? Hier.« Er durchwühlte den Schreibtisch. »Hier. Die Sache ist so gut wie abgemacht. Ich dulde keinen Widerspruch, Mädchen.«

Der Baron hielt ihr einen Brief hin, den sie in der vergangenen Nacht, als sie und Whit in dem Studierzimmer gewesen waren, übersehen hatte. Der Briefkopf lautete St. Brigit Heilanstalt für Gemütskranke. Und der Inhalt – das wenige, das sie erkennen konnte, denn ihr verschwamm alles vor Augen – regelte die Aufnahme einer gewissen Miss Mirabelle Browning als künftige Insassin.

»Aber … ich bin doch gerade erst zu Ihnen gekommen. Ich …«

»Das heißt nicht, dass ich nicht daran hätte denken können, oder?«

Langsam schüttelte Mirabelle den Kopf. »Nein … nein, dies ist nicht richtig.«

Ihre Gedanken überschlugen sich mit einer verwirrenden Mischung aus Furcht, Zorn und Panik, und eine unterschwellige Ahnung sagte ihr, dass das alles irgendwie falsch war. Es ergab keinen Sinn. Warum beharrte ihr Onkel so sehr auf Whits Mitwirkung? Warum das Geld ausgeben, um sie fortzuschicken, wenn ihn das Risiko, sich auf ihr Wort zu verlassen, nichts kostete? Warum hielt er bereits die Einweisung nach St. Brigit bereit?

Weil er schon lange vor dem heutigen Tag geplant hatte, sie dorthin zu schicken, begriff sie auf einmal und erinnerte sich an Mr Hartsingers Worte.

Wir werden einander wiedersehen.

Aber warum? Eine Irrenanstalt kostete eine Menge Geld. Warum sollte er sich jetzt von diesem Geld trennen, wenn die Bedingungen des Testaments …?

Das Testament. Er hatte das Erbe veruntreut. Furcht und Panik wurden umgehend von einer Welle heftigen Zorns hinweggespült.

»Es ist kein Geld da, nicht wahr?«, flüsterte Mirabelle. Sie sah rot. Langsam erhob sie sich von ihrem Stuhl. »Die Mitgift ist fort. Sie haben sie bereits ausgegeben.«

»Ich habe nicht die leiseste Ahnung, was du meinst.«

»Sie wollten mich wegschicken, bevor ich die Behörden verständigen kann.«

»Du redest wirr, Mädchen.«

»Aber ich habe Ihnen einen besseren Weg angeboten, nicht wahr? Sie lassen mich einen Vertrag unterzeichnen und verfrachten mich dann ins Irrenhaus. Das ist der Grund, warum Sie Whits Zustimmung brauchten, nicht wahr? Sie wussten, dass ich nicht in der Lage sein würde, meinen Teil der Abmachung zu erfüllen, und haben gedacht, Sie könnten ihn um ein Vermögen betrügen.«

»Sei vorsichtig damit, welche Anklagen du mir an den Kopf wirfst.«

»Sie haben meine Mitgift gestohlen.« Ihre Zukunft. Und die einzige Hoffnung, die sie in all den Jahren gehabt hatte, in denen sie gezwungen gewesen war, unter seinem Dach zu leben. Fort. Fort wer weiß wie lange schon. »Sie haben mir mein Erbe gestohlen. Sie sind nichts als ein Dieb.«

»Hüte deine Zunge«, rief er und wedelte mit dem Papier vor ihrem Gesicht herum. »Ich halte hier deine Zukunft in der Hand.«

»Sie haben mir meine Zukunft gestohlen! Sie widerlicher, fetter, nichtsnutziger …!«

Das Brandyglas traf sie am Wangenknochen. Ihr dröhnte der Kopf, und sinnloserweise kam ihr der Gedanke, dass er sich viel schneller bewegen konnte, als sie ihm zugetraut hätte. Sie hatte nicht einmal bemerkt, dass er ausgeholt hatte.

An das Nachfolgende sollte Mirabelle sich später nur undeutlich erinnern können. Da war Schmerz, das wusste sie, wo das Glas sie so hart getroffen hatte, dass die Haut aufplatzte, aber vor allem war da Zorn. Glühender Zorn, der alles auslöschte.

Ohne nachzudenken, ohne dass ihr auch nur bewusst wurde, was sie vorhatte, bückte sie sich und hob das Glas auf. Dann richtete sie sich auf, betrachtete es einen Moment lang … und schleuderte es zurück in seine Richtung.

Sie ignorierte sein Schmerzgeheul, als das Glas ihn am Kopf traf.

»Sie verfluchter Bastard!« Sie griff nach einem Briefbeschwerer aus Messing, der auf dem Schreibtisch stand, und warf ihn ebenfalls nach ihrem Onkel.

»Sie Feigling!« Ein Tintenfass folgte als Nächstes, dann ein Rechnungsbuch, ein Kerzenständer, eine Schnupftabaksdose. »Sie sind abscheulich! Abstoßend! Widerwärtig!«

Der Baron grunzte und jaulte, als jedes Wurfgeschoss traf, und schlurfte um den Schreibtisch herum, um zu fliehen. Sie verfolgte ihn, warf ihm Gegenstände und Beleidigungen an den Kopf und blieb hinter dem Tisch in Deckung, bis sie die Positionen getauscht hatten.

»Ekel! Schuft! Verabscheuungswürdiger, fälschender …«

Sie griff erneut nach dem Schreibtisch … und ihre Hand blieb leer. Sie hatte nur einen Moment Zeit, um auf die Tischplatte hinabzuschauen; nur einen Moment, um zu bemerken, dass sie leer war, und nur einen Moment, um eine der Schubladen aufzureißen, bevor er bei ihr war. Während er um den Schreibtisch herum auf sie zukam, schob sie die Hand in die Schublade und tastete blind darin umher. Er packte sie am Haar und riss schmerzhaft daran, während ihre eigenen Finger etwas Kühles und Glattes streiften. Als sie es berührte, riss der Baron sie so heftig zurück, dass sie sich den Kopf am Tisch stieß, doch dann bekam sie es zu fassen. Und als Mirabelle die Hand wieder herauszog, hielt sie eine Pistole darin.

24

Noch zehn Minuten, mehr Zeit gab er ihr nicht.

Whit stand in der Einfahrt vor dem Haus und sah zu, wie seine Männer aus Haldon den Koffer aus seinem Zimmer schleppten. Es war nicht ganz einfach, da Mr Hartsingers Kutsche gegenwärtig die Eingangstreppe blockierte.

Die Sonne war untergegangen, und es wurde nun rasch dunkel. Er würde Mirabelle diese zehn Minuten geben, beschloss er, und keine Sekunde mehr. Bis zum Abendessen würden noch Stunden vergehen, aber ihr Onkel war früh zurückgekehrt, und jeder Moment, den sie in diesem Haus blieb, machte ihn nervös.

Sofort als sie die Druckplatte entdeckt hatten, hatte er sie nach Haldon bringen wollen. Verdammt, er hatte nicht gewollt, dass sie überhaupt herkam, aber bei jenem Streit hatte er den Kürzeren gezogen. Jetzt, da sie den Beweis hatten, dass ihr Onkel an Geldfälscherei beteiligt war – und zwar sehr wahrscheinlich zusammen mit einem Komplizen –, war Whit entschlossen, sie aus der ganzen schmutzigen Angelegenheit herauszuholen.

Er hatte sich sehr beherrschen müssen, um sie nicht im Schlafzimmer des Barons beim Arm zu nehmen, sie nach unten und aus dem Haus zu schaffen und in eine Kutsche nach Haldon zu setzen. Und gegen diesen Drang hatte er ständig weiter angekämpft, seit er ihr Zeit zum Packen und zum Nachdenken zugestanden hatte. Sie hatte auf beides ein Recht, rief er sich ins Gedächtnis. Sie verließ ein Haus, das man im weitesten Sinne als ihr Heim bezeichnen konnte, und sie ging von ihrem einzigen lebenden Verwandten weg.

Wenn der Baron nach seiner Ankunft gleich auf sein Zimmer gegangen war, hatte sie anderswo nachdenken müssen. Aber Eppersly war stattdessen ins Studierzimmer gewatschelt, wo er zweifelsohne bis zum Abendessen bleiben würde. Keinesfalls würde er das Fehlen der Platte und der Banknoten entdecken, bevor Mirabelle aus dem Haus war.

»Mylord, wir sind so weit.«

Whit nickte dem Fahrer zu. »Es dauert nur noch eine Minute.«

Wieder bemerkte er das schwächer werdende Licht. Es sprach nichts dagegen, Mirabelle ein wenig zur Eile anzutreiben. Er drehte sich auf dem Absatz um, zum Haus hin, und dann sah er es – eine leichte Bewegung im Schatten neben den Ställen. Er hielt inne, spähte durch die Dämmerung und beobachtete, wie eine dunkle Gestalt in den Stall schlüpfte.

Er wandte sich an den Fahrer und sagte leise: »Geben Sie mir Ihre Peitsche.«

»Mylord?«, fragte der Mann und überreichte ihm die Peitsche.

Whit nahm sie entgegen. »Falls Miss Browning herauskommt, sorgen Sie dafür, dass sie in der Kutsche bleibt.«

Er vertraute darauf, dass sein Mann dem Befehl Folge leisten würde, und ging zur Rückseite des Stalls. Vielleicht hatte die Person, der er folgte, einen guten oder zumindest rechtmäßigen Grund, dort umherzuschleichen, überlegte er. Vielleicht traf sich jemand mit seiner Geliebten, oder es war ein Diener, der der Arbeit aus dem Wege ging.

Oder es war ein Dieb oder der Komplize des Barons.

Christian war es sicherlich nicht. Die dunkle Gestalt bewegte sich mit einer Gewandtheit, die dem Stallburschen fehlte.

Lautlos betrat Whit die Ställe, die Muskeln angespannt, das Blut in den Ohren rauschend.

Ein Licht flackerte auf, und in der übernächsten Box war eine leichte Bewegung zu hören.

Er rollte die Füße ganz ab, vom Absatz bis zur Zehenspitze, um das Geräusch seiner Schritte auf dem Heu zu dämpfen. Dann trat er hinter den nächsten Pfosten und reckte den Hals, um in die Box zu spähen.

Und blickte direkt in die Augen seiner Beute.

»McAlistair.« Whit schrak zwar nicht zusammen – auch wenn er es fast getan hätte –, doch angesichts der Überraschung atmete er heftig aus. »Warum ziehen Sie nicht die Waffe und erschießen mich?«

»Früher vielleicht.«

Whit schnaubte verärgert und ließ die Reitgerte sinken. »Was tun Sie hier?«

»Befehle.«

Whit gefror das Blut in den Adern, und innerlich wurde ihm eiskalt. Ehe er wusste, was er tat, hatte er den Mann am Kragen gepackt. »Mirabelle ist in diesem Haus«, knurrte er. »Sie werden verdammt noch mal gar nichts tun, solange Mirabelle hier ist.«

McAlistair schüttelte den Kopf. »Bin im Ruhestand. Schon vergessen?«

Whit lockerte seinen Griff, holte tief Luft und ließ die Hände sinken. »Natürlich. Natürlich, verzeihen Sie mir.«

McAlistair machte eine leichte Bewegung mit den Schultern, es mochte ein Achselzucken sein oder auch nicht.

»Warum hat William Sie kommen lassen?«

»Schutz.«

Die Beleidigung traf ihn. »Ich kann mich verdammt noch mal selbst beschützen.«

»Für das Mädchen.«

Diese Kränkung traf ihn noch mehr. »Ich kann auch sie beschützen, verdammt noch mal!«

»Befehle«, wiederholte der andere und zog einen Brief aus seiner Rocktasche.

Whit griff danach und überflog die unpersönliche Notiz von William, die McAlistair über seinen neuen Auftrag in Kenntnis setzte, dann gab er das Schreiben zurück. »Wie lange schleichen Sie schon auf dem Gelände herum?«

»Zwei Tage.«

Seit dem Beginn der Jagdgesellschaft, dachte Whit und nickte. William spielte gern die Stärken seiner Agenten aus. Whit öffneten sich durch seinen Charme alle Türen, McAlistair konnte sich am besten anschleichen.

»Der Auftrag ist beendet«, teilte Whit ihm mit. »Ich muss nur noch Mirabelle ...«

»Da kommt jemand.«

Mirabelles Gedanken überschlugen sich mit der gleichen schwindelerregenden Geschwindigkeit wie an dem Tag, als sie auf dem Hügel gestürzt war. Sie nahm den Raum nur unscharf wahr, und ihre Bewegungen waren ungelenk und schienen nichts mit ihr zu tun zu haben.

Sie hielt eine Pistole in der Hand, so viel war klar. Und ihr Onkel wich gerade in die Zimmerecke zurück, auch das sah sie. Es war ein schöner Anblick, befand sie, als sie aufstand und vor den Schreibtisch trat. Wirklich ein sehr schöner Anblick.

Sollte er nicht für jede Beleidigung bezahlen, für jede Demütigung, für jeden Moment der Furcht? Sollte er nicht dafür bezahlen, dass er sie verletzt hatte, ihr die Zukunft gestohlen hatte? Doch, das sollte er, fand sie. Sie konnte dafür sorgen, dass er bezahlte, und zwar teuer.

Mit zitternden Händen umklammerte sie die Waffe und zielte auf seine Brust. »Ich sollte es tun«, hörte sie sich wie aus weiter Ferne sagen. »Ich sollte es tun.«

Hinter ihrem Ohr klickte es. »Aber das werden Sie nicht, meine Liebe. Nicht heute.«

Grauen stieg in ihr auf, als Mr Hartsinger um sie herumging und selbst mit der Pistole auf ihr Herz zielte.

»Ich hätte ja nichts dagegen, dass Sie ihn erschießen«, sagte er mit seinem unangenehmen Kichern. »Aber ein Mord erregt Aufmerksamkeit, und das kann ich nicht brauchen. Seien Sie jetzt ein braves Mädchen und nehmen Sie die Waffe herunter.«

Da sie keine andere Wahl hatte, ließ sie langsam den Arm sinken.

Der Baron schlurfte auf sie zu; er blutete aus der Nase, wo sie ihn mit der Schnupftabaksdose getroffen hatte. »Ich sollte dich windelweich prügeln«, knurrte er und riss ihr die Waffe aus der Hand.

»Dann könnten wir nicht herausfinden, was sie weiß, nicht wahr?«, bemerkte Hartsinger verächtlich. »Also, meine Liebe, Sie und ich werden jetzt in aller Seelenruhe zu meiner wartenden Kutsche gehen. Wenn Sie irgendwelche Dummheiten machen, erschieße ich Sie. Ich täte das nur ungern, aber …«

»Und ich erschieße deinen Freund. Wie heißt er noch gleich – Christian«, unterbrach der Baron. Er grinste höhnisch, als Mirabelle ihn überrascht ansah. »Hättest nicht gedacht, dass ich darüber Bescheid weiß, was?«

»Sie haben es ja auch nicht gewusst«, murmelte Mr Hartsinger. »Bis ich Sie darauf hingewiesen habe.«

»Nun, jetzt weiß ich es«, schnauzte der Baron und fuchtelte mit der Waffe vor Mirabelle herum. »Und wenn du uns irgendwelche Schwierigkeiten machst, Mädchen, schieße ich ihm eine Kugel in den Kopf.«

Und schießt dir wahrscheinlich dabei den Fuß weg, dachte Mirabelle. Doch so rot, wie das Gesicht ihres Onkels erneut anlief, hatte sie es offensichtlich nicht nur gedacht, sondern in ihrem verwirrten Gemütszustand laut gesagt.

Sie bekam nicht viel Gelegenheit, den Irrtum zu bedauern – nur so lange, wie ihr Onkel brauchte, um ihr die Pistole umgekehrt über den Schädel zu ziehen.

Hartsinger ließ die Pistole sinken und blickte auf Mirabelles zusammengesunkene Gestalt hinab.

»Sie Idiot«, fuhr er Eppersly an, entriss dem Baron die Waffe und warf sie außer Reichweite. »Wie sollen wir sie Ihrer Meinung nach jetzt aus dem Haus schaffen?«

Hinter den Boxenwänden beobachteten Whit und McAlistair, wie ein untersetzter Mann mit dichtem, dunklem Haar den Stall betrat und rief: »Christian? Christian, mein Guter, haben Sie heute unser Mädchen gesehen?«

Es musste der beständig abwesende Mr Cunningham sein, entschied Whit. Mirabelle hatte gesagt, er sei ein liebenswürdiger Mensch, und Whit konnte sich nicht vorstellen, dass einer der anderen Gäste Mirabelle als »unser Mädchen« bezeichnen oder wissen würde, dass er Christian nach ihrem Verbleib fragen könnte. Seltsamerweise schien der Mann gar nicht an den Nachwirkungen einer langen Krankheit zu leiden. Mit schnellen Schritten ging er durch den Mittelgang und rief immer wieder mit dröhnender Stimme: »Christian? Sind Sie hier?«

Whit beugte sich vor und kniff die Augen zusammen. Er kannte diese Stimme. Er kannte den Mann. Die Haarfarbe war anders, und etwas stimmte nicht mit der Nase, aber er kannte ihn … und zwar nicht als Mr Cunningham.

Er richtete sich auf und trat aus der Box. »Gibt es einen bestimmten Grund, warum Sie nach ihr suchen, Mr Lindberg?«

Lindberg erschrak, dann verzog er das Gesicht. »Thurston. Verflucht! Ja, nun. Es war vermutlich nur eine Frage der Zeit.«

»Wofür?«, fragte Whit.

»Dass das hier zu einem Ende kommt«, antwortete Lindberg rätselhaft und kam auf die beiden zu. »Hallo, McAlistair.«

McAlistair zog die Luft ein. »Sie stinken.«

»Herrgott, Mann, was ist das?« Whit tat zwei Schritte zurück. »Verdorbenes Obst?«

»Alter Kohl und ein guter Spritzer Essig. Penetrant, nicht wahr?«

»Es ist widerlich. Warum zum Teufel besuchen Sie verkleidet die Gesellschaft des Barons und riechen nach altem Kohl und Essig?«

»Ich wollte nicht, dass mir das Mädchen zu nahe kam«, erklärte Lindberg. »Was, wenn Sie mich in London wiedererkennen würde?«

»Sie könnte Sie wohl kaum erkennen, da Sie während der ganzen Gesellschaft auf Ihrem Zimmer geblieben sind.«

»Ja, nun, diesmal. Aber ich habe erfahren, dass Sie kommen würden, verstehen Sie, und ...«

»Erklären Sie ›diesmal‹«, befahl Whit.

»Ich spiele die Rolle des Mr Cunningham seit mehr als zehn Jahren.«

Zehn Jahre? »Warum?«

»Natürlich um über das Mädchen zu wachen.« Er zog die breiten Schultern hoch. »Ich befolge nur Befehle.«

»Davon gibt es hier jede Menge«, murmelte McAlistair.

Lindberg blinzelte und lächelte. »Ich glaube, McAlistair hat gerade einen Witz gemacht.«

Vom Eingang her erklang eine weitere Stimme. »Dann sind wir also alle hier?«

Whit fuhr herum und sah, wie Christian mit langen, ungleichmäßigen Schritten auf sie zukam. Er warf McAlistair einen Blick zu.

»Haben Sie ihn nicht kommen hören?« McAlistair wusste immer, wenn sich jemand näherte. Doch bevor McAlistair antworten konnte, wurden Whits Augen groß, als ihm etwas dämmerte, und er drehte sich wieder zu Christian um. »Sie gehen nicht gebeugt«, sagte er anklagend. »Warum gehen Sie nicht gebeugt?«

Christian blieb vor ihnen stehen. Er hinkte immer noch, und auch sein Arm war so schlaff wie eh und je, doch sein Rücken war aufrecht und seine Schultern gerade. »Das war nur zum Wohl des Mädchens. Ich dachte, so wäre ich für sie weniger bedrohlich. 'n Abend, McAlistair. Lindberg, Ihr Geruch macht die Pferde scheu.«

»Lässt sich nicht vermeiden«, antwortete Lindberg. »Wie es aussieht, geht es dem Ende zu. Oder aber die Dinge spitzen sich zu. Darüber bin ich mir noch nicht ganz im Klaren.«

Whit sah die drei Männer nacheinander an und packte die Peitsche fester. »Ich will Antworten …«

»William hat uns hergeschickt«, sagte Christian.

Whit hatte die Antworten zwar nicht sofort erwartet, konnte aber nicht umhin, darauf zu reagieren. »Wollen Sie mir etwa sagen, dass Sie diesen Auftrag schon seit Jahren hatten?«

»Erst seit vier Jahren«, entgegnete Christian und zuckte die Achseln. »Ich hatte schon schlimmere.«

»Herr im Himmel.« Er hob die Hand, als Lindberg offenbar noch etwas hinzufügen wollte. »Nicht jetzt. Ich muss Mirabelle herausholen. Sie«, schnauzte er Lindberg an, »gehen Sie und lenken Sie Eppersly ab. Und was Sie beide betrifft, wir treffen uns in einer Stunde in Haldon.«

Er wartete keine Einwände ab, sondern drehte sich um und verließ den Stall mit großen Schritten. Mit William und den anderen würde er sich befassen, sobald er Mirabelle sicher in Haldon wusste. Man konnte sich schließlich nicht um alles gleichzeitig kümmern, man musste Prioritäten setzen.

Und Mirabelle kam für ihn an erster Stelle.

Im Laufschritt überquerte er den mittlerweile dunklen Hof und sah mit einiger Erleichterung, dass Mr Hartsingers Kutsche fort war. Jetzt würde er Mirabelle nicht mehr hinausschmuggeln müssen. Da der Baron im Studierzimmer war und das Personal so gleichgültig wie eh und je, konnten sie einfach über die Vordertreppe hinuntergehen.

Doch im Haus blieb er zur Sicherheit an der Tür zum Studierzimmer stehen. Beruhigt von dem lauten Schnaufen und den knarrenden Dielen, die er hinter der Tür vernahm, ging er hinauf zu Mirabelles Zimmer und warf unterwegs einen kurzen Blick in die Bibliothek und den Billardraum.

Ihre Tür war nicht abgeschlossen, was ihn ein wenig verärgerte. Aber der Raum war leer, und das brachte ihn vollends auf.

Hatte er ihr nicht ausdrücklich verboten, das Zimmer zu verlassen?

Er drehte eine Runde durch den kleinen Raum, betrachtete das Kleid auf dem Bett, das Durcheinander der Papiere auf dem Schreibtisch und die gepackte Reisetasche auf dem Boden.

Sie war noch etwas suchen gegangen, beruhigte er sich, doch der Ärger machte einem leisen Unbehagen Platz. Ob es ihm nun gefiel oder nicht, das starrsinnige Mädchen befand sich in einem der zahllosen Abstellräume und grub irgendwelche Erinnerungsstücke aus.

Er verließ den Raum, als er im Flur schwere Schritte hörte.

»Irgendetwas stimmt hier nicht«, sagte Lindberg ein wenig außer Atem, weil er die Treppe hinaufgeeilt war. »Das Studierzimmer ist verwüstet. Eppersly hat eine blutige Nase und wollte mich nicht hineinlassen. Wo ist unser Mädchen?«, rief er, als Whit an ihm vorbeirannte.

»Verschwunden! Holen Sie die anderen!«

Whit stürmte ins Studierzimmer und stieß heftig die Türen auf. Er erfasste den Raum mit einem Blick. Umgeworfene Möbel, Blätter und andere Schreibtischutensilien waren überall auf dem Fußboden verstreut, während der Baron sich ein blutiges Taschentuch an die Nase presste, und – das war das Erschreckendste von allem – in der Ecke lag eine Pistole.

Hastig stopfte Eppersly das Tuch in die Tasche. »Thurston, mein Junge …«

»Wo ist sie?«, fragte Whit scharf und durchquerte den Raum mit wenigen langen Schritten. Er unterdrückte das Bedürfnis, Eppersly die Hände um den Hals zu legen und die Antwort aus ihm herauszuquetschen. Bedauerlicherweise konnte der Mann nicht antworten, wenn er keine Luft bekam.

Eppersly unternahm einen kläglichen Versuch, seine Halsbinde zu richten. »Wo ist wer?«

»Mirabelle«, knirschte Whit und ballte die Fäuste. »Wo ist sie?«

»Mirabelle? Ich weiß nicht, wovon Sie reden.« Eppersly blinzelte hektisch, der Inbegriff eines begriffsstutzigen Mannes, der sich einfältig stellte.

Doch für so viel Dummheit fehlte Whit die Geduld. Seine Faust schnellte nach vorn, traf, und Eppersly ging wie eine gefällte Eiche zu Boden.

Es war vielleicht nicht so befriedigend gewesen, wie den Bastard zu erwürgen, aber andererseits war Whit sich nicht ganz sicher, ob er unter all den Speckrollen einen Hals hätte finden können. Und es war unendlich befriedigend, dem Mann den Stiefel auf die Brust zu setzen und ihn am Boden festzuhalten.

»Wo ist sie, Sie erbärmlicher …«

»Sie verstehen nicht!« Eppersly zitterte vor Angst. »Sie ist wahnsinnig! Sie ist wahnsinnig geworden! Hat mich angegriffen!«

Whit war beinahe dankbar für den Vorwand, sich vorzubeugen und sein Gewicht zu verlagern, bis der Baron röchelte und würgte.

»Wo?«

»Hartsinger«, keuchte Eppersly, als Whit ihn wieder losließ. »Hartsinger hat sie mitgenommen.«

Das Geständnis traf Whit wie eine Gewehrkugel. Er bekam kaum Luft, und ihm schwindelte.

Sie ist wahnsinnig.

Hartsinger hat sie mitgenommen.

»Sie haben sie nach St. Brigit geschickt?«, zischte er.

»Hat sie in einer Truhe herausgeschmuggelt«, teilte ihm Lindberg von der Tür aus mit. Whit schaute hinüber und sah, wie er mit McAlistair und Christian eintrat. »Für eine Münze tun die Dienstboten hier alles. Und für ein bisschen mehr geben sie es auch zu.«

Whit schob die Panik beiseite, nahm den Fuß von dem Baron herunter und drehte sich zu Christian um. »Können Sie kämpfen?«

»Ich habe zwei geladene Pistolen im Stall«, nickte Christian.

»Gut. Satteln Sie die Pferde. Lindberg«, fuhr Whit fort, während Christian ging, »fahren Sie mit der Kutsche nach Haldon und berichten Sie William, was geschehen ist.«

»Natürlich.«

»McAlistair, in der Ecke liegt eine Pistole ...«

»So hören Sie doch!«, unterbrach Eppersly, der sich in eine sitzende Position hochkämpfte. »Sie haben kein Recht, sich einzumischen! Kein Recht! Sie mögen das Mädchen nicht einmal!«

Whit machte sich nicht die Mühe zu antworten. Er zog lediglich die Druckplatte und die Banknoten aus der Tasche und reichte sie McAlistair. »Finden Sie heraus, was er weiß. Wenn er Ihnen auch nur den geringsten Ärger macht«, sagte er deutlich, »töten Sie ihn … haben Sie jemals einen Baron getötet?«

McAlistair dachte kurz nach, bevor er den Kopf schüttelte. »Einmal einen Herzog. Zwei Grafen. Einen russischen Prinzen.«

»Nun, ein Baron wäre dann ja wohl nichts weiter, was?«

Unter Epperslys leisem Wimmern verließ er das Zimmer.

25

Schrittweise erwachte Mirabelle aus ihrer Bewusstlosigkeit und kämpfte sich durch den Nebel aus Schmerz und Verwirrung. Undeutlich nahm sie wahr, dass sie auf der Seite zusammengerollt in einem engen Raum lag, der schwankte und schaukelte. Erschöpfung und Übelkeit ließen sie jedoch wieder bewusstlos werden, bevor sie herausfinden konnte, was das zu bedeuten hatte.

Als sie das nächste Mal erwachte, war es um sie herum still, muffig und stockfinster. Sie blinzelte versuchsweise, um sich zu vergewissern, dass ihre Augen offen waren. Als es dunkel blieb, streckte sie die Hand aus und ertastete dicht vor ihrem Gesicht eine harte Oberfläche. Also war sie nicht blind, schlussfolgerte sie und drückte gegen das Hindernis, sondern gefangen. Während ihre Panik zunahm, tastete sie ringsum mit Händen und Füßen den knappen Raum ab und stellte fest, dass sie rundum eingepfercht war. Eine Truhe? Sie drehte und wand sich und versuchte sich zu befreien.

Es musste einen Ausweg geben. Ganz gewiss.

Es war, als hätte man sie lebendig begraben.

Angesichts dieses grässlichen Gedankens übermannte die Panik sie endgültig. Sie schrie und strampelte und kratzte an ihrem Gefängnis.

Schließlich erklang ein lautes Knarren, frische Luft und gleißendes Licht drangen zu ihr herein.

»Nun, nun. Das alles ist gar nicht nötig«, tadelte eine vertraute Stimme sie.

»Lassen Sie mich hinaus«, verlangte sie, noch während sie sich hochkämpfte. »Lassen Sie mich …«

»Ich hatte gewiss nicht die Absicht, Sie die ganze Reise über an das Kutschendach zu fesseln.«

Knochige Finger packten ihren Arm und halfen ihr, aus der Truhe zu klettern. Sie schüttelte die Finger ab, stolperte einige Schritte über eine Lehmstraße auf eine Kutsche zu und beugte sich dann vor und ließ die kalte Nachtluft in ihre Lunge strömen.

»So ist es recht, meine Liebe. Holen Sie noch ein paarmal tief Luft«, riet die Stimme. »Ein Schlag auf den Kopf kann den Körper ein wenig durcheinanderbringen. Der Mann ist ein Rohling. Sie können von Glück sagen, ihn los zu sein.«

Ein Schlag auf den Kopf, dachte sie benommen. Eine Straße und eine Kutsche. Eine schrille Stimme und knochige Finger. Langsam kamen die Erinnerungen zurück.

Oh Gott. Sie war entführt worden – man hatte sie auf den Kopf geschlagen, in eine Truhe gestopft und weggeschafft. Es war unbegreiflich, so unwirklich, dass sie Mühe hatte, es zu erfassen. Die Romane, die Kate so gerne las, wimmelten nur so vor jungen Damen, die gegen ihren Willen verschleppt wurden – ein klarer Hinweis darauf, wie weit dieses Szenario von der Realität entfernt war.

Langsam richtete sie sich auf und schirmte mit der Hand das blendende Licht ab. »Wo sind wir?«

»Auf der Straße nach Hause, meine Liebe«, sagte Mr Hartsinger und ließ die Laterne sinken.

»Nach Hause?« Wovon redete der Mann? Welcher Entführer brachte seine Gefangenen nach Hause? »Sie bringen mich nach Haldon?«

Hartsinger kicherte. »Natürlich nicht, Sie dummes Mädchen. Ich bringe Sie in Ihr neues Zuhause, St. Brigit.«

St. Brigit.

Plötzlich erschien ihr ihre Lage gar nicht mehr unwirklich. Kates Geschichten von Fräulein in Nöten mochten zwar erfunden sein, aber Evies Berichte über geistig gesunde, aber unbequeme Frauen, die man in Irrenanstalten steckte, waren beängstigend real.

Ihre Augen huschten auf der dunklen Straße hin und her. Einer Kutsche konnte sie nicht entkommen, vor allem nicht, solange ihr so schwindlig und übel war wie jetzt, aber sie konnte in den Wald rennen, vielleicht konnte sie sich verstecken …

»Ah, ah, ah. Nichts dergleichen«, sang Hartsinger und hob die Pistole, von der sie vergessen hatte, dass er sie besaß. »Und an Ihrer Stelle würde ich mir auch die Mühe sparen, den Kutscher um Hilfe zu bitten.« Er wies mit dem Kinn auf die schattenhafte Gestalt, die gerade die Truhe über den Straßenrand schob. »Ich zahle ihm ein hübsches Sümmchen. Und nun ab in die Kutsche mit Ihnen.«

Sie erwog, ihm den Gehorsam zu verweigern. Wenn sie die Wahl hatte, am Straßenrand erschossen zu werden oder den Rest ihres Lebens mit Menschen wie Mr Hartsinger in einer Irrenanstalt zu verbringen, würde sie die Kugel wählen.

Glücklicherweise stand diese Entscheidung ihr nicht bevor. Sie musste nur abwarten, bis sich ihr eine Gelegenheit zur Flucht bot. Oder bis Whit sie holen kam.

Entschlossen, was das Erstere betraf, und vollkommen sicher bei Letzterem stieg sie in die Kutsche.

Whit hatte schon früher Angst gehabt. An dem Tag, als Mirabelle auf dem Hügel gestürzt war. Und in der Nacht, in der sie darauf bestanden hatte, an dem Auftrag teilzunehmen.

Als Soldat hatte er das Entsetzen erlebt, das jeder Schlacht vorausgeht, und das Grauen, wenn Männer in der Schlacht sterben.

Aber nichts, rein gar nichts war mit der Angst vergleichbar, die ihn jetzt erfüllte.

Er spornte sein Pferd an, im Bewusstsein, wie gefährlich ein kopfloser Ritt im fahlen Mondlicht war. Doch er hatte keine Wahl.

Wie groß war Hartsingers Vorsprung? Fünf Minuten? Eine Viertelstunde? Mehr? Wie lange hatten sie im Stall herumgestanden, während man Mirabelle verschleppt hatte?

In einer Truhe.

War sie immer noch darin? Gefangen und verängstigt?

Diese Vorstellung war ihm fast lieber als die andere Möglichkeit – dass Hartsinger sie herausgeholt hatte und jetzt allein mit ihr in der Kutsche war.

Mit einer Kutsche und einer Viertelstunde Zeit zu seiner Verfügung konnte ein Mann einer Frau Schlimmes antun.

Er gab Christian ein Zeichen, die nächste Abzweigung nach links zu nehmen. Der schmale Pfad war ein weiteres Risiko, aber dies war ihre beste Chance, Hartsinger zu überholen und ihn an der Stelle in einen Hinterhalt zu locken, wo Pfad und Straße zusammentrafen. Mit ein wenig Glück konnten sie den Kutscher aus der Deckung der Bäume heraus überwältigen und eine Hetzjagd vermeiden, die Mirabelle noch mehr in Gefahr bringen würde.

»Nun, ist das nicht gemütlich?« Hartsinger seufzte und nahm auf der Bank Mirabelle gegenüber Platz. Er hielt die Waffe weiterhin auf sie gerichtet und klopfte gegen das Kutschendach, worauf die Kutsche sich wieder in Bewegung setzte. »Möchten Sie eine Decke? Es ist heute Abend ein wenig kühl.«

Wenn sie es hätte riskieren können, den Mund zu öffnen,

ohne ihren Mageninhalt von sich zu geben, hätte sie ihn wohl mit offenem Mund angestarrt.

War der Mann etwa um sie besorgt?

»Ach herrje, Sie sehen aber überrascht aus«, zwitscherte er. »Und Sie haben vermutlich allen Grund dazu. Ein Jammer, denn wenn es nach mir gegangen wäre, hätte es ganz und gar nicht so begonnen. Ich habe mir eine etwas weniger dramatische Heimkehr für Sie vorgestellt. Aber nun, wenn es denn sein muss.«

»St. Brigit ist nicht mein Zuhause«, stieß sie durch zusammengebissene Zähne hervor.

»Aber gewiss ist es das. Der Vertrag, den Ihr Onkel unterzeichnet hat, ist in jeder Hinsicht rechtsgültig. Sie werden dort sehr glücklich sein«, versicherte er ihr mit wachsender Begeisterung. »Ich werde Ihnen Ihr eigenes Zimmer geben, wissen Sie, mit Fenster und Kamin. Und auch ein weiches Bett … obwohl, das muss ich zugeben«, fügte er mit einem weiteren Kichern hinzu, »ich in dieser Hinsicht ebenso sehr an meine eigene Bequemlichkeit denke wie an Ihre.«

Benommen vor Schmerz und mit unbarmherzig hämmerndem Kopf begriff Mirabelle nicht sofort, was das zu bedeuten hatte. Aber schließlich dämmerte es ihr, und in dicken, fettigen Wogen wallte Abscheu in ihr auf. Ihr Magen zog sich schmerzhaft zusammen, bis sie fürchtete, es würde nicht ausreichen, den Mund geschlossen zu halten. Sie drückte sich in die Ecke und atmete flach, bis das Schlimmste vorüber war.

»Aber ich fürchte, Geschäft geht vor Vergnügen«, fuhr Hartsinger fort, als wäre alles in bester Ordnung. »Erzählen Sie mir, was Sie über diese Sache mit der Geldfälscherei wissen.«

Obwohl die Bewegung ihr einiges abverlangte, schüttelte Mirabelle den Kopf.

»Sie haben doch nicht etwa vor, Unwissenheit vorzuschützen? Denn darauf falle ich nicht herein. Ich habe Sie und Ihren Onkel belauscht.« Er grinste breit. »Ich kann Ihnen gar nicht sagen, wie sehr ich es genossen habe, als Sie den Baron mit seiner eigenen Habe beworfen haben. Und ich hätte Sie weitermachen lassen, wenn Sie ihn nicht als einen …« Er schaute zum Kutschendach und rief es sich ins Gedächtnis. »Einen … verabscheuungswürdigen, fälschenden … und dann haben Sie nicht mehr weitergesprochen, glaube ich. Also, meine Liebe, erzählen Sie mir, warum um alles in der Welt haben Sie ihn so genannt?«

Sie hatte nicht die Absicht, auf den Mann einzugehen. Aber sie war auch nicht in der Verfassung zu streiten. Sie versuchte ihn abzulenken. »Sie sind ein Komplize«, beschuldigte sie ihn.

Er runzelte nachdenklich die Stirn. »Ich glaube nicht, dass mir dieses Wort gefällt. Es hat so einen gewissen Unterton. Sagen wir einfach, ich bin der Architekt. Unser kleines Geschäft war mein Werk. Wobei immer noch die Frage offen ist, wie Sie es entdeckt haben.«

»Spielt das eine Rolle?«

»Seien Sie so gut«, sagte er.

»Nein.«

»Sagen Sie es mir«, wiederholte er und hob die Pistole. »Oder Sie kommen wieder in die Truhe.«

»Ich habe im Zimmer des Barons spioniert«, fauchte sie. »Ich habe die Geldscheine und die Platte gefunden.«

Er blickte verständnislos drein. Dann wurde sein Blick kalt und hart.

»Welche Platte?«

Mirabelle erhielt keine Gelegenheit zu einer Antwort. Wie aus dem Nichts peitschte ein Pistolenknall durch die Nacht.

Die Kutsche geriet ins Schlingern und wurde plötzlich schneller, und Hartsinger wurde von seinem Sitz nach vorne und auf Mirabelle geschleudert. Instinktiv stieß sie ihn mit Händen und Füßen von sich weg … und schlug ihm die Pistole aus der Hand. Sie prallte von der Bank ab und landete auf dem Boden.

Sofort hechteten beide zu der Waffe. Da Mirabelle ihr am nächsten war, erreichte sie sie als Erste, doch dies war nur begrenzt hilfreich, da er dadurch auf sie fiel.

So verletzt und verängstigt sie auch war, kam ihr dennoch der Gedanke, noch nie etwas so Abstoßendes erlebt zu haben wie Mr Hartsingers volles Gewicht, das sich auf ihrem Rücken wand. Sie stieß mit dem Ellbogen zu und traf ihn in die Rippen, aber es brachte ihr nur ein Grunzen ein und gab ihm die Gelegenheit, eine Hand unter sie zu schieben und nach der Pistole zu tasten.

Da sie sicher war, dass sie ihn nicht würde abschütteln können, und nicht genug Platz hatte, um zu zielen, ohne sich selbst zu verletzen, tat Mirabelle das Einzige, was ihr einfiel – sie kauerte sich über der Waffe zusammen, kniff die Augen fest zu und blendete Hartsingers Hände aus, die nach der Pistole grapschten.

Die Kutsche wurde langsamer. Oder doch nicht? Wurde das Klappern der Räder nicht leiser? Als sie neben der Kutsche Hufgetrappel hörte und Whits Stimme, die ihren Namen rief, tat ihr Herz einen Sprung. Wenn sie nur lange genug durchhalten konnte …

Hartsinger bekam die Waffe zu fassen, rutschte ab, als sie sich wehrte, und griff erneut zu.

So schnell sie Mut gefasst hatte, so schnell verlor sie ihn nun wieder. Sie würde die Waffe nicht festhalten können. Sie war nicht stark genug. In wenigen Sekunden würde Hartsinger die Pistole in der Hand halten. Und er würde damit nicht seine einzige Geisel erschießen. Er würde auf Whit zielen.

Ohne weiter nachzudenken, drehte sie die Pistole, zielte instinktiv zur Seite, weg von ihrem Gesicht, und stieß sich mit letzter Kraft so weit ab, wie Hartsingers Gewicht es zuließ.

Dann drückte sie ab.

Das Geräusch war ohrenbetäubend, ein schmerzhafter Knall, der ihr in den Ohren hallte, und ein brennender Schmerz an ihrem Brustkorb ließ sie aufschreien.

Doch selbst durch den Lärm und den Schmerz hörte sie Mr Hartsinger kreischen. Hatte sie ihn getroffen? Sie hatte die Waffe abgefeuert, um sie nutzlos zu machen, aber wenn es ihr gelungen war, ihn dabei zu verletzen, umso besser.

»Mirabelle!«

Wieder hörte sie Whit rufen und gleichzeitig das unverkennbare Geräusch, als der Kutschenschlag aufgerissen wurde. Dann folgte die herrliche Erleichterung, als Mr Hartsinger von ihr fortgeschleudert wurde. Doch erst als Whits starke, vertraute Hände sie zum Sitzen hochzogen, öffnete sie die Augen.

»Wo bist du getroffen worden? Mirabelle, wo …?« Er entdeckte den Riss in ihrem Kleid und die Verbrennung auf ihrem Brustkorb und fluchte heftig.

»Ich bin nicht getroffen.« Sie blickte hinab und kniff die Augen zusammen. »Nun, vielleicht ein bisschen.«

Mit zitternden Händen strich er über die Wunde. »Sie blutet nicht. Du blutest nicht.«

»Nein. Ich habe von mir weggezielt.«

»Du …?« Erneut fluchte er, und es war zwar schwer zu erkennen, aber sie hatte den Eindruck, dass er den Kopf schüttelte. »Wo bist du noch verletzt? Mirabelle, Liebste, sieh mich an.«

Sie hätte es gern getan, dachte sie, wenn er nur für einen Moment stillgehalten hätte. Doch er streichelte ihr unablässig mit unsicheren Händen über Arme, Rücken und Gesicht. Und dauernd bewegte er den Kopf, um sie zu küssen – ihre

Augen, ihren Mund, ihr Haar. Weil ihr nur noch schwindliger wurde, wenn sie versuchte, ihn anzusehen, schlang sie einfach die Arme um ihn und schmiegte sich an ihn.

Er folgte ihrem Beispiel und drückte sie so fest an sich, dass sie protestiert hätte, wenn es sich nicht so richtig angefühlt hätte.

»Es geht dir gut«, flüsterte er. Er nahm sie auf die Arme und hob sie von der Kutsche herunter, dann vergrub er das Gesicht an ihrem Hals. »Ich habe den Schuss gehört. Sag mir, dass es dir gut geht.«

An ihn geschmiegt nickte sie. »Es geht mir gut.«

Ein Zittern überlief ihn, dann löste er sich von ihr und umfasste mit beiden Händen ihr Gesicht. »Hat er dir etwas angetan?«

»Nein.«

Sanft strich er mit dem Daumen über die Wunde auf ihrer Wange. »Ich bin zu spät gekommen.«

»Nein, das war mein Onkel«, erklärte sie und fühlte sich schon etwas weniger benommen. »Du bist gerade noch rechtzeitig gekommen …«

»Ich bin zu spät gekommen«, wiederholte er, und sie begriff, dass er nicht nur von dieser Nacht sprach.

»Jetzt bist du ja hier«, flüsterte sie. Und da es so war und weil er es ebenso zu brauchen schien wie sie, schlang sie erneut die Arme um ihn.

»Ich möchte nach Hause, Whit«, sagte sie in seinen Mantel hinein. »Mein Kopf tut weh. Bringst du mich nach Hause?«

»Das werde ich, Liebste.« Sanft fuhr er ihr mit den Fingern durchs Haar und verkrampfte sich, als er die Beule ertastete, wo der Pistolenknauf sie getroffen hatte.

»Es geht mir gut«, versicherte Mirabelle ihm. »Ich möchte einfach nur nach Hause.«

»Und ich bringe dich auch nach Hause, Liebling, ich verspreche es.«Behutsam stellte er sie auf dem Tritt der Kutsche ab. »Aber ich brauche noch einen Moment. Kannst du noch etwas warten?«

Sie nickte und dachte, es habe etwas mit der Kutsche und den Pferden zu tun. Stattdessen griff er mit grimmigem Gesicht in die Kutsche und nahm Hartsingers Waffe. »Bleib hier.«

Das tat sie nicht. Wie hätte sie es auch gekonnt, wenn Whit mit einer Pistole in der Hand davonmarschierte? Sie folgte ihm um die Kutsche herum, verärgert, dass sie sich daran festhalten musste. In dem fahlen Mondlicht sah sie, dass jemand über zwei Männern auf der Straße stand. Der erste, vermutlich der Fahrer, hielt sich den blutenden Arm.

Der zweite, der laut wehklagte und sich eine hässliche Wunde an der Schulter tupfte, war Mr Hartsinger.

»Sie hat mich angeschossen. Das Mädchen hat mich angeschossen.« Nervös verstummte er, als Whit an ihm vorbeischritt und eine neue Kugel aus seiner Satteltasche holte. »Miss Browning ist rechtmäßig meiner Fürsorge übergeben worden. Dies geht Sie nichts an, Thurston.«

Whit lud die Pistole und baute sich vor Hartsinger auf. »Wirke ich so, als würde es mich nichts angehen?«

Obwohl Mirabelle den Anblick, wie Hartsinger am Boden kauerte, ungemein befriedigend fand, lief es ihr bei Whits ungewöhnlich eisiger Stimme kalt über den Rücken. Er hatte doch nicht wirklich vor, den Mann zu töten, oder?

Hartsinger schien davon überzeugt. »Überlegen Sie doch, was Sie da tun, Mann! Es wäre Mord! Sie werden hängen …«

»Ich bin ein Graf«, rief Whit ihm ins Gedächtnis.

Das brachte Hartsinger ins Stocken. Peers des Reiches kamen nicht an den Galgen. »Man wird Sie verbannen«, versuchte er es stattdessen. »Die Behörden werden …«

»Schwierig für einen Mann, einen Mord zu melden«, unterbrach ihn Whit, machte die Pistole schussbereit und zielte direkt auf Hartsinger, »wenn sein Kopf auf einer Pike steckt.«

Mirabelle tat einen Schritt auf ihn zu. »Whit, nein!«

Er warf einen Blick in ihre Richtung. »Möchtest du nicht, dass sein Kopf auf einer Pike steckt?«

Oh, sehr gern. »Aber er ist doch der Komplize.«

»Tatsächlich?«, fragte Whit, behielt die Waffe jedoch oben. »Nun denn, in diesem Fall ist es gar kein Mord, nicht wahr?«

Hartsingers Mund begann sich hektisch zu bewegen, doch es verging ein Moment, bevor er einen Laut herausbrachte. »Eine Lüge. Das Mädchen lügt«, kreischte er und duckte sich, als Whit die Waffe ein Stück anhob. »Ein Missverständnis! Die Dame hat etwas missverstanden! Ich flehe Sie an …«

»Whit, bitte«, unterbrach Mirabelle und fragte sich, ob sie wohl zu ihm gelangen konnte, ohne hinzufallen. »Ich möchte einfach nur nach Hause. Du hast versprochen, mich nach Hause zu bringen.«

Zum ersten Mal seit er sie neben der Kutsche zurückgelassen hatte, drehte Whit sich um und sah sie wirklich an.

Und ließ die Waffe sinken. »Das stimmt. Fesseln Sie die beiden, Christian. Sorgen Sie dafür, dass McAlistair sie bekommt.«

Schwankend griff Mirabelle hinter sich, um sich an der Kutsche festzuhalten. »McAlistair?« Sie warf einen zweiten Blick auf den hochgewachsenen Mann, der neben Whit stand. »Christian?«

»Ich werde es dir erklären …« Beim Geräusch von Hufgetrappel, das näher kam, verstummte Whit. »Das müsste Alex sein«, bemerkte er, kam zu ihr und hob sie auf seine Arme. »Mit ein wenig Glück hat er eine zweite Kutsche mitgebracht.«

Wie es sich herausstellte, hatte Alex das tatsächlich getan, und wenig später saß Mirabelle warm eingepackt neben Whit und befand sich auf dem Weg nach Haldon.

Das sanfte Schaukeln der Kutsche wiegte sie in eine Lethargie, die vorher von der Furcht in Schach gehalten worden war. Blicklos starrte sie aus dem dunklen Fenster und sehnte sich verzweifelt nach Schlaf. Doch ihr Verstand weigerte sich, sich zu beruhigen. Alles hatte sich verändert. Ihre Pläne, ihre Zukunft, ihre Hoffnungen – all das war binnen eines einzigen Tages zunichtegemacht worden.

»Mirabelle?« Sie spürte, wie Whit die Hand von ihrer Schulter nahm, um ihr übers Haar zu streichen.

»Er hat meine Mitgift genommen«, sagte sie leise. »Mein Onkel, er hat sie gestohlen.« Sie sah ihn an. »Ich weiß nicht, was ich tun soll. Ich hatte alles geplant. Jetzt weiß ich nicht, was ich tun soll.«

Als die Tränen kamen, nahm er sie einfach in den Arm und hielt sie fest.

26

Bei ihrer Ankunft herrschten auf Haldon Lärm und Geschäftigkeit.

Nahezu jeder Diener war in die Eingangshalle gekommen, um zu helfen. Kate, Evie und Sophie umringten Mirabelle und brachten sie eilig auf ihr Zimmer. William Fletcher kam aus der Bibliothek und machte einen gequälten Eindruck, gefolgt von Lady Thurston, wobei es ganz so aussah, als wäre sie es, die ihm zusetzte.

Mr Lindberg kehrte von einer zweiten Fahrt zum Baron zurück und brachte den Vertrag mit, mittels dem Mirabelle in St. Brigit untergebracht werden sollte. Außerdem berichtete er, der Baron habe binnen Minuten, nachdem er mit McAlistair allein gelassen worden war, hastig ein umfassendes Geständnis abgelegt. Lord Eppersly behauptete, von Mr Hartsinger erpresst worden zu sein, die Banknoten zu benutzen, nachdem er selbst in seiner Verzweiflung einige davon für Mirabelles künftige Pflege an das Irrenhaus gezahlt hatte. Er bestritt, etwas von einer Druckplatte zu wissen, und als man ihn fragte, wie er an die gefälschten Geldscheine gekommen sei, antwortete er nur, es habe ein großer Scherz sein sollen.

Da bis zu McAlistairs Rückkehr diesbezüglich wohl keine weiteren Informationen zu erhalten waren, ging Whit nach oben, wo er zum zweiten Mal innerhalb von vierzehn Tagen vor Mirabelles Zimmer stand und voller Sorge auf Nachrichten wartete. Er lehnte Essen und Trinken ab und weigerte sich, Fragen zu beantworten. Bei dem Gedanken an Essen drehte sich ihm der Magen um, und er konnte keine Antworten geben, die er nicht hatte.

Der Arzt, großzügig bezahlt, um der Familie Cole auf Abruf zur Verfügung zu stehen, erschien binnen einer halben Stunde. Er verbrachte nach Whits Empfinden eine außerordentlich lange Zeit in Mirabelles Zimmer, bevor er endlich herauskam und vermeldete, Miss Brownings Wunden seien nicht lebensbedrohlich, doch sie werde am Morgen wahrscheinlich sehr unangenehme Kopfschmerzen und ein überaus unansehnliches blaues Auge haben. Dann händigte der Arzt Whit eine Liste mit Anweisungen aus, wie im Falle eines Schlages auf den Kopf mit dem Patienten umzugehen sei, welche Whit an Mrs Hanson weiterreichte mit dem ausdrücklichen Befehl, jedes Mitglied des Haushaltes habe ihren Inhalt auswendig zu lernen.

Danach machte er sich auf die Suche nach William. Wieder einmal fand er ihn in der Bibliothek, wo er offensichtlich wieder einmal von Lady Thurston gequält wurde.

Sie standen vor dem Kamin und würdigten Whit bei seinem Eintreten kaum eines Blickes.

»Sie haben gesagt, sie sei in Sicherheit«, beschuldigte Lady Thurston William, und ihre Stimme klang so scharf, dass man damit Glas hätte schneiden können. »Etwas Derartiges hätte niemals geschehen dürfen.«

Whit blieb vor einem kleinen Lesetisch stehen und funkelte die beiden an. »Wovon redet ihr?«, fragte er, wurde jedoch rundweg ignoriert.

»Ich hätte die List niemals vorgeschlagen, wenn ich auch nur für einen Moment gedacht hätte, ihre Sicherheit sei gefährdet«, verteidigte sich William.

»Welche List?«, erkundigte sich Whit, doch es half ihm nichts. Weder seine Mutter noch William verschwendeten auch nur einen Blick in seine Richtung.

»Mr Lindberg und Christian hätten uns über die mögliche Gefahr informieren müssen …«, begann Lady Thurston.

»Niemand hat je berichtet, dass der Baron in seiner Gegenwart gewalttätig geworden sei«, unterbrach William sie. »Und niemand von uns hat Hartsingers Beteiligung vermutet.«

»Woher haben Sie von Mr Lindberg gewusst …«, versuchte es Whit.

»Hatten Sie während all dieser Jahre Scheuklappen auf?«, zischte Lady Thurston.

»Lindberg und Christian sind herausragende Mitglieder meiner …«

»Genug!« Whit schlug mit der Faust auf den Tisch. »Das ist verdammt noch mal genug!«

Seine Mutter richtete sich auf. »Whittaker Vincent, ich werde eine derartige Sprache in meinem Haus nicht dulden.«

»Lady Thurston, es ist mein Haus, und im Moment schere ich mich keinen Deut darum, was Sie dulden. Setzen Sie sich.«

»Nun«, sagte sie verschnupft. Sie straffte empört die Schultern, sah sich jedoch um, fand einen Stuhl nach ihrem Geschmack und setzte sich geziert auf die Kante. »Nun.«

William folgte ihrem Beispiel und nahm neben ihr Platz, auch wenn seine Haltung eher resigniert denn gekränkt wirkte.

Whit unterdrückte das Bedürfnis, auf und ab zu gehen. »Ich will Antworten. William, Sie fangen an.«

»Ja, ja, natürlich.« William zupfte an seiner Halsbinde, stellte jedoch fest, dass sie bereits gelöst war, und riss sie stattdessen herunter. »Ihre Mutter und ich hatten das Gefühl … Nein, nein, ich sollte am Anfang beginnen, nicht wahr?« Er stieß einen gewaltigen Seufzer aus. »Vor siebzehn Jahren habe ich dem verstorbenen Herzog von Rockeforte auf dem Sterbebett etwas geschworen. Ich wurde mit einer List dazu gebracht, um ehrlich zu sein, aber nichtsdestoweniger …«

»Was war das für ein Schwur?«, unterbrach ihn Whit.

William rutschte auf seinem Stuhl herum, und eine feine Röte stieg ihm in die Wangen. »Ich habe versprochen … ich habe versprochen, dafür zu sorgen, dass seine Kinder … Liebe finden.«

Whit machte ein finsteres Gesicht. »Das kann nicht Ihr Ernst sein.«

»Doch«, antwortete William und machte seinerseits ein böses Gesicht. »So wie es auch sein Ernst war – obwohl ich den Verdacht habe, dass er jetzt darüber lacht – der Schuft.«

»Seine Kinder …«, wiederholte Whit und erinnerte sich an den seltsamen Auftrag, der ihm und Alex vor beinahe zwei Jahren übertragen worden war. Alex hatte die Aufgabe erhalten, Sophie zu umwerben, in der Hoffnung, sie und ihren Cousin dabei zu ertappen, wie sie für die Franzosen spionierten. In dieser Hinsicht war ihnen kein großer Erfolg beschieden gewesen, und es war eine verdammt seltsame Art gewesen, die Sache anzugehen.

»Waren Sie dafür verantwortlich, dass Sophie und Alex einander begegnet sind?«, fragte er.

»Ja, und ich möchte gern darauf hinweisen, dass, obwohl dieser spezielle Auftrag nicht ganz den geplanten Verlauf genommen hat, Sie zumindest es nicht für notwendig erachtet haben, gegen eine Horde von Möchtegernattentätern anzukämpfen.« William wurde etwas munterer. »Ich glaube, ich werde langsam besser.«

Whit ignorierte das verächtliche Schnauben seiner Mutter. »In welcher Hinsicht besser? Was hat dies mit Mirabelle oder mir zu tun? Keiner von uns ist mit Rockeforte blutsverwandt.«

»Nein«, stimmte William zu. »Aber Sie waren trotzdem seine Kinder.«

»Er hat euch geliebt«, sagte Lady Thurston leise. »Obwohl du zu klein warst, um dich gut daran zu erinnern, hat er jeden von euch geliebt, als wäret ihr seine eigenen Kinder. In gewisser Weise war er dir mehr ein Vater als dein eigener.«

Weil er sich durchaus erinnerte, nickte Whit nur und wandte sich an William. »Sie wollten uns zusammenbringen.«

»Das war meine Idee«, gestand Lady Thurston. »Ich hatte gehofft … nein, ich wusste von Anfang an, dass ihr beide füreinander bestimmt wart. Es war Schicksal.«

Whit ließ diese Feststellung auf sich wirken, bevor er antwortete. »Mutter, ich liebe dich, aber das ist das Ungeheuerlichste, was ich je gehört habe.«

»Ganz und gar nicht«, widersprach William. »Ich habe es ebenfalls gesehen, klar und deutlich. Nun, jedenfalls, sobald deine Mutter mich darauf hingewiesen hatte. Ich habe noch nie ein Mädchen gesehen, das besser zu dir gepasst hätte.«

Zufälligerweise teilte Whit diese Meinung, aber er konnte sich nicht zurückhalten und fragte William: »Warum?«

»Weil, mein Junge, sie dich geärgert hat.«

»Sie hat mich geärgert … deshalb passte sie zu mir?«

William lächelte in liebevoller Erinnerung. »Du hättest dein Gesicht sehen sollen, als sie das erste Mal nach Haldon kam. Ich habe noch nie einen Jungen von dreizehn Jahren so verlegen und gleichzeitig so wütend darüber gesehen.«

»Mirabelle ist der einzige Mensch, bei dem du je den Kopf verloren hast, Whit«, sagte seine Mutter sanft.

»Ja, und sieh dir an, was es sie gekostet hat.« Wütend auf sich selbst, auf sie und auf die ganze hässliche Angelegenheit, gab Whit dem Drang nach, sich zu bewegen. Er schritt zum Kamin und starrte finster in die Flammen.

Lady Thurston beobachtete ihn, und eine Sorgenfalte erschien auf ihrer Stirn. »Du kannst nichts für Mirabelles Verletzungen. Die Schuld liegt in erster Linie bei ihrem Onkel und Mr Hartsinger, in zweiter Linie bei William und mir.«

»Das ist ohne Belang«, murmelte Whit kopfschüttelnd, dann sah er seine Mutter an. »Du hast von der Geldfälscheraktion gewusst?«

Sie wirkte ein wenig verlegen. »Ja, obwohl ich sie für Mirabelle als nicht besonders gefährlich erachtet habe. Sie wurde beschützt, und sie hatte die Gesellschaften ihres Onkels seit Jahren besucht. Ich dachte, es sei eine hervorragende Gelegenheit, um dich sehen zu lassen, dass die Zeit, die sie dort verbrachte, für sie unerfreulich war.«

»Du hast es gewusst?«

»Nur, dass sie dort unglücklich war«, erklärte sie schnell. »Aber das allein hätte wohl kaum ausgereicht, um dich davon zu überzeugen, eine der Gesellschaften ihres Onkels zu besuchen. Vor allem nicht im Lichte eurer gemeinsamen Vergangenheit. Mir war nicht klar, dass sie sich in körperlicher Gefahr befand.« Ihre Stimme schwankte ein wenig. »Denkst du, ich hätte ihr sonst erlaubt hinzugehen?«

William beugte sich vor und tätschelte ihr besänftigend die Hand. »Nach dem Tod des Herzogs habe ich dafür gesorgt, dass Lindberg sich durch einen der anderen Gäste eine Einladung erschmeichelte. Er hat während der Gesellschaften über sie gewacht. Seine Berichte haben auf einen, wie man es ausdrücken könnte, bemerkenswerten … Mangel an Manieren unter den anderen Gästen hingedeutet. Aber er war sich sicher, dass er sie würde beschützen können.«

»Er hat sich geirrt.«

»Es ist ihm für eine beträchtliche Zeit gelungen«, wandte William ein.

»Unwichtig«, sagte Whit und schüttelte den Kopf. »Was ist mit Christian?«

»Ah … ihn habe ich vor knapp vier Jahren hingeschickt. Er hatte bei einem besonders heiklen Auftrag mitgewirkt und musste für eine Weile verschwinden. Ich habe ihn zum Baron geschickt, weil ich lieber ganz sicher gehen wollte, sowohl was ihn als auch was Mirabelle betraf … allerdings sieht es so aus, als hätte ich in dieser Hinsicht versagt.«

»Wir werden später darüber streiten, wen die Schuld trifft«, entgegnete Whit, obwohl er nicht die Absicht hatte, etwas Derartiges zu tun. Er wusste genau, wessen Aufgabe es gewesen war, Mirabelle zu beschützen – seine. »Erklären Sie die Angelegenheit mit der Geldfälscherei. Der Baron behauptet, nichts von der Platte zu wissen.«

»Ich habe Alex damit beauftragt, ihm die Platte unterzuschieben.«

Whit blinzelte. »Sie haben … was? Wofür das denn, zum Teufel?«

»Damit ihr sie finden konntet«, antwortete William ohne jegliche Scham.

»Was, wenn er unschuldig gewesen wäre?«, fragte er scharf.

»Dann hätte ich sie ihm nicht untergeschoben.«

Whit knirschte angesichts dieser Zirkellogik mit den Zähnen. »Sie waren sich seiner Schuld sicher.«

»Ja, aber ich war mir nicht sicher, wie sorgfältig der Baron die Beweise seiner Schuld verstecken würde, und da Mirabelle sich im Haus befand, war Eile geboten. Ich hatte nicht gedacht, dass sie in echter Gefahr schweben würde, und wollte auf Nummer sicher …«

»William.«

»Entschuldige. Du solltest einen Tag, vielleicht auch zwei dort verbringen, bevor du den Beweis finden würdest. Lange genug, um zu sehen, was für ein Mensch der Baron ist, und um darauf zu bestehen, dass Mirabelle endgültig nach Haldon zurückkehrte, falls das nötig sein würde.«

»Sie hätte diese Einladung von niemandem außer dir angenommen«, fügte seine Mutter hinzu. »Ich weiß es, denn ich habe es versucht.«

Whit starrte sie an. »Ist es dir nie in den Sinn gekommen, mir einfach zu sagen, was für Mensch der Baron war?«

»Wir wussten nicht mehr als du, Whit«, antwortete sie leise. »Die Neigung des Barons zur Trunkenheit war nie ein Geheimnis.«

Verdammt, gottverdammt!

Sie hatte recht. Es hatte immer Getuschel über Epperslys Liebe zum Alkohol gegeben. Doch in der feinen Gesellschaft gab es genusssüchtige Gecken wie Sand am Meer. Er hatte geglaubt – soweit er sich überhaupt die Mühe gemacht hatte, darüber nachzudenken –, dass Mirabelles Onkel einfach ein nichtsnutziger und im Wesentlichen harmloser Verschwender wie so viele war. Wie sein Vater.

Er fuhr sich mit der Hand durchs Haar. »Warum gerade jetzt? Mirabelle und ich streiten uns doch schon seit Jahren.«

Lady Thurston seufzte. »Ich hatte gehofft, ihr beide würdet auf natürliche Weise zueinanderfinden, aber ihr habt zu lange dafür gebraucht, und die Zeit wurde knapp.«

»Knapp wofür?«

»Es dauert keine zwei Jahre mehr, bis Mirabelle ihr Erbe erhält«, erklärte sie. »Sie wollte sich von dem Geld ein Haus kaufen. Dann wäre sie nicht mehr auf Haldon gewesen, wo ihr beide euch so oft ins Gehege kommt.«

»Sie hätte uns besuchen können«, bemerkte Whit, obwohl es müßig war, darüber zu sprechen, jetzt, da Eppersly das Geld gestohlen hatte.

»Nachdem sie hier so viel Zeit als Gast verbracht hat, hätte sie es vermutlich vorgezogen, wenn zumeist wir sie besucht hätten.« Sie warf ihm einen zweifelnden Blick zu. »Und ich glaube nicht, dass du dich uns angeschlossen hättest. Daher wollte ich erst sehen, ob ein erzwungener Waffenstillstand funktionieren würde.«

»Er hat funktioniert.«

»Ja, und die Mission beim Baron sollte alles besiegeln.«

Whit lachte freudlos und wandte sich an William. »Meine Mission, eine Druckplatte zu entdecken, die Sie selbst hergestellt und dem Baron untergeschoben hatten.«

»Ich habe sie nicht hergestellt«, wandte William ein.

»Das war dein Vater«, teilte Lady Thurston Whit mit. »Vor über zehn Jahren.«

Whit hob die Hand und bat um Ruhe. Erstaunlicherweise hatte er die Hand weder zur Faust geballt noch sich damit die Haare ausgerauft. Dieses Gespräch würde ihn noch in den Wahnsinn treiben. »Sie«, fuhr er William an, »haben mir vor nicht einmal zwei Minuten gesagt, Sie hätten diese Platte dem Baron untergeschoben. Und jetzt erzählst du mir«, sagte er und wandte sich an Lady Thurston, »dass mein eigener Vater sie gefälscht haben soll?«

»Es sollte ein Streich sein«, erklärte seine Mutter.

»Ein Streich«, wiederholte Whit.

Sie nickte. »Ja. Dein Vater und Eppersly haben das Ganze ausgeheckt – zweifellos bei einer Flasche Portwein – und hielten es für einen netten Streich, den sie ihren Freunden spielen wollten. Sie haben einen Kupferstecher von geringem Talent angeheuert, der für ein paar zusätzliche Münzen weggesehen hat, und die Tinte bei einem ähnlichen Burschen bestellt.«

»Das Papier haben sie wohl in einem Geschäft in London gekauft«, vermutete er.

»Wenn ich mich recht entsinne, haben sie das Papier aus meinem Sekretär genommen und darauf Geldscheine gedruckt.«

Er dachte an den Schein, den William ihm an jenem ersten

Tag in seinem Studierzimmer gezeigt hatte, und an den Stapel identischer Banknoten aus der Kommode des Barons. »Das ist also der Grund, warum der Geldschein eine so schlechte Fälschung war. Sie haben keine Notwendigkeit gesehen, sich die Mühe mit …«

»Meiner Meinung nach war das sehr viel Mühe für einen einfachen Streich«, unterbrach Lady Thurston ihn mit einem Schnauben. »Aber da nur ihre Freunde die Geldscheine zu Gesicht bekommen sollten, haben dein Vater und Eppersly gar nicht erst versucht, perfekte Fälschungen herzustellen.«

»Was ist passiert?«

»Ich habe sie ertappt und dem Ganzen einen Riegel vorgeschoben. Dein Vater hat die Platte weggeräumt und der Baron hat sich bereit erklärt, seinen Anteil an den bereits gedruckten Geldscheinen aufzugeben. Damit hatte die Sache ein Ende, zumindest für eine Weile.«

»Bis im vergangenen Monat einer der Geldscheine aufgetaucht ist«, fügte William hinzu. »Ihre Mutter hatte mir vor langer Zeit von dem beabsichtigten Spaß erzählt. Ich hatte die Druckplatte und einen der gefälschten Scheine gesehen. Ich kannte seine Herkunft. Eppersly sagt also wahrscheinlich die Wahrheit. Er hat versucht, Hartsinger ein paar Scheine anzudrehen, und dieser hat den Trick durchschaut und den Baron dazu erpresst, ihm noch mehr Scheine zu geben, die er dann in Umlauf gebracht hat. Meiner Vermutung nach hat er sie an Freunde im Ausland weitergegeben. Wenn Eppersly nicht mit einem der Scheine in Benton bezahlt hätte, hätte er die Sache vielleicht noch ein Weilchen fortsetzen können.«

»Aber anstatt der Sache mit einer stillen Razzia ein schnelles Ende zu setzen, habt ihr diese Mission geplant.«

»Zwei Fliegen mit einer Klappe«, erwiderte William.

»Als William die Möglichkeit vorschlug«, ergänzte Lady

Thurston, »bin ich auf den Dachboden gegangen und habe die Platte gesucht.«

»Auf den Dachboden«, brummte Whit. »Natürlich.«

»Wie bitte?«

»Nichts.«

»Hat man euch bei der Suche ertappt?«, fragte Lady Thurston. »Ist das der Grund für Mirabelles Verletzungen?«

»Nein.« Whit, der begriff, dass es jetzt an ihm war, Fragen zu beantworten, trat vom Kamin zurück und nahm ihnen gegenüber Platz. Er erzählte ihnen, was er von Lindberg erfahren hatte.

»Um Himmels willen«, hauchte Lady Thurston, nachdem Whit die jüngsten Geschehnisse zusammengefasst hatte. »Was hat sie in seinem Studierzimmer gemacht? Denkst du, sie wusste von dem Vertrag?«

Whit schüttelte den Kopf. »Ich weiß nicht, was sie dort gemacht hat, aber ich bezweifle, dass sie von der Absicht ihres Onkels wusste, sie in eine Irrenanstalt zu schicken. Wir werden sie fragen müssen.«

Ein Diener klopfte leise an die Tür, sodass Lady Thurston und William eine Antwort erspart blieb. »Bitte verzeihen Sie die Störung, Mylady, aber Miss Browning fragt nach Ihnen.«

»Geh nur«, ermutigte Whit seine Mutter. »Ich würde ohnehin gern ein paar Minuten allein mit William sprechen.«

Whit wartete, bis sie gegangen war, dann sagte er: »Sie haben McAlistair dorthin geschickt. Warum?«

William schüttelte den Kopf. »Ich hatte nicht geglaubt, dass er wirklich von Nutzen sein würde. Ich dachte, er würde nur ein bisschen draußen herumschleichen.«

»Warum haben Sie ihn dann dorthin beordert?«

»Wie ich bereits gesagt habe, gehe ich lieber ganz sicher. Als Sie beide das Haus durchsucht haben, nahm die Möglichkeit zu, dass Mirabelle in Gefahr geriet. Ich wollte sicher sein, dass sie beschützt wurde. Habe da gewissermaßen ein paar alte Recken.«

»Wie viele Recken hat sie gebraucht?« Er hob die Hand und schnitt William das Wort ab.

Er wusste, wie viele sie gebraucht hatte. Einen. Ihn. Und er war nicht da gewesen.

Er hatte versagt.

»Verdammt!« Er fuhr sich müde mit der Hand übers Gesicht. »Sie hatten recht, und es war gut, dass er da war.« Er lächelte kläglich. »Er war gar nicht froh darüber.«

William schnaubte nur. »Es war höchste Zeit, dass der Mann aus seinem Versteck kam, und es taugte ebenso gut wie alles andere, um ihn in die Welt der Lebenden zurückzuholen.«

»Eine schwierige Welt für einen Mann, dessen Geschäft der Tod ist. Weiß meine Mutter von seiner Vergangenheit?«

»Nicht, wenn Sie ihr nicht davon erzählt haben.«

Whit schüttelte den Kopf. »Nein. Als er herkam, um in den Wäldern zu hausen, sage ich ihr nur, dass er früher Soldat war.«

»Ah.« William klopfte sich die Hosenbeine ab und stand auf. »Nun, wenn es sonst nichts mehr gibt, ich brauche dringend etwas zu trinken, und dann wird es wohl Zeit für mich. Ich werde einfach …«

»Sie sind hier noch nicht fertig«, unterbrach ihn Whit mit hartem Blick. »Wir werden dies noch einmal durchsprechen.«

William nahm langsam wieder Platz. »Noch einmal?«

»Ja. Und ein drittes und viertes Mal, wenn ich das Gefühl habe, dass es notwendig ist. Und dann gehen Sie nach oben und erklären es Mirabelle so oft, bis sie zufrieden ist.«

»Herr im Himmel«, fluchte William. »Ich bin der verdammte Leiter des verdammten Kriegsministeriums. Das sollte doch verdammt noch mal etwas zählen.«

»Selbst wenn Sie der verdammte König wären, ich würde mich den Teufel darum scheren«, entgegnete Whit. »Mirabelle ist oben, verletzt, verängstigt und …«

»Ha! Es hat funktioniert«, sagte William plötzlich. Seine finstere Miene erhellte sich zu einem zufriedenen Lächeln. »Die Mission war ein Erfolg, nicht wahr? Sie sind in sie verliebt.«

Whit rutschte unwillkürlich auf seinem Stuhl hin und her. »Ich werde dieser lächerlichen Farce keinerlei Glaubwürdigkeit verleihen …«

»Nicht nötig, ich kann es Ihnen ansehen. Und Sie winden sich auf Ihrem Stuhl. Sie machen sich schon wieder Sorgen.«

»Keineswegs«, widersprach Whit und widerstand dem Drang, sich erneut zu bewegen. William beugte sich vor und tätschelte ihm das Knie.

»Versuchen Sie, sich deswegen nicht zu grämen. Die Liebe ist eine grausame Göttin, das ist wahr. Aber wie alle Göttinnen belohnt sie Sie, wenn man sie gut behandelt, mit den schönsten Überraschungen.«

Nachdem William die Erlaubnis erhalten hatte, den Raum zu verlassen, erwog Whit, sich zu betrinken, denn wenn er schon so nutzlos war wie sein Vater, konnte er sich auch genauso betrinken. Doch er schenkte sich nichts ein. Er stand in seinem Studierzimmer vor dem Tisch mit den Getränken, sah die Flasche an und konnte sich nicht recht entscheiden.

»Na los, Whit, trink«, kam von hinten Alex' Stimme. »Ich würde sagen, dass der Anlass es mehr als rechtfertigt.«

»Du hast es gewusst.« Er fuhr herum und stürzte sich auf Alex, bereit, seinen ältesten Freund in Stücke zu reißen.

Alex hob die Hand. »Ich wusste von Williams Verkuppelungsplan und war daran beteiligt, mehr nicht.«

Whit versetzte ihm trotzdem einen Kinnhaken.

»Herr im Himmel!« Alex' Kopf flog bei dem Schlag nach hinten, doch er ging nicht zu Boden. »Wofür zum Teufel war das?«

Whit richtete einen Finger auf ihn. »Dafür, dass du versucht hast, mein Leben und Mirabelles in die Hand zu nehmen.«

Alex bewegte probehalber den Unterkiefer und sah Whit böse an. »Als William Sophie und mich zum Narren gehalten hat, habe ich dich auch nicht geschlagen, oder?«

»Nein, aber daran habe ich auch nicht wissentlich teilgenommen«, erwiderte Whit scharf. »Erzähl mir nicht, du hättest dich während der letzten zwei Wochen nicht blendend amüsiert.«

Whit sah es gar nicht ein, sich schuldig zu fühlen. Wenn ein Mann nicht ab und zu der Freundschaft zuliebe eine Backpfeife vertragen konnte, wozu war er dann gut?

Alex schien das genauso zu sehen. Noch einmal rieb er sich das Kinn, dann streckte er Whit die Hand hin. »Na gut«, brummte er. »Ich sollte jedoch darauf hinweisen, dass wohl am ehesten William einen gebrochenen Kiefer verdient, nicht ich.«

»Wie man hört, trifft deinen Vater die größere Schuld.«

»Das kann ich kaum bestreiten.« Alex ging an ihm vorbei und schenkte zwei Brandys ein. »Wie geht es Mirabelle?«

Whit schüttelte den Kopf, als Alex ihm ein Glas anbot. »Der Arzt hat gesagt, dass …«

»Ja, ich habe den Bericht des Arztes gehört.« Er sah Whit vielsagend an. »Aber wie geht es ihr?«

»Ich weiß es nicht.« Außerstande, sich zu setzen, trat er ans Fenster und schaute in die Dunkelheit hinaus. »Sobald meine Mutter und William bei ihr waren, rede ich mit ihr.«

»Dann wirst du wohl warten müssen.«

Und aus diesem Grund und weil er Whits Stimmung erkannte, machte Alex es sich in einem Sessel gemütlich. Er konnte seinen Freund nicht am Grübeln hindern, aber er konnte zumindest dafür sorgen, dass er dabei nicht allein war.

27

Sein Herz hämmerte.

Whit ging durch den Flur auf Mirabelles Zimmer zu, und ihm wurde klar, dass die stundenlange Grübelei nicht mehr bewirkt hatte, als ihn nervös zu machen. Es war lächerlich. Als er sie das letzte Mal gesehen hatte, war er gar nicht nervös gewesen – die Frauen hatten sie weggeführt. Aber da war er auch noch zu besorgt und wütend gewesen, um etwas anderes zu empfinden.

Jetzt hatten sich Wut und Sorge gelegt, und es blieb nur noch die Nervosität. Es gab immer noch Fragen, die gestellt werden mussten, und er war sich ziemlich sicher, dass die Antworten schmerzhaft sein würden.

Lizzy öffnete auf sein Klopfen hin, und als gäbe es eine stille Übereinkunft, ließ sie ihn und Mirabelle allein.

Mirabelle beobachtete ihn argwöhnisch, als er ans Fußende ihres Bettes trat.

»Bist du gekommen, um mir eine Standpauke zu halten?«, fragte sie müde. »Denn falls ja, wäre es mir lieber, wenn du damit bis morgen warten könntest. Ich musste mir bereits von deiner Mutter einiges anhören.«

»Ich bin nicht gekommen, um dir eine Standpauke zu halten, aber ich möchte, dass du mir alles erzählst, falls du dich dem gewachsen fühlst.«

Sie seufzte, nickte jedoch. »Na gut.«

Sie wartete, bis Whit neben dem Bett Platz nahm, dann berichtete sie ihm alles, was sich zugetragen hatte – von ihrer

Idee, Eppersly für ihre vorzeitige Entlassung auszuzahlen, über den darauf folgenden Streit bis zu ihrer erzwungenen Kutschfahrt.

»Der Vertrag ist echt, Whit. Er …«

»Ich weiß«, unterbrach er sie. »McAlistair und Lindberg haben ihn im Studierzimmer gefunden.«

»Als wir gesucht haben, war er nicht da.«

»Nein, er trägt das Datum des Folgetages.«

Sie wurde noch blasser und riss die Augen auf. »Es wird doch nicht jemand anders von St. Brigit kommen und mich holen, oder? Sie können den Vertrag nicht benutzen, um …«

»Nein, Liebes.« Er ging um das Bett herum und ergriff ihre zitternde Hand. »Das wird nicht geschehen, versprochen. Es ist erledigt.«

Sie schluckte. »Warum bist du so sicher?«

»Weil ich persönlich dafür gesorgt habe, dass der Vertrag im Kamin verbrannt wurde, und weil morgen um diese Zeit Hartsinger und dein Onkel zu … einem anderen Ort unterwegs sein werden. William wird dafür sorgen. Ich verspreche es.«

»Oh.« Sie atmete tief aus und schloss für einen Moment die Augen. »Gut. Dann ist es also vorbei.«

»Besser?«, fragte er und drückte ihr schnell die Hand.

Sie öffnete die Augen und lächelte schwach. »Ja, ich hatte nur Angst … Er ist vorhin vorbeigekommen – William meine ich –, aber er hat nicht erwähnt, was mit den beiden geschehen würde.«

»Hat er alles Übrige erklärt?«

»Ja. Ich … ich wusste nicht, was ich sagen sollte.« Ihr schwaches Lächeln vertiefte sich. »Sie haben sich ziemlich viel Mühe gemacht.«

»Sie haben anderen ziemlich viel Mühe gemacht.«

»Genau wie ich.«

Er widersprach nicht, auch wenn er es gern getan hätte. »Das kommt vermutlich darauf an, ob du deinem Onkel etwas Derartiges zugetraut hättest.«

Er deutete auf ihre geschwollene Wange, die sich, wie es der Arzt angekündigt hatte, schnell zu einem blauen Auge entwickelte. Er zwang sich, die Frage zu stellen, vor der ihm am meisten gegraut hatte.

»Hat er dich schon früher geschlagen, Mirabelle?«

Sie zögerte ein wenig, was ihm Antwort genug war.

»Schon lange nicht mehr«, flüsterte sie schließlich, ohne ihm in die Augen zu sehen.

»Aber er hat dich geschlagen.«

Ihr Nicken war kaum wahrnehmbar. »Ein paarmal, als ich ein Kind war und noch nicht wusste, wie ich ihm während seiner Wutanfälle aus dem Weg gehen konnte.«

»War dies vor deinem ersten Besuch auf Haldon?«

Sie schüttelte den Kopf und verzog vor Schmerz unwillkürlich das Gesicht. »Nein.«

»Und doch hast du nichts gesagt«, sagte er und ließ ihre Hand los.

Sie rieb den Handballen an der Decke. »Es hat aufgehört, Whit. Oder zumindest habe ich gelernt, ihm auszuweichen. Ich hatte immer Angst, ihr könntet von dem schändlichen Benehmen meines Onkels erfahren. Es schien mir keinen guten Grund zu geben, es irgendjemandem zu erzählen.«

»Wir hätten dir helfen können.«

»Ich weiß. Inzwischen bereue ich es.« Seufzend schloss sie die Augen. »Es tut mir so leid, Whit. Ich wünschte, ich hätte mich bei alldem anders verhalten.«

Und er wünschte, sie würde sich nicht entschuldigen. Er fühlte sich dabei nur noch schlechter. »Du brauchst dich nicht zu entschuldigen. Du bist nicht dafür verantwortlich.«

»Natürlich bin ich das«, widersprach sie müde. »Ich habe aus Stolz Geheimnisse für mich behalten, und …«

»In diesem Punkt habe ich versagt, und ich übernehme dafür die volle Verantwortung.«

»Versagt?« Mirabelle starrte ihn vollkommen verwirrt an. »Wovon redest du? Du hast in keiner Weise versagt. Du …«

Er fluchte auf einmal und ging erneut vor dem Fußende ihres Bettes auf und ab.

»Whit?«

Unvermittelt blieb er stehen und deutete auf ihr Gesicht. »Du bist verletzt.«

»Das war mein Onkel«, sagte sie und schwankte zwischen Ärger und Verwirrung. »Nicht du.«

»Ja, dein Onkel und Mr Hartsinger. Männer, vor denen ich dich hätte beschützen sollen. Ich hätte …« Er verstummte, fuhr sich durchs Haar und setzte seinen erregten Marsch fort.

Sie beobachtete ihn für einen Moment, dann setzte sie zum Sprechen an. »Whit …«

»Wie oft?«, fragte er plötzlich scharf und drehte sich wieder zu ihr um. »Wie oft habe ich dir gesagt, dass ich dich nicht mehr auf Haldon sehen wollte, dass du hier nicht willkommen seist?«

»Du hast es nicht gewusst. Du hättest nicht …«

»Ich hätte es wissen müssen. Als Oberhaupt dieses Hauses war es meine Aufgabe, für dein Wohlergehen zu sorgen.«

»Und das hast du getan.«

Er stieß ein freudloses, bellendes Lachen aus. »Indem ich dich verspottet habe? Dich beleidigt habe?«

»Nein«, antwortete sie leise, aber entschieden. »Indem du mir erlaubt hast, dich ebenfalls zu verspotten und zu beleidigen.«

Er öffnete den Mund und schloss ihn wieder. »Wovon zum Teufel redest du?«

»Du scheinst eine verzerrte Erinnerung an unsere Meinungsverschiedenheiten zu haben, Whit«, sagte sie und rümpfte die Nase. »Ich war kein hilfloser Welpe, den du herumgestoßen hast, bis er in der Ecke kauerte.«

»Natürlich nicht.« Er kam zu ihr, und seine Stimme wurde sanfter. »Ich wollte damit nicht andeuten … Liebling, du bist die tapferste Frau, die ich kenne. Die mutigste …«

»Herrgott noch mal, lass das«, fuhr sie ihn an und schlug nach der Hand, die er gehoben hatte, um ihr über das Haar zu streichen. »Ich war ein ungezogenes Balg, Whit, und das weißt du sehr wohl.«

Er ließ den Arm sinken und musterte sie streng. »Du warst nichts dergleichen.«

»Oh doch, das war ich. Ich habe dich gestoßen und geschubst, geärgert und beleidigt. Ich habe mehr als die Hälfte unserer Streitereien begonnen und war in vollem Umfang an allen beteiligt.«

»Das ändert nichts daran, was …«

»Und – ich habe jeden Augenblick davon gründlich genossen.« Als er sie nur ansah, wobei ihm die Erleichterung ins Gesicht geschrieben stand, fuhr sie fort. »Hast du dich nie gefragt, warum ich so schnell bereit war, mit dir zu streiten? Warum ich nie versucht habe, die Gunst eines reichen und mächtigen Mannes von Adel zu erringen?«

»Wahrscheinlich weil ich es nicht zugelassen hätte«, murmelte er.

»Nein. Vor nicht allzu langer Zeit habe ich das vielleicht selbst gesagt und geglaubt, aber es wäre nicht wahr gewesen. Ich habe mit dir gestritten, weil ich es herrlich fand. Ich habe mit dir gestritten, weil ich es konnte … weil du es mir erlaubt hast.«

»Weil ich es dir erlaubt habe?«, wiederholte er spöttisch. »Verdammt noch mal, ich habe dir kaum eine Wahl gelassen.«

»Natürlich hatte ich eine Wahl«, schnaubte sie. »Es wäre leicht genug gewesen, dich nicht mehr aufzustacheln, leicht genug, deine spitzen Bemerkungen zu ignorieren. Und nach einer Weile hättest du damit aufgehört – wenn ich ein paar Tränen vergossen hätte, sogar recht bald. Aber ich hatte noch nie die geringste Neigung zum Weinen oder …«

»Ich habe dich vor kaum einer Woche zum Weinen gebracht«, erinnerte er sie mit einem scharfen Blick. »In dem Raum neben dem Studierzimmer.«

»Weil ich mich für meinen Onkel geschämt habe, für mich selbst, für …« Sie warf die Hände hoch. »Du verstehst nicht, worum es geht.«

»Es geht darum, dass ich …«

»Dass du mich selbst sagen lässt, worum es mir geht«, beendete sie seinen Satz und funkelte ihn verärgert an. Sie wartete, bis er die Hand hob, dann sprach sie weiter. »Ich habe den größten Teil meines Lebens unter der Knute eines Mannes gelebt, vor dem ich so viel Angst hatte, dass ich nicht wagte, ihm nicht in die Augen zu schauen. Ich kann kaum ausdrücken, was es für mich bedeutet hat, ohne Angst tun und sagen zu können, was mir beliebte. Zu wissen, dass du niemals die Hand gegen mich erheben würdest, dass du mir niemals etwas zuleide tun würdest, so sehr ich dich auch erzürnt habe. Ich habe das sehr genossen.«

»Ein Mann kann nicht nur mit seinen Fäusten verletzen«, sagte Whit leise.

»Eine Frau ebenso«, konterte sie. »Ich habe aus dieser Gleichheit stets ein großes Vergnügen und sehr viel Nutzen gezogen. Du hast mich nicht im Stich gelassen, Whit. Du …« Sie sah seinen skeptischen Gesichtsausdruck und wechselte die Taktik. »Vielleicht … vielleicht könnten wir zu einer Übereinkunft kommen.«

Er warf ihr einen Blick zu, in dem eine Mischung aus Ärger und Erheiterung lag. »Noch eine Übereinkunft?«

»Wir hatten damit einigen Erfolg«, erinnerte sie ihn lächelnd.

Er unterzog sie und die Idee einer eingehenden Betrachtung. »Das ist wohl wahr«, gab er nach einer Weile zu. »Woran hattest du gedacht?«

Sie schürzte nachdenklich die Lippen. »Wie wäre es damit? Ich nehme deine Entschuldigung dafür an, dass du mich nicht auf die Weise beschützt hast, wie du es deiner Meinung nach hättest tun sollen. Während du meine Entschuldigung dafür annimmst, dass ich dich nicht über meine Schutzbedürftigkeit in Kenntnis gesetzt habe.«

Er lächelte ein wenig. »Ich habe einige Vorbehalte, was die Formulierung angeht, aber«, fügte er schnell hinzu, als sie protestieren wollte, »im Großen und Ganzen bin ich einverstanden.«

»Dann hörst du auf, so gebeugt herumzulaufen, als würde die Schuld dich zu Boden drücken?«

»Ich bin nicht gebeugt herumgelaufen«, gab er zurück und überlegte, ob er sich wohl aufrichten könnte, ohne dass es zu sehr auffiel.

»Und du behandelst mich nicht mehr, als wäre ich ein angeschlagenes Stück Porzellan oder eine traurig dahinwelkende Blume?«

Er warf ihr einen vielsagenden Blick zu. »Ich versichere dir, weder das eine noch das andere ist mir je in den Sinn gekommen.«

»Und du wirst ...«

Sie verstummte, als er sich vorbeugte und ihr die Finger auf die Lippen legte. »Ich habe deinen Bedingungen zugestimmt, Mirabelle. Jetzt finde dich mit der Tatsache ab, dass ich ein wenig Zeit brauche, um mich damit anzufreunden.«

Sie wollte Einspruch erheben. »Aber …«

Er verschloss ihr die Lippen mit Daumen und Zeigefinger. »Finde dich damit ab.«

Sie zeigte auf seine Hand, die sie an einer Antwort hinderte.

Zum ersten Mal, seit er ihr Zimmer betreten hatte, lächelte er. »Blinzle einmal für ja.«

Sie sah ihn böse an, folgte aber schließlich seiner Aufforderung.

»Gut.« Er befreite ihre Lippen und beugte sich vor, um sie sachte auf die Stirn zu küssen. »Dann werden wir die Sache fürs Erste als abgemacht betrachten.«

»Dafür sollte ich dich aus dem Zimmer werfen«, schimpfte sie.

»Wahrscheinlich, aber dann hättest du nichts mehr zu tun.« Er setzte sich auf den Stuhl neben dem Bett. »Und der Arzt hat gesagt, Schlaf sei zu diesem Zeitpunkt nicht die beste Behandlung.«

Sie zuckte die Achseln und zupfte an der Tagesdecke. »Ich könnte ohnehin nicht schlafen. Mir geht zu viel durch den Kopf.«

»Es war ein schwieriger Tag für dich«, sagte er leise.

»›Schwierig‹ beschreibt es nicht einmal annähernd«, antwortete sie und verzog kläglich das Gesicht. »Aber das ist es nicht, was mich beunruhigt, jedenfalls nicht alles. Es ist die Zukunft.«

»Der Verlust deines Erbes?«, fragte er sanft.

Sie nickte. »Ich hatte so viele Pläne, und jetzt weiß ich nicht recht, was ich tun soll. Ich dachte …« Plötzlich nervös, zog Mirabelle die Decke auf ihrem Schoß gerade. »Ich dachte, ein Empfehlungsschreiben von dir würde mir sehr dabei helfen, eine Anstellung zu finden …«

»Du möchtest fortgehen«, unterbrach er sie steif.

»Ja. Nein.« Sie atmete heftig aus. Sie war sich noch gar nicht sicher, was sie tun wollte. Sie wollte einfach nur wissen, welche Möglichkeiten ihr offenstanden. »Jetzt noch nicht.«

»Aber wenn du dich wieder wohlfühlst«, vermutete er.

Verwirrt und ein wenig verärgert über seinen anklagenden Tonfall richtete sie sich in den Kissen auf. »Ich fühle mich nicht besonders unwohl.«

Er zeigte mit dem Finger auf sie. »Wenn du versuchst, aus diesem Bett zu steigen, werde ich dich verdammt noch mal daran festbinden.«

»Ich stehe nicht auf.« Sie hatte es versucht und wäre beinahe der Länge nach hingeschlagen. »Und ich verstehe nicht, warum du dich so aufregst.«

»Du verstehst nicht, warum ich mich aufrege?« Er ließ den Arm sinken und blickte sie zornig an. »Du sagst mir, dass du fortgehen willst, und verstehst nicht, warum ich mich aufrege? Was spricht denn dagegen, dass du in Haldon bleibst?«

»Nichts!« Sie warf verdrossen die Hände in die Luft. »Und alles. Du erwartest doch sicher nicht, dass ich für immer als Anhängsel auf Haldon bleibe?«

Eine Pause entstand. »Früher habe ich es erwartet«, gab er schließlich zu. »Und die Idee hat mir recht gut gefallen.«

»Wirklich?«

Er lehnte sich zurück. »Ich habe mir uns beide vorgestellt, alt und grau, wie wir immer noch miteinander streiten, als wäre keine Zeit vergangen.«

»Ach ja. Das wäre wohl nicht so schlecht gewesen.«

»Vielleicht.« Er fing ihren Blick auf und hielt ihn fest. »Aber jetzt möchte ich etwas anderes.«

»Dass ich auf Haldon bleibe, bis wir alt und grau sind, nur ohne den Streit?«, vermutete sie.

»Ja, aber nicht als Gast.«

Sie suchte nach etwas anderem, woran sie zupfen konnte. »So freundlich du es auch ausdrückst, ich gehöre nicht zur Familie.«

Er beugte sich vor und nahm ihre Hand. »Du würdest zu ihr gehören, wenn du einwilligen würdest, meine Frau zu werden.«

Sie starrte ihn mit offenem Mund an. »Deine … deine Frau? Du meinst, du willst mich heiraten?«

»Das ist die übliche Art, eine Ehefrau zu werden, wurde mir gesagt«, antwortete er mit halbem Lächeln.

»Ich weiß nicht, was ich sagen soll.« Und so war es in der Tat. Dies ging über ihren Verstand. Sie hatte gedacht, ihre Chance sei dahin. Wie konnte er die Nichte eines Verbrechers heiraten? »Ich … du bittest mich, dich zu heiraten?«

»Nicht so, wie ich es geplant hatte, aber ja …«

»Du hattest geplant, mich zu fragen?«

Er zuckte lächelnd die Achseln. »Nun, so etwas sollte man wirklich nicht aus einer Laune heraus tun.«

»Nein … nein, das ist richtig.« Immer noch starrte sie ihn an und fühlte sich ein wenig schwindelig und einigermaßen dumm. »Ich weiß wirklich nicht, was ich sagen soll, Whit, ich …«

»›Ja‹ wäre ein schöner Anfang.« Sein Lächeln schwand. »Du sagst nicht Ja, oder?«

»Ich weiß es nicht«, sagte sie aufrichtig. »Ich … wie kannst du so etwas fragen? Ich bin die Nichte eines Verbrechers.«

Er sah sie stirnrunzelnd an. »Ich habe es dir schon einmal gesagt … du bist nicht für seine Taten verantwortlich.«

»Ja, aber mich hier aufzunehmen ist etwas ganz anderes, als … als …«

»Dich zur Frau zu nehmen?«

»Als mich zur Gräfin von Thurston zu machen«, korrigierte sie ihn und warf ihm einen gereizten Blick zu. »Es ist nicht auszuschließen, dass die Taten meines Onkels eines Tages allgemein bekannt werden. Die Leute werden reden …«

»Zum Teufel mit dem Gerede«, schnitt er ihr das Wort ab.

»Wie kannst du das sagen? Du hast so hart daran gearbeitet, die Beliebtheit deiner Familie zu sichern …«

Sie verstummte, als er lachte. »Mirabelle, Beliebtheit war für die Familie Cole nie ein Problem. Die vornehme Welt hatte meinen Vater ausgesprochen gern.«

»Aber … ich verstehe nicht.«

»Er war geistreich und charmant. Er gab verschwenderische Gesellschaften, nahm jede Wette an, trank mit den jungen Burschen, schäkerte mit den alten Damen …«

»Du hast gesagt, er sei ein Dandy und Lebemann gewesen«, erklärte sie vorwurfsvoll.

»Das war er auch. Die Gesellschaft hat ihn dafür geliebt.« Als sie Einwände erheben wollte, schüttelte er den Kopf. »Aber man hat ihn nicht respektiert. Man konnte ihm nicht vertrauen – weder bei Geld noch bei Frauen, und man konnte sich auch nicht darauf verlassen, dass er sein Wort hielt. Er war für die Leute eine Zerstreuung, mehr nicht.«

»Oh.« Nachdenklich kräuselte sie die Stirn. »Wenn es nicht die Gunst der Gesellschaft ist, um die du bemüht warst, was hast du dann die ganze Zeit getan?«

»Mich wie ein Gentleman verhalten, hoffe ich«, sagte er schlicht. »Ich möchte, dass die Familie Cole für ihre Ehre bekannt ist.«

Sie leckte sich die Lippen. »Und wenn die Ehe mit mir diese Ehre infrage stellen würde?«

Er stieß einen Laut aus, der halb Seufzen und halb Stöhnen war. »Zunächst einmal werde ich dafür sorgen, dass das Benehmen deines Onkels niemals allgemein bekannt wird. Ich bin schließlich ein Graf, nicht wahr? Und außerdem ein Agent des

Kriegsministeriums. Ich habe gewisse Möglichkeiten. Darüber hinaus ist nichts Unehrenhaftes daran, um die Hand einer ehrbaren Frau anzuhalten. Und du bist eine ehrbare Frau – eine schöne, kluge und mutige Frau. Jeder, der das nicht sehen kann, ist ein Dummkopf. Warum sollte ich mich um die Meinung von Dummköpfen scheren?« Er zog ihre Hand an die Lippen und drückte ihr einen Kuss auf die Handfläche. »Heirate mich, Mirabelle.«

Ihn heiraten. Er wollte sie wirklich heiraten, trotz allem. Ihr Herz, das nur eine Stunde zuvor so furchtbar schwer gewesen war, geriet ins Stocken und klopfte dann so schnell, dass sie sich herrlich schwindlig fühlte.

»Das ist so … ich hatte nicht erwartet … Ich … darf ich dich etwas fragen?«

Whit verzog das Gesicht und legte ihre Hand ab. »Wenn jemand fragen muss, ob er eine Frage stellen darf, ist das meist ein Zeichen dafür, dass die betreffende Frage unerfreulich ist.«

Sie nahm sich einen Moment Zeit, um das zu enträtseln. »Ich bin immer noch zu benommen, um darauf auch nur ansatzweise zu antworten. Ich wollte nur wissen … war dir klar, dass du eigentlich um meine Hand hättest anhalten müssen, bevor wir … bevor wir …?«

»Uns geliebt haben?«, beendete er ihren Satz.

»Ja.«

Nachdenklich legte er die Stirn in Falten. »Das ist in diesem Fall eine merkwürdige Wortwahl. Und vermutlich die falsche. Mir ist immer klar gewesen, was unter solchen Umständen von einem Gentleman erwartet wird, aber wenn du wissen willst, ob ich damals schon daran gedacht habe, dann muss ich das verneinen.« Sanft strich er ihr mit dem Handrücken über die unverletzte Wange. »Ich habe nur gedacht, wie sehr ich dich wollte.«

»Oh.«

»Ist das schlimm?«, fragte er und neigte sich zu ihr.

»Nein.« Wie könnte es das sein?, dachte sie. Sie war in seinen Armen dahingeschmolzen. Es hätte ihr das Herz gebrochen, wenn er nicht genauso empfunden hatte. »Aber jetzt denkst du daran und hältst um meine Hand an, weil es von dir erwartet wird?«

»Nein«, antwortete er ernst.

»Warum … warum dann?«

Er erhob sich und schob den Stuhl sanft ein Stückchen zur Seite, dann setzte er sich auf die Bettkante.

»Weil ich dich heiraten möchte«, sagte er einfach. »Für mich. Ich möchte, dass du für immer hier auf Haldon bleibst, wo du hingehörst – wo ich deine schokoladenbraunen Augen sehen, dein kastanienbraunes Haar berühren, deine sahnige Haut schmecken kann …«

»Ich bin geradezu ein Stück Konfekt.«

»Allerdings«, erwiderte er und kostete schnell ihre Lippen. »Ich möchte, dass du immer da bist, um mich zum Lachen zu bringen, um meine Schwester bei ihrer Musik zu ermutigen, um meine Cousine bei ihren Versuchen zu unterstützen, die Frauen Englands zu befreien …«

»Du weißt davon?«

»Aber natürlich. Ich möchte, dass du glücklich und in Sicherheit bist. Und ich möchte dich um mich haben, weil ich das zum Glücklichsein brauche. Ich möchte mit dir leben, möchte Kinder mit dir haben.« Er nahm ihr Gesicht sanft in seine Hände, wobei er sorgfältig auf ihre Verletzungen achtgab, und sah ihr in die Augen. »Ich möchte dich heiraten, Mirabelle, weil ich dich liebe.«

»Oh.« Ein langsames, erfreutes Lächeln breitete sich auf ihrem Gesicht aus. »Oh, das ist sehr schön.«

Sein Mund zuckte ein wenig. »Nicht ganz die Antwort, die ich mir erhofft habe, aber …«

»Ich liebe dich auch.«

Sein Lächeln vertiefte sich, und er drückte ihr einen sanften Kuss auf den Mund. »Du hast recht, das ist sehr schön.«

Sie lachte, schlang ihm die Arme um den Hals und erwiderte seinen Kuss. Sie war dabei nicht sanft, wie er es gewesen war, sie stürzte sich in den Kuss. Sie küsste ihn mit aller Leidenschaft, um ihm die Tiefe ihrer Liebe und ihrer Gefühle zu zeigen. Schmerz und Furcht der letzten Tage lösten sich auf, und Whit nahm ihren Platz ein.

Er schob sie heftig atmend weg. »Das gibt es erst wieder, wenn du gesund bist«, brachte er heraus. »Und wir verheiratet sind.«

»Ich werde dich glücklich machen, Whit.« Sie konnte nicht widerstehen und gab ihm noch einen schnellen, festen Kuss. »Wenn ich dich nicht gerade in den Wahnsinn treibe.«

»Sagst du Ja, Mirabelle?«, fragte er. »Wirst du mich heiraten?«

Sie nahm sein Gesicht in beide Hände. »Ja. Von ganzem Herzen Ja. Es gibt nichts, was ich mir mehr wünsche.«

»Ich werde dich auch glücklich machen«, versprach er.

»Und mich ein bisschen in den Wahnsinn treiben?«, fragte sie.

»Bis zur Raserei«, versicherte er ihr und legte seine Stirn an ihre. »Ich habe dich mein Leben lang geliebt, Kobold … selbst als ich dich nicht mochte.«

»Natürlich hast du das«, sagte sie mit hinterhältigem Lächeln. »Es war Schicksal.«

Epilog

Whit hätte die Schnelligkeit und Einfachheit – vor allem die Schnelligkeit – einer kleinen Hochzeit mit Sondererlaubnis bevorzugt, war jedoch einverstanden zu warten, bis das Aufgebot verlesen worden war, bevor er Mirabelle zu seiner Frau nahm.

Das gab seiner Braut Zeit, um vollständig zu genesen – und welche Frau hätte sich für ihren Hochzeitstag als Schmuck auch ein blaues Auge gewünscht? Und es gab Madame Duvalle Zeit, ihr Hochzeitskleid zu nähen, ein einfaches, elegantes Gewand in der elfenbeinfarbenen Seide, von der sie irgendwie gewusst hatte, dass sie für Mirabelle bestimmt war.

Auch wenn Whit davon keine Kenntnis hatte, passte es außerdem perfekt über blauen Satin.

Whits Mutter erhielt die Gelegenheit, ein großes Aufheben zu machen, was ihr bei Alex' und Sophies Hochzeit verwehrt geblieben war.

Zu ihrer Freude, Whits Verärgerung und Mirabelles Erheiterung scheute Lady Thurston keinerlei Kosten und ging sogar so weit, zwei zusätzliche Ausflüge nach London zu verlangen, um die notwendige Ausstattung zu erstehen.

Aber schließlich – und endlich – standen er und Mirabelle vor dem Altar und gaben sich das Ja-Wort. Whit grinste, als sie bei dem Teil stockte, an dem sie Gehorsam geloben sollte, und sie neckte ihn auf der Heimfahrt, indem sie Interesse an der Tradition heuchelte, ein paar eigene Zimmer zu bewohnen.

Sie feierten im Garten von Haldon im Kreise von Freunden

und der Familie … und mit fast jedem Mitglied der Gesellschaft.

»Ich kann nicht glauben, dass deine Mutter recht hatte«, bemerkte Mirabelle, als sie ein wenig abseits von der Menge standen und sich einen Moment füreinander nahmen.

»Mit uns?«

»Mit dem Wetter. Sie war fest überzeugt, dass es nicht regnen würde – dass es nicht regnen könne, glaube ich, waren ihre genauen Worte. Und es ist tatsächlich warm und wolkenlos. Wie konnte sie das nur wissen?«

Er verschränkte seine Finger mit ihren. »Sie glaubt fest an das Schicksal. Auch wenn sie für alle Fälle den Ballsaal hat schmücken lassen.«

»Sie hat überall schmücken lassen.«

»Das ist wohl wahr.«

Sie lächelte, als sie beobachtete, wie Whits Mutter von William ein Glas entgegennahm. »Sie ist so glücklich«, sagte sie und drehte sich zu Whit um. »Du bist William doch nicht mehr böse, oder?«

Er hob ihre Hand an seine Lippen, küsste sie und knabberte unauffällig an ihren Knöcheln – schließlich war es ihr Hochzeitstag. Sie errötete.

»Ich bin nicht mehr böse«, erwiderte er. »Wie könnte ich, nachdem er uns – wenn auch auf eine recht törichte Weise – zusammengeführt hat.«

Sie zog die Hand zurück und warf einen nervösen Blick in Richtung der Gäste. »Ich wäre dir sehr verbunden, wenn du aufhören könntest, mich in Verlegenheit zu bringen.«

»Jeder einzelne Gast über achtzehn weiß genau, was wir beide tun werden, sobald alle aufbrechen …«

»Und jeder Einzelne davon würde es dir danken, wenn du nicht schon vorher damit anfingest.« Als er lachte und wieder nach ihr griff, schlug sie nach seiner Hand. »Whit, ich versuche gerade, ein ernsthaftes Gespräch zu führen.«

»Nun, dann lass es«, meinte er. »Es ist unser Hochzeitstag.«

»Und deswegen soll ich nicht ernst sein?«

»Du solltest feiern.«

»Das tue ich ja«, erwiderte sie und wich seiner Hand erneut aus. »Aber ich möchte wissen, ob William mit seinen Aufträgen fortfahren wird.«

Mit dem Kopf deutete sie in Evies Richtung, die ein Stück von ihnen entfernt bei ein paar Gästen stand. Es war offensichtlich, dass sie dem Gespräch nicht folgte. Ihr Blick und ihre Gedanken galten den Hügeln hinter dem Garten.

Whit unterbrach seine Versuche, nach seiner Frau zu haschen. »William möchte sein Versprechen dem verstorbenen Herzog gegenüber erfüllen, auch wenn ich versucht habe, es ihm auszureden.« Mit finsterem Stirnrunzeln blickte er zu dem Mann hinüber, von dem die Rede war. »Er will mir auch nicht verraten, was er vorhat, dieser Schuft. Sagt, ich würde mich sonst unweigerlich einmischen.«

»Damit hat er recht«, sagte sie und blickte von Evie zu William. »Vielleicht kann ich ihm etwas entlocken.«

»Unwahrscheinlich«, schnaubte Whit. »Seine Lippen sind versiegelt.«

Sie sah William grüblerisch an. »Hmm. Ich glaube, ein kurzes Gespräch wäre angebracht.«

»Er ist ein Agent des Kriegsministeriums, Mirabelle. Ein kurzes Gespräch wird nicht ...« Er verstummte, als sie sich von ihm abwandte und auf William zuging. »Du wirst mir dann erzählen, was er gesagt hat!«

Sie zwinkerte ihm über die Schulter hinweg zu. »Ich werde darüber nachdenken.«

Danksagung

Mein aufrichtiger Dank gilt Emmanuelle Alspaugh und Leah Hultenschmidt, ohne die Whit und Mirabelle niemals ihre Bestimmung gefunden hätten.